O SÉCULO DAS LUZES

ALEJO CARPENTIER

O século das luzes

Tradução
Sérgio Molina

COMPANHIA DAS LETRAS

1ª edição brasileira: 1976, Editora Labor do Brasil S.A.

2ª edição brasileira: 1985, Global Editora e Distribuidora Ltda.

3ª edição brasileira: 2004, Companhia das Letras

Grafia atualizada segundo o Acordo Ortográfico da Língua Portuguesa de 1990, que entrou em vigor no Brasil em 2009.

Título original
El siglo de las luces

Capa
Violaine Cadinot

Imagem de capa
St. Domingue: Prise De La Ravine Aux Couleuvres, de Karl Girardet e Jean Jacques Outhwaite
Reprodução: Sammlung Rauch/ INTERFOTO/ Fotoarena

Preparação
Maria Cecília Caropreso

Revisão
Carmen S. da Costa
Cecília Ramos

Atualização ortográfica
Página Viva

Dados Internacionais de Catalogação na Publicação (CIP)
(Câmara Brasileira do Livro, SP, Brasil)

Carpentier, Alejo, 1904-1980
O século das luzes / Alejo Carpentier ; tradução Sérgio Molina. — 4ª edição — São Paulo : Companhia das Letras, 2024.

Título original: El siglo de las luces.
ISBN 978-85-359-3627-8

1. Ficção cubana I. Título.

23-184037 CDD-Cub863.4

Índice para catálogo sistemático:
1. Ficção : Literatura cubana Cub863.4

Cibele Maria Dias – Bibliotecária – CRB-8/9427

EDITORA SCHWARCZ S.A.
Rua Bandeira Paulista, 702, cj. 32
04532-002 — São Paulo — SP
Telefone: (11) 3707-3500
www.companhiadasletras.com.br
www.blogdacompanhia.com.br
facebook.com/companhiadasletras
instagram.com/companhiadasletras
twitter.com/cialetras

Para Lilia,
minha mulher.

As palavras não caem no vazio.
Zohar

Esta noite eu vi a Máquina erguer-se novamente. Era na proa, como uma porta aberta para o vasto céu que já nos trazia cheiros de terra por sobre um oceano tão sereno, tão senhor de seu ritmo, que o navio, levemente levado, parecia adormecer em seu rumo, suspenso entre um ontem e um amanhã que se deslocassem conosco. Tempo parado entre a Estrela Polar, a Ursa Maior e o Cruzeiro do Sul — ignoro, pois não é meu ofício sabê-lo, se eram essas as constelações, tão numerosas que seus vértices, suas luzes de posição sideral, se entrecruzavam e confundiam, embaralhando as alegorias ao clarão de uma lua cheia empalidecida pela brancura do Caminho de São Tiago... Mas a Porta-sem-folha estava erguida na proa, reduzida ao dintel e às ombreiras, com aquele curtamão, aquele meio frontão invertido, aquele triângulo negro, com bisel acerado e frio, pendendo dos montantes. Lá estava a armação, lisa e nua, novamente plantada sobre o sonho dos homens, como uma presença — uma advertência — que nos concernia a todos por igual. Até então a mantivéramos escondida na popa, longe, entregue às nortadas de abril, e agora ela ressurgia bem ali na proa, erguida, como guiadora — semelhante, na necessária exatidão de suas paralelas, em sua implacável geometria, a um gigantesco instrumento de marear. Já não a acompanhavam pendões, tambores nem turbas; não conhecia a emoção, nem a cólera, nem o pranto, nem a embriaguez dos que, lá, formavam à sua roda um coro de tragédia antiga, com o ranger das carretas de rodar-rumo-ao-mesmo e o emparelhado redobre das caixas. Aqui a Porta estava só, defronte à noite, acima da carranca tutelar, ao reflexo do gume diagonal, com o bastidor de madeira feito a moldura de um panorama de astros. As ondas chegavam e se abriam para roçar nosso costado; fechavam-se, atrás de nós, num rumor tão contínuo e compassado que sua permanência lembrava o silêncio que o homem tem por silêncio quando não escuta vozes parecidas à sua. Silêncio vivo, palpitante e medido, que não era, agora, o do decepado e inerte... Quando o gume diagonal caiu com silvo brusco e o dintel se desenhou por inteiro, como verdadeiro remate de porta no alto das ombreiras, o Investido de Poderes, cuja mão acionara o mecanismo, murmurou entre dentes: "É preciso protegê-la da maresia". E cerrou a Porta sob uma grande capa de lona breada, jogada do alto. A brisa cheirava a terra — húmus, esterco, espigas, resinas — daquela ilha posta, séculos atrás, sob a proteção de uma Senhora de Guadalupe que em Cáceres de Estremadura e Tepeyar de América erguia sua figura sobre um arco de lua sustentado por um Arcanjo.

Para trás ficava uma adolescência cujas paisagens familiares eram para mim tão remotas, passados três anos, como remoto era o ser doente e abatido que eu havia sido até que, certa noite, Alguém veio a nós envolto num troar de aldravas; tão remotos como remota era agora a testemunha, o guia, o iluminador de outros tempos, anterior ao rude Mandatário que, debruçado na amurada, meditava — junto ao negro retângulo encerrado em sua capa de inquisi-

ção, oscilando como fiel de balança ao compasso das ondas... A água era, às vezes, clareada por um brilho de escamas ou pela passagem de alguma errante coroa de sargaços.

Primeiro capítulo

1.

Atrás dele, em tom dolente, retomava o Testamenteiro seu inventário de responsos, porta-cruz, oferendas, paramentos, círios, crepes e flores, obituário e réquiem — e que fulano viera de grande uniforme, e sicrano tinha chorado, e beltrano dissera que não éramos nada... — sem que a ideia da morte chegasse a ser lúgubre a bordo daquela barca que cruzava a baía sob um tórrido sol de meia-tarde, cuja luz cintilava em todas as ondas, ofuscando com a espuma e o respingo, abrasador a céu aberto, abrasador sob o toldo, penetrando nos olhos, nos poros, insuportável para as mãos que buscavam repouso na amurada. Envolto em seus improvisados lutos cheirando a tintura da véspera, o adolescente fitava a cidade, estranhamente parecida, nessa hora de reverberações e sombras longas, com um gigantesco lampadário barroco, cujos cristais verdes, vermelhos, alaranjados colorissem uma confusa rocalha de balcões, arcadas, domos, belvederes e varandas com persianas — sempre ouriçada de andaimes, cruzetas de madeira, forcões e postes, desde que a febre da construção tomara conta dos habitantes, enriquecidos pela última guerra da Europa. Era uma povoação eternamente entregue ao ar que a penetrava, sedenta de aragens e terrais, abertos seus postigos, suas gelosias, suas portas e regaços para a primeira brisa fresca que soprasse. Cantavam então as rodas e aranhas dos lustres, os abajures de franjas, as cortinas de contas, os cata-ventos buliçosos, todos anunciando o grande acontecimento. Ficavam suspensas as ventarolas de palma, de seda da China, de papel pintado. Mas, findo o fugaz alívio, retomavam todos a tarefa de revolver o ar inerte, novamente estancado entre as altíssimas paredes dos aposentos. Aqui a luz se coalhava em calores, desde o rápido amanhecer que a infiltrava até nos quartos mais retirados, atravessando cortinas e mosquiteiros; e ainda mais agora, na estação das chuvas, depois do brutal aguaceiro do meio-dia — verdadeiro pé-d'água, acompanhado de relâmpagos e trovões — que num instante despejava suas nuvens, deixando as ruas alagadas e úmidas no mormaço renovado. Bem podiam os palácios se ufanar de suas colunas altaneiras e de seus brasões entalhados na pedra; nesses meses, eles se erguiam sobre uma lama que se colava em seu corpo como um mal sem remédio. Passava uma carruagem, e eram bateladas de salpicos, disparados contra grades e portões das poças que se abriam por toda parte, socavando as calçadas, derramando-se umas nas outras, rebentando em pestilência. Por mais que se adornassem com mármores preciosos e finos alfarjes de rosáceas e mosaicos — com gradarias diluídas em volutas tão estranhas às barras que eram como claras vegetações de ferro agarradas às janelas —, as mansões senhoriais não se livravam de um limo de antigas marismas que brotava do chão nem bem os telhados começavam a pingar... Carlos pensava que muitos assistentes ao velório deviam ter atravessado as esquinas caminhando por tábuas suspensas sobre o barro, ou saltando pelas grandes pedras para não deixar o sapato enterrado no fundo da própria pegada. Os forasteiros elogiavam a cor e a graça da povoação, depois de se divertirem por três dias em seus bailes, tabernas e tavolagens, onde um sem-fim de orquestras animava as pródigas tripulações, pondo fogo nos quadris das mulheres; mas aqueles que tinham de aturá-la ao longo do ano sabiam de suas lamas e sujeiras, e também da maresia que verdejava os aldravões, comia o ferro, fazia a prata suar, pontilhava de mofo as gravuras antigas, embaçando para sempre o vidro de desenhos e águas-fortes, cujas figuras, já onduladas pela umidade, mostravam-se como através de uma janela coberta de geada. Lá no cais de San Francisco acabava de atracar um navio norte-americano, cujo nome Carlos soletrava mecanicamente: *The Arrow*... E prosseguia o Testamenteiro sua pintura do funeral, que fora sem dúvida magnífico, em tudo digno de um varão de tais virtudes — com tantos sacristãos e acólitos, tanto traje de pompa maior, tanta solenidade; e aqueles empregados do armazém, que choraram discretamente, virilmente, como cumpre aos homens, desde os Salmos de Vigília até o Ofício de Defuntos... —, mas o filho permanecia ausente, trancado em seu pesar e seu cansaço, depois de ter cavalgado desde a aurora por estradas reais e atalhos de nunca acabar. Mal chegado à fazenda, onde a solidão lhe dava uma ilusória independência — ali podia varar as noites tocando suas sonatas, à luz de uma vela, sem perturbar ninguém —, fora alcançado pela notícia, que o obrigou a voltar a mata-cavalo, embora não o bastante rápido para acompanhar o enterro. ("Não gostaria de entrar em detalhes penosos... — diz o outro — Mas não podíamos esperar mais. No fim, só eu e sua santa irmã velávamos perto do caixão...") E pensava no luto, nesse luto que, durante um ano, condenaria sua flauta nova, trazida de onde se fabricavam as melhores, a permanecer no estojo forrado de oleado preto, tendo de acatar, aos olhos dos demais, a tola ideia de que, onde há dor, não se deve tocar música alguma. A morte do pai iria privá-lo de tudo que ele amava, torcendo seus propósitos, afastando-o de seus sonhos. Ficaria condenado à administração do negócio — ele, que nada entendia de números —, vestido de preto, atrás de uma mesa manchada de tinta, rodeado de guarda-livros e empregados taciturnos que não tinham mais nada a dizer uns aos outros por se conhecerem demais. E estava lamentando seu destino, prometendo fugir qualquer dia, sem despedidas nem explicações, a bordo do primeiro navio propício à evasão, quando a barca encostou no cais onde Remigio o esperava, com cara de enterro e uma fita de luto presa à aba do chapéu. Assim que o coche embicou na primeira rua, espirrando lama a torto e a direito, ficaram para trás os cheiros marítimos, varridos pelo bafio de vastos casarões repletos de couros, salgaduras, pães de cera e de açúcar preto, com as cebolas há muito armazenadas brotando em seus cantos escuros, junto ao café verde e ao cacau derramado das balanças. Um rumor de chocalhos encheu a tarde acompanhando a cotidiana migração de vacas ordenhadas para os currais de extramuros. Tudo cheirava fortemente nessa hora próxima a um crepúsculo que logo incendiaria o céu durante alguns minutos, antes de se dissolver numa noite repentina: a lenha mal acesa e a bosta pisoteada, a lona molhada dos toldos, o couro das selarias e o alpiste das gaiolas de canários penduradas nas janelas. A barro cheiravam os telhados úmidos; a musgo velho os muros ainda molhados; a óleo queimado as frituras e rabanadas das bancas de esquina; a fogueira na Ilha de Especiarias, com os torradores de café lançando sua fumaça parda às baforadas contra as cornijas de aspecto clássico, onde se demorava entre peitoris antes de se dissolver, como uma névoa quente, em volta de algum santo de campanário. Mas o charque, sem equívoco possível, cheirava a charque; charque onipresente, guardado em todos os porões e fundos, cuja acridez reinava na cidade, invadindo os palácios, impregnando as cortinas, desafiando o incenso das igrejas, infiltrada nas funções de ópera. O charque, a lama e as moscas eram a maldição daquele empório, visitado por todos os navios do mundo, mas onde só as estátuas — pensava Carlos —, postadas em seus pedestais sujos de terra vermelha, podiam ficar a cômodo. Como antídoto contra tanta carniça, de repente desembocava, pelo respiradouro de um beco sem saída, o nobre aroma do tabaco amontoado nos galpões, atado, apertado, machucado pelos nós de fibra de palmeira que travavam os fardos — ainda com tenros verdores na espessura das folhas; com olhos de um dourado claro na capa estofada —, ainda vivo e vegetal em meio ao charque que o enquadrava e dividia. Aspirando um cheiro que afinal lhe era grato, alternado com a fumaça de outra torrefação de café surgida atrás de uma capela, Carlos pensava, aflito, na vida rotineira que agora o esperava, emudecida sua música, condenado a viver naquela urbe ultramarina, ínsula dentro de uma ínsula, com barreiras de oceano fechadas para toda aventura possível; seria como ver-se amortalhado em vida no fedor do charque, da cebola e da salmoura, vítima de um pai a quem recriminava — e era monstruoso fazê-lo — por sua morte prematura. Nesse momento, o adolescente padecia como nunca a sensação de enclausuramento que provoca viver numa ilha; encontrar-se numa terra sem estradas para outras terras aonde se pudesse chegar rodando, cavalgando, caminhando, atravessando fronteiras, pernoitando em estalagens, num vagar sem outro norte senão capricho, o fascínio exercido por uma montanha logo desdenhada pela visão de outra montanha — acaso o corpo de uma atriz, conhecida numa cidade ontem ignorada, que se segue durante meses, de palco em palco, compartilhando a vida incerta dos comediantes... Depois de adernar ao dobrar a esquina amparada por uma cruz verdecida pela maresia, o coche parou em frente ao portão cravejado, com um laço preto na aldrava. O saguão, o vestíbulo, o pátio estavam atapetados de jasmins, nardos, cravos-brancos e perpétuas-roxas, caídas de coroas e ramos.

No Grande Salão, com fundas olheiras, desfigurada — envolta em roupas de luto que, por serem grandes demais para ela, traziam seu corpo como que entalado entre capas de papelão —, esperava Sofia, rodeada de freiras clarissas que iam e vinham com frascos de água de melissa, essências de flor de laranjeira, sais ou chás de ervas, numa repentina afetação de zelo diante dos recém-chegados. Em coro soaram vozes aconselhando coragem, conformidade, resignação aos que permaneciam aqui embaixo, enquanto outros já conheciam a Glória que não falha nem cessa. "Agora serei vosso pai", choramingava o Testamenteiro no canto dos retratos de família. Deram as sete no campanário do Espírito Santo. Sofia fez um gesto de adeus que os demais entenderam, recuando até o vestíbulo em condoído mutismo. "Se precisarem de alguma coisa...", disse don Cosme. "Se precisarem de alguma coisa...", ecoaram as freiras... A grande porta foi fechada com todos os seus trincos. Atravessando o pátio onde, dentre os tinhorões, como colunas estranhas ao resto da arquitetura, erguiam-se os troncos de duas palmeiras cujos penachos se confundiam na noite incipiente, Carlos e Sofia foram até o quarto pegado às cavalariças, talvez o mais úmido e escuro da casa, mas o único onde, às vezes, Esteban conseguia dormir uma noite inteira sem sofrer suas crises.

Agora, porém, ele estava agarrado — pendurado — às mais altas barras da janela, retesado pelo esforço, crucificado de bruços, torso nu, com todas as costelas marcadas em relevo, sem outra roupa além de um xale enrolado na cintura. Seu peito exalava um chiado surdo, estranhamente afinado em duas notas simultâneas, que por vezes morriam num gemido. As mãos procuravam na grade um ferro mais alto onde segurar, como se o corpo se quisesse estirar em sua magreza cortada por veias violáceas. Sofia, impotente diante de um mal que desafiava elixires e cataplasmas, passou um pano embebido em água fresca pela testa e pelas faces do doente. Logo os dedos de Esteban largaram o ferro, escorregando ao longo das barras, e, levado pelos irmãos a um descendimento da cruz, desabou numa poltrona de vime, olhando com olhos dilatados, de retinas negras, ausentes apesar da fixidez. Suas unhas estavam azuis; seu pescoço sumia entre ombros tão levantados que quase se fechavam contra as orelhas. Com os joelhos afastados a mais não poder, os cotovelos jogados para a frente, parecia, na cerosa textura de sua anatomia, um asceta de pintura primitiva, entregue a uma monstruosa mortificação da carne. "Foi o maldito incenso", disse Sofia, cheirando as roupas pretas que Esteban deixara numa cadeira: "Quando vi que ele estava ficando sem ar, na igreja...". Mas se calou, ao recordar que o incenso cuja fumaça o doente não tolerava tinha sido queimado nos solenes funerais de quem fora qualificado de pai amantíssimo, espelho de bondade, varão exemplar, na oração fúnebre pronunciada pelo pároco-mor. Esteban agora jogava os braços por cima de um lençol enrolado a jeito de corda, entre duas argolas presas às paredes. A tristeza de seu abatimento era mais cruel em meio às coisas com que Sofia, desde criança, tentara distraí-lo durante suas crises: a pastorinha montada na caixa de música; a orquestra de macacos, de corda quebrada; o balão com aeronautas, que pendia do teto e podia ser baixado ou erguido por meio de um cordel; o relógio que fazia uma rã dançar num tabladinho de bronze; e o teatro de fantoches, com seu cenário de porto mediterrâneo, cujos turcos, gendarmes, camareiras e barbudinhos jaziam embolados no palco — um com a cabeça trocada, outro com a peruca rapada pelas baratas, aquele sem braços; o guerreiro bufão vomitando pó de cupim pelos olhos e pelo nariz. "Não vou voltar para o convento", disse Sofia, alisando o regaço para nele pousar a cabeça de Esteban, que se deixara cair no chão, molemente, buscando o seguro frescor das pedras. "Meu lugar é aqui."

2.

A morte do pai os abalara muito, sem dúvida. No entanto, quando se viram sós, à luz do dia, no longo salão dos *bodegones* escuros e lustrosos — faisões e lebres entre uvas, lampreias com garrafas de vinho, um empadão tão dourado que dava vontade de comer —, poderiam ter confessado que uma quase deleitosa sensação de liberdade os empreguiçava em volta de um almoço encomendado no hotel mais próximo — para não terem que mandar ninguém ao mercado. Remigio voltara trazendo bandejas cobertas com panos, sob os quais apareceram pargos amendoados, marzipãs, pombos *à la crapaudine*, coisas trufadas e confeitadas, tão diferentes dos ensopados e carnes lardeadas que constituíam a mesa cotidiana. Sofia descera de roupão e se divertia petiscando de tudo, enquanto Esteban renascia ao calor de um Garnacha que Carlos proclamava excelente. A casa, que até então eles sempre contemplaram com olhos afeitos à sua realidade, como uma coisa ao mesmo tempo familiar e estranha, ganhava uma singular importância, povoada de demandas, agora que se sabiam responsáveis por sua conservação e permanência. Era evidente que o pai — tão entregue a seus negócios que, aos domingos, saía antes da missa para fechar contratos e negociar mercadorias nos navios, antecipando-se aos compradores da segunda-feira — descuidara muito da moradia, abandonada prematuramente por uma mãe vitimada pela mais funesta epidemia de gripe que já assolara a cidade. Faltavam lajotas no pátio; as estátuas estavam sujas; entrava muita lama da rua no vestíbulo; a mobília dos salões e aposentos, reduzida a peças desemparelhadas, mais parecia destinada a um leilão que ao adorno de uma mansão decente. Fazia muitos anos que não corria água na fonte dos golfinhos mudos e faltavam vidros nas janelas internas. Alguns quadros, no entanto, dignificavam as paredes ensombrecidas por manchas de umidade, apesar da mixórdia de temas e escolas devido ao acaso de um embargo que, sem possibilidade de escolha, trouxera para a casa as peças de uma coleção não arrematadas em hasta pública. Talvez entre aquelas sobras houvesse alguma coisa de valor, obra de mestres e não de copistas; mas era impossível determiná-lo nessa cidade de comerciantes, por falta de peritos em avaliar o moderno ou reconhecer o grande estilo antigo sob as rachaduras de uma tela maltratada. Depois de uma *Degola de inocentes* que bem podia ser de um discípulo de Berruguete e de um *São Dionísio* que bem podia ser de um imitador de Rivera, abria-se o ensolarado jardim com arlequins mascarados que Sofia tanto adorava, por mais que Carlos achasse que os artistas dos inícios do século tinham abusado da figura do arlequim pelo simples prazer de jogar com as cores. Ele preferia as cenas realistas, de segaduras e vindimas, mas reconhecia que vários quadros sem tema, pendurados no vestíbulo — caldeirão, cachimbo, fruteira, clarineta descansando junto a uma página de música... —, não careciam de certa beleza devido apenas às virtudes da feitura. Esteban gostava do imaginário, do fantástico, sonhando acordado diante das pinturas de autores recentes, que mostravam criaturas, cavalos espectrais, perspectivas impossíveis — um homem-árvore, com dedos brotando, um homem-armário com gavetas vazias saindo do ventre... Mas seu quadro preferido era uma grande tela, vinda de Nápoles, de autor desconhecido, que, contrariando todas as leis da plástica, era a apocalíptica imobilização de uma catástrofe. *Explosão numa catedral* intitulava-se aquela visão de uma colunata fazendo-se em pedaços no ar — demorando um pouco em perder o alinhamento, em pairar para cair melhor — antes de despejar suas toneladas de pedra sobre pessoas espavoridas. ("Não sei como podem olhar para essa coisa", dizia sua prima, estranhamente fascinada, na realidade, pelo terremoto estático, tumulto silencioso, ilustração do fim dos tempos, posto ali, ao alcance das mãos, em terrível suspense. "É para eu ir me acostumando", respondia Esteban sem saber por quê, com a automática insistência que pode nos levar a repetir, durante anos e nas mesmas circunstâncias, um jogo de palavras que não tem graça e não faz ninguém rir.) Pelo menos o mestre francês de mais adiante, que plantara um monumento de sua invenção no meio de uma praça deserta — espécie de templo asiático-romano, com arcadas, obeliscos e penachos —, acrescentava uma nota de paz, de estabilidade após a tragédia, antes de desembocar na sala de jantar, inventariada em *bodegones* e móveis importantes: duas cristaleiras de dimensões abaciais, sobreviventes ao cupim; oito cadeiras estofadas e a grande mesa de jantar, montada sobre colunas salomônicas. Quanto ao mais, "velharias para o bricabraque", sentenciava Sofia, pensando em sua estreita cama de mogno, quando ela sempre sonhara com um leito onde rolar à vontade, dormir atravessada, enrodilhada, escarrapachada, como bem entendesse. O pai, fiel a hábitos herdados dos avós camponeses, sempre repousara num quarto dos altos, num catre de lona com um crucifixo sobre a cabeceira, entre uma arca de nogueira e um urinol mexicano, de prata, que ele mesmo esvaziava ao amanhecer no sumidouro da cavalariça, com amplo gesto de semeador augusto. "Meus antepassados eram da Estremadura", dizia, como se isso explicasse tudo, alardeando uma austeridade que nada sabia de saraus nem de beija-mãos. Vestido de preto, como sempre desde a morte da mulher, fora trazido por don Cosme do escritório, onde acabava de assinar um documento quando um ataque de apoplexia o derrubara sobre a tinta fresca de sua rubrica. Mesmo morto conservava o rosto impassível e duro de quem não fazia favores a ninguém, já que nunca os pedia para si. Durante os últimos anos, Sofia mal o vira um domingo ou outro, em almoços de cerimônia familiar que a tiravam do convento das clarissas por algumas horas. Quanto a

Carlos, concluídos os primeiros estudos, fora mantido em constantes viagens à fazenda, incumbido de mandar desmatar, capinar ou semear, ordens que podiam muito bem ser dadas por escrito, já que as terras eram pouco extensas e estavam entregues, principalmente, ao cultivo da cana-de-açúcar. “Cavalguei oitenta léguas para trazer doze repolhos”, comentava o adolescente enquanto esvaziava seus alforjes, depois de mais uma viagem à fazenda. “É assim que se tempera um caráter espartano”, respondia o pai, tão dado a associar Esparta com repolhos — assim como explicava as prodigiosas levitações de Simão, o Mago, mediante a ousada hipótese de que já tivesse algum conhecimento da eletricidade —, sempre adiando o projeto de fazê-lo estudar leis, por um instintivo temor às ideias novas e aos perigosos entusiasmos políticos que os claustros universitários costumam propiciar. De Esteban, mal tomava conhecimento; aquele sobrinho frágil, órfão desde criança, crescera com Sofia e Carlos como um filho a mais; tudo o que os outros tivessem, ele sempre teria. Mas os homens sem saúde irritavam o comerciante — ainda mais quando pertenciam à sua própria família —, e por isso mesmo ele nunca adoecia, trabalhando de sol a sol durante o ano inteiro. Às vezes espiava no quarto do doente, franzindo o cenho com desgosto quando o encontrava numa de suas crises. Resmungava então qualquer coisa sobre a umidade do lugar, sobre as pessoas que insistiam em dormir em grutas, como os antigos celtiberos, e, depois de elogio saudoso à Roca Tarpeya, oferecia-lhe umas uvas acabadas de chegar do Norte, evocava o exemplo de alguns entrevados ilustres e se retirava encolhendo os ombros — mascando condolências, frases de alento, anúncios de novos medicamentos e desculpas por não poder perder mais tempo no cuidado de quem permanecia confinado, por seus males, à margem de uma vida criadora e ativa. Depois de se demorarem no salão provando disto e daquilo na maior desordem, comendo os figos antes das sardinhas, o marzipã com as azeitonas e o chouriço, "as crianças" — como o Testamenteiro os chamava — abriram a porta que dava para a casa ao lado, onde funcionava o comércio e o armazém, agora fechado por três dias de luto. Atrás das escrivaninhas e dos cofres, abriam-se as ruas entre montes de sacas, pipas, fardos de todas as procedências. No fim da rua da Farinha, cheirosa a padarias de ultramar, começava a rua dos Vinhos de Fuencarral, Valdepeñas e Puente de la Reina, cujos barris pingavam por todas as torneiras, espalhando vapores de adega. A rua dos Cordames e Enxárcias levava ao pestilento recanto do peixe curado, cujas pencas suavam salmoura pelo chão. Voltando pela rua dos Couros de Veado, os adolescentes regressaram ao bairro das Especiarias, com seus caixotes que, só de cheirá-los, apregoavam o gengibre, o louro, o açafrão e a pimenta de Veracruz. Os queijos manchegos alinhavam-se sobre tabuleiros paralelos que levavam ao pátio dos Vinagres e Azeites, em cujo fundo, em nichos abobadados, acumulavam-se mercadorias disparatadas: maços de baralhos, estojos de barbearia, cachos de cadeados, sombrinhas verdes e vermelhas, moinhos de cacau, junto com as mantas andinas trazidas de Maracaibo e um esparrame de bastões de tintura e livrilhos de folhas para dourar e pratear, vindos do México. Antes estavam os estrados onde repousavam sacos de penas de aves — estufados e fofos como grandes edredons de aniagem —, sobre os quais Carlos se atirou de bruços, imitando gestos de nadador. Uma esfera armilar, cujos círculos Esteban fez girar com mão distraída, erguia-se como símbolo do Comércio e da Navegação em meio àquele mundo de coisas viajadas por tantas rotas oceânicas — tudo dominado pelo fartum do charque, presente ali também, embora menos incômodo, por estar armazenado nos fundos do edifício. Pela rua do Mel, os irmãos voltaram à região das mesas. "Quanta porcaria!", murmurava Sofia, com o lenço no nariz. "Quanta porcaria!" Já encabritado nas sacas de cevada, Carlos contemplava o panorama do galpão, pensando com temor no dia em que tivesse que começar a vender tudo aquilo, a comprar e revender, e negociar e regatear, ignorante dos preços, sem saber distinguir um grão do outro, obrigado a remontar às fontes através de milhares de cartas, faturas, ordens de pagamento, recibos, títulos guardados nas gavetas. Um cheiro de enxofre cerrou a garganta de Esteban, congestionando seus olhos e fazendo-o espirrar. Sofia estava enjoada pelos eflúvios do vinho e do arenque. Amparando o irmão ameaçado por uma nova crise, voltou às pressas para a casa, onde já era esperada pela Superiora das Clarissas, emboscada com um livro de leitura edificante. Carlos regressou por último, carregando a esfera armilar para instalá-la em seu quarto. A freira falava mansamente das mentiras do mundo e dos gozos do claustro, na penumbra do salão de janelas fechadas, enquanto os rapazes se entretinham movendo Trópicos e Elípticas em torno do globo terrestre. Uma vida diferente estava começando no calor daquela tarde que o sol tornava particularmente sufocante, levantando fétidas evaporações das poças das ruas. De novo reunidos em torno do jantar, sob as frutas e volatarias dos *bodegones*, os adolescentes fizeram projetos. O Testamenteiro os aconselhava a passarem os lutos na fazenda, que ele trataria de tomar pé nos negócios do falecido — fechados de palavra, por costume, muitas vezes registrados apenas na memória. Assim, Carlos encontraria tudo em ordem ao voltar, quando decidisse encaminhar-se nos rumos do comércio. Mas Sofia lembrou que as anteriores tentativas de levar Esteban ao campo "para que respirasse ar puro" só fizeram piorar seu estado. Onde ele menos sofria, enfim, era em seu quarto de teto baixo, junto às cavalariças... Falou-se de possíveis viagens: o México, com suas mil cúpulas, acenava-lhes do outro lado do Golfo. Mas os Estados Unidos, com seu progresso avassalador, fascinavam Carlos, que estava muito interessado em conhecer o porto de Nova York, o campo de batalha de Lexington e as cataratas do Niágara. Esteban sonhava com Paris, com suas exposições de pintura, seus cafés intelectuais, sua vida literária; queria fazer um curso naquele Collège de France onde ensinavam línguas orientais, cujo estudo — se não muito útil para ganhar dinheiro — devia ser apaixonante para quem, como ele, desejava ler, diretamente dos manuscritos, certos textos asiáticos recém-descobertos. Para Sofia estariam os espetáculos da Ópera e do Teatro Francês, em cujo saguão podia-se admirar uma obra tão bela e famosa como o Voltaire de Houdon. Em suas imaginações itinerantes, iam dos pombos da praça São Marcos ao Derby de Epsom; das peças do teatro Saddler's Wells à visita ao Louvre; das renomadas livrarias aos circos famosos, passando pelas ruínas de Palmira e Pompeia, por entre os cavalinhos etruscos e os vasos jaspeados exibidos na Greek Street, querendo ver tudo, sem se decidir por nada — secretamente atraídos, os rapazes, por um mundo de licenciosas diversões, ansiadas por seus sentidos, e que bem saberiam encontrar e desfrutar quando a jovem estivesse fazendo compras ou visitando monumentos. Depois das orações, sem terem tomado decisão alguma, abraçaram-se aos prantos, sentindo-se sozinhos no Universo, órfãos desamparados numa cidade indiferente e sem alma, avessa a tudo que fosse arte ou poesia, entregue ao negócio e à fealdade. Sufocados pelo calor e pelos cheiros de charque, de cebola, de café, que vinham da rua, subiram ao terraço, envoltos em seus roupões, levando mantas e travesseiros sobre os quais acabaram adormecendo, depois de falarem, com a cara para o céu, de planetas habitáveis — e certamente habitados — onde talvez a vida fosse melhor que a desta Terra perpetuamente entregue à ação da morte.

3.

Sentindo-se acossada pelas freiras que a instavam — tenazmente, mas sem pressa; suavemente, mas com insistência — a tornar-se uma serva do Senhor, Sofia reagia a suas próprias dúvidas extremando-se no papel de mãe de Esteban — mãe tão imbuída de sua nova função que não hesitava em despi-lo e dar-lhe banhos de esponja quando ele não podia fazê-lo por conta própria. A doença de quem ela sempre vira como um irmão reforçava sua instintiva resistência a se retirar do mundo, transformando sua presença numa necessidade. Quanto a Carlos, ela fingia ignorar sua saúde de ferro, aproveitando a menor tosse para enfiá-lo na cama e dar-lhe ponches carregados de rum que o deixavam de excelente humor. Um dia percorreu a casa inteira, de pena em punho — e atrás dela a mulata levando o tinteiro, como se portasse o Santíssimo —, fazendo um inventário dos trastes inúteis. Estabeleceu uma minuciosa lista de coisas necessárias para mobiliar uma moradia decente e entregou-a ao Testamenteiro — sempre empenhado em figurar de "segundo pai" para satisfazer qualquer desejo dos órfãos... Pouco antes do Natal, começaram a chegar caixas e pacotes que foram sendo enfiados, conforme apareciam, nos cômodos do andar térreo. Do Grande Salão às cocheiras, era tudo uma invasão de coisas que ficavam meio desembaladas entre suas tábuas, cobertas de palha e aparas de madeira, largadas à espera da arrumação definitiva. Assim, um pesado bufete, trazido por seis carregadores negros, demorava-se no vestíbulo, enquanto um biombo de laca, encostado numa parede, não acabava de sair de sua embalagem de madeira. As xícaras chinesas permaneciam entre a serragem do transporte, enquanto os livros destinados a formar uma biblioteca de ideias novas e nova poesia iam saindo, uma dúzia aqui, uma dúzia ali, empilhando-se como calhasse, sobre poltronas e mesinhas que ainda cheiravam a verniz fresco. O pano da mesa de bilhar era uma pradaria aberta entre a lua de um espelho rococó e o severo perfil de uma escrivaninha de marchetaria inglesa. Uma noite ouviram-se disparos dentro de uma caixa: a harpa, que Sofia encomendara a um fabricante napolitano, estava rebentando suas cordas retesadas pela umidade do clima. Como os ratos da vizinhança deram para fazer ninhos por toda a parte, apareceram gatos que afiavam as unhas nos primores da ebanesteria e desfiavam os tapetes habitados por unicórnios, cacatuas e lebréis. Mas o cúmulo da desordem se instalou quando chegaram os aparelhos de um Gabinete de Física, que Esteban encomendara para substituir seus autômatos e caixas de música por passatempos que instruíssem com deleite. Eram telescópios, balanças hidrostáticas, pedaços de âmbar, bússolas, ímãs, parafusos de Arquimedes, modelos de cábreas, vasos comunicantes, garrafas de Leyden, pêndulos e balancins, gruas em miniatura, aos quais o fabricante juntara, para compensar a falta de alguns objetos, um estojo matemático contendo o que havia de mais moderno na matéria. Assim, em certas noites, os adolescentes se entregavam à montagem dos mais singulares aparelhos, perdidos nos livretos de instruções, misturando teorias, esperando a luz do dia para comprovar a utilidade de um prisma — maravilhados ao ver as cores do arco-íris tingindo uma parede. Aos poucos se acostumaram a viver de noite, influenciados por Esteban, que dormia melhor durante o dia e preferia velar até o amanhecer, pois as horas da madrugada eram muito propícias para o início das longas crises, que então o surpreendiam sonolento. Rosaura, a mulata cozinheira, servia o almoço às seis da tarde, deixando um jantar frio para a alta noite. Dia após dia, foi-se edificando um labirinto de caixas dentro da casa, onde cada qual tinha seu recanto, seu andar, seu nível para se isolar ou se reunir em conversa em torno de um livro ou de um aparelho de física que, de repente, começara a funcionar da maneira mais inesperada. Havia uma espécie de rampa, de trilha alpina, que partia da entrada do salão, passando sobre um armário tombado, para subir até as Três Caixas de Louça, postas uma sobre a outra, de cima das quais podia-se contemplar o panorama abaixo, antes de galgar, por íngremes quebradas de tábuas farpadas e ripas erguidas a modo de cardos — com alguns pregos salientes como espinhos — até o Grande Terraço, constituído pelas Nove Caixas de Móveis, que deixavam o excursionista com a nuca rente às vigas do teto. "Que vista linda!", gritava Sofia, rindo e apertando as saias contra os joelhos ao chegar àquelas alturas. Mas Carlos dizia haver outros meios de alcançá-las, mais arriscados, atacando o maciço de embalagens pelo outro lado e escalando com manhas montanhistas, até despontar no cume, de bruços, puxando o próprio corpo com nobre impulso de são-bernardo. Nas trilhas e mesetas, nos esconderijos e pontes, cada qual podia ler o que bem quisesse: jornais velhos, almanaques, guias de viagem, ou então uma História Natural, alguma tragédia clássica ou um romance novo, que por vezes eles roubavam uns dos outros, e cuja ação transcorria no ano de 2240 — isso quando Esteban, instalado nas alturas, não se punha a arremedar impiamente os sermões de algum conhecido pregador, glosando um ardente versículo do Cântico dos Cânticos para se divertir com a zanga de Sofia, que tapava os ouvidos e clamava que todos os homens eram uns imundos. No pátio, o relógio de sol se transformara em relógio de lua, marcando horas invertidas. A balança hidrostática servia para pesar os gatos; o pequeno telescópio, apontado através do vidro quebrado de uma lumeeira, permitia ver coisas, nas casas da vizinhança, que provocavam o riso equívoco de Carlos, astrônomo solitário no alto de um armário. Por outro lado, sua flauta nova saíra do estojo em um quarto forrado de colchões, como uma cela de loucos, para que os vizinhos não ouvissem nada. Ali, fitando a estante de viés, postado entre as partituras espalhadas no tapete, o moço se entregava a longos concertos noturnos que iam aprimorando seu som e sua destreza, isso quando não se deixava levar pelo capricho de tocar danças rústicas num pífano de recente aquisição. Muitas vezes, enternecidos uns com os outros, os adolescentes juravam que jamais se separariam. Sofia, a quem as freiras tinham inculcado um prematuro horror à natureza masculina, aborrecia-se quando Esteban, brincando — e talvez para pô-la à prova —, falava de seu futuro casamento, abençoado por pencas de filhos. Trazer um "marido" àquela casa era considerado de antemão uma monstruosidade — um atentado à carne tida como propriedade sagrada, comum a todos, e que devia permanecer intacta. Juntos viajariam e juntos conheceriam o vasto mundo. O Testamenteiro saberia lidar com as "porcarias fedorentas da casa ao lado". Este, aliás, mostrava-se muito favorável a seus projetos de viagem, garantindo que, aonde quer que eles fossem, sempre contariam com cartas de crédito. "Não deixem de ir a Madri", dizia, "para ver a Casa de Correios e a cúpula de São Francisco, o Grande, que essas maravilhas da arquitetura não se conhecem por aqui." Nesse século, a rapidez dos meios de comunicação tinha abolido as distâncias. Tudo dependeria da decisão dos jovens, quando terminassem as incontáveis missas pagas pelo eterno descanso do pai — às quais Sofia e Carlos compareciam todos os domingos, sem terem dormido, caminhando pelas ruas ainda desertas até a igreja do Espírito Santo. Por ora, nem se decidiam a acabar de abrir as caixas e fardos e arrumar os móveis novos; a tarefa os desanimava de antemão, sobretudo a Esteban, a quem a doença vedava todo esforço físico. Além disso, uma invasão madrugadora de tapeceiros, envernizadores e gente estranha romperia seus hábitos, divergentes do horário comum. Quem acordava mais cedo começava o dia às cinco da tarde, apenas para receber um don Cosme mais paternal e prestativo do que nunca, oferecendo-se para fazer encomendas, conseguir tudo o que eles pedissem, desembolsando o quanto fosse necessário. Os negócios do armazém iam às mil maravilhas, dizia, sempre preocupado com que Sofia tivesse bastante dinheiro para as despesas da casa. Não lhe poupava elogios por ter assumido responsabilidades maternas, cuidando dos rapazes, e lançava, de passagem, uma sutil porém certeira farpa contra as religiosas que induzem as jovens distintas a se enclausurarem para se apoderar de seus bens — e podia-se muito bem ter consciência disso sem deixar de ser um bom cristão. O visitante se retirava com uma reverência, afirmando que, por enquanto, a presença de Carlos era desnecessária no comércio, e então os três voltavam às suas possessões e labirintos, onde tudo respondia à nomenclatura de um código secreto. Uma pilha de caixas a ponto de ruir era "A Torre Inclinada"; o cofre que servia de ponte, apoiado sobre dois armários, "O Passo dos Druidas". Se alguém falava da Irlanda, referia-se ao recanto da harpa; se mencionava o Carmelo, designava a guarida, feita de biombos semiabertos, onde Sofia costumava se isolar para ler arrepiantes romances de mistério. Quando Esteban acionava seus aparelhos de física, dizia-se que o Grande Alberto estava trabalhando. Tudo era transfigurado por um jogo perpétuo que estabelecia novas distâncias com o mundo exterior, dentro do arbitrário contraponto de vidas que transcorriam em três planos distintos: o plano terrestre, onde operava Esteban, pouco dado às escaladas por causa da doença, mas sempre invejoso de Carlos, que podia saltar de caixa em caixa — lá nas alturas —, pendurar-se dos tirantes do teto ou balançar-se numa rede armada nas vigas, enquanto Sofia levava sua existência numa zona intermediária, situada a uns dez palmos do chão, com os saltos dos sapatos à altura da testa do primo, carregando livros para diversos esconderijos que chamava de "suas tocas", onde podia refestelar-se à vontade, afrouxar a roupa, baixar as meias, recolhendo as saias até o alto das coxas quando sentia muito calor... De resto, o jantar da madrugada tinha lugar, à luz de candelabros, numa sala invadida pelos gatos, onde, em reação à formalidade sempre observada nas refeições familiares, os adolescentes se comportavam como bárbaros, trinchando um pior que o outro, disputando o melhor pedaço, tirando a sorte nos ossinhos das aves, trocando pontapés por baixo da mesa, apagando as velas, de repente, para roubar uma porção do prato ao lado, desalinhados, tortos, com os cotovelos fincados na mesa. Quem não tinha fome comia jogando paciência ou montando castelos de cartas; quem estava de mau humor trazia seu livro. Quando os rapazes se aliavam para importunar Sofia, ela destampava a dizer palavrões de carroceiro; mas em sua boca as interjeições chulas adquiriam uma surpreendente castidade, despojadas de seu sentido original para se tornarem expressão de desafio — desforra de tantas e tantas refeições conventuais, feitas com os olhos fixos no prato, depois de rezar o bendito. "Onde você aprendeu isso?", perguntavam-lhe os outros, entre risadas. "No lupanar", respondia ela, com a naturalidade de quem tivesse mesmo estado lá. Por fim, cansados de se comportar mal, de atropelar a urbanidade, de fazer carambolas com nozes sobre a toalha manchada de bebida derramada, davam-se boa-noite ao amanhecer, ainda levando para o quarto uma fruta, um punhado de amêndoas, um copo de vinho, num crepúsculo invertido que aos poucos era tomado de pregões e matinas.

4.

Sempre acontece.
Goya

Passou-se o ano de luto fechado e entrou o ano de luto aliviado sem que os jovens mudassem nada em suas vidas, cada vez mais apegados a seus novos hábitos, enfronhados em intermináveis leituras, descobrindo o universo através dos livros. Continuavam em seu próprio espaço, esquecidos da cidade, apartados do mundo, tomando conhecimento dos fatos do tempo por algum jornal estrangeiro que casualmente lhes caía nas mãos com meses de atraso. Farejando a presença de "bons partidos" na mansão fechada, algumas pessoas de condição, aparentemente condoídas da solidão daqueles órfãos, tentaram aproximar-se deles por meio de diversos convites; mas as amistosas gestões esbarravam em frias evasivas. Faziam do luto o providencial pretexto para manter-se à margem de todo compromisso ou obrigação, ignorantes de uma sociedade que, em seus provincianos preconceitos, pretendia submeter toda existência a normas comuns, passeando todos a horas determinadas e pelos mesmos lugares, lanchando nas mesmas confeitarias da moda, passando os feriados de fim de ano nos engenhos de açúcar ou naquelas terras de Artemisa onde os ricos fazendeiros competiam instalando estátuas mitológicas à beira das plantações de tabaco... Era o fim da estação das chuvas, que enchera as ruas de novos lodos, quando certa manhã, já no meio-sono de sua incipiente noite, Carlos ouviu a aldrava da porta principal bater bem forte. O fato não teria chamado sua atenção se, logo em seguida, não tivessem chamado ao portão da cocheira, e depois a todas as demais portas da casa, voltando a mão impaciente ao ponto de partida, para então voltar a estremecer as outras portas pela segunda e terceira vez. Era como se uma pessoa empenhada em entrar girasse em torno da casa, procurando uma brecha — e essa impressão de que girava era mais forte porque os golpes repercutiam onde não havia saída para a rua, em ecos que corriam pelos cantos mais recônditos. Sendo Sábado de Aleluia e dia feriado, o armazém — recurso dos visitantes que desejavam informação — estava fechado. Remigio e Rosaura deviam estar na missa da Ressurreição ou no mercado, pois não abriam. “Logo vai se cansar”, pensou Carlos, metendo a cabeça embaixo do travesseiro. Mas, ao perceber que as pancadas continuavam, acabou jogando um roupão sobre o corpo, iracundo, e desceu para o saguão. Espiou a rua ainda a tempo de avistar um homem dobrando a esquina, com passo rápido, levando um enorme guarda-chuva. No chão havia um cartão de visita, enfiado por debaixo da porta:

VICTOR HUGUES
Négociant
à
Port-au-Prince

Depois de maldizer o desconhecido personagem, Carlos voltou para a cama, sem pensar mais nele. Ao acordar, seus olhos toparam com o cartão, estranhamente tingido de verde por um último raio de sol que atravessava a lumeeira. E já estavam “as crianças” reunidas no salão entre caixas e embalagens, entregue o Grande Alberto a seus experimentos de física, quando a mesma mão da manhã tocou as aldravas da casa. Deviam ser umas dez da noite, cedo para eles, mas tarde para os hábitos da cidade. Um medo repentino tomou conta de Sofia: “Não podemos receber um estranho aqui”, disse, reparando, pela primeira vez, na singularidade de tudo aquilo que se constituíra no cenário natural de sua existência. Além disso, aceitar um estranho no labirinto familiar seria como trair um segredo, entregar um arcano, dissipar um sortilégio. “Não abra, pelo amor de Deus!”, implorou a Carlos, que já ia se levantando com gesto impaciente. Mas era tarde demais: Remigio, arrancado de seu primeiro sono pelas aldravadas no portão da cocheira, já ia introduzindo o forasteiro, com um candelabro ao alto. Era um homem sem idade — talvez tivesse trinta anos, talvez quarenta, talvez muitos menos —, com um rosto suspenso na inalterabilidade que os vincos prematuros transmitem a todo semblante, marcado na testa e nas faces pela mobilidade de uma fisionomia adestrada a passar bruscamente — como se veria desde suas primeiras palavras — de uma extrema tensão à passividade irônica, do riso desenfreado a uma expressão voluntariosa e dura, que revelava o desejo dominante de impor convicções e pareceres. De resto, a pele curtida pelo sol, o cabelo penteado à despenteada, conforme a última moda, completavam uma estampa robusta e saudável. Suas roupas cingiam um tronco maciço e dois braços de grossos músculos, bem levados por pernas sólidas, de passo seguro. Se os lábios eram plebeus e sensuais, os olhos, muito escuros, brilhavam com imperiosa e quase arrogante intensidade. O personagem tinha lá sua presença, mas, de saída, tanto podia causar simpatia quanto aversão. ("Um bruto como esse", pensou Sofia, "só pode mesmo esmurrar as portas quando quer entrar numa casa.") Depois de cumprimentar com uma empolada cortesia que mal podia apagar a descortesia de suas insistentes e estrepitosas batidas, o visitante começou a falar rápido, sem dar brecha para nenhuma observação, declarando que tinha cartas para o pai, de cuja inteligência ouvira maravilhas; que os tempos eram de novos tratos e novos intercâmbios; que os negociantes daqui, com seu direito ao livre-comércio, deviam relacionar-se com os de outras ilhas do Caribe; que trazia como modesto presente umas garrafas de vinho de qualidade ignorada na praça; que... Ao receber a notícia, gritada pelos três, de que o pai estava morto e enterrado havia muito tempo, o forasteiro — que se exprimia num jargão engraçado, um tanto espanhol e bastante francês, entremeado de locuções inglesas — estacou num "Oh!" condoído, tão desapontado, tão atravessado em seu impulso verbal, que os outros, sem perceber que era vergonhoso rir num momento como aquele, romperam em gargalhadas. Tudo foi tão rápido, tão inesperado, que o negociante de Port-au-Prince, desnorteado, juntou seu riso ao dos demais. Um "Por Deus!" de Sofia, caindo em si, carregou os semblantes. Mas a tensão já se aliviara. O visitante ia entrando sem ter sido convidado, e como se não estranhasse o quadro de desordem oferecido pela casa nem os trajes inusitados de Sofia, que, por diversão, tinha vestido uma camisa de Carlos cujas fraldas lhe batiam nos joelhos. Deu um piparote de entendido na porcelana de um jarro, acariciou a garrafa de Leyden, elogiou a qualidade de uma bússola, fez girar o parafuso de Arquimedes, murmurando alguma coisa sobre as alavancas que erguem o mundo, e começou a falar de suas viagens, que iniciara como grumete no porto de Marselha, onde o pai — para sua grande honra — tinha sido padeiro. "Os padeiros são muito úteis à sociedade", comentou Esteban, encantado de ver um estrangeiro que, ao pisar nessas terras, não alardeava altas linhagens. "Mais vale empedrar ruas que fazer flores de porcelana", completou o outro, com uma citação clássica, antes de falar de sua ama de leite martinicana, negra, mas das negras de verdade, que fora como uma anunciação de seus rumos futuros, pois, embora seus sonhos de adolescente apontassem para os lados da Ásia, todos os navios que o aceitavam a bordo iam parar nas Antilhas ou no golfo do México. Falava das florestas de coral das Bermudas; da opulência de Baltimore; do Mardi-Gras de Nova Orleans, comparável ao de Paris; das aguardentes de agrião e hortelã de Veracruz, antes de descer até o golfo de Paria, passando pela ilha das Pérolas e pela remota Trinidad. Promovido a piloto, chegara até a longínqua Paramaribo, cidade que bem podia ser invejada por muitas presunçosas — e apontava para o chão —, pois tinha largas avenidas margeadas de laranjeiras e limoeiros, em cujos troncos, por maior capricho, incrustavam-se conchinhas do mar. Havia magníficos bailes a bordo dos navios estrangeiros ancorados ao pé do forte Zeeland, e lá as holandesas — dizia, piscando para os rapazes — eram pródigas em favores. Todos os vinhos e licores do mundo eram saboreados naquela colônia cambiante, cujos festins eram servidos por negras enfeitadas com argolas e colares, vestidas com saias de pano da Índia e alguma blusa leve, quase transparente, sobre os seios firmes mas balançantes — e para aplacar Sofia, que já fechava a cara por causa da imagem, dignificou-a oportunamente com a citação de um verso francês alusivo às escravas persas que usavam trajes semelhantes no palácio de Sardanapalo. "Obrigada", disse a jovem entre dentes, mas reconhecendo a habilidade da saída. De resto — prosseguia o outro, mudando de latitude —, as Antilhas constituíam um arquipélago maravilhoso, onde se encontravam as coisas mais insólitas: âncoras enormes abandonadas em praias desertas; casas presas aos rochedos por correntes de ferro, para que os furacões não as arrastassem para o mar; um vasto cemitério sefardita em Curaçau; ilhas habitadas por mulheres que passavam meses e até anos sozinhas, enquanto os homens trabalhavam no Continente; galeões afundados, árvores petrificadas, peixes inimagináveis; e, em Barbados, a sepultura de um neto de Constantino XI — último imperador de Bizâncio —, cujo fantasma, nas noites de ventania, assombrava os caminhantes solitários... De repente Sofia perguntou ao visitante, muito séria, se tinha visto sereias nos mares tropicais. E antes que o forasteiro respondesse, a moça lhe mostrou uma página de *As delícias de Holanda*, vetusto livro onde se contava que uma vez, depois de uma tempestade que rompera os diques de West-Frise, aparecera uma mulher do mar, meio enterrada no lodo. Levada para o Harlem, ali a vestiram e a ensinaram a fiar. Mas viveu durante vários anos sem aprender o idioma, sempre conservando um instinto que a levava para a água. Seu choro era como o gemido de um moribundo... Nada espantado com o relato, o visitante falou de uma sereia encontrada anos atrás no rio Maroni. Fora descrita pelo major Archicombie, militar de renome, num informe encaminhado à Academia de Ciências de Paris: "Um major inglês não pode se enganar", acrescentou, com uma seriedade quase embaraçosa. Carlos, ao perceber que o visitante acabava de subir alguns furos no conceito de Sofia, desviou a conversa de volta ao assunto das viagens. Ainda faltava falar de Basse-Terre, em Guadalupe, com suas fontes de águas murmurantes e suas casas que lembravam as de Rochefort e La Rochelle — não conheciam Rochefort nem La Rochelle?... "Isso deve ser horrível", disse Sofia. "*Por força* vamos parar algumas horas nesses lugares quando formos a Paris. Melhor nos falar de Paris, que o senhor, sem dúvida, deve conhecer como a palma da mão." O forasteiro olhou-a de viés e, sem responder, narrou como havia ido de Pointe-à-Pitre a Santo Domingo com o propósito de ali abrir um comércio, estabelecendo-se finalmente em Port-au-Prince, onde tinha um próspero armazém: um armazém com muitas mercadorias, peles, salgaduras ("Que horror!", exclamou Sofia), barris, especiarias — "mais ou menos *comme le vôtre*", frisou o francês, apontando para a parede-meia esticando o polegar sobre o ombro, num gesto que a moça considerou o cúmulo da insolência: "Deste nós não cuidamos", observou. "Não seria um trabalho *fácil* nem *cômodo*", replicou o outro, passando a contar que vinha de Boston, centro de grandes negócios, ótimo para comprar farinha de trigo a melhor preço que na Europa. Agora estava esperando um grande carregamento, parte do qual iria vender na praça, mandando o resto para Port-au-Prince. Carlos já estava a ponto de despedir cortesmente aquele intruso que, depois do interessante introito autobiográfico, derivava para o odioso assunto do comércio, quando o outro, levantando-se como se estivesse em sua própria casa, foi até os livros amontoados num canto. Apanhava os volumes e manifestava enfaticamente seu contentamento quando o nome do autor podia ser associado a alguma teoria avançada em matéria de política ou religião: "Vejo que estão muito *au courant*", dizia, abrandando resistências. Logo vieram mostrar-lhe as edições de seus autores prediletos, que o forasteiro apalpava com deferência, avaliando a granulação do papel e o couro das encadernações. Depois foi olhar os trastes do Gabinete de Física e começou a armar um aparelho cujas peças jaziam espalhadas sobre vários móveis. "Isto também serve para a navegação", disse. E como fazia muito calor, pediu licença para ficar em mangas de camisa, para espanto de todos, desconcertados por vê-lo penetrar com tamanha familiaridade num mundo que, nessa noite, parecia-lhes tremendamente insólito ao erguer-se uma presença estranha junto ao "Passo dos Druidas" ou à "Torre Inclinada". Sofia estava a ponto de convidá-lo para jantar, mas tinha vergonha de revelar que ali se almoçava à meia-noite com os pratos apropriados para o meio-dia, quando o forasteiro, ajustando um quadrante cujo uso até então fora um mistério, acenou para a sala de jantar, onde a mesa já estava posta antes de sua chegada. "Vou pegar *meus* vinhos", disse. E buscando as garrafas que ao entrar deixara num banco do pátio, colocou-as ostensivamente sobre a mesa, convidando os demais a se sentar. Sofia estava novamente escandalizada com o descaramento daquele intruso que se arrogava, na casa alheia, atribuições de *pater familias*. Mas os rapazes já estavam provando um vinho alsaciano com tais demonstrações de prazer que, pensando no pobre Esteban — estivera tão doente nos últimos tempos e parecia estar se divertindo tanto com o visitante —, ela adotou ares de senhora formal e cortês, passando as travessas a quem chamava de "Monsieur Riug" com acento sibilante, "*Huuuuuug*", corrigia o outro, forçando um circunflexo no "u" para cortar bruscamente no "g", sem que Sofia emendasse a pronúncia. Sabendo muito bem como se dizia o sobrenome, a moça se divertia maldosamente deformando-o cada vez mais, em "Iug", "Ruk", "Ugues", e acabava armando um trava-línguas que terminava em gargalhadas sobre os biscoitos e marzipãs da Semana Santa, trazidos por Rosaura, que de repente lembraram a Esteban que era Sábado de Aleluia. "*Les cloches! Les cloches!*", exclamou o convidado com força, apontando para cima com um indicador inquieto, denotando que já bastante haviam tocado as sinetas, sinos e bordões da cidade ao longo de toda a manhã. Foi em seguida procurar outra garrafa — desta vez um Arbois —, que os rapazes, já bem altos, receberam com ruidosa alegria, fazendo como se a abençoassem. Esvaziados os copos, saíram para o pátio. "Que é que vocês têm lá em cima?", perguntou Monsieur Riug, encaminhando-se para a ampla escadaria. E já estava nos altos, depois de galgar os degraus de dois em dois, debruçado no peitoril de madeira que corria entre as colunas da varanda. "Se ele ousar entrar no meu quarto, vou escorraçar o maldito a pontapés", murmurou Sofia. Mas o desembaraçado visitante foi direto à última porta, que estava entreaberta, e a empurrou de leve. "Isso é uma espécie de quarto de despejo", disse Esteban. E era ele quem entrava agora, com a lanterna ao alto, num velho aposento que não visitava fazia anos. Vários baús, caixas, arcas e malas de viagem estavam encostados nas paredes, numa ordem que estabelecia um cômico contraste quando se pensava na desordem reinante embaixo. Ao fundo havia um grande guarda-roupa, cuja madeira chamou a atenção de Monsieur Riug pelo esplendor de seus veios: "Sólido... Muito bonito". Para que a solidez pudesse ser apalpada, Sofia abriu o móvel, mostrando a grossura da porta. Mas agora o forasteiro estava mais interessado nas velhas roupas penduradas dentro dele: roupas que pertenceram a membros da família materna, edificadora da casa; ao acadêmico, ao prelado, ao alferes da Marinha, ao magistrado; vestidos de avós, tafetás desbotados, austeras casacas, babados de baile, musselinas manchadas pela maresia, percais e cotins; fantasias de um dia: de pastora, de cartomante, de princesa inca, de dama antiga. "Ótimo para representar personagens!", exclamou Esteban. E subitamente concertados numa mesma ideia, começaram a tirar aquelas relíquias poeirentas, com uma grande revoada de traças, escorregando as peças escada abaixo pelo corrimão de mogno encerado. Pouco depois, no Grande Salão transformado em teatro, alternando-se em representar e adivinhar, os quatro pegaram a interpretar diversos papéis: bastava recombinar as peças, modificar suas formas com alfinetes, aceitar que uma camisola era um peplo romano ou uma túnica antiga, para caracterizar um herói da história ou da literatura, com a ajuda de alguma verdura transformada em coroa de louros, um cachimbo a modo de pistola, uma bengala presa ao cinto fazendo as vezes de espada. Monsieur Riug, com uma evidente queda pela Antiguidade, vestiu-se de Múcio Scevola, de Caio Graco, de Demóstenes — um Demóstenes imediatamente identificado, quando saiu para o pátio à cata de pedrinhas. Carlos, com flauta e tricorne de papelão, foi reconhecido como Frederico da Prússia, por mais que se empenhasse em provar que na verdade representara o flautista Quantz. Esteban, com uma rã de brinquedo trazida de seu quarto, arremedou as experiências de Galvani, encerrando aí sua atuação, porque a poeira das roupas lhe provocava perigosos espirros. Sofia, calculando que Monsieur Riug era pouco versado nas coisas da Espanha, fazia questão, maldosamente, de representar Inês de Castro, Joana a Louca ou a Ilustre Fregona, e acabou por enfear-se ao máximo, entortando o rosto, abobalhando a expressão, para dar vida a um personagem não identificável que revelou ser, em meio ao protesto geral, "qualquer infanta dos Bourbon". Já perto de clarear o dia, Carlos propôs a realização de um "grande massacre". Com finos fios, penduraram as roupas em um arame esticado entre os troncos das palmeiras, depois de arrematá-las com grotescas máscaras de papel pintado, e todos começaram a atirar bolas para derrubá-las: "Fogo!", gritava Esteban, dando a voz de ataque. E caíam prelados, caíam capitães, caíam damas da corte, caíam pastores, em meio às gargalhadas que, lançadas pátio acima, podiam ser ouvidas em toda a rua... A manhã os surpreendeu nessas brincadeiras, insaciados, atirando pesos de papel, potes, vasos de plantas, volumes de enciclopédia, contra as roupas que haviam resistido às bolas, entregues à mais alegre fúria: "Fogo!", gritava Esteban. "Fogo!"... Por fim, Remigio foi chamado para preparar o coche e levar o visitante até o hotel. O francês se despediu com grandes demonstrações de afeto, prometendo voltar à noite. "Que figura!", disse Esteban. Mas os outros agora tinham que se vestir de preto para ir à igreja do Espírito Santo, onde se rezava mais uma missa pelo eterno descanso do pai. "E se não formos?", propôs Carlos, bocejando. "A missa vai ser rezada de qualquer jeito." "Eu vou sozinha", disse Sofia, sisuda. Mas, depois de certa hesitação, buscando pretextos na iminência de uma indisposição muito normal, fechou as cortinas de seu quarto e se enfiou na cama.

5.

Victor, como já o chamavam, aparecia na casa todas as tardes, revelando habilidades nos mais variados ofícios. Uma noite resolvia pôr as mãos na massa para fazer uns croissants que atestavam seus conhecimentos na arte da panificação. Outras vezes, preparava molhos maravilhosos combinando os ingredientes mais insólitos. Transfigurava uma carne fria em prato moscovita, valendo-se de erva-doce e pimenta-do-reino, e em tudo punha vinho e especiarias, batizando o novo prato com nomes pomposos, inspirados na memória de cozinheiros ilustres. A descoberta de uma *Arte Scisoria* do marquês de Villena, entre vários livros raros vindos de Madri, determinou uma semana de sabores medievais, em que qualquer lombinho figurava de peça de alta venatória. Por outro lado, ia completando a montagem dos mais complicados aparelhos do Gabinete de Física — já funcionavam quase todos —, ilustrando teorias, analisando o espectro, produzindo belas faíscas, dissertando acerca de tudo no pitoresco castelhano adquirido em suas andanças pelo golfo do México e pelas ilhas do Caribe, que ia enriquecendo de palavras e expressões com cotidiana facilidade. Ao mesmo tempo, fazia os jovens exercitarem a pronúncia francesa com alguma página de romance ou, melhor ainda, alguma peça lida a várias vozes, como no teatro. E muitas risadas dava Sofia quando, num crepúsculo que para ela era amanhecer, Esteban declamava, com forte sotaque meridional devido a seu mestre, os versos de *Le Joueur*:

Il est, parbleu, grand jour. Déjà, de leur ramage
Les coqs ont éveillé tout notre voisinage.

Numa noite de mau tempo, Victor foi convidado a dormir num dos quartos. E quando os demais se levantaram, no entardecer seguinte, pouco antes de os galos da vizinhança esconderem a cabeça sob a asa, depararam com um espetáculo inacreditável: com a camisa aberta e rasgada, suando como um negro da estiva, o francês acabava de desencaixotar o que durante tantos meses permanecera meio embalado nas caixas, arrumando a seu bel-prazer móveis, tapeçarias e jarros, com a ajuda de Remigio. A primeira impressão foi desconcertante e melancólica. Toda uma cenografia de sonhos caía por terra. Mas, aos poucos, os adolescentes começaram a desfrutar daquela inesperada transformação, achando os espaços mais amplos, as luzes mais claras — descobrindo a aconchegante maciez de uma poltrona, a fina tauxia de um aparador, as cálidas tonalidades do ébano. Sofia percorria os cômodos como numa nova casa, mirando-se em espelhos desconhecidos que, postos frente a frente, multiplicavam sua imagem até brumosos confins. E, como certos cantos estavam manchados de umidade, Victor, com uma escada de mão, pintava aqui e ali espirrando tinta pelo rosto. Tomados de um repentino furor de arrumar tudo, os demais arremeteram contra o que restava nas caixas, desenrolando tapetes, desdobrando cortinas, tirando porcelanas dentre a serragem, atirando no pátio o que achavam quebrado — talvez lamentando não encontrar mais coisas quebradas para espatifá-las contra o muro. Nessa madrugada houve Banquete de Gala na sala de jantar imaginariamente situada em Viena, em atenção a Sofia, que fazia algum tempo dera para ler artigos que exaltavam os mármores, cristais e rocalhas dessa cidade, musical como nenhuma outra, posta sob a proteção de Santo Estêvão, padroeiro dos nascidos em 26 de dezembro... Em seguida deu-se um Baile de Embaixadores ante os espelhos biselados do salão, ao som da flauta de Carlos, que pouco se importava, em tão excepcional celebração, com o que os vizinhos iriam pensar. Serviram-se bandejas de um ponche com espumas polvilhadas de canela, preparado pelo Conselheiro do Trono, enquanto Esteban, posando de Delfim displicente e condecorado, observava que, naquela festa, um dançava pior que o outro — Victor, porque se balançava como marujo em convés; Sofia, porque as freiras não ensinavam a dançar; Carlos, porque, girando ao compasso da sua própria música, parecia um autômato montado em seu eixo. "Fogo!", gritava Esteban, bombardeando-os com avelãs e confeitos. Mas o Delfim se saiu mal dos seus gracejos, pois, de repente, os chiados de sua traqueia anunciaram o início de uma crise. Em minutos, seu rosto se enrugou e envelheceu num ricto de sofrimento. Já estava com as veias saltadas e afastando os joelhos a mais não poder, com os cotovelos avançados para levantar os ombros, buscando um ar que não achava em toda a vasta casa...

"Temos que levá-lo para um lugar menos abafado", disse Victor. (Sofia nunca pensara nisso. Quando o pai era vivo, na sua austeridade, jamais permitiria que alguém saísse de casa depois da hora do terço.) Tomando o asmático nos braços, Victor levou-o até o coche, enquanto Carlos apanhava a coelheira e os arreios do cavalo. E pela primeira vez Sofia se viu fora, entre casas que a noite aumentava em profundidade, na altura das colunas, na amplidão de telhados cujos beirais se empinavam nos cantos sobre grades arrematadas por uma lira, uma sereia, ou cabeças de cabra silhuetadas pelo ferro em algum brasão coberto de chaves, de leões e vieiras de Santiago. Desembocaram na Alameda, onde algumas luminárias ainda permaneciam acesas. Estranhamente deserta, resplandecia com as lojas fechadas, as arcadas em sombras, a fonte muda e as lanternas dos navios oscilando no alto dos mastros, erguidos como um denso bosque além do cais. Sobre o rumor das águas mansas, quebrando nos pilotis dos ancoradouros, pairava um cheiro de peixe, de óleos e podridões marinhas. Um relógio de cuco tocou em alguma casa adormecida, e o sereno cantou as horas, dando, em seu pregão, o céu como claro e limpo. Depois de três voltas lentas, Esteban fez um gesto que expressava seu desejo de ir mais longe. Encaminhou-se o coche para o Estaleiro, onde os navios em construção, elevando as costelas do cavername, pareciam enormes fósseis. "Por aí não", disse Sofia, ao ver que os diques já estavam longe e as carcaças dos navios iam ficando para trás, numa zona que se enchia de gente mal-encarada. Victor, sem se dar por achado, bateu de leve com o chicote nas ancas do cavalo. Havia luzes perto. E, ao dobrar uma esquina, viram-se numa rua tomada de marinheiros, onde várias casas de baile transbordavam música e risadas pelas janelas abertas. Ao ritmo de tambores, flautas e violinos, os pares dançavam com um descaramento que fez Sofia corar, escandalizada, muda, mas sem conseguir afastar os olhos daquela turbamulta intramuros, dominada pela voz ardida das clarinetas. Havia mulatas que requebravam as cadeiras, oferecendo-se de costas a quem as seguia, para num salto fugir do desgarrado gesto mil vezes provocado. Sobre um tablado, uma negra com as saias recolhidas sobre as coxas sapateava ao som de uma *guaracha* que repetia seu malicioso estribilho, "*¿Cuándo, mi vida, cuándo?*". Uma mulher mostrava os seios em troca de bebida, junto a outra, deitada numa mesa, que jogava os sapatos para o alto e levantava o saiote, exibindo as coxas. Homens de todo tipo e cor iam para o fundo das tabernas, alguns com a mão bem calcada na polpa de nádegas. Victor, que desviava dos bêbados com destreza de cocheiro, parecia desfrutar aquela indigna balbúrdia, identificando os norte-americanos pelo modo de cambalear, os ingleses por suas canções, os espanhóis por levarem o vinho em botas e porrões. À entrada de um barracão, várias rameiras agarravam os transeuntes, deixando-se apalpar, enlaçar, avaliar; uma delas, jogada num catre sob o peso de um colosso barbinegro, nem sequer tivera tempo de fechar a porta. Outra ia despindo um grumete magro, bêbado demais para se entender com a própria roupa. Sofia estava a ponto de gritar de nojo, de indignação, mais por Esteban e Carlos do que por si mesma. Aquele mundo era-lhe tão estranho que o observava como a uma visão infernal, sem relação com os mundos conhecidos. Ela nada tinha a ver com as promiscuidades daquele atracadouro de gente sem fé nem lei. Mas percebia, na expressão dos rapazes, uma coisa obscura, estranha, expectante — para não dizer aquiescente — que a exasperava. Era como se "isso" não os repugnasse tão profundamente como a ela; como se houvesse um princípio de entendimento entre os sentidos deles e aqueles corpos diferentes dos do universo normal. Imaginou Esteban e Carlos naquela festa, naquela casa, rolando nos catres, confundindo seus limpos suores com as densas exsudações daquelas fêmeas... Erguendo-se no coche, arrebatou o chicote de Victor e desfechou tamanho golpe, que o cavalo, num salto, rompeu a galopar, derrubando a barraca de uma bucheira com a lança de tiro. Foi um esparrame de óleo fervente, pescadas, bolinhos e tortas, entre os ganidos de um cachorro escaldado que rolava pelo chão e acabava de se esfolar com cacos de vidro e espinhas de peixe. Um tumulto se espalhou por toda a rua. E agora eram várias as negras que corriam atrás deles no meio da noite, armadas de paus, facões e garrafas vazias, atirando pedras que rebatiam nos telhados, arrastando cacos de barro ao cair dos beirais. E por fim, ao verem o coche se afastar, despejaram tais e tantos insultos que chegavam a causar riso de tão exaustivos, insuperáveis em sua blasfêmia e procacidade. "Olhe as coisas que uma senhorita tem que ouvir", disse Carlos, já de volta à Alameda, depois de darem um largo rodeio. Chegando em casa, Sofia desapareceu em suas sombras, sem dar boa-noite. Victor, como de costume, voltou ao entardecer. Após um alívio passageiro, a crise de Esteban só fizera piorar durante o dia, atingindo tais paroxismos que estavam pensando até em chamar um médico — decisão de excepcional gravidade, já que o doente, escarmentado por numerosas experiências, sabia que as receitas de botica, quando tinham algum efeito, apenas pioravam seu estado. Agarrado à grade de sua janela, de cara para o pátio, o adolescente, em seu desespero, se despojara de toda a roupa. Com as costelas e as clavículas saltadas em tal relevo que pareciam fora da pele, seu corpo lembrava o de certos jacentes de túmulos espanhóis, estripados, reduzidos a um couro retesado sobre a armação de ossos. Vencido na luta por respirar, Esteban deixou-se cair no chão, pegado contra uma parede, o rosto roxo, as unhas quase pretas, fitando os outros com olhos moribundos. O pulso disparado se debatia pelas veias. Toda sua pessoa estava untada de uma pasta cerosa, e a língua, sem achar saliva, pressionava uns dentes que começavam a amolecer nas gengivas pálidas... "Precisamos fazer alguma coisa!", gritou Sofia. "Precisamos fazer alguma coisa...!"

Victor, depois de alguns minutos de aparente indiferença, como que movido por uma difícil decisão, pediu o coche e anunciou que ia buscar Alguém que poderia lançar mão de extraordinários poderes para vencer a doença. Voltou dali a meia hora, na companhia de um mestiço de duras feições, vestido com apurada elegância, a quem apresentou como dr. Ogé, médico notável e eminente filantropo, que ele conhecera em Port-au-Prince. Sofia cumprimentou o recém-chegado com um leve aceno de cabeça, sem estender a mão. De nada adiantava ele ostentar a relativa brancura de sua tez: era como uma pele postiça, aderida a um rosto de largas ventas e cabelo maciçamente encarapinhado. Quem fosse negro, ou tivesse um pouco de negro, era, para ela, sinônimo de criado, estivador, cocheiro ou músico ambulante — por mais que Victor, notando o gesto desdenhoso, explicasse que Ogé, descendente de uma abastada família de Saint-Domingue, era formado em Paris e possuía diplomas que atestavam seu saber. De fato, fazia uso de um vocabulário rebuscado — cheio de expressões antigas, desusadas, quando falava em francês; diferenciando exageradamente a pronúncia de cês e zês, quando falava em castelhano — e seus modos denotavam uma constante vigilância da própria urbanidade. "Mas... é um preto!", cochichou Sofia, com hálito percuciente, ao ouvido de Victor. "Todos os homens nascem iguais", respondeu o outro, afastando-a com um leve empurrão. Esse conceito aumentou a resistência dela. Por mais que admitisse a ideia como especulação humanitária, não conseguia aceitar que um negro pudesse ser médico de cabeceira nem que se confiasse a saúde de um parente a um indivíduo de cor carregada. Ninguém encomendaria a um preto a construção de um palácio, a defesa de um réu, a condução de uma controvérsia teológica ou o governo de um país. Mas Esteban, estertorando, clamava com tamanho desespero que todos foram até seu quarto. "Deixem o médico trabalhar!", disse Victor, peremptoriamente. "É preciso acabar com essa crise, seja como for." O mestiço, sem olhar o doente, sem examiná-lo nem tocá-lo, permanecia imóvel, farejando o ar de modo singular. "Não será a primeira vez que isto acontece", disse pouco depois. E ergueu os olhos para uma pequena claraboia aberta no alto da parede, entre duas vigas que sustentavam o teto. Perguntou o que havia do outro lado do muro. Carlos lembrou que ali existia um patiozinho estreito, muito úmido, cheio de móveis quebrados e trastes imprestáveis, uma passagem a céu aberto, separada da rua por uma pequena grade coberta de trepadeiras, por onde ninguém passava fazia muitos anos. O médico insistiu em ser levado até lá. Depois de contornarem pelo quarto de Remigio, que estava fora, à procura de alguma beberagem, abriram uma porta rangente, pintada de azul. A visão que tiveram foi assombrosa: dois longos canteiros paralelos transbordantes de salsinhas e giestas, de urtigas, sensitivas e ervas de aspecto silvestre, crescendo em volta de vários pés de resedá, esplendorosamente floridos. Como exposto em um altar, um busto de Sócrates, que Sofia recordava ter visto algumas vezes no escritório do pai, quando era menina, estava agora num nicho, rodeado de estranhas oferendas, semelhantes às que certas pessoas dadas à feitiçaria usavam em seus despachos: cumbucas cheias de grãos de milho, pedras de enxofre, caracóis, limalha de ferro. "*C'est ça*", disse Ogé, contemplando o minúsculo jardim, como se significasse muito para ele. E, movido por um impulso repentino, começou a arrancar pela raiz os pés de resedá e a amontoá-los entre os canteiros. Em seguida foi até a cozinha, voltou com uma pazada de carvões em brasa e fez uma fogueira na qual atirou todas as plantas que cresciam no estreito pátio. "É bem provável que tenhamos descoberto a razão do mal", disse, e ofereceu uma explicação que Sofia achou em tudo semelhante a um curso de magia negra. Segundo ele, certas doenças estavam misteriosamente ligadas ao crescimento de uma erva, planta ou árvore nas proximidades. Cada ser humano tinha um "duplo" em alguma criatura vegetal. E em certos casos esse "duplo", para seu próprio desenvolvimento, roubava energias do homem ao qual vivia ligado, condenando-o à doença quando florescia ou dava sementes. "*Ne souriez pas, Mademoiselle.*" Ele comprovara o fenômeno muitas vezes em Saint-Domingue, onde a asma atacava crianças e adolescentes e os matava por asfixia ou anemia. Mas bastava, às vezes, queimar a vegetação que rodeava o doente — na casa ou nos arredores — para observar curas surpreendentes... "Bruxaria", disse Sofia. "Só podia ser." Então apareceu Remigio, bruscamente transtornado ao ver o que estava acontecendo. Violento, desrespeitoso, jogou o chapéu no chão e pôs-se a gritar que tinham queimado suas plantas; que ele as cultivava fazia muitíssimo tempo para vendê-las no mercado, porque eram medicinais; que tinham destruído o malvarisco, que tanto trabalho lhe dera aclimatar e que servia para curar todos os males das partes do homem, quando a aplicação das folhas se fazia acompanhar da oração a Santo Hermenegildo, torturado em suas naturezas pelo Sultão dos Sarracenos; que com o que acabavam de fazer tinham ofendido gravemente o senhor das florestas, aquele cujo "retrato", com a barba rala que o caracterizava — e apontava para o busto de Sócrates —, santificava aquele lugar que ninguém, na casa, nunca utilizara para nada. E, rompendo a chorar, acabou gemendo que, se o patrão tivesse acreditado um pouco mais no poder daquelas ervas — ele bem que as oferecera, vendo que ia por mau caminho, com aquela sua última mania de trazer mulheres para casa quando Carlos estava na fazenda, Sofia no convento e o outro muito doente para perceber qualquer coisa —, não teria morrido do jeito que morrera, montado numa mulher, na certa por muito alardear de uma rijeza negada à sua idade. "Amanhã, você suma desta casa!", gritou Sofia, interrompendo a odiosa cena, constrangida, enojada, incapaz de encarar o que saltava aos olhos como ofuscante revelação... Voltaram para o quarto de Esteban, enquanto Carlos — que ainda não avaliara as implicações do que Remigio acabava de dizer — lamentava o tempo perdido em gritarias inúteis. Mas uma coisa assombrosa estava acontecendo com o doente: os longos e agudos chiados que cerravam sua garganta tornavam-se intermitentes, interrompidos por alguns segundos. Era como se Esteban tomasse cada porção de ar a goles curtos, e com esse alívio as costelas e clavículas voltavam a seu lugar, abaixo e não acima do próprio contorno. "Assim como alguns homens morrem devorados pelo flamboaiã ou pelo cardo-santo", disse Ogé, "ele estava sendo morto lentamente pelas flores amarelas que se alimentavam de sua matéria." E agora, sentado defronte ao doente, apertando-lhe os joelhos entre os seus, fitava-o nos olhos com imperiosa firmeza, enquanto suas mãos, mantendo um ondulante movimento dos dedos, pareciam descarregar-lhe um fluido invisível sobre as têmporas. Uma pasma gratidão se estampava no rosto do paciente, um rosto descongestionado, que ia recuperando a brancura por zonas, restando aqui e ali o anormal relevo de uma veia azul. Mudando de método, o dr. Ogé passou a circular os olhos de Esteban com os polegares, num movimento paralelo das mãos. De repente as deteve e as atraiu para si, cerrando os punhos, deixando-os suspensos à altura dos próprios olhos, como se assim concluísse uma ação ritual. Esteban deixou-se cair de lado no divã de vime, vencido por um sopor repentino, suando por todos os poros. Sofia cobriu seu corpo nu com uma manta. "Um chá de ipeca e folhas de arnica quando acordar", disse o curandeiro, ajeitando a casaca diante de um espelho no qual topou com o olhar intrigado de Sofia, que o seguia com a vista. Havia muito de mago, de charlatão, em sua gesticulação teatral. Mas com isso acabara de operar um milagre. "Meu amigo", Victor explicava a Carlos, enquanto abria uma garrafa de vinho português, "pertence à *Sociedade da Harmo-*

nia de Cap-Français." "É uma associação musical?", perguntou Sofia. Ogé e Victor se entreolharam, rompendo numa só gargalhada. A jovem, contrariada por aquela hilaridade inexplicável, voltou para o quarto de Esteban. O doente dormia pesadamente, com respiração normal, enquanto suas unhas iam recuperando um pouco da cor. Victor esperava por ela na entrada do salão: "Os honorários do negro", disse em voz baixa. Sofia, envergonhada pelo esquecimento, correu para seu quarto e voltou com um envelope que estendeu ao médico. "*Oh! Jamais de la vie!*", exclamou o mestiço, recusando a dádiva com gesto ofendido, e pôs-se a falar da medicina moderna, obrigada a admitir, fazia alguns anos, que certas forças ainda mal estudadas podiam agir sobre a saúde do homem. Sofia dirigiu um olhar furioso para Victor. Mas o olhar caiu no vazio: o francês tinha a vista posta em Rosaura, a mulata, que atravessava o pátio bamboleando-se num vestido azul-claro florido. "Que interessante!", murmurou a jovem, como se prestasse atenção no discurso de Ogé. "*Plaît-il?*", perguntou o outro... Uma folha de palmeira caiu no pátio com ruído de cortina rasgada. O vento trazia o cheiro do mar, um mar tão próximo que parecia derramar-se em todas as ruas da cidade. "Este ano vamos ter furacão", disse Carlos, que, observando um termômetro do Grande Alberto, tentava converter graus Fahrenheit em graus Réaumur. Reinava um latente mal-estar. As palavras estavam divorciadas dos pensamentos. Cada qual falava por uma boca que não lhe pertencia, embora soasse sobre o queixo do próprio rosto. Nem Carlos estava interessado no termômetro do Grande Alberto, nem Ogé se sentia escutado, nem Sofia conseguia aliviar a íntima mordedura de uma irritação que se voltava contra Remigio — desastrado revelador de algo de que ela suspeitava fazia tempo, levando-a a desprezar a miserável natureza masculina, incapaz de preservar a digna e calma unicidade do solteiro ou do viúvo. E essa irritação contra o criado indiscreto aumentava ao perceber que as palavras do negro lhe davam ocasião para confessar a si mesma que ela nunca amara o pai, cujos beijos, cheirando a alcaçuz e a tabaco, largados com displicência na testa e no rosto quando a mandava de volta para o convento depois de maçantes almoços dominicais, eram para ela detestáveis desde os primeiros dias de sua puberdade.

6.

Sofia sentia-se estranha, tirada de seu eixo, como situada no limiar de uma época de transformações. Algumas tardes, tinha a impressão de que a luz, inclinada em novos ângulos, dava uma nova personalidade às coisas. Um Cristo saía das sombras para fitá-la com olhos tristes. Um objeto, até então despercebido, alardeava a delicadeza de seu artesanato. Desenhava-se um veleiro nos veios desta cômoda. Aquele quadro falava outra língua, com figuras que, de repente, pareciam como que restauradas; com esses arlequins menos escondidos nas folhagens de seus jardins, enquanto as colunas quebradas, precipitadas — mas sempre suspensas no espaço — da *Explosão numa catedral* tornavam-se exasperadoras em seu movimento contido, na perpétua queda sem cair. De Paris chegavam livros muito cobiçados poucos meses antes, impacientemente pedidos por catálogo, mas que agora ficavam por desembrulhar numa prateleira da estante. Passava de uma coisa a outra, abandonando uma tarefa útil para consertar o imprestável, colando cacos de jarros quebrados, semeando plantas que não vingavam nos trópicos, divertindo-se com um tratado de botânica antes de se entediar com uma leitura cheia de Pátroclos e Eneias, abandonados para remexer um baú de retalhos, incapaz de persistir no que quer que fosse, de completar um remendo, uma conta doméstica ou a tradução — de resto desnecessária — da *Ode à noite*, do inglês Collins... Esteban também não era o mesmo; muitas mudanças estavam ocorrendo em seu caráter e em seu comportamento desde a noite de sua prodigiosa cura — porque o fato era que, desde a destruição do ignorado jardim de Remigio, a doença não voltara a atacá-lo. Perdido o temor das crises noturnas, era o primeiro a sair de casa, adiantando a cada dia a hora de seu despertar. Comia quando tinha vontade, sem esperar pelos demais. Uma voracidade do instante — desforra das muitas dietas impostas pelos médicos — levava-o à cozinha, para bulir nas panelas, apanhar a primeira torta que saísse do forno, devorar as frutas nem bem chegavam do mercado. Cansado dos refrescos e orchatas associados à lembrança de seu sofrimento, matava a sede, a qualquer hora, com grandes copos de qualquer carrascão que logo lhe corava o rosto. Mostrava-se insaciável à mesa, sobretudo quando almoçava a sós, ao meio-dia, com a camisa aberta e de mangas arregaçadas, calçando pantufas árabes, e, de quebra-nozes em punho, atacava uma travessa de mariscos com tal ímpeto que os pedaços das cascas voavam contra as paredes. Em vez de roupão, usava sobre o corpo nu, entremostrando as pernas peludas sob a púrpura, uma veste de bispo tirada do armário das roupas da família, cujo cetim era agradavelmente fresco, amarrando o rosário a modo de cinto. E aquele bispo não parava quieto, entretido com o jogo da bola na galeria do pátio, escorregando no corrimão da escada, dependurando-se dos parapeitos ou tentando ressuscitar o carrilhão de um relógio mudo fazia vinte anos. Sofia, que incontáveis vezes dera banho no primo durante suas crises sem nunca reparar nas sombras felpudas que iam enegrecendo sua anatomia, agora, com crescente pudor, procurava evitar o terraço quando sabia que o rapaz estava tomando banho ali, ao ar livre, e depois secava o corpo ao sol, deitado no chão de ladrilho, sem sequer tomar o cuidado de cobrir o ventre com uma toalha. “Nosso garoto está virando homem”, dizia Carlos, satisfeito. "Homem de verdade", confirmava Sofia, sabendo que, fazia alguns dias, ele vinha raspando o buço adolescente com uma navalha de barbeiro. Remontando a escala do tempo, Esteban devolvia o pleno sentido às horas transtornadas pelos hábitos da casa. Levantava cada dia mais cedo, chegando a compartilhar o café da manhã com a criadagem. Sofia o observava com assombro, assustada com o novo personagem que ia crescendo naquele ser doente e lastimoso de poucas semanas atrás e que agora, no ar plenamente aspirado e devolvido, curado de catarros e congestões, encontrava uma energia que mal cabia em seus ombros ossudos, suas pernas magras, na silhueta mirrada pelo longo sofrimento. A jovem sentia a inquietação da mãe que percebe no filho os primeiros sinais de virilidade. Um filho que, com frequência cada vez maior, apanhava o chapéu e ia zanzar pelas ruas sob qualquer pretexto, sempre omitindo que suas andanças o levavam às ruas do porto ou aos confins da Alameda, para os lados da igreja velha que delimitava o bairro do Arsenal. Timidamente primeiro; aventurando-se até uma esquina um dia; até a outra no seguinte; medindo o último trecho do percurso, foi chegando à rua das tavolagens e casas de baile, singularmente tranquilas nas horas da tarde. Mas já começavam a aparecer mulheres recém-saídas da cama ou do banho, aspirando a fumaça de algum charuto e lançando zombadoras provocações ao adolescente que fugia das mais agressivas, para demorar o passo junto às que cochichavam ofertas que só ele podia ouvir. Daquelas casas que falavam saía um perfume obscuro, de essências e sabonetes, de corpos preguiçosos, de quartos cálidos, que disparavam o pulso de Esteban quando ele pensava que bastaria um segundo de decisão para penetrar em um mundo pleno de misteriosas possibilidades. De uma noção abstrata dos mecanismos físicos à consumação real do ato, havia a enorme distância que só a adolescência pode medir — com a vaga sensação de culpa, de perigo, de começo de Algo, que implicava o fato de tomar a carne alheia. Durante dez dias, foi até o fim da rua, quase resolvido a entrar onde uma moça indolente, sempre sentada num banco, mostrava o tino de esperar em silêncio. Outras dez vezes tornou a passar diante dela sem se atrever, enquanto a mulher, certa de que, mais cedo ou mais tarde, o rapaz seria seu — sabendo-se já escolhida —, esperava sem premência. Uma tarde, afinal, a porta azul da casa se fechou atrás dele. Nada do que ocorreu em um quarto abafado e estreito, sem nenhum enfeite além de umas anáguas penduradas num prego, pareceu-lhe muito importante nem muito extraordinário. A crueza nunca vista de certos romances modernos já lhe revelara que a verdadeira voluptuosidade obedecia a impulsos mais sutis e compartilhados. Ainda assim, durante várias semanas ele voltou, todos os dias, ao mesmo lugar; precisava mostrar a si mesmo que era capaz de fazer, sem remorso nem falhas físicas — com crescente curiosidade por passar sua experiência a outros corpos —, o que os rapazes de sua idade faziam muito naturalmente. "Que perfume horrível é esse?", perguntou-lhe a prima um dia, farejando seu pescoço. Pouco depois, Esteban achou sobre a mesa de cabeceira um livro que falava das terríveis doenças enviadas ao homem como castigo pelos pecados carnais. O moço guardou o volume sem se dar por achado.

Sofia se acostumara a passar longas tardes sozinha, desde que Esteban se ausentava com tanta frequência e que Carlos, levado por um novo entusiasmo, ia até o picadeiro do Campo de Marte, onde um famoso cavaleiro fazia exibições de equitação espanhola, ensinando os cavalos a se empinarem nobremente, como nas estátuas equestres, ou a marcar o passo com garbo e ritmo, trabalhando as rédeas à portuguesa ou à prussiana. Victor, como sempre, aparecia na hora do crepúsculo. Sofia, como cumprimento, perguntava-lhe pelo carregamento de farinha de Boston, que nunca chegava. "Quando chegar", disse o negociante, "vou voltar para Port-au-Prince com Ogé, que tem outros assuntos para resolver por lá." Essa perspectiva aterrorizava a moça, ao pensar na possibilidade de que Esteban sofresse uma recaída. "Ogé está formando discípulos por aqui", dizia Victor para tranquilizá-la, mas sem esclarecer onde ele ministrava suas aulas, nem com que olhos suas atividades seriam vistas pelo protomedicato, muito severo em matéria de colegiatura. Costumava criticar don Cosme, a quem tachava de péssimo comerciante: "É um *gagne-petit* que não enxerga um palmo à frente do nariz". E, mesmo sabendo do descaso de Sofia por tudo o que se referisse ao comércio além-muro, Victor insistia em aconselhá-la: assim que tivessem idade para tanto, ela e o irmão deveriam livrar-se do Testamenteiro e confiar a condução de seus interesses a uma pessoa mais capacitada, que desse maior impulso aos negócios. Passava então a enumerar as novas mercadorias que, nestes tempos, podiam dar grandes lucros. "Parece até que estou ouvindo meu santo pai, que Deus o tenha em sua glória", dizia Sofia, para cortar o tedioso discurso, com voz tão impostada e falsa que já na entonação alardeava sarcasmo. Victor soltava a gargalhada que, em suas conversações, assinalava qualquer brusca mudança de humor, e punha-se a falar de viagens — Campeche, Marie-Galante ou Dominica —, ouvindo a si mesmo com evidente satisfação. Havia nele uma desconcertante mistura de vulgaridade e distinção. Conforme o rumo da conversa, podia passar da mais buliçosa loquacidade meridional a uma extrema economia de palavras. Vários indivíduos pareciam habitar sua pessoa. Quando falava de comércio, sua gesticulação era de mercador, com mãos que se transformavam em pratos de balança. Logo em seguida, concentrava-se na leitura de um livro e permanecia de cenho franzido, com as pálpebras aparentemente imóveis sobre os olhos sombrios, dotados de uma fixidez que trespassava as páginas. Quando resolvia cozinhar, virava mestre-cuca e equilibrava escumadeiras na testa, improvisava chapéus com qualquer pano, batucava nas panelas. Certos dias, suas mãos eram duras e avarentas — com aquela mania de cerrar o punho sobre o polegar, que Sofia achava desagradavelmente reveladora. Outras vezes elas se tornavam leves e finas, acariciando um conceito como se fosse uma esfera suspensa no espaço. "Sou um plebeu", dizia, como quem ostenta um brasão. Nas representações das charadas vivas, porém, Sofia observara que ele preferia papéis de legisladores e tribunos antigos, e que se levava muitíssimo a sério — quem sabe até julgando-se bom ator. Várias vezes insistira em representar episódios da vida de Licurgo, personagem pelo qual parecia nutrir especial admiração. Inteligente para o comércio, conhecedor dos mecanismos dos Bancos e dos Seguros, negociante por ofício, Victor era, no entanto, um defensor da distribuição de terras e propriedades, da entrega dos filhos ao Estado, da abolição das fortunas e da cunhagem de uma moeda de ferro que, assim como a espartana, não pudesse ser entesourada. Um dia em que Esteban se sentia particularmente alegre e saudável, propôs improvisarem uma festa para comemorar "O Restabelecimento da Normalidade nas Horas de Comer". Dariam um grande banquete às oito em ponto, tendo os comensais a obrigação de acudir de vários cantos da casa — os mais distantes da sala de jantar — enquanto os sinos do Espírito Santo davam as horas. Quem não conseguisse chegar antes da oitava badalada seria submetido a diversas penalidades. Quanto à etiqueta do vestuário, estava tudo lá em cima, no grande guarda-roupa familiar. Sofia escolheu a fantasia de Duquesa-arruinada-pelos-penhoristas e se pôs a desfiar um saiote com a ajuda de Rosaura. Esteban já tinha lá em seu quarto, fazia tempo, a veste episcopal. Carlos iria de Alferes da Marinha, enquanto Victor escolheu uma toga de magistrado — "*elle me va très bien*" —, antes de ir para a cozinha preparar as pombas-trocazes do segundo serviço. "Assim estarão representadas a Nobreza, a Igreja, as Armas e a Magistratura", disse Carlos. "Falta a Diplomacia", observou Sofia. E, entre risadas, decidiram impor a Ogé o papel de Embaixador Plenipotenciário dos Reinos da Abissínia... Mas Remigio, enviado em busca dele, voltou com a desconcertante notícia: o médico saíra logo cedo e não voltara ao hotel. E agora acabava de chegar a polícia para revistar o quarto dele, com ordens de apreender todos os seus livros e papéis. "Não entendo", dizia Victor. "Não entendo." "Será que alguém o denunciou por exercer ilegalmente a medicina?", perguntou Carlos. "Sua medicina *ilegal* é a que cura os doentes!", gritou Esteban fora de si... Agitado, estranho, buscando com muita pressa um chapéu que não aparecia, Victor saiu em busca de mais informações. "É a primeira vez que o vejo alterado por causa de alguma coisa", disse Sofia, passando um lenço pela testa coberta de suor. Fazia um calor insuportável. O ar estava imóvel entre cortinas inertes, flores murchas, plantas que pareciam de metal. As folhas das palmeiras do pátio tinham adquirido um peso de ferro forjado.

7.

Pouco depois das sete da noite, Victor voltou. Nada sabia do paradeiro de Ogé, mas acreditava que estava preso. Ou então, alertado a tempo da denúncia — denúncia cuja natureza se ignorava —, tivera a sorte de encontrar uma casa amiga onde se esconder por algum tempo. Era verdade que a polícia tinha revistado seu quarto e levado papéis, livros e malas contendo objetos pessoais. "Amanhã veremos o que fazer", disse, pondo-se bruscamente a falar de uma notícia ouvida na rua por acaso: um ciclone fustigaria a cidade naquela mesma noite. O aviso tinha caráter oficial. Havia uma grande agitação no porto. Os marinheiros falavam de um furacão e tomavam medidas de emergência para proteger seus navios. As pessoas estocavam velas e alimentos. Por toda parte, tratavam de vedar portas e janelas... Nada sobressaltados com a notícia, Carlos e Esteban foram procurar martelos e tábuas. Nessa época do ano, o Furacão — chamado assim, no singular, porque nunca havia mais do que um realmente devastador — era algo esperado por todos os habitantes do lugar. E se não chegasse agora, desviando sua trajetória, chegaria no ano seguinte. A questão era saber se apanharia a cidade em cheio, levantando telhados, quebrando vidraças de igreja, afundando barcos, ou se passaria ao largo, arrasando os campos. Para quem vivia na ilha, o Furacão era aceito como uma terrível realidade celeste, à qual, cedo ou tarde, ninguém escapava. Cada comarca, cada vila, cada aldeia, guardava a lembrança de um furacão que parecera destinado a ela. O máximo que se podia desejar era que durasse pouco e não fosse forte demais. "*Ce sont de bien charmants pays*", resmungava Victor, selando uma das janelas para o exterior, ao recordar que também Saint-Domingue conhecia essa ameaça anual... Um aguaceiro repentino, brutal, remoinhou o ar. A água desabava, vertical e compacta, sobre as plantas do pátio, com tal sanha que jogava a terra fora dos canteiros. "Já vem vindo", disse Victor. Um vasto rumor cobria, envolvia a casa, concertando as particulares afinações do telhado, das persianas, das lumeeiras, em sons de água compacta ou de água quebrada; de água espirrada, caída do alto, cuspida por uma gárgula ou tragada pelo sumidouro de uma goteira. Seguiu-se uma trégua, mais quente, mais carregada de silêncio que a calmaria da primeira noite. E a segunda chuva — a segunda advertência — foi ainda mais agressiva que a anterior, agora em rajadas descompassadas que foram apertando em obstinado embate. Victor saiu para a galeria do pátio, sobre cuja cobertura o vento passava sem se deter nem entrar, empurrado por seu próprio impulso, girando sobre si mesmo, apertando, cerrando a rotação, desde os confins do golfo do México ou do mar dos Sargaços. Com manha maruja, provou da água da chuva: "Salgada. Do mar. *Pas de doute*". Fez um gesto de resignação e, para mostrar que as próximas horas seriam de provação, foi buscar garrafas de vinho, copos, biscoitos, e se acomodou numa poltrona, cercando-se de livros. Colocaram-se lanternas e velas perto dos lampiões que, a cada rajada, ameaçavam apagar. "É melhor ficarmos acordados", disse o francês. "Uma porta ou uma janela pode ceder." Havia um monte de tábuas e ferramentas de carpintaria ao alcance das mãos. Convidados a compartilhar do abrigo do salão, Remigio e Rosaura uniam suas vozes numa reza que muito invocava o nome de Santa Bárbara... Pouco depois da meia-noite, entrou na cidade o grosso do furacão. Ouviu-se um imenso bramido, arrastando escombros e fragores. Rolavam coisas pelas ruas. Outras voavam por cima dos campanários. Do céu caíam pedaços de vigas, tabuletas de lojas, telhas, cristais, ramagens arrancadas, luminárias, barris, mastreações de navios. As portas todas eram golpeadas por inimagináveis aldravas. Tiritavam as janelas entre embate e embate. Estremeciam as casas dos alicerces aos telhados, gemendo pelas madeiras. Foi nesse momento que uma torrente de água suja, lamacenta, saída das cocheiras, do pátio dos fundos, da cozinha, vinda da rua, desembocou no pátio, entupindo seus ralos com um lodo de bosta, cinzas, lixo e folhas mortas. Victor, dando a voz de alarme, enrolou o grande tapete do salão. Depois de jogá-lo na escada, aproximou-se da água imunda, cujo nível subia minuto a minuto, penetrando na sala de jantar, transbordando as soleiras. Sofia, Esteban e Carlos se apressavam em recolher alguns móveis, colocando-os sobre aparadores, mesas, cômodas e armários. "Não!", gritou Victor. "Lá!" E, metendo as pernas na sujeira, abriu a porta que dava para o armazém. Ali também começara o alagamento, e muitas coisas já boiavam, passando mansamente sob a luz do lampião. Dando ordens, chamando, coordenando esforços, Victor pôs os homens e a mulata para trabalhar, indicando o que devia ser salvo. Pacotes de materiais perecíveis, peças de tecidos, fardos de plumas, mercadorias valiosas eram jogadas sobre as pilhas de sacas, onde a água não chegaria. "Os móveis vocês consertam!", gritava Victor. "Isto aqui vai se perder." Vendo que os demais tinham entendido e trabalhavam no mais urgente, voltou para a casa, onde Sofia, presa do terror, desfazendo-se em soluços, estava encolhida num divã. Já havia um palmo de água a seu redor. Victor tomou-a nos braços, levou-a até o quarto dela e a jogou sobre a cama: "Não saia daqui. Vou cuidar dos móveis". Pôs-se a correr escadas abaixo e acima, carregando tapeçarias, biombos, tamboretes, cadeiras e quanto podia resgatar. A água já lhe batia no joelho. De repente houve um estrondo de desmoronamento: um abrigo lateral da casa despejava as telhas no chão do pátio, como um punhado de cartas. Agora um monte de entulho, de cacos de barro, fechava a passagem para o armazém, obstruindo a porta. Sofia, saindo para a varanda do andar superior, bradava seu medo. Victor subiu mais uma vez, carregando um cofre cheio de pequenos objetos, e, devolvendo a moça a seu quarto com um firme empurrão, desabou numa poltrona, ofegante: "Não posso fazer mais nada". E, para acalmar aquela que implorava consolação, disse que o pior do furacão já passara, que os demais estavam a salvo, no armazém, no alto dos montes de sacas; que agora só restava esperar o amanhecer. O mais importante era que as portas e janelas tivessem resistido. Não seria a primeira vez que o rijo casarão suportava um ciclone. E, adotando um tom quase risonho, observou que Sofia estava simplesmente nojenta com aquele vestido encharcado de águas imundas, com as meias enlameadas, a cabeleira molhada e revolta e com algumas folhas enroscadas. Sofia foi até seu toucador e voltou um pouco mais penteada, vestindo uma camisola. Fora, o obstinado embate do furacão ia se quebrando em rajadas — umas fracas, outras brutais; sempre mais espaçadas. O que agora caía do céu era como uma neblina de água com cheiro de mar. Já ia diminuindo o estrépito de coisas empurradas, arrastadas, roladas, lançadas do alto. "Agora, a melhor coisa a fazer é deitar", disse Victor a Sofia, trazendo-lhe um copo de vinho generoso. E, com espantosa sem-cerimônia, despojou-se da camisa e ficou de peito nu. "Nem que ele fosse meu marido", pensou Sofia, virando-se para a parede. Ia dizer alguma coisa, mas o sono embolou suas palavras. Acordou de repente — ainda era noite —, com impressão de que havia uma pessoa deitada a seu lado. Um braço descansava sobre sua cintura. E esse braço pesava mais e mais, apertando, cingindo. No atordoamento do sono interrompido, não conseguia entender o que estava acontecendo: passado o terror, era bom sentir-se protegida, enlaçada, amparada pelo calor de outro ser. Ia adormecendo outra vez quando caiu em si, num baque frio, e viu que era impossível aceitar aquela situação. Ao virar-se bruscamente, seu corpo topou com a nudez de outro corpo. Foi tomada de um ataque de nervos. Golpeava com os punhos, com os cotovelos, com os joelhos, procurando onde arranhar, onde machucar, sempre esquivando o estranho contato de uma desconhecida dureza que lhe rondava o ventre. As mãos do outro tentavam segurá-la pelos pulsos; um perigoso hálito roçava seus ouvidos, dizendo-lhe estranhas palavras no escuro. A luta os manteve travados, enroscados, confundidos, sem que o homem conseguisse obter vantagem. Animada por uma força nova, enorme, vinda de suas entranhas ameaçadas, a mulher feria com cada gesto, contraindo-se, crispada e rígida, nunca atraída nem amansada. Por fim, o outro desistiu, assinalando a derrota com um riso seco que mal disfarçava sua irritação. E continuava a mulher a lutar com a voz, acumulando queixas e sarcasmos que revelavam uma portentosa capacidade de humilhar, de ferir onde mais dói. A cama se aliviou de um peso. Agora caminhando pelo quarto, o outro, com inflexões implorantes, suplicava que não o julgasse mal. Na tentativa de se desculpar, invocava argumentos que deixavam atônita a quem, duplamente vitoriosa, os escutava sem nunca ter pensado que aquele homem, tão feito e maduro, tão negocioso e dono de um passado, pudesse outorgar-lhe estatura de mulher — a ela, que se sentia tão perto da infância. Salva sua carne de um perigo iminente, Sofia via-se agora arrastada a um perigo talvez maior: o de se sentir atraída pela voz que lhe falava das sombras — às vezes com intolerável ternura —, abrindo-lhe as portas de um mundo ignorado. Nessa noite acabaram as brincadeiras da adolescência. As palavras ganhavam um peso novo. O ocorrido — o não ocorrido — adquiria uma dimensão enorme. A porta rangeu e, contra as luzes de um amanhecer esverdeado, pintou-se uma forma humana que se afastava lentamente, arrastando os pés, como que abatida. Sofia ficava sozinha, cheia de palpitações, desgrenhada, entregue ao desassossego, com a impressão de ter passado por uma prova terrível. Sua pele tinha um cheiro diferente — talvez real, talvez imaginário — do qual não conseguia se livrar: cheiro agreste, animal, mas que não lhe era estranho. Cresceu a claridade em seu quarto. Ao lado dela, demorava-se uma presença que deixara calcada a marca de seu corpo. A moça pôs-se a arrumar a cama, espalmando a torto e a direito, para que as penas recuperassem o enchimento. Ao fazer isso, sentiu-se profundamente humilhada; assim deviam arrumar a cama as rameiras — aquelas lá, do Arsenal — depois de se deitar com um estranho. E também as virgens rasgadas, maculadas, ao despertar de suas núpcias. O pior foi isso: esse arrumar, esse alisar, que tinha um quê de cumplicidade, de consentimento; vergonhoso reparo, gesto secreto de amante empenhada em apagar a desordem deixada por um abraço. Sofia tornou a se deitar, vencida por tamanho sono que Carlos a encontrou soluçando, mas dormindo tão profundamente que seus chamados não puderam acordá-la. "Deixe", disse Esteban. "Deve estar lá com as coisas dela."

8.

O dia foi clareando lentamente, mas sempre com a luz atrasada em relação à hora, sobre uma cidade destelhada, cheia de escombros e despojos — deixada no osso de suas vigas nuas. Centenas de casas pobres estavam reduzidas aos esteios dos cantos, com precários pisos de madeira equilibrando-se sobre lamaçais, verdadeiros palcos de miséria, onde famílias resignadas faziam o inventário das poucas coisas que lhes restavam — com a avó mal se embalando na cadeira de balanço; a grávida temendo que as dores começassem naquele desamparo; o tísico ou o asmático enrolado em mantas, sentados nos ângulos do tablado, como atores mambembes que já tivessem interpretado seus papéis. Das águas sujas do porto emergiam mastros de veleiros afundados, entre botes emborcados, que boiavam sem rumo até travar-se em molhos. Tirava-se da água algum cadáver de marinheiro, com as mãos enroscadas num emaranhado de cordas. No Arsenal, o furacão varrera rente, espalhando as madeiras dos navios em construção, destruindo as frágeis paredes das tabernas e casas de baile. As ruas eram fossas de lama. Alguns velhos palácios, apesar das robustas estruturas de alvenaria, tinham sucumbido ao vento, entregando portas e janelas ao furacão, que, penetrando entre seus muros, investira por dentro e derrubara portais e fachadas. Os móveis de uma ebanesteria famosa — a do "Pequeño San José", próxima ao cais —, levados pelo vento, tinham caído em pleno campo, muito além das muralhas da cidade, além das hortas, lá onde jaziam centenas de palmeiras, junto aos riachos transbordados pela enchente, como fustes de colunas antigas derrubadas por um terremoto. E, no entanto, apesar da magnitude do desastre, as pessoas, acostumadas à periodicidade de um flagelo tido como inevitável convulsão do Trópico, tratavam de fechar, consertar, rebocar, com diligência de insetos. Tudo estava molhado; tudo cheirava a molhado; tudo molhava as mãos. Enxugar, esgotar, tirar a água de onde quer que ela estivesse foi o trabalho de todos ao longo daquele dia. No meio da tarde, tendo cumprido a tarefa de reparar a própria morada, começaram a oferecer-se os carpinteiros, pedreiros, vidraceiros e chaveiros. Quando Sofia saiu de seu sopor, a casa estava cheia de serventes trazidos por Remigio, que começavam a repor as telhas no vigamento do teto destruído, enquanto outros acabavam de retirar o entulho que tomava o pátio. Era um ir e vir de argamassa, de gesso, de vigas carregadas nos ombros pelos corredores e galerias, enquanto Carlos e Esteban, entre o armazém e a casa, inventariavam os móveis estragados e as mercadorias perdidas. Instalado no salão, Victor, vestindo umas roupas de Carlos que lhe ficavam justíssimas, estava entregue a um acurado exame dos livros do armazém. Ao avistar Sofia, afundou o rosto entre as páginas, fingindo não ter notado sua presença. Tratando de cuidar do que lhe cabia, a moça foi à cozinha e à despensa, onde Rosaura, ainda sem dormir, resgatava panelas, talheres, utensílios, da lama que já começava a endurecer sobre o piso. Sofia estava atordoada por aquele tráfego, por aquela invasão da casa, pelo insólito de uma situação que tinha desorganizado o organizado, reinstaurando nos cômodos uma desordem semelhante à que reinara em outros tempos. Durante essa tarde brotaram novas Torres Inclinadas, novos Passos dos Druidas, novas quebradas montanhosas entre caixas, móveis, cortinas despenduradas, tapetes enrolados no alto dos armários — mas em meio a cheiros que, certamente, não eram os de outros dias. E a singularidade de tudo, a violência de um evento que tirara todo mundo da rotina habitual, contribuía para agravar em

Sofia o sem-fim de contraditórios desassossegos que lhe produzira, ao acordar, a recordação do ocorrido na noite anterior. Aquilo fazia parte da vasta desordem em que a cidade vivia, integrando-se a uma cenografia de cataclismo. Mas um fato superava em importância a queda das muralhas, a ruína dos campanários, o naufrágio dos navios: ela fora *desejada*. Aquilo era tão inusitado, tão imprevisto, tão inquietante, que ela custava a aceitar sua realidade. Em poucas horas ia saindo da adolescência, com a sensação de que sua carne amadurecera na proximidade de um apetite de homem. Fora vista como Mulher, quando ela mesma não conseguia ver-se como Mulher — imaginar que os outros podiam conceder-lhe categoria de Mulher. "Sou uma Mulher", murmurava, ofendida e como que fatigada por uma enorme carga que agora pesava sobre seus ombros, olhando-se no espelho como se olhasse outra pessoa, inconformada, afrontada por uma fatalidade, achando-se comprida e desenxabida, sem atrativos, com as cadeiras demasiado estreitas, os braços finos e aquela assimetria dos seios que, pela primeira vez, a fazia desgostar da própria silhueta. O mundo estava povoado de perigos. Ela saía de um trânsito sem riscos e entrava em outro, o dos confrontos e comparações de cada um entre sua imagem real e a refletida, impossível de percorrer sem mágoas nem vertigens... Logo se chegou à noite. Os operários partiram e um vasto silêncio — silêncio de ruínas e de lutos — tomou conta da cidade castigada. Exaustos, Sofia, Esteban e Carlos foram se deitar, depois de uma magra ceia de frios, durante a qual se falou muito pouco, apenas para comentar algum estrago do furacão. Victor, enfronhado em suas coisas, traçando números com a unha do polegar sobre a toalha de mesa — somando, subtraindo, apagando... —, pediu licença para ficar no salão até mais tarde; ou melhor, até o dia seguinte. As ruas estavam intransitáveis. Devia haver muitos vadios e rapinadores, entregues a seus ofícios de trevas. Além disso, ele parecia muito preocupado em terminar o exame dos livros. "Acho que descobri uma coisa muito interessante", comentou. "Amanhã eu lhes digo o que é."

Ainda não tinham dado as nove, no dia seguinte, quando Sofia, arrancada do sono pelas marteladas, pelo barulho de serras e roldanas, pelas vozes dos operários que enchiam a casa, desceu para o salão, onde transcorria uma cena estranha. O Testamenteiro, entressorrindo, estava sentado numa poltrona confrontada, a certa distância, com as duas ocupadas por Esteban e Carlos, com ares de juízes num tribunal, carrancudos, muito sérios. Victor caminhava de ponta a ponta, com as mãos travadas atrás da cintura. De quando em quando, parava diante do comparecente, fitando-o e resumindo seu pensamento em um "*Oui!*" soltado entre dentes, como um grunhido. Por fim, sentou-se numa poltrona a um canto. Consultou uma caderneta na qual parecia ter feito algumas anotações (*Oui!*...) e começou a falar, num tom de indulgente indiferença, lustrando as unhas na manga, brincando com um lápis, ou muito interessado, de repente, em alguma coisa no dedo mínimo de sua mão esquerda. Começava declarando que ele não era homem de se imiscuir em negócios alheios. Elogiava a diligência de Monsieur Cosme (chamava-o *Côôôôôme*, alongando absurdamente o circunflexo) em satisfazer todos os desejos de seus pupilos — em encomendar tudo o que quisessem, em tratar de que nada faltasse na casa. Mas essa diligência — *n'est-ce pas*? — podia ser um recurso para, de antemão, aquietar qualquer suspeita. "Suspeita de quê?", perguntou o Testamenteiro, afetando estranheza pelo que o outro dizia e levando sua poltrona, em curtos pulinhos, para mais perto dos jovens, tentando deixar clara sua integração à família. Mas Victor acenou para esses jovens, falando-lhes com uma intimidade tão flagrante que, de fato, deixava o outro na posição de intruso: "Agora que acabamos de ler Regnard, *mes amis*, recordem aqueles versos que hoje vocês poderiam me dizer: 'Ah! *Qu'à notre secours à propos vous venez!/ Encore un jour plus tard, nous étions ruinés*'". "Temos Comédia Francesa", disse don Cosme, rindo da própria piada em meio a um silêncio constrangedor. "Alguns domingos", prosseguia Victor, "enquanto os meninos dormiam" (e apontava para a porta que dava para o armazém), ele entrara no edifício ao lado e se pusera a olhar, escarafunchar, contar, somar, anotar. E assim — ele tinha alma de comerciante, não podia negá-lo — reparara que a quantidade de certas mercadorias não coincidia com o que constava nos papéis que o Testamenteiro entregava regularmente a Carlos. Ele sabia ("Silêncio!", gritou a don Cosme, que tentava falar) que os negócios agora não eram tão simples como antigamente; que o livre-comércio tinha seus truques e artimanhas. Mas isso não era justificativa (e aí sua voz cresceu terrivelmente) para apresentar balanços falsos aos órfãos, sabendo, além do mais, que nem sequer os leriam... Don Cosme tentou se levantar. Mas era Victor quem, levantando-se antes, avançava contra ele com passos enérgicos e o indicador em riste. Sua voz, agora, era metálica e dura; o que estava acontecendo no armazém era um escândalo — um escândalo que vinha desde a morte do pai de Carlos e Sofia. Com um simples inventário, que ele realizaria diante de testemunhas, provaria que o falso homem de confiança, o protetor fingido, o testamenteiro ladrão, estava fazendo fortuna à custa de uns infelizes, crianças que ele enganava criminosamente sabendo-as incapazes, por falta de experiência, de cuidar dos próprios bens. E mais: ele sabia de temerárias especulações que o "segundo pai" fazia com o dinheiro de seus pupilos; de compras realizadas por testas de ferro, os quais qualificava de *canes venatici*, evocando com grande ênfase as *Verrinas* de Cícero... Don Cosme tentava intercalar uma palavra que fosse naquela avalanche verbal, mas o outro, sempre em crescendo, prosseguia seu arrazoado, suarento e terrível, como elevado em sua estatura. Folgara o colarinho com gesto tão brusco que as duas pontas soltas caíam sobre o colete, liberando uma garganta de cordas tensas, toda entregue ao esforço final de uma estentorosa peroração. Pela primeira vez, Sofia o achava bonito, com aquela postura de tribuno, com aquele punho que caía sobre a mesa, marcando o clímax de um período. De repente, recuou até a parede do fundo, encostando-se nela. Cruzou os braços num gesto largo e, depois de uma brevíssima pausa que o outro não soube aproveitar, concluiu, incisivo e seco, com altiva entonação de desprezo: "*Vous êtes un misérable, Monsieur*".

Don Cosme estava murcho, encolhido, afundado na poltrona, larga demais para emoldurar sua exígua pessoa. Um tremor de ira mantinha seus lábios em silenciosa agitação, enquanto suas unhas rascavam o veludo do assento. Mas de repente se ergueu latindo contra Victor uma única palavra, que soou como explosão em catedral aos ouvidos de Sofia: "Franco-maçom!". Explodia a palavra, rebentando de novo, com tremendo retumbo: "Franco-maçom!", e repetia-se a palavra cada vez mais gritada e alterada, como se ela bastasse para desqualificar qualquer acusador, para lançar por terra qualquer argumento, para isentar de toda culpa aquele que a proferia. Vendo que o outro só replicava com um sorriso desafiante, o Testamenteiro passou a falar daquele carregamento de farinha de Boston, que nunca chegava nem nunca chegaria: apenas um pretexto para ocultar as atividades desse agente da franco-maçonaria de Santo Domingo, junto com aquele outro, o mulato Ogé, magnetizador e bruxo, que ele denunciaria ao protomedicato por ter enganado esses moços com artifícios extravagantes, cuja inutilidade Esteban logo comprovaria, quando a doença voltasse a se manifestar. E agora don Cosme passava à ofensiva, rodopiando em torno do francês como um moscão ensandecido: "Estes são os homens que rezam a Lúcifer; estes são os homens que insultam Cristo em hebraico; estes são os homens que cospem no Crucifixo; estes são os homens que, na noite de Quinta-Feira Santa, trincham um cordeiro coroado de espinhos, cravado pelas patas, de bruços, sobre a mesa de um abominável banquete". Por isso os Santos Padres Clemente e Benedito haviam excomungado esses infames, condenando-os a arder no Inferno... E com o tom horrorizado de quem revelasse os mistérios de um Sabá presenciado, falou dos ímpios que negavam o Redentor, adoravam Hiram-Abi, Arquiteto do Templo de Salomão, e que em suas cerimônias secretas rendiam culto a Ísis e a Osíris, atribuindo-se títulos de Rei dos Tírios, Edificador da Torre de Babel, Cavaleiro Kadosh, Grão-Mestre dos Templários — isto em memória de Jacques de Molay, de nefandos costumes, herege convicto, queimado vivo por adorar o Demônio na figura de um ídolo chamado Baphomet. "Eles não rezam aos santos, mas a Belial, a Astaroth e a Behemoth." Era uma ralé que se infiltrava por toda parte, combatendo a fé cristã e a autoridade dos governos legítimos, em nome de uma "filantropia", de uma aspiração à felicidade e à democracia, que apenas acobertavam uma conjuração internacional para destruir a ordem estabelecida. E, encarando Victor, gritou-lhe tantas vezes a palavra "Conspirador" que, exausto pelo esforço, sua voz sumiu em um acesso de tosse. "Isso tudo é verdade?", perguntou Sofia, com um fio de voz tímida, a um só tempo atônita e deslumbrada por aquela inesperada aparição de Ísis e Osíris na portentosa cenografia do Templo de Salomão e do Castelo dos Templários. "A única verdade, a única certeza é que esta casa está desmoronando", disse Victor calmamente. E, dirigindo-se a Carlos: "O caso dos tutores indignos está previsto desde o Código Romano. Procurem um tribunal". A palavra "tribunal" reanimou violentamente o Testamenteiro: "Veremos quem vai primeiro para a prisão", pigarreou. "Sei que logo vai haver uma grande batida a franco-maçons e estrangeiros indesejáveis. Acabou-se a estúpida tolerância de outros tempos." E, apanhando seu chapéu: "Expulsem esse aventureiro da casa antes que *todos* sejam presos!". Inclinou-se com um "bom dia... *a todos*", que reiterou a ameaça, e abandonou o salão batendo a porta com tamanho estrondo que estremeceu todos os vidros da casa. Os jovens esperavam uma explicação de Victor. Mas ele, agora, estava ocupado em lacrar uns grossos barbantes com os quais amarrara os livros do armazém: "Guardem isto", disse. "Aqui estão suas provas." Então se dirigiu, pensativo, para o pátio cheio de operários que terminavam os primeiros consertos, sob a vigilância de Remigio, muito orgulhoso de ver-se promovido a capataz de obras. De repente, como se necessitasse realizar uma atividade física, Victor empunhou uma colher de pedreiro e, misturando-se aos trabalhadores, pôs-se a tijolar e rebocar a parede do pátio mais atingida pela queda das telhas. Sofia via-o agora subir num andaime, o rosto manchado de gesso e argamassa, pensando no mito de Hiram-Abi; apesar de certos anátemas ouvidos na igreja; apesar do cordeiro coroado de espinhos, das blasfêmias ditas em hebraico e dos Papas com suas terríveis Bulas, sentia um certo fascínio por aquele Segredo do qual Victor — agora semelhante a um Edificador de Templos — era depositário. Via-o, de repente, como um visitante de países interditos, conhecedor de arcanos; explorador da Ásia que tivesse descoberto algum ignorado livro de Zoroastro — um pouco Orfeu, transeunte do Averno. E agora recordava que, numa das charadas vivas, ela o vira representar o papel de um arquiteto antigo, aleivosamente assassinado com um maço. Também o vira vestido de Templário, envolto numa túnica adornada com uma cruz, representando o suplício de Jacques de Molay. As acusações do Testamenteiro deviam ter um fundo de verdade. Mas essa verdade era-lhe agora atraente, por causa do segredo, do mistério, da atividade oculta que implicava. Era mais interessante a vida posta a serviço de uma convicção perigosa do que estagnada na santa espera de umas sacas de farinha. Era preferível um conspirador a um mercador. O gosto adolescente pelo disfarce, pelas senhas, pelas passagens secretas e criptografias particulares, pelos cadernos íntimos guarnecidos de fechaduras, remoçavam na aventura entrevista. "Mas... será que eles são tão horríveis assim?", perguntou. Esteban encolheu os ombros: todas as seitas ou grupos secretos tinham sido caluniados. Desde os cristãos primitivos, acusados de degolar crianças, até os Iluminados da Baviera, cujo único crime fora querer o bem da humanidade. "É evidente que estão de mal com Deus", disse Carlos. "Deus não passa de uma hipótese", disse Esteban. De repente, como urgida a se livrar de uma opressão intolerável, Sofia prorrompeu em gritos: "Estou cansada de Deus, cansada de freiras, cansada de tutores e testamenteiros, de escrivães e papéis, de roubos e porcarias; estou cansada de coisas, como esta, que não quero ver mais". E saltando sobre uma cadeira junto à parede, retirou um grande retrato do pai para atirá-lo ao chão, com tamanha fúria que a moldura se separou do quadro. E, diante da fingida indiferença dos rapazes, pôs-se a pisotear a tela, raivosamente, fazendo voar escamas de pintura. Quando o retrato ficou bem despedaçado, bem lacerado, bem injuriado, Sofia desabou numa poltrona, ofegante e mal-humorada. Nesse instante, Victor largou a colher de pedreiro, com um gesto de surpresa: Ogé irrompia no pátio a passos largos. "Temos que ir embora", disse, e relatou brevemente o que conseguira apurar enquanto estivera escondido na casa de um *irmão*: o furacão, desviando a atenção das autoridades para assuntos mais urgentes, interrompera uma incipiente investida policial contra os franco-maçons. Tinham recebido instruções da Metrópole. Ali não se podia fazer nada por enquanto. O mais inteligente era aproveitar a desordem dessas horas em que as pessoas só pensavam em reconstruir paredes e limpar caminhos, para abandonar a cidade e, refugiados em algum lugar afastado, acompanhar o rumo dos acontecimentos. "Para alguma coisa temos uma fazenda", disse Sofia, com voz firme, indo à despensa para preparar um farnel. Ali, entre carnes frias, mostardas e pães, combinaram que Carlos ficaria na casa, tentando recolher informações. Esteban foi apanhar os arreios do cavalo, enquanto Remigio era despachado ao posto de coches de aluguel, na praça do Cristo, para arranjar duas bestas de remonta.

9.

Por estradas rotas, sob uma última garoa que brunia os negros oleados e penetrava, revolta no vento, até o banco de trás, depois de encharcar as roupas de Esteban e de Ogé, sentados na boleia, rodava o coche, rangendo, pulando, mancando; por momentos tão inclinado que parecia que ia tombar; tão metido na água de um vau, que respingava as lanternas; sempre tão enlameado que só se livrava do barro vermelho dos canaviais para receber o barro cinza das terras pobres, onde brotavam cruzes de cemitérios — diante dos quais Remigio, que cavalgava atrás, numa das bestas de remonta, não deixava de se persignar. Apesar do tempo ingrato, os viajantes iam cantando e rindo, bebendo vinho de Malvasia, comendo sanduíches, biscoitos, confeitos, estranhamente alegrados por um ar novo que cheirava a pastos verdejantes, a vacas de boas tetas, a fogos camponeses de lenha limpa — longe da salmoura, do charque e da cebola brotada que contraponteavam seu fartum nas vielas da cidade. Ogé cantava uma canção em *créole*: "*Dipi mon perdi Lisette/ non pas souchié Kalenda;/ mon quitté bram-bram sonette/ mon pas battre bamboula*". Sofia cantava em inglês uma linda balada escocesa, sem fazer caso de Esteban, para quem a prima forçava horrorosamente a pronúncia. Cantava Victor, desafinando muito, mas levando muito a sério alguma coisa que sempre começava com "*Oh Richard! Oh!, mon roi*", sem nunca passar disso, pois ignorava o resto. À tarde a chuva apertou, as estradas pioraram, este começou a tossir, aquele a pigarrear, enquanto Sofia tiritava em suas roupas úmidas. Revezavam-se os três homens na boleia, num constante ir e vir que inviabilizava a continuidade de qualquer conversa dentro ou fora do coche. A grande questão — o grande enigma — das reais atividades de Victor e Ogé continuava em aberto; ninguém tocara no assunto, e talvez toda aquela cantoria pela estrada fosse um jeito de esperar a hora propícia à revelação do mistério... Já era noite fechada quando chegaram à casa da fazenda. Era uma construção de alvenaria, muito descuidada, muito rachada, com inúmeros aposentos, longos corredores, múltiplas varandas, tudo coberto por um telhado de vertentes encurvadas pela arriação das vigas. Apesar de seu cansaço e do medo dos morcegos que revoavam por toda a parte, Sofia providenciou as camas, os lençóis, os cobertores de cada um, mandou encher bacias e remendar mosquiteiros, prometendo mais comodidades para a noite seguinte. Victor, enquanto isso, tinha matado duas galinhas, agarrando-as pelo pescoço e rodando-as pelo ar como uma matraca de penas, antes de colocá-las em água fervente, depená-las e cortá-las em pequenos pedaços para fazer um fricassê rápido, em cujo molho pôs muita aguardente e pimenta-do-reino — "*pour réchauffer messieurs les voyageurs*". Ao descobrir que havia pés de funcho no pátio, pôs-se a bater ovos anunciando que haveria *omellette aux fines herbes*. Sofia trabalhava em volta da mesa, arranjando um centro com berinjelas, limões e coloquintos. Convidada por Victor a aspirar o bom cheiro do fricassê, sentiu a mão do homem pousar em sua cintura, mas desta vez num gesto tão despreocupado, tão fraternal, sem pressionar nem insistir, que não o tomou por afronta. Reconhecendo que o guisado parecia excelente, safou-se num rodopio e voltou para a sala sem dar mostras de aborrecimento. Foi alegre o jantar e mais alegre ainda o serão, com o sentimento de bem-estar, de segurança, que se tinha sob o teto, dentro da casa agora açoitada por uma chuva mais forte, que percutia nas folhas de tinhorão como sobre pergaminhos, arrancando romãs e jambos das árvores do jardim... Victor, de súbito sério, começou a falar, sem ênfase, do motivo que o trouxera ao país. Negócios, acima de tudo: as sedas de Lyon pagavam impostos altíssimos quando embarcadas pela Espanha; mas, saindo do porto de Bordéus e enviadas a Saint-Domingue, eram trazidas para cá, fraudulentamente, nos navios norte-americanos que levavam farinha de trigo para as Antilhas. Centenas de peças eram introduzidas na praça, dentro de sacas idênticas às outras, por meio de um mecanismo de alto contrabando que os comerciantes nativos de ideias avançadas, respaldados por algumas autoridades portuárias, facilitavam a modo de desforra contra as extorsões do monopólio espanhol. Trabalhando, através de seu próprio negócio, para as fábricas de Jean Baptiste Willermoz (devia ser um sujeito muito importante, pensava Esteban, para que tivessem de empolar tanto a pronúncia ao dizer seu nome), tinha colocado grandes quantidades de sedas lionesas em diversos comércios da cidade. "E esse negócio é honesto?", perguntou Sofia, afetando ingenuidade. "É um jeito de lutar contra a tirania dos monopólios", disse o outro. "A tirania deve ser combatida sob todas as suas formas." E urgia começar, por onde quer que fosse, porque ali as pessoas estavam como que embotadas, inertes, vivendo num mundo intemporal, à margem de tudo, suspenso entre o tabaco e o açúcar. Mas, em compensação, a "filantropia" era poderosíssima em Saint-Domingue, onde se estava a par de tudo que acontecia no mundo. Julgando que o movimento estivesse tão difundido na ilha quanto na Espanha, tinham confiado a ele a tarefa de estabelecer contatos com os adeptos locais e incentivar a formação de algum conventículo, a exemplo do que se fizera em outras partes do mundo. Mas a decepção foi grande. Os filantropos dessa rica cidade eram poucos e acanhados. Não pareciam ter consciência do que significava a questão social. Mostravam certa simpatia por um movimento que estava ganhando força universal, mas sem tomar maiores iniciativas. Por timidez, por covardia, deixavam circular lendas de cruzes cuspidas, insultos a Cristo, sacrilégios e blasfêmias, totalmente desacreditadas em outras partes. ("*Nous avons autre chose à faire, croyez-moi.*") Não tinham noção da transcendência mundial dos acontecimentos em curso na Europa. "A Revolução está a caminho, e ninguém poderá detê-la", disse Ogé, com o acento impressionantemente nobre que sabia imprimir a certas afirmações. Revolução, pensava Esteban, que se limitava às notícias de quatro linhas, referentes à França, publicadas no jornal local, entre um programa de comédia e um anúncio de guitarras. O próprio Victor reconhecia que, desde sua chegada a Havana, perdera o contato com uma atualidade que em Saint-Domingue todos acompanhavam apaixonadamente. "Para começar", dizia Ogé, "lá, um recente decreto autoriza os homens da minha cor (e com o dedo apontava para as faces, mais escuras que a testa) a ocupar qualquer cargo público. A medida tem uma importância enorme. *E-nor-me.*" Agora, elevando o tom, alterando o diapasão, roubando-se a palavra, Victor e Ogé avançavam aos trancos numa exposição interessante e confusa, da qual Esteban conseguia extrair, de passagem, alguns conceitos precisos: "Superamos as eras religiosas e metafísicas; estamos agora na era da ciência". "A estratificação do mundo em classes carece de sentido." "É necessário privar o interesse mercantil do abominável poder de deflagrar guerras." "A humanidade está dividida em duas classes: os opressores e os oprimidos. O hábito, a necessidade e a falta de tempo livre impedem a maioria dos oprimidos de perceberem sua condição: quando isso acontece, rebenta a guerra civil." Os termos *liberdade, felicidade, igualdade, dignidade humana* ecoavam continuamente naquela atropelada explanação, justificando a iminência de um Grande Incêndio que Esteban, nessa noite, aceitava como uma purificação necessária; como um Apocalipse que ele ansiava presenciar o quanto antes, para iniciar sua vida de homem num mundo novo. Mas o moço guardava a impressão de que Victor e Ogé, embora unidos por essas mesmas palavras, não estavam muito de acordo quanto a coisas, homens e modos de atuar ligados aos acontecimentos em preparação. Agora o médico falava de um certo Martínez de Pascually, filósofo notável, morto em Saint-Domingue alguns anos antes, cujos ensinamentos haviam deixado profundas marcas em algumas mentes. "Um farsante!", disse Victor, pegando a falar com ironia de Quem pretendia estabelecer comunicações espirituais com seus discípulos, por sobre terras e mares, todos igualmente ajoelhados, por ocasião de solstícios e equinócios, em círculos mágicos traçados com giz branco, entre velas, símbolos de Cabala, fumaças aromáticas e demais cenografias asiáticas. "O que pretendemos", disse Ogé, azedo, "é desenvolver as forças transcendentais adormecidas do homem." "Comecem rompendo suas correntes", disse Victor. "Martinez de Pasqually", replicou o médico, contrariado, "explicava que a evolução da Humanidade é um ato coletivo, e que, portanto, a ação iniciática individual implica forçosamente a existência de uma ação social coletiva: quem mais *sabe* mais *fará* por seus semelhantes." Desta vez, Victor assentiu frouxamente, aceitando um conceito não de todo estranho a suas convicções. Sofia mostrou-se desconcertada diante de um movimento de ideias que apresentava tantas formas diversas e contraditórias. "Questões tão complexas não podem ser tratadas assim, sem mais", disse Ogé, ambiguamente, deixando-a defrontada às brumas de um mundo oculto, cujos arcanos continuavam envoltos em mistério. Esteban, de repente, foi tomado pela impressão de sempre ter vivido como um cego, à margem das mais apaixonantes realidades, sem enxergar a única coisa que valia a pena ver nesta época. "E olhe que estamos sem notícias", disse Victor. "E continuaremos a estar, porque os governos têm medo; um medo pânico ao espectro que percorre a Europa", concluiu Ogé em tom profético. "É chegado o tempo, meus amigos. É chegado o tempo."

Dois dias se passaram só em conversas sobre revoluções, assombrando-se Sofia com o apaixonado interesse que o novo tema lhe despertava. Falar de revoluções, imaginar revoluções, situar-se mentalmente no seio de uma revolução é tornar-se um pouco dono do mundo. Quem fala em revolução é impelido a fazê-la. Se é tão evidente que tal ou qual privilégio deve ser abolido, trata-se de aboli-lo; se é tão certo que tal opressão é odiosa, ditam-se medidas contra ela; se é óbvio que tal personagem é um miserável, trata-se de condená-lo à morte, por unanimidade. E, uma vez limpo o terreno, passa-se a edificar a Cidade do Futuro. Esteban defendia a proscrição do catolicismo, com a instituição de castigos exemplares para todo aquele que rendesse culto aos "ídolos". Nisso era apoiado por Victor, enquanto Ogé era de outra opinião; como o homem sempre manifestara uma tenaz aspiração por algo que poderia ser chamado "imitação de Cristo", esse sentimento devia ser transformado num anseio de superação, pelo qual o homem procuraria parecer-se com Cristo, se erigiria numa espécie de Arquétipo da Perfeição Humana. Pouco dada a especulações transcendentais, Sofia trazia os outros de volta à terra, concretamente interessada pela condição da mulher e pela educação das crianças na nova sociedade. E então se passava a discutir, aos gritos, se a educação espartana era realmente satisfatória e adaptável à época. "Não!", dizia Ogé. "Sim!", dizia Victor... E, no terceiro dia, era tão inflamada a polêmica sobre a distribuição de riquezas na nova sociedade, que Carlos, ao chegar à fazenda depois de uma exaustiva cavalgada, pensou que os ocupantes da casa estivessem brigando. Sua aparição aplacou os gritos. Tinha cara de quem trazia notícias graves. E eram graves, de fato: a batida contra os franco-maçons e estrangeiros suspeitos já começara. Se o governo da Metrópole transigia com seus ministros liberais, estava, ao contrário, decidido a extirpar as ideias avançadas de suas colônias. Don Cosme se deliciara avisando a Carlos que sabia de uma ordem de prisão ditada contra Ogé e Victor. "*Décidément il faut filer*", disse o negociante, sem se alterar. E, trazendo sua mala, tirou dela um mapa no qual apontou um lugar da costa sul da ilha. "Não estamos longe", disse. E contou que, em seu tempo de marinheiro, carregara esponjas, carvão e couros naquela enseada, onde conhecia gente. Sem dizer mais nada, os dois foram recolher suas coisas, deixando os demais mergulhados num penoso silêncio. Nunca teriam pensado que a partida de Victor, aquele forasteiro, aquele intruso que entrara quase inexplicavelmente em suas vidas, poderia abalá-los tanto. Seu aparecimento, acompanhado de um estrondo de aldravas, tivera um quê de diabólico — com aquela desenvoltura em tomar conta da casa, em sentar à cabeceira, em remexer nos armários. De repente, os aparelhos do Gabinete de Física haviam funcionado; os móveis haviam saído de suas caixas; os doentes haviam sarado e os inertes caminhado. Agora ficavam sozinhos, indefesos, sem amigos, entregues aos enredos de uma justiça morosa e vulnerável — eles, que, se mal sabiam de negócios, que dirá de leis. Em caso de dúvida quanto à probidade do tutor — Carlos se informara com um advogado —, o tribunal poderia nomear um cotutor ou um conselho tutelar, que atuaria como procurador até que os herdeiros homens atingissem a maioridade. Fosse como fosse, teriam de mover uma ação. Carlos contava com um valioso aliado na pessoa de um antigo guarda-livros, recentemente demitido por don

Cosme, que afirmava conhecer a fundo as tramoias do outro. Enquanto isso, a perseguição dos franco-maçons certamente se aplacaria. Esses fogos de palha eram muito comuns na administração espanhola; logo os processos eram engavetados e se voltava à pasmaceira de sempre. Os três se manteriam em estreito contato com Victor, que poderia voltar em poucas semanas, examinar a situação do armazém e dar um novo rumo ao negócio. Até se poderia cogitar que abandonasse seu comércio de Port-au-Prince, menor que o daqui. Para eles, seria o administrador mais sonhado, e para o próprio Victor talvez fosse mais lucrativo, com o talento que ele tinha para os números, estabelecer-se numa cidade de grande movimento mercantil. Mas agora havia somente uma realidade imediata: ele e Ogé deviam fugir. Os dois corriam perigo de ser presos e "expulsos dos Reinos", a exemplo do que se fizera com outros franceses, mesmo quando contavam com uma longa permanência na Espanha. Sofia e Esteban os acompanhariam até a enseada... — enseada à qual chegaram, sem maiores contratempos, três dias depois, sedentos, doloridos, com a boca cheia de poeira, e poeira no cabelo, sob as roupas, atrás das orelhas, depois de uma ingrata viagem por entre fazendas cuja hospitalidade tratavam de esquivar, pequenos engenhos de açúcar, que já haviam terminado a moagem do ano, e tristes casarios, apenas esboçados numa paisagem monótona de savanas frequentemente inundadas. A aldeia de pescadores se estendia ao longo de uma praia suja, coberta de algas mortas e manchas de piche, onde pululavam caranguejos entre restos de madeira e cordas apodrecidas. Um embarcadouro de tábuas, danificado pelo peso de mármores descarregados poucos dias antes, avançava no mar turvo, como que vestido de óleo, cujas ondas não faziam espuma. Entre os barcos esponjeiros, as urcas de carvão, viam-se várias goletas de cabotagem carregadas de lenha e de sacas. Uma embarcação cujos mastros, altos e finos, sobressaíam do arvoredo das demais melhorou o humor de Victor, que, fazia várias horas, vinha ruminando seu cansaço sem pronunciar uma única palavra. "Conheço aquele navio", disse. "Só precisamos saber se ele está indo ou voltando." E, tomado de uma repentina impaciência, entrou numa espécie de pensão-armazém-cordoaria-taberna e foi logo pedindo quartos. Ali somente havia uns cubículos com catres e bacias, cujas paredes mal caiadas estavam cobertas de dizeres e desenhos mais ou menos obscenos. Havia um hotel um pouco melhor, só que um pouco mais longe da enseada, e Sofia estava tão exausta que preferiu ficar ali mesmo, onde o chão estava limpo, soprava alguma brisa e havia tinas de água doce para tirar a poeira do corpo. Enquanto os viajantes se acomodavam como podiam, Victor foi até o embarcadouro em busca de informações. Já um pouco refrescados, Sofia, Ogé e Esteban se reencontraram em volta de uma mesa onde lhes serviram um jantar de feijão e peixe, à luz de um lampião contra cujos vidros os insetos se chocavam com um estalo seco. E teriam comido com gosto, se não fosse uma praga de minúsculos mosquitos que surgiu com a chegada da noite, vinda das marismas próximas. Os bichos entravam nas orelhas, nos narizes, nas bocas, deslizando pelas costas como areia finíssima. Sem fazer caso da fumaça de cascas de coco postas a queimar em um braseiro para espantá-los, os mosquitos acudiam aos enxames, em nuvens, picando rostos, mãos, pernas... "Não aguento mais!", gritou Sofia, fugindo para o quarto e enfiando-se embaixo do mosquiteiro, depois de apagar as duas velas colocadas em um banquinho que fazia as vezes de criado-mudo. Mas logo se sentiu rodeada de zumbidos. Embaixo do grosseiro tule do mosquiteiro, carcomido pela umidade, cheio de buracos, o tormento continuava. Ia o fino zumbido das têmporas aos ombros, da testa ao queixo, só dando alguma trégua quando pousava na pele, que logo acusava a mordida. Sofia rolava de um lado para o outro, estapeava-se inteira, nas coxas, entre as omoplatas, na dobra dos joelhos, nos flancos. Ouvia o leve voo rentear os ouvidos e ganhar uma raivosa intensidade ao chegar mais perto. Por fim, preferiu enroscar-se sob um lençol pesado, áspero como lona, cobrindo a cabeça. E acabou pegando no sono, coberta de suor, sobre a colcha encharcada pelo próprio suor, o rosto enterrado num travesseiro ruim e molhado de suor... Quando abriu os olhos, era o amanhecer; cantavam os galos pelados e esporudos de uma galeira de rinha; a praga dos mosquitos tinha desaparecido, mas ela se sentia tão cansada que pensou que estivesse doente. Passar mais um dia — mais uma noite — naquele lugar, com suas águas salobres e seu calor já forte à primeira luz da manhã, e atormentada pelos insetos, era uma ideia intolerável. Cobrindo-se com um roupão, foi até o armazém procurar vinagre para esfregar na pele coberta de picadas. Em torno à mesa da véspera, encontrou Ogé, Esteban e Victor, já acordados, tomando canecas de café preto na companhia de um capitão da Marinha que, apesar de ser tão cedo, já vestia seu traje de cerimônia para descer em terra — baeta azul, botões dourados. O rosto mal barbeado mostrava as marcas frescas de uma navalha ruim. "Caleb Dexter", apresentou-o Victor. E completou, baixando a voz: "Também filantropo". E recuperando o tom concluiu, peremptório: "Recolham suas coisas. O *Arrow* vai levantar âncora às oito. Vamos todos para Port-au-Prince".

10.

Agora, o frescor do mar. A grande sombra do velame. A brisa do norte que, depois de correr sobre as terras, ganhava novo impulso na vastidão, carregando aqueles cheiros vegetais que os gajeiros sabiam farejar do alto das gáveas, reconhecendo o que cheirava a Trinidad, a Sierra Maestra ou a Cabo Cruz. Com uma pequena rede presa na ponta de uma vara, Sofia tirava maravilhas da água: uma penca de sargaços, cujos frutos ela estourava entre o polegar e o indicador; um galho de mangue ainda vestido de ostras tenras; um coco do tamanho de uma noz, de um verdor tão esplendoroso que parecia recém-envernizado. Passavam sobre bancos de esponjas que pintavam pardos maciços nos fundos claros, singrando entre ilhotas de areia branca, sempre à vista de uma costa esfumada por suas brumas, que ia ficando mais montanhosa e recortada. Sofia aceitara aquela viagem com alegria, repentinamente liberta do calor, dos mosquitos, da perspectiva de um tedioso regresso à vida cotidiana e monótona — mais monótona na ausência de quem, a toda a hora, tinha o poder de transfigurar a realidade —, como se se tratasse de uma simples excursão pelas águas de um lago suíço, de românticas margens montanhosas; *promenade en bateau*, ontem imprevisível, e que, no momento crítico, Victor tirara de suas mangas de prestidigitador. Depois de arranjar-lhes um lugar a bordo, inclusive um pequeno camarote interior para Sofia, o amigo declarou que lhes oferecia aquela travessia em retribuição ao afeto e à generosidade que sempre haviam demonstrado por ele. Poderiam passar algumas semanas em Port-au-Prince e voltar no mesmo navio — para viajar com o capitão filantropo, não precisavam de salvo-condutos —, quando ele regressasse do Suriname, para onde estava levando uma carga. Encarando tudo aquilo como uma travessura, como algo que os devolvia à grata desordem de outros dias, tinham despachado uma carta para Carlos, informando-o de uma aventura que, para Sofia, adquiria um significado providencial, depois de tantos sonhos de viagem, de tantos itinerários que não saíram dos mapas, de tantas partidas nunca realizadas. Pelo menos entrariam num espaço novo. Port-au-Prince não era Londres, nem Viena, nem Paris, mas já significava uma grande mudança. Estariam numa França ultramarina, onde se falava um idioma diferente e se respiravam outros ares. Iriam a Cap-Français para assistir a alguma encenação de *Légataire Universel* ou de *Zémire et Azor* no teatro da rue Vaudreuil. Lá comprariam partituras da mais nova música para a flauta de Carlos, e livros, muitos livros que tratassem das transformações econômicas da Europa neste século e da atual revolução — essa que estava em curso... Uma gritaria distraiu a moça de sua pesca — pesca que a mantinha deitada à proa, de bruços, com o sol penetrando na pele. No castelo de popa, vestindo apenas uns calções ajustados à cintura, Victor e Ogé guerreavam jogando-se baldes de água do mar, apressando-se a baixá-los com uma corda para tornar a enchê-los. O corpo do mulato era de uma soberba robustez, com seu torso enxuto sob um par de ombros que se alargavam em possante envergadura, lustrosos e firmes. O peito de Victor, mais bojudo, mais volumoso, delineava os músculos em firmes relevos — os dorsais pareciam correr sobre o arcabouço — cada vez que suspendia um balde para despejá-lo na cara do outro. "É a primeira vez que me sinto realmente jovem", comentou Esteban. "Eu me pergunto se já fomos jovens algum dia", disse Sofia voltando para sua pesca. A água estava agora coberta de medusas irisadas, cujas cores mudavam ao ritmo do marulho, mantendo a constante de um anil orlado de franjas vermelhas. O *Arrow*, singrando devagar, atravessava uma vasta migração de águas-vivas que se dirigia para a costa. Sofia, observando a multidão dessas criaturas efêmeras, assombrava-se diante da contínua destruição do criado, que equivalia a um perpétuo luxo da criação: luxo de multiplicar para suprimir em maior escala; luxo de tanto engendrar, das matrizes mais elementares até os tornos de homens-deuses, para entregar o fruto a um mundo em estado de perpétua devoração. Do horizonte chegavam, com seus lindos trajes de festa, aquelas miríades de vidas ainda suspensas entre o vegetal e o animal, para serem ofertadas em sacrifício ao Sol. Encalhariam na areia, onde seus cristais secariam aos poucos, desluzidos, encolhidos, reduzindo-se a um farrapo glauco, a uma espuma, a uma simples umidade logo varrida pelo calor. Impossível imaginar uma aniquilação mais completa, sem rastro nem vestígio — sem sequer registro de que o vivente alguma vez o foi... E depois das medusas vieram uns vidros viajantes — rosados, amarelos, listrados — em tal diversidade de cores refletindo a candente luz meridiana, que o navio parecia cortar um mar de jaspe. Sofia, com as faces coradas, os cabelos soltos à brisa, desfrutava de um contentamento físico nunca antes conhecido. Podia passar horas à sombra de uma vela, fitando as ondas, sem pensar em nada, entregue a uma voluptuosidade do corpo inteiro — mole, preguiçosa, com os sentidos alertas a qualquer apelo prazeroso. Até sua gula despertava nessa travessia, desde que o capitão, em sua honra, mandava servir manjares, bebidas, frutas que surpreendiam o paladar com o sabor novo das ostras defumadas, dos famosos biscoitos bostonianos, das sidras inglesas, das tortas de ruibarbo — experimentadas pela primeira vez — e dos suculentos sapotis de Pensacola, que iam amadurecendo pelo caminho, junto com os melões das hortas nova-iorquinas. Tudo para ela era diferente, tudo a tirava da rotina, contribuindo para mantê-la numa atmosfera de irrealidade. Quando perguntava o nome de um penhasco estranho, de uma ilhota, de um canal, suas noções de geografia, aprendidas em mapas espanhóis, nunca coincidiam com as nomenclaturas de Caleb Dexter, para quem isto era o *Caymanbrack*; aquilo, o *Nordest Kaye* ou a *Portland Rock*. O próprio navio em que viajavam tinha algo de mágico, com seu capitão "filantropo", pertencente ao mundo secreto de Victor e de Ogé — o de Ísis e Osíris, Jacques de Molay e Frederico da Prússia —, que guardava seu avental, adornado com a Acácia, o Templo-dos-Sete-Degraus, as duas Colunas, o Sol e a Lua, numa vitrine junto a seus instrumentos de navegação. À noite, na tolda, Ogé punha-se a falar dos prodígios do magnetismo, da superação da psicologia tradicional ou das ordens secretas que floresciam por toda a parte, com o nome de Irmãos da Ásia, Cavaleiros da Águia Negra, Eleitos Cohen, Filaletos, Iluminados de Avignon, Irmãos da Luz Verdadeira, Filadelfos, Cavaleiros Rosa-Cruzes e Cavaleiros do Templo, todos perseguindo um ideal de igualdade e harmonia, ao mesmo tempo que trabalhavam pelo aperfeiçoamento do Homem, destinado a ascender, com o auxílio da razão e das Luzes, até as esferas onde o ser humano seria para sempre liberto de temores e de dúvidas... Sofia, de resto, observava que Ogé não era ateu como Victor, para quem os sacerdotes cristãos não passavam de "arlequins vestidos de preto manipulando marionetes" e que achava o Grande Arquiteto aceitável apenas como um símbolo provisório, enquanto a ciência não acabasse de elucidar os enigmas da criação. O mestiço citava a Bíblia com frequência, aceitando algumas de suas proposições, assim como usava termos emprestados da Cabala e do Platonismo, referindo-se muitas vezes aos Cátaros, cuja princesa, Esclarmunda, Sofia conhecia através de um romance bem bonito que lera recentemente. Segundo Ogé, o Pecado Original, em vez de se perpetuar na cópula, era por ela purificado. Lançando mão de discretos eufemismos, afirmava que o Casal realizava em sua união um retorno à Inocência Primeira, quando da total e edênica nudez do abraço nascia um apaziguamento dos sentidos: um jubiloso e doce sossego, que era a representação, eternamente repetida, da pureza do Homem e da Mulher antes da Culpa... Victor e Caleb Dexter, tratando-se com respeito de colegas, falavam da arte de navegar, discutindo sobre um certo *Rocky Shoal*, que constava em vários tratados como um parcel perigosamente oculto a quatro braças de profundidade, mas que nenhum dos dois tinha visto em suas andanças por aquela costa. Mr. Erastus Jackson, o imediato, unia-se ao grupo para narrar terríveis histórias do mar, como a daquele capitão Anson que, tendo perdido as coordenadas, vagou durante um mês pelo Pacífico, sem conseguir encontrar a ilha de Juan Fernández; ou a outra, de uma goleta encontrada perto do Grande Caico, sem um único tripulante a bordo, mas com os fogos da cozinha ainda acesos, a roupa recém-lavada pendurada no varal e, ainda quente na sopeira, uma sopa destinada à mesa dos oficiais. As noites eram suntuosas. O mar do Caribe estava cheio de fosforescências que derivavam mansamente para a costa, sempre visível em perfis de montanhas levemente iluminadas por uma lua em quarto crescente. Sofia estava entregue ao espetáculo que essa viagem insólita, inverossímil, oferecia a seus olhos em valores de vegetações viajantes, peixes raros, raios verdes e prodigiosos pores do sol que erguiam alegorias num céu onde cada nuvem podia ser interpretada como um grupo escultórico — combate de Titãs, Laocoontes, quadrigas e quedas de anjos. Ora se admirava com um fundo de corais; ora descobria as ilhas roncadoras, com a voz baixa e profunda de seus socavões cheios de um contínuo rolar de cascalho. Não sabia se acreditava que os pepinos-do-mar comiam areia nem se era verdade que as baleias chegavam até os trópicos. Mas tudo era crível nessa navegação. Um dia lhe mostraram um estranho peixe que chamavam unicórnio-do-mar — o que lhe lembrou a primeira aparição de Victor na Casa das Aldravas. Na ocasião, por brincadeira, ela lhe perguntara se havia sereias no mar do Caribe. "Naquela noite", disse ele, "por pouco não me expulsaram." "Várias vezes estive a ponto de fazer isso", devolveu Sofia, jogueteando com a ambiguidade, sem confessar quão duro era para ela admiti-lo, agora que, quando os dois se encontravam nos estreitos corredores ou nas escadas empinadas, ela demorava o passo, na vergonhosa expectativa de se sentir novamente enlaçada. Afinal de contas, aquele enlace tinha sido, com toda sua brutalidade, a única coisa realmente importante — a única peripécia pessoal — que lhe acontecera na vida. Desceu ao camarote e se deitou na maca.

Um suor pegajoso molhava suas meias arriadas, os seios apertados na blusa repuxada de um lado, toda a pele irritada pela aspereza da manta de lã que cobria seu leito, quando ouviu gritos e correrias no convés. Depois de se arrumar de qualquer jeito, Sofia correu ao convés para saber a razão do rebuliço. O navio estava passando rente a uma colônia de tartarugas-de-pente; dois marinheiros, que tinham acabado de descer num bote, tentavam capturar a maior delas com umas cordas. Mas, entre os cascos suntuosos, apareceram barbatanas de cações atropelando o bote. E já voltavam os pescadores, blasfemando de raiva pelo muito que perdiam em pentes e prendedores, marcadores de livros e fivelas de luxo, distribuindo arpoadas a torto e a direito. Como se a morte de alguns tubarões pudesse aplacar a velha ira contra a espécie inteira, os marujos apinhados na amurada lançaram anzóis presos a correntes, que as feras mordiam com voracidade, enganchando-se nos ferros que lhes saíam pelos olhos. Eram retiradas da água, entre ferozes contorções e rabeios terríveis, e suspensas até a altura da amurada, onde as golpeavam com paus, varas, barras de ferro, até com as travas do cabrestante. Jorrava sangue dos couros estraçalhados, tingindo a água, espirrando nas velas, escorrendo pelos desaguadouros do convés. "É um bem que se faz!", gritava Ogé, também golpeando. "Esses peixes são horríveis." Toda a tripulação estava fora — uns montados sobre as vergas, outros procurando uma brecha onde pudessem meter o braço, cada qual armado com uma estaca, uma ferramenta de carpinteiro, uma serra, com uma fúria que os levava a jogar novas correntes ou um arco de pua, buscando a oportunidade para bater e ferir, e novos anzóis. Sofia foi até seu camarote para tirar a blusa manchada por um óleo, uma bile que a salpicara no tumulto. No pequeno espelho pendurado ao pé da vigia que servia de claraboia, viu Victor entrar: "Sou eu", disse ele, fechando a porta. Em cima continuavam os gritos e as blasfêmias.

11.

Que barulho é esse?
Goya

Quando o navio atracou no porto de Santiago, Victor, debruçado na proa, fez um gesto de espanto. Lá estavam *La Salamandre, La Vénus, La Vestale, La Méduse*, embarcações de tráfego normal entre Le Havre, Le Cap e Port-au-Prince, além de uma multidão de unidades menores — urcas, goletas, balandras — que ele conhecia por pertencerem a negociantes de Leogane, Les Cayes e Saint-Marc. "Todos os barcos de Saint-Domingue estão reunidos aqui?", perguntou a Ogé, que também não entendia o porquê de tão insólita migração. Depois de lançar ferro, apressaram-se a descer em terra, em busca de informações. O que apuraram era terrível: três semanas atrás, rebentara uma "revolução de negros" na região norte. O levante se alastrara sem que as autoridades conseguissem retomar o controle da situação. A cidade estava cheia de colonos refugiados. Falava-se de terríveis matanças de brancos, de incêndios e crueldades, de hediondas violações. Os escravos se encarniçaram contra as moças de família, submetendo-as às piores sevícias. O país estava entregue ao extermínio, à pilhagem e à lascívia... O capitão Dexter, que estava levando um pequeno carregamento a Port-au-Prince, iria aguardar alguns dias, à espera de notícias mais tranquilizadoras. Se as desordens continuassem, seguiria para Porto Rico e dali para o Suriname, sem parar no Haiti. Victor, muito preocupado com o destino de seu comércio, não sabia o que fazer. Ogé, em compensação, mostrava-se sereno: sem dúvida, estavam carregando nas tintas ao pintar aquele movimento. Este apresentava muitas coincidências com outros acontecimentos de alcance universal para ser uma simples revolta de bárbaros incendiários e violentadores.

Também se falara de multidões enlouquecidas, ébrias de sangue, depois de um certo 14 de julho, agora em via de transformar o mundo. Seu irmão Vincent era um dos mais destacados funcionários da colônia. Fora educado na França, assim como ele próprio; era membro do Clube de Amigos dos Negros, de Paris, um filantropo de grandes luzes, que saberia conter a multidão amotinada se não fosse justa a reivindicação pela qual se tomavam ruas e campos. Assim como Vincent, havia muitos agora, imbuídos de filosofia, cientes das demandas da época. O melhor a fazer era esperar um pouco, que o tempo logo esclareceria as coisas. Se Dexter resolvesse não parar em Port-au-Prince, ali estavam os navios refugiados, que logo haveriam de voltar. A bordo de um deles, a viagem até a ilha vizinha seria um passeio ameno... Mas, nesse ínterim, teriam de conviver com o calor. Com o calor que pareceu brotar dos porões, do casco, das escotilhas, das próprias madeiras do *Arrow*, quando o navio, com as velas ferradas, ficou fundeado no porto — justo no porto de Santiago, e em pleno mês de setembro. Um cheiro universal de betume quente invadiu os camarotes e corredores, mas não o bastante para livrar o convés de certos bafios de cascas de batatas, gorduras rançosas e águas usadas para lavar louça que começaram a subir das cozinhas. E o pior era que não havia como permanecer em terra. Ninguém sequer cogitava em encontrar acomodações na cidade, pois os refugiados lotavam pensões, pousadas e hotéis, chegando a se contentar com uma mesa de bilhar a modo de cama ou com qualquer poltrona encostada num canto para pernoitar. As escadas da catedral estavam tomadas de pessoas que defendiam a unhas e dentes o trecho de pedra fresca que lhes servia de cama. Ogé e Esteban dormiam no convés do *Arrow*, esperando o dia raiar para descer em terra, no primeiro escaler, na esperança de encontrar algum frescor nas ruas de casinhas cor-de-rosa, azuis, laranja, com cercas de madeira e portas cravejadas, que evocavam os primeiros dias da colonização — quando

Hernán Cortez, ainda um modesto alcaide, plantava as primeiras vides trazidas da Espanha para as Antilhas recém-descobertas. Almoçavam em qualquer bodega, o que conseguissem encontrar — pois até os alimentos escasseavam —, antes de buscar o pitoresco amparo das barracas de palma que uns farsantes franceses, hábeis em tirar proveito de situações conturbadas, tinham erguido às portas da cidade para abrigar um improvisado parque de diversões, que começava a funcionar no meio da tarde. Esteban estranhava que nem Sofia nem Victor quisessem acompanhá-lo em suas divertidas andanças pela cidade. Mas os dois preferiam — apesar do calor sufocante — permanecer a bordo do *Arrow*, que ficava deserto de tripulantes durante esses dias de imobilidade forçada, pois os marinheiros desciam em terra tão logo podiam, só voltando depois do entardecer ou já noite alta, numa grande algazarra de bêbados. Sofia explicava que o calor a deixava insone até o amanhecer, tanto que só conseguia pegar no sono, vencida pelo cansaço, quando os demais começavam a acordar. Victor, por seu lado, instalava-se no castelo de proa, defronte à cidade, desde o amanhecer, redigindo uma volumosa correspondência referente a seus negócios. E assim se passaram vários dias — com uns em terra, outros a bordo; uns repugnando os maus cheiros do navio; outros sem percebê-los — até que, certa manhã, Dexter anunciou que um marinheiro norte-americano, chegado na véspera de Port-au-Prince, informara que lá reinava um franco estado de revolução. Não podia esperar mais; zarparia no meio da tarde para retomar a viagem, passando ao largo da ilha de Saint-Domingue. Depois de juntar suas coisas e almoçar um presunto da Westfalia acompanhado de uma cerveja tão quente que a espuma não desgrudava dos copos, os viajantes se despediram do capitão filantropo e da tripulação do *Arrow*. Sentados sobre suas malas junto a um portão das docas, avaliaram a situação. Ogé sabia de um mau veleiro cubano que zarparia no dia seguinte rumo a Port-au-Prince, fretado por comerciantes locais para ir recolher refugiados. O razoável era que Sofia permanecesse em Santiago enquanto os três homens embarcavam. Se a situação não correspondesse ao quadro descrito — e Ogé insistia em que os acontecimentos haviam de responder a algo mais complexo e nobre do que uma simples febre de pilhagem —, Esteban voltaria no mesmo barco para buscar a prima. Ogé, porém, confiava na autoridade de seu irmão Vincent, de quem não recebia notícias havia meses, mas que sabia ocupar um alto posto na administração da colônia. Quanto a Victor, não havia lugar para dúvidas: ele tinha um comércio, uma casa, bens em Port-au-Prince. Sofia se zangou, pedindo que a levassem; garantiu que não seria um estorvo; não precisava de camarote; não tinha medo. "Não é questão de medo", disse Esteban. "Não podemos expor você ao que aconteceu a centenas de mulheres por lá." Victor estava de acordo. Se a vida fosse possível na ilha, viriam buscá-la. Do contrário, ele deixaria Ogé como seu procurador em Saint-Domingue e voltaria a Santiago para esperar o fim da tormenta. Com tantos refugiados franceses na cidade, ninguém iria averiguar se este Victor Hugues era o mesmo que havia sido denunciado em Havana como maçom. Agora Santiago abrigava centenas de membros das lojas de Port-au-Prince, Le Cap e Leogane. Acatando a decisão dos homens, a moça ficou a sós com Victor em meio à bagagem dispersa, enquanto Ogé e Esteban iam resolver o difícil problema de achar um alojamento decente para ela. A bordo do *Arrow* — esbelto e magnífico, com seu arvoredo ligeiramente inclinado, os finos ovéns, as tremulantes flâmulas —, começavam as manobras de partida, com grande movimento da marinhagem no convés.

Na manhã seguinte, era uma velha balandra cubana, de velas remendadas e ruinoso aspecto, a que saía do porto de Santiago empreendendo a navegação ao longo de uma costa cada vez mais alta. Parecia que o veleiro não avançava, de tanto que tinha de orçar para vencer as correntes adversas... Transcorreu um dia interminável, e uma noite de luar tão claro que Esteban, no entressonho de um mau descanso ao pé de um mastro, pensou vinte vezes que amanhecia. A balandra entrou na boca do golfo de La Gonave, não tardando a avistar as costas de uma ilha onde, segundo Ogé, havia cascatas cujas águas tinham o poder de transportar as mulheres a um estado de vidência órfica. Todos os anos, peregrinavam até aquele brilhante altar da Deusa da Fecundidade e das Águas, mergulhando nas espumas que caíam dos altos penhascos. E algumas mulheres começavam a se contorcer e a gritar, possuídas por um espírito que lhes ditava vaticínios e profecias — profecias que costumavam cumprir-se com espantosa exatidão. "O mais surpreendente é que um médico acredite nessas coisas", disse Victor. "O doutor Mesmer", replicou Ogé, sarcástico, "tem realizado milhares de curas milagrosas na vossa culta Europa, magnetizando a água de suas cubas e provocando em seus pacientes um estado de inspiração já bem conhecido pelos negros daqui. Só que ele cobra para fazer isso. Os deuses de La Gonave trabalham de graça. Essa é a diferença..." Continuaram a navegar entre costas esfumadas, até o anoitecer. Victor, que passara o dia num estado de extrema impaciência, ferrou num sono pesado — como se necessitasse recuperar-se do desgaste nervoso — depois de um magro jantar de arenques e biscoitos. Foi acordado por Esteban pouco antes do amanhecer. A balandra ia chegando a Port-au-Prince. A cidade estava em chamas. Um incêndio gigantesco avermelhava o céu e lançava fagulhas para os montes próximos. Victor exigiu que baixassem um bote, sem mais demora, e pouco depois desembarcava no cais de pesca. Acompanhado de Esteban e de Ogé, atravessou as ruas onde alguns negros carregavam relógios, quadros, móveis, resgatados das chamas. Os três chegaram a um terreno onde ainda se erguiam algumas madeiras calcinadas, fumegantes, escamadas de cinzas, em meio a pequenas fogueiras. O negociante estacou, trêmulo, crispado, com o suor escorrendo da testa, das têmporas, da nuca. "Faço questão de lhes mostrar a casa", disse. "Ali ficava a padaria; aqui, o armazém; lá atrás, meu quarto." Recolheu uma tábua de carvalho meio queimada: "Era um bom balcão". Esbarrou num prato de balança, enegrecido pelo fogo. Levantou a peça e a fitou longamente. De repente atirou-a no chão com estrépito de gongo, levantando uma revoada de fuligem. "Desculpem", disse, rompendo em soluços. Ogé saiu em busca dos parentes que tinha na cidade.

O dia foi nascendo debaixo de nuvens baixas, carregadas de fumaça, como que apertadas entre as montanhas que fechavam o golfo. Victor e Esteban, sentados sobre o forno da padaria — única coisa identificável em meio à ruína informe —, contemplavam uma cidade que ia recuperando seus ritmos de cidade dentro da aniquilação da própria cidade. Chegavam camponeses carregando frutas, queijos, repolhos, feixes de cana, para arrumá-los num mercado que deixara de ser mercado. Por costume adquirido, cada um procurava o local de sua banca inexistente, montando uma feira ao ar livre segundo o alinhamento e a disposição de outrora. Parecia que os revoltosos, depois de ter ateado fogo em tudo, tinham sumido no ar. Uma calma de carvões apagados, de rescaldos, de brasas sobre a terra coberta de escombros, dava um ar bucólico a quem vinha apregoando o leite de suas cabras malhadas, o perfume de seus jasmins, a pureza de seu mel. O gigante que, lá na ponta do quebra-mar, oferecia uma enorme lula enlaçada no braço erguido transfigurava-se no *Perseu* de Cellini. Alguns religiosos, ao longe, retiravam os andaimes chamuscados de uma igreja em construção. Passavam burricos carregados por ruas que não eram mais ruas, seguindo, porém, o itinerário habitual, contornando os trechos onde já não se podia seguir reto, demorando-se numa esquina ilusória na qual o taberneiro reinstalara suas garrafas de aguardente sobre tábuas montadas em tijolos. Victor media e remedia com os olhos a área de seu comércio aniquilado, estranhamente tomado, dentro de sua ira arrefecida, pelo sentimento libertador de não possuir nada, de ter ficado sem um pertence, sem um móvel, um contrato, um livro — sem uma carta amarelada, na visão de cuja letra se pudesse enternecer. Sua vida se encontrava na estaca zero, sem compromissos a cumprir, sem dívidas a pagar, suspensa entre o destruído passado e o amanhã inimaginável. Nos morros — os *mornes* — rebentavam novos incêndios: "Pelo que resta queimar, que queimem tudo de uma vez", disse. E ainda permanecia ali, ao meio-dia, sob a ofuscante claridade das nuvens estendidas de monte a monte, quando Ogé reapareceu. Tinha o rosto endurecido, vincado por novas rugas, que Esteban desconhecia. "Bem feito", disse, correndo os olhos pela área do incêndio. "Vocês mereceram." E, diante do gesto interrogativo e indignado de Victor: "Meu irmão Vincent foi executado na Praça de Armas de Cap-Français: quebraram seu corpo a golpes de barras de ferro. Dizem que seus ossos estalavam como nozes partidas a marteladas". "Os revoltosos?", perguntou Victor. "Não. Vocês", respondeu o médico com olhos fixos e sombrios, que olhavam sem olhar. E, no meio daquele baldio, pôs-se a narrar a terrível história do irmão mais novo, nomeado para um importante cargo administrativo, que esbarrou na negativa dos colonos franceses de acatarem o decreto da Assembleia Nacional, segundo o qual os negros e mestiços dotados de suficiente instrução eram autorizados a desempenhar funções públicas em Saint-Domingue. Cansado de argumentar e reclamar, Vincent levanta-se em armas, à frente de um esquadrão de descontentes, igualmente prejudicados pela intransigência — pela desobediência — dos brancos. Secundado por outro mestiço, Jean Baptiste Chavannes, marcha sobre a Cidade do Cabo. Derrotados no primeiro confronto, Vincent e Jean Baptiste buscam proteção na parte espanhola da ilha. Mas lá são presos pelas autoridades, agrilhoados e devolvidos a Cap-Français, sob escolta. Enjaulados durante vários dias em praça pública, são entregues ao escárnio: insultados, cuspidos por quem lhes jogava, ao passar, até imundícies e águas sujas. Mas já se ergue o tronco; o carrasco empunha sua barra, que se encarniça contra as pernas, os braços, as coxas dos réus. Finda a tarefa, chega a vez do machado. As cabeças dos jovens, erguidas em lanças, são desfiladas para escarmento ao longo da estrada que leva à Grande Rivière. Os abutres, voando baixo, bicavam ao passar os rostos pisados pelo suplício, que acabavam de perder todo o aspecto humano — meras massas de carne, com buracos escarlates, bamboleadas por guardas bêbados que paravam para beber em cada estalagem... "Ainda há muito por queimar", disse Ogé. "A próxima noite vai ser terrível. Fujam o quanto antes!"... Foram até o embarcadouro, cujas estacas estavam queimadas em longos trechos, tendo que andar sobre as traves de sustentação, feitas de uma madeira resistente ao fogo, sob as quais boiavam cadáveres comidos por caranguejos. A balandra cubana, carregada de refugiados, zarpara nem uma hora depois de chegar — segundo souberam da boca de um negro velho, empenhado em remendar suas redes, como se um rasgo na trama do cordel fosse um problema de capital importância em meio ao grande sinistro. Todos os navios tinham abandonado o porto, todos exceto um, recém-chegado, cujos tripulantes acabavam de saber do que estava acontecendo em Port-au-Prince; era uma fragata de três mastros e casco alto, para a qual remavam botes cada vez mais numerosos que iam brotando das margens. "Esta é sua única chance", disse Ogé. "Vão embora antes que os esquartejem." Levados pelo negro pescador numa canoa tão estragada que era preciso desaguá-la com canecas, abordaram o *Borée*, cujo capitão, assomado à amurada, cuspindo injúrias, negou-se a deixá-los subir. Victor fez então um gesto estranho — uma espécie de desenho no ar — que silenciou as imprecações do marinheiro. Baixaram uma escada de corda, e pouco depois os três estavam no convés, junto àquele que entendera o sinal — a abstrata súplica — do negociante arruinado. O navio, repleto de refugiados — estavam por toda a parte, suando em roupas ressuadas, cheirando mal, doentes de febre, de insônia, de cansaço, coçando as primeiras chagas, os primeiros piolhos, um espancado, outro ferido, aquela violentada —, zarparia imediatamente, de volta à França. "Não há outro remédio", disse Victor, ao ver que Esteban relutava diante da magnitude de uma viagem que não estava em seus planos. "Se ficar, vão matá-lo esta noite", disse Ogé. "*Et vous?*", perguntou Victor. "*Pas de danger*", respondeu o mulato, apontando para o rosto escuro. Abraçaram-se. Esteban, porém, teve a impressão de que o médico não o estreitava tão efusivamente como de outras vezes. Havia uma formalidade, uma distância nova, uma sisudez entre os corpos. "Lamento o ocorrido", disse Ogé a Victor, como se de repente assumisse a representação de um país inteiro. E, fazendo um breve gesto de despedida, voltou para a canoa, onde o pescador tentava afastar o cadáver de um cavalo, empurrando-o com o remo... Pouco depois, um troar de tambores rebentou em Port-au-Prince, alcançando o alto dos morros. Novos incêndios cresciam nos rubores do crepúsculo. Esteban pensava em Sofia, que esperaria inutilmente em Santiago — onde ficara hospedada na casa de uns comerciantes respeitáveis, antigos fornecedores de seu pai. Mas era melhor assim. Ogé encontraria um meio de informá-la do ocorrido. Carlos iria buscá-la. A extraordinária aventura que hoje começava não era das que podiam ser empreendidas com mulheres, num navio onde quem fizesse questão de se lavar teria que fazê-lo à vista de todos — assim com muitas outras coisas que, por força, seriam feitas à vista de todos. Esteban, entre apreensivo e culpado, mas no fundo feliz diante da inacreditável novidade que vinha a seu encontro, sentia-se mais robusto, mais crescido, dono de maior estatura masculina, ao lado de Victor Hugues. Agora, de costas para a cidade, como se alardeasse ter enterrado seu passado sob um monte de cinzas, o francês, mais francês do que nunca ao falar em francês com um francês, tomava pé das últimas notícias de sua pátria. Eram interessantes, insólitas, extraordinárias, sem dúvida. Mas nenhuma tão considerável, tão sensacional como a da fuga do Rei e sua prisão em Varennes. Era um fato tão formidável, tão novo para qualquer mente, que as palavras "Rei" e "prisão" não chegavam a encaixar, a constituir uma possibilidade admissível de imediato. Um rei preso, vexado, humilhado, entregue à custódia do povo que ele pretendia governar, quando era indigno de fazê-lo! A mais nobre coroa, o mais insigne dos poderes, o mais alto cetro do universo escoltado por dois gendarmes. "E eu negociando sedas contrabandeadas, quando essas coisas estavam acontecendo no mundo", dizia Victor, levando as mãos à cabeça. "Enquanto, lá, se assistia ao nascimento de uma nova humanidade..." O *Borée*, impelido pela brisa noturna, singrava devagar sob um céu de estrelas tão claras que as montanhas do Leste pintavam-se em sombras intrusas, cortando o puro desenho das constelações. Atrás ficavam os incêndios de um dia. A Oriente se erguia, aprumada e magnífica, vislumbrada pelos olhos do entendimento, a Coluna de Fogo que guia as marchas rumo a toda Terra Prometida.

Segundo capítulo

12.

Sãos e doentes.
Goya

Quando pensava em sua cidade natal, que a distância tornava remota e singular, Esteban só conseguia evocá-la em tons de água-forte, com as sombras acentuadas pela excessiva luz do iluminado, com o céu repentinamente carregado de trovões e nuvens escuras, as ruas estreitas, lamacentas, cheias de negros lidando entre o breu, o tabaco e o charque. Havia mais carvão que chamas no quadro de um Trópico que, visto daqui, tornava-se estático, sufocante e monótono, com seus cúmulos de cores sempre repetidas, seus crepúsculos breves demais e suas noites caídas do céu no tempo que se demorava em trazer os lampiões — longas noites alongadas pelo silêncio dos que já dormiam a sono solto antes de ouvir o sereno cantando as dez por Maria Santíssima, concebida sem pecado original no primeiro instante de seu Ser…

Aqui, nos suntuosos matizes de um incipiente outono que era prodigiosa novidade para quem vinha de umas ilhas onde as árvores ignoravam a passagem do verde às sanguíneas e sépias, tudo era alegria de bandeiras, florescer de fitas e rosetas, flores oferecidas nas esquinas, leves mantilhas e saias de cívico espalhafato, com vermelhos e azuis prodigados a todo pano. Esteban tinha a impressão — depois de tanto viver afastado e retirado — de ter caído numa enorme feira, cujos personagens e adereços tivessem sido idealizados por um grande diretor de cena. Tudo girava, distraía, atordoava, na constante algazarra de comadres faladeiras, cocheiros que se interpelavam de boleia a boleia, forasteiros bargantes, lacaios maledicentes, vadios, leva e traz, comentadores da última novidade, leitores de jornais, debatedores batendo-se em apaixonadas rodas com o espalhador de boatos, o mais-por-dentro, o que-sabia-de-boa-fonte, o que-tinha-visto, o que-tinha-estado-lá-e-podia-contar — sem esquecer o patriota ardoroso e avinhado, o jornalista de três artigos, o policial que alegava um resfriado para justificar o embuço, o antipatriota vestido com demasiado patriotismo para que a roupa não cheirasse a disfarce, que a toda hora estremeciam a vasta e berrante caixa de figuras com alguma novidade rumorosa. A Revolução infundira uma nova vida à Rua — a Rua, de enorme importância para Esteban, pois nela vivia e dela contemplava a Revolução. "Alegria e exaltação de um povo livre", pensava o moço, vendo e ouvindo, orgulhoso com o título de "Estrangeiro amigo da Liberdade" que todos lhe outorgavam. Alguns podiam ter-se acostumado rapidamente a tudo isso; mas ele, tirado repentinamente de suas modorras tropicais, tinha a impressão de estar num ambiente exótico — era essa a palavra —, de um exotismo muito mais pitoresco que o de sua terra de palmeiras e açúcares, onde crescera sem pensar que as coisas que via podiam parecer exóticas a alguém. Exóticos — verdadeiramente exóticos — eram para ele os mastros e bandeirolas, as alegorias e flâmulas; os cavalões de ancas largas, como que saídos de um carrossel imaginado por Paolo Ucello, tão diferentes dos pangarés ossudos e manhosos — como bons filhos de andaluzes que eram — de seu país. A seus olhos, tudo era espetáculo digno de se admirar: o café decorado à chinesa, e a taberna de tabuleta enfeitada com um Sileno montado num tonel. Os funâmbulos que ao ar livre arremedavam as evoluções de acrobatas famosos, e o tosador de cachorros instalado à beira do rio. Tudo era singular, imprevisto, curioso: a roupa do biscoiteiro e o mostruário de broches, os ovos pintados de vermelho e os perus apregoados como "aristocratas" por uma depenadora do mercado. Cada loja revelava-se um teatro, com a vitrine-palco exibindo pernis de carneiro sobre rendas de papel; a da perfumista, bonita demais para crer que pudesse tirar seu sustento dos poucos produtos exibidos; a da vendedora de leques, e a daquela outra, também linda, com os seios à mostra, que oferecia emblemas revolucionários feitos de marzipã. Tudo era listrado, enfitado, adornado, em cores de guloseima, de balão de Montgolfier, de soldados de chumbo, de imagens de estampa. Mais do que numa revolução, parecia que se estava numa gigantesca alegoria da revolução, numa metáfora de revolução — revolução realizada em outro lugar, concentrada em polos ocultos, concebida em solapados conciliábulos, invisíveis para os ansiosos em saber de tudo. Esteban, pouco familiarizado com os novos nomes, desconhecidos até ontem, que vinham a público todos os dias, não conseguia descobrir quem, afinal, estava fazendo a revolução. De repente apareciam obscuros provincianos, antigos escrivães, seminaristas, advogados sem causa e até estrangeiros, cujas figuras se agigantavam em semanas. A excessiva proximidade dos fatos mantinha-o como que ofuscado diante de tantos rostos recém-surgidos nas tribunas e nos clubes, onde às vezes ressoavam vozes juvenis de oradores pouco mais velhos que ele. As assembleias a que ele assistia, misturado ao público, não esclareciam grande coisa: desconhecendo os homens, desconcertado por torrentes de palavras, admirava-se ante os tribunos como se fosse um lapão repentinamente levado ao Congresso dos Estados Unidos. Simpatizava com este por causa da astuta dureza de um verbo acerado, com ímpetos de adolescência; com aquele, pelas inflexões popularescas de seu vozeirão; com um terceiro, porque sua eloquência era mais cáustica e incisiva que a dos demais... E, nessas horas, não podia contar com Victor Hugues como informante, pois raramente se encontravam. Os dois moravam numa modesta pensão, mal iluminada e pior ventilada, tomada a toda hora por vapores pestilentos de carneiro, de repolho e sopa de alho-poró, que se misturavam ao cheiro de manteiga rançosa que os tapetes já soltavam por si sós. De início eles se dedicaram a desfrutar a vida da capital, frequentando os locais de diversão e de prazer, onde Esteban, mediante muitos excessos e não poucos atentados a sua algibeira, conseguira saciar a clássica concupiscência de todo estrangeiro que chega às margens do Sena. Mas, passado algum tempo, Victor, arruinado como estava, sem mais moedas que as que ganhara em Cuba, pôs-se a pensar no amanhã, enquanto Esteban escrevia a Carlos para pedir-lhe uma carta de crédito por intermédio dos senhores Laffon, de Bordéus, que representavam os garnachas e moscatéis do Conde de Aranda. O francês tinha agora o costume de sair cedo e só voltar bem tarde. Conhecendo-o, o jovem se abstinha de lhe fazer perguntas; Victor era um homem que só falava de suas conquistas depois de consumadas, quando já aspirava a conquistas mais altas. Entregue a si mesmo, Esteban deixava-se embalar pelos ritmos de cada dia, seguindo os tambores de um desfile de guardas, metendo-se em qualquer clube político, juntando-se às manifestações improvisadas, mais francês do que ninguém, mais revolucionário que os participantes da revolução, sempre clamando por medidas inapeláveis, castigos draconianos, penas exemplares. Seus jornais eram os extremistas; seus oradores, os mais implacáveis. Qualquer rumor alusivo a uma conjura contrarrevolucionária o lançava às ruas, armado do primeiro facão de cozinha que encontrasse. Para grande zanga da dona do hotel onde morava, uma manhã ele apareceu, seguido de todas as crianças do bairro, trazendo uma muda de abeto que plantou solenemente no quintal, a título de nova Árvore da Liberdade. Um dia tomou a palavra em um Clube de Jacobinos, assombrando os presentes com a ideia de que, para levar a Revolução ao Novo Mundo, bastaria inculcar o ideal de Liberdade nos jesuítas, que, expulsos dos Reinos de Ultramar, agora erravam pela Itália e pela Polônia... Os livreiros do bairro o apelidaram de "Furão", e ele, lisonjeado pela alcunha que unia a lembrança de Voltaire com a imagem da América, fazia o possível para atentar contra os hábitos de urbanidade do antigo regime, alardeando uma franqueza, uma brutalidade verbal, uma crueza de juízos que às vezes chocava até os próprios revolucionários. "Tenho orgulho de espalhar brasas e de falar de corda em casa de enforcado", dizia, muito ufano de ser insuportável e grosseiro. E assim seguia ele, "afuroando" de esquina em esquina, de roda em roda, até chegar aos locais onde se reuniam os espanhóis de Paris, maçons e filósofos, filantropos e queima-igrejas, que conspiravam ativamente para levar a Revolução à Península. Ali se fazia uma constante recontagem de Bourbons chifrudos, de rainhas licenciosas, de infantes cretinos, atribuindo-se o atraso da Espanha a um sombrio quadro de freiras chaguentas, milagrices e farrapos, perseguições e arbitrariedades que mergulhavam tudo o que existia entre os Pireneus e Ceuta nas sombras de um obscurantismo redivivo. Comparavam esse país adormecido, tiranizado, carente de luzes, com esta França esclarecida, cuja revolução fora saudada, aplaudida, aclamada, por homens como Jeremias Bentham, Schiller, Klopstock, Pestalozzi, Robert Bruce, Kant e Fichte. "Mas não basta levar a Revolução à

Espanha, é preciso também levá-la à América", dizia Esteban nessas reuniões, contando sempre com a aprovação de um certo Feliciano Martínez de Ballesteros, vindo de Baiona, com quem simpatizou logo de saída por sua graça em contar casos e porque às vezes cantava toadilhas de Blas de Laserna, acompanhando-se com garbo e malícia num velho clavicórdio esquecido num canto. Era uma maravilha ouvir então os espanhóis concertados em volta do instrumento para contrapontear as coplas de:

Cuando Majoma vivía
Allá en la era pasada
Era tanto lo que bebía
Que del suelo se elevaba
Con las monas que cogía
Con las monas que cogía.

Todos, por alarde, usavam um colete de venda proibida nos domínios da Espanha e da América por uma Real Disposição, que ostentava no forro a palavra "Liberdade" bordada em vermelho. E eram projetos de invasão, levantes de províncias, planos de desembarque em Cádis ou na Costa Brava, com nomeação de ministros esclarecidos, fundação de jornais imaginários, redação de libelos, que enchiam as noites da tertúlia e davam a cada um o gosto de ouvir a si mesmo numa falação que quebrava crucifixos e derrubava coroas com o estrépito de palavrões castiços que tachavam de cornudos e putas todos os membros da Dinastia Ibérica. Alguns lamentavam que o prussiano Anacharsis Clootz, Apóstolo da República Universal, ao se apresentar nas barras da Assembleia Constituinte como Embaixador do Gênero Humano, não tivesse incluído nenhum espanhol em sua comitiva de ingleses, sicilianos, holandeses, russos, poloneses, mongóis, turcos, afegãos e caldeus, vestidos com trajes nacionais, contentando-se com um figurante qualquer para representar o país que ali tão perto gemia sob o garrote e as correntes do despotismo. Por isso a voz da Espanha não se ouvira nessa memorável cerimônia, em que até o turco tomara a palavra. "Fazem bem em nos desprezar, porque ainda não somos nada", dizia Martínez de Ballesteros dando de ombros. "Mas logo há de chegar a nossa hora." Aliás, ele sabia de homens valiosíssimos dispostos a vir para a França e colocar-se a serviço da Revolução. Entre eles, o jovem Abade Marchena, que lhe parecia um espírito superior, a julgar pelo tom de suas cartas e por umas traduções de poemas latinos que lhe mandara... Mas, para Esteban, nem tudo era passar as noites em animadas tertúlias e perambular pelas ruas feito um boca-aberta, assistindo a desfiles e festas cívicas. Num dia memorável, foi iniciado na Loja dos Estrangeiros Reunidos, penetrando no vasto mundo fraternal e progressista do qual Victor só lhe revelara pedaços. Para ele foi iluminado o Templo, resplandecente e arcano, onde, ao brilho das espadas, coube-lhe andar, trêmulo e deslumbrado, até as Colunas Jachim e Boaz, o Delta e o Tetragrama, o Selo de Salomão e a Estrela do Número Áureo. Ali estavam, envoltos em suas auréolas e emblemas, os Cavaleiros Kadosh, e os Cavaleiros Rosa-Cruz, e os Cavaleiros da Serpente de Bronze, e os Cavaleiros da Arca Real, e os Príncipes do Tabernáculo, e os Príncipes do Líbano, e os Príncipes de Jerusalém, e o Grão-Mestre Arquiteto e o Sublime Príncipe do Real Segredo, rumo a cujos Graus começaria a ascender Aquele que, estremecido de emoção, sentindo-se indigno de tanta honra, avançava rumo aos mistérios do Graal, da Transformação da Pedra Bruta em Pedra Cúbica, da Ressurreição do Sol na Acácia, no seio de uma Tradição conservada, recuperada, que, recuando vertiginosamente no tempo, remontava aos grandes cerimoniais de iniciação do Egito, através de Jacob Boehme, das Bodas Químicas de Christian Rosencreutz e do Segredo dos Templários. Esteban se sentira Uno com o Todo, alumbrado, iluminado perante a Arca que agora teria de edificar em seu próprio ser, à semelhança do Templo construído pelo mestre Hiram--Abi. Estava no centro do Cosmo: sobre sua cabeça abria-se o Firmamento; seus pés calcavam o caminho que leva do Ocidente ao Oriente. Saído das sombras do Gabinete de Reflexão, com o peito nu sobre o coração, a perna direita nua, o pé esquerdo descalço, o Aprendiz respondera às três perguntas rituais sobre o que o Homem devia a Deus, a Si mesmo e aos Demais, e então cresceram as luzes, as altas luzes de um Século para cujo prodigioso acontecer ele se encaminhara cegamente, vendado, como que arrastado por uma vontade superior, desde a tarde dos Grandes Incêndios de Port-au-Prince. Agora entendia o sentido exato da alucinada navegação — semelhante à de Parsifal em busca de si mesmo — rumo à Cidade Futura, que, desta vez, não se localizava na América, como a de Thomas Morus ou a de Campanella, mas no próprio berço da filosofia... Naquela noite, incapaz de dormir, caminhou até de madrugada por bairros velhos, ressumados de pátina, cujas vielas tortuosas ele desconhecia. Inesperadas esquinas, em agudo vértice, vinham de encontro a ele como proas de gigantescos navios, sem mastros nem velas, cobertas de chaminés que se pintavam contra o céu com fantástico aprumo de cavaleiros armados. Sem revelar a natureza exata de sua forma, emergindo de trevas e claro-escuros, apareciam andaimes, tabuletas, letras recortadas em ferro, bandeiras adormecidas. Ali se apinhavam os carros de um mercado; lá pendia uma roda sobre os vimes emaranhados de cestos por terminar. Um percherão fantasmagórico tremulava os beiços, de repente, no fundo de um pátio onde uma carroça erguia as lanças de tiro, sob um raio de luar, com a inquietante imobilidade do inseto que se dispõe a cravar seus dardos. Seguindo o rumo dos antigos peregrinos de Santiago, Esteban se deteve onde o céu, no final da rua, parece esperar por quem galgue a ladeira, brindando já com o cheiro de trigo ceifado, com o bom presságio dos trevos, com o úmido e caloroso hálito dos lagares. O moço sabia que era pura ilusão; que no alto havia outras casas, e muitas mais intrincadas nos subúrbios. Por isso, parando onde devia para não perder o privilégio de uma perspectiva suntuosa e celestial, contemplava o que durante séculos deviam ter olhado, entoando cânticos, os homens de vieiras, cajado e esclavina, que tanto arrastaram suas sandálias por essa rota, sentindo-se a um passo do Pórtico da Glória, quando bem mais perto estavam o hospital de Santo Hilário de Poitiers, as landes resinosas e o descansadeiro de Baiona, prenunciadores da fusão dos Quatro Caminhos dos Romeiros, em Puente de la Reina, no vale do Aspe. E eles tinham passado por ali, ano após ano, geração após geração, movidos por um inextinguível fervor, marchando rumo à sublime obra de mestre Mateo, que decerto — não cabia a menor dúvida — fora maçom, como Brunelleschi, Bramante, Juan de Herrera ou Erwin Steinbach, o construtor da catedral de Estrasburgo. Pensando em sua iniciação, Esteban sentiu-se ignorante e frívolo. Desconhecia toda uma literatura necessária para seu aperfeiçoamento. Amanhã mesmo compraria os livros pertinentes e, por conta própria, enriqueceria os ensinamentos elementares recebidos até agora... Assim, menos sensível ao alvoroço revolucionário que agitava as ruas a toda hora, pegou a estudar durante longas noites, conhecendo um pouco do secreto, porém seguro, trânsito do Ternário através dos tempos. Um dia — seria por volta das sete — Victor encontrou-o acordado, sonhando com a Estrela Absinto do Apocalipse, depois de se abismar na prosa de *La venida del Mesías*, de Juan Josaphat Ben Ezra, autor cujo nome ocultava, sob seu verniz arábico, a personalidade de um grande conspirador americano. "Você quer trabalhar para a Revolução?", perguntou-lhe a voz amiga. Arrancado de suas longínquas meditações, devolvido à apaixonante realidade imediata que era, afinal, uma primeira conquista das Grandes Aspirações Tradicionais, respondeu que sim, que o faria com orgulho, com entusiasmo, e que nem sequer permitiria que seu fervor, seu desejo de trabalhar pela Liberdade, fosse posto em dúvida. "Esteja no escritório do cidadão Brissot às dez e pergunte por mim", disse Victor, que estava estreando roupas novas, de muito bom corte, com botas que ainda rangiam como cordovão recém-curtido. "Ah! A propósito: nada de maçonarias. Se você quer se juntar a nós, não volte a pôr os pés numa Loja. Já perdemos muito tempo com essas baboseiras." Vendo a expressão de espanto de Esteban, acrescentou: "A maçonaria é contrarrevolucionária. Isso está fora de discussão. Não existe outra moral além da moral jacobina". Apanhou então um *Catecismo do aprendiz* que estava sobre a mesa, rasgou o livro pela lombada e o atirou na lixeira.

13.

Às dez e meia, Esteban foi recebido por Brissot, e às onze já estava traçado seu caminho, que seguiria, até a fronteira com a Espanha, por um dos velhos caminhos de Santiago. "Sandálias houvera de dar-me a liberdade, com a roseta tricolor como vieira", disse o jovem, muito orgulhoso de sua improvisada retórica, ao saber o que dele se esperava. Naqueles dias necessitava-se de homens de sólidas convicções, hábeis em escrever em castelhano e traduzir documentos do francês, a fim de preparar uma literatura revolucionária destinada à Espanha, que já começava a ser impressa em Baiona e onde quer que houvesse uma prensa disponível nas proximidades dos Pireneus. Muito escutado por Brissot, o Abade José Marchena, de quem muitos elogiavam o talento e o sarcasmo voltairiano, aconselhava uma rápida penetração doutrinária na Península, para acabar de atear o fogo de uma Revolução que não devia tardar em eclodir por lá, assim como era iminente sua deflagração em outras nações ansiosas por romper as infamantes correntes do passado. Segundo Marchena, Baiona — sem por isso desprezar Perpignan — "era o lugar mais adequado para reunir os patriotas espanhóis que desejassem trabalhar em prol da regeneração de seu país", ressalvando a necessidade de contar com pessoas inteligentes, capazes de entender que "a linguagem dos franceses regenerados e republicanos ainda não podia ser a dos espanhóis". Estes deveriam "ser preparados gradualmente", respeitando-se durante algum tempo "certas preocupações ultramontanas, incompatíveis com a liberdade, mas arraigadas demais para serem destruídas de um só golpe". "Está claro?", perguntara Victor a Esteban, como que responsabilizando-se por seu protegido perante Brissot. O moço, aproveitando a deixa, respondeu com um breve porém convincente discurso, entremeado de citações castelhanas, para provar que não apenas estava de acordo com Marchena como podia se expressar tão corretamente em francês como em seu próprio idioma... Mas depois, ruminando seu destino por algumas horas, concluiu que a missão confiada não era de todo invejável; afastar-se de Paris, nesses momentos, era como perder de vista o Máximo Teatro do Mundo para confinar-se numa província remota. "Não é hora de queixas", disse-lhe Victor severamente, ao saber de suas dúvidas. "Eu logo serei despachado para Rochefort por uma longa temporada. Também gostaria de ficar aqui. Mas cada um deve ir aonde o mandarem." Seguiram-se três longas noitadas, entre lautas comilanças e caprichos mulherengos que voltaram a estreitar a amizade entre os dois homens. Conversando francamente com Victor, Esteban não podia esconder que — apesar de ter seguido seus conselhos e esquecido a maçonaria — sua passagem pela Loja dos Estrangeiros Reunidos lhe deixara um mundo de gratas lembranças. Lá ele fora nomeado "Jovem Irmão Americano" e recebera uma toga viril no processo de iniciação. De resto, não se podia negar que reinava uma saudável mentalidade democrática onde um Carlos Constantino de Hesse-Rotenburg tratava familiarmente o patriota de pele escura, vindo da Martinica; o antigo jesuíta do Paraguai, saudoso de suas missões comunitárias; o tipógrafo brabantês, expulso de seu país por divulgar libelos; o exilado espanhol, mascate de dia, orador depois do crepúsculo, segundo o qual a maçonaria já era ativa em Ávila no século XVI, conforme o testemunhavam certas figuras de compassos, esquadros e malhos encontradas recentemente — segundo ele — na Igreja de Nossa Senhora da Assunção, construída pelo alarife judeu Mosén Rubi de Braquemonte. Lá se ouvia muita música de um inspirado compositor maçom, chamado Mosar ou Motzarth, ou algo parecido, pois um barítono vienense cantava alguns de seus hinos nas cerimônias de iniciação, embelezando com ricas fiorituras as melodias de "Oh, santa união dos fiéis irmãos", ou da invocação "Vós que honrais o Criador sob os nomes de Jeová, Deus, Fu ou Brahma". Lá se vivia em contato com homens interessantíssimos, para os quais a revolução era uma vitória de ordem material e política que haveria de levar a uma vitória total do Homem-sobre-si-mesmo. Esteban lembrava-se de Ogé quando certos irmãos, dinamarqueses e suecos, falavam da portentosa corte do Príncipe de Hesse — e Carlos Constantino, sempre grande senhor, assentia — onde os sonâmbulos eram interrogados sobre a Queda dos Anjos, a edificação do Templo ou a composição química da Água-Tofana. Na corte de Slesvig operavam-se curas milagrosas por meio do magnetismo, chegando-se a transformar uma bétula, uma nogueira, um abeto, em fontes de fluido benéfico. Forçavam-se as portas que encobriam a visão do futuro comparando os oráculos de oitenta e cinco formas de adivinhação tradicional, incluídas a bibliomancia, a cristalomancia, a giromancia e a xilomancia. Atingia-se a mais extrema sutileza na interpretação dos sonhos. E, por meio da escrita automática, dialogava-se com o eu profundo, consciente de vidas anteriores, que se oculta no interior de cada homem. Assim descobriu-se que a Grã-Duquesa de Darmstadt chorara no Gólgota, ao pé da Cruz, e que a Grã-Duquesa de Weimar assistira, no palácio de Pilatos, ao Julgamento do Senhor — assim como o sábio Lavater teve a clara consciência, durante anos, de ter sido José de Arimateia. Certas noites, os grandes lustres do castelo mágico de Gottorp — todo envolto em brumas que umedeciam as ataduras de suas múmias egípcias — eram baixados sobre as mesas onde, com senhorial placidez, jogavam baralho um Conde de Bernstorf que fora o Apóstolo Tomás; um Luís de Hesse, que recordava a si mesmo como João Evangelista; um Christian de Hesse, que outrora vivera como o Apóstolo Bartolomeu. O Príncipe Carlos costumava ausentar-se dessas veladas; preferia fechar-se para *trabalhar*, fixando os olhos num pedaço de metal que os gregos chamavam *Electronum*, com tal intensidade que em sua vista se desenhavam pequenas nuvens, cujas formas podiam ser interpretadas como avisos e mensagens da outra Margem… “Bobagens!”, exclamava Victor, irritado diante do quadro de prodígios. “Quando existem tantas coisas *reais* em que pensar, perder tempo falando tamanhas merdas é uma atitude contrarrevolucionária. Descobrimos, ainda a tempo, o que se escondia por trás de tantas mascaradas salomônicas: um traiçoeiro empenho em virar as costas para a época, distraindo as pessoas de seus deveres imediatos. Além do mais, os maçons, em nome de suas irmandades, pregam uma criminosa moderação. Todo moderado deve ser visto por nós como um inimigo…” Juntando as peças, Esteban elucidava agora o mistério das antigas relações de Victor com a maçonaria: Jean Baptiste Willermoz, seu fornecedor de sedas, Grão-Chanceler do Convent des Gaules, muito estimado pelos príncipes de Hesse, era o chefe de uma ordem que fora derivando para a mística e o orfismo por influência de Martinez de Pasqually, o iluminado, morto em Saint-Domingue. O misterioso judeu-português fundara capítulos em Port-au-Prince e em Leogane, ganhando a mente de homens como Ogé, dados a especulações esotéricas, mas frustrando, com suas disciplinas herméticas, aqueles que, como o ex-negociante, sentiam-se mais chamados pelo ideal da subversão política. Victor, respeitando o enorme prestígio de Willermoz como filantropo e como industrial — milhares de operários trabalhavam em suas fábricas lionesas —, aceitara os fundamentos da doutrina e se iniciara segundo o rito do Grande Oriente, mas se negara (e daí resultavam suas discussões com Ogé) a aceitar as práticas espiritualistas preconizadas por Martinez de Pasqually, aquele que se vangloriava de estabelecer comunicações mentais transatlânticas com seus discípulos na Europa... "Todos esses magos e inspirados não passam de um bando de *emmerdeurs*", dizia Victor, que agora se orgulhava de ter os pés bem no chão, tomando com frequência a palavra nas assembleias jacobinas, onde tinha a chance de ombrear-se com Billaud-Varennes e Collot d'Herbois, chegando até a se aproximar algumas vezes de Maximilien Robespierre, que ele situava acima de todos os tribunos da Revolução, rendendo-lhe um culto tão apaixonado que Esteban, ao ouvir os desmedidos elogios que o outro fazia a sua eloquência, a seus conceitos, a seu porte e até a sua insólita elegância no trajar, em meio a reuniões caracterizadas pelo desleixo e o desalinho, dizia em tom de brincadeira: "Estou vendo que ele é algo assim como um Don Juan para machos". Victor, que não via graça nessas piadas, respondia com alguma grossa obscenidade, levando a mão à costura das calças.

Depois de uma longa e sacudida viagem por estradas lamacentas, onde as pinhas crepitavam sob as rodas do coche, Esteban conseguiu chegar a Baiona e colocar-se à disposição daqueles que preparavam a Revolução na Espanha: o antigo marinheiro Rubín de Celis, o alcaide Bastarrechi e o jornalista Guzmán, amigo de Marat e colaborador de *L'Ami du Peuple*. Teve a desalentadora impressão de que sua cara nova, sua vontade de ação imediata não eram exatamente bem-vindas ali, onde muitos estavam acomodados num jacobinismo um tanto atrasado por escrúpulos hispânicos, sempre virulento no que se referia à França, manso e cauteloso quando os olhos se voltavam para o Bidazoa. O moço foi logo despachado para Saint-Jean-de-Luz, cidade agora chamada Chauvin-Dragon para honrar a memória de um herói republicano filho do lugar. Havia ali uma tipografia, pequena mas muito ativa, à qual deveriam ser encaminhados numerosos libelos e textos revolucionários selecionados pelo Abade Marchena, bom agitador, sempre disposto a mover a pena ao compasso dos acontecimentos, mas que já transitava bem pouco pelos caminhos da fronteira, passando o mais de seu tempo em Paris, onde Brissot o recebia com frequência. Achando-se sem amigos naquelas paragens, uma tarde, às margens do Untzin, Esteban teve a sorte de se encontrar com um pescador solitário, o qual cumprimentou com alegria: era o espirituoso — e já ex-maçom — Feliciano Martínez de Ballesteros, dono de uma novíssima patente de coronel, por ter criado um corpo de milicianos, os "Caçadores da Montanha", destinado a combater as tropas espanholas em caso de agressão e incitar os soldados compatriotas a bandear-se para a República. "Temos que estar preparados", dizia. "Na nossa terra, filho da puta é mato: basta ver nossos Godoys e nossas messalinas dos Bourbon." Com o jucundo espanhol, Esteban empreendeu longos passeios por aldeias que haviam mudado de nome em datas recentes: agora Ixtasson chamava-se "Union"; Arbonne, "Constance"; Ustarritz, "Marat-sur-Nive"; Baigorry, "Les Thermopyles". Durante as primeiras semanas, o jovem admirou-se diante das rústicas igrejas bascas, de atarracados e guerreiros campanários, com suas hortas cercadas por lajes fincadas na terra; parava para ver passar uma junta de bois, tocada a ponta de chuço, com uma pele de carneiro estendida sobre o jugo; vencia as pontes de dorso arqueado, encabritadas sobre corredeiras de água de neve, arrancando, ao passar, algum cogumelo laranja oculto entre as rachaduras da pedra. Gostava da arquitetura das casas, com suas vigas anil, seus telhados de mansas vertentes e suas âncoras de ferro forjado fincadas nos dentilhões de cantaria. A Cordilheira dos Romances de Carlos Magno, desfeita em contrafortes escarpados, em cujas veredas, ao contornar uma penha talvez contemplada pelo Paladino Roldão, apareciam valentes e atropelados rebanhos, e sobretudo a relva — relva úmida, macia, verde, de um verde-claro, de maçã verde, sempre semelhante a si mesma — faziam Esteban pensar na possibilidade de uma bucólica bem-aventurança, devolvida a todos os homens pelos princípios revolucionários. Mas já começava a se decepcionar com as pessoas, ao conhecê-las melhor: aqueles bascos de gestos pausados, pescoço de touro e perfil de cavalo, grandes levantadores de pedras, derrubadores de árvores e navegantes dignos de emular com aqueles que, procurando a rota para a Islândia, foram os primeiros a ver o mar congelado, eram tenazes na conservação de suas tradições. Ninguém os superava nos ardis que urdiam para ouvir missas clandestinas, levar hóstias nas boinas, esconder sinos em palheiros e fornos de cal e montar altares às escondidas — numa granja, nos fundos de uma tasca, numa gruta protegida por cães pastores —, nos lugares mais insólitos. Se alguns desaforados tinham quebrado as imagens da catedral de Baiona, o Bispo logo encontrou quem o ajudasse a passar para o território espanhol com ostensórios, cíngulos e paramentos. Tiveram que fuzilar uma criada que fora comungar em Villa de Vera. Os habitantes de várias aldeias fronteiriças, resolvidos a dar asilo e proteção aos padres refratários, eram deportados em massa para as landes. Chauvin-Dragon continuava sendo Saint-Jean-de-Luz para seus pescadores, assim como, para os lavradores, Baigorry permanecia sob a proteção de Santo Estêvão. La Soule era tão apegada a suas fogueiras de São João, suas danças de aspecto medieval, que ninguém ali se atreveria a denunciar quem rezasse o terço em família ou falasse, persignando-se, das bruxas de Zagarramurdi... Esteban contava dois meses naquele mundo que lhe era cada vez mais estranho, manhoso, movediço, com aquela fala vasconça que ele nunca conseguiria entender e cujas palavras nunca se desenhavam por completo nos rostos, quando foi fulminado pela notícia de que se estava em guerra com a Espanha. Agora nunca chegaria à Península para assistir ao nascimento de um novo país, como gostava de sonhar quando ouvia os discursos esperançosos de Martínez de Ballesteros, eterno anunciador de um iminente levante do povo madrileno. Estava preso numa França que as esquadras inglesas bloqueavam pelo Atlântico, de onde não havia meio de regressar à terra dos seus. Nunca, até agora, pensara em voltar para Havana, desejoso como estava de desempenhar seu papel, por pequeno que fosse, numa revolução destinada a transformar o mundo. Mas bastava saber-se impedido de fazê-lo para que uma quase dolorosa saudade de sua casa e de sua gente, de luzes diversas e sabores de outro mundo, o levasse a detestar seu cargo atual — que não passava, afinal, de uma tediosa função burocrática. Não valia a pena ter vindo de tão longe para ver uma revolução e não ver a revolução; para ficar como o ouvinte que escuta, de um parque próximo, os fortíssimos que ecoam em um teatro de ópera onde não se pôde entrar.

Passaram-se vários meses, durante os quais Esteban procurou tornar-se imprescindível no cumprimento de monótonas tarefas. Na Espanha, não estava acontecendo nada do que se esperava. Até a guerra, nessa zona da França, tornava-se tíbia e rotineira, restringindo-se a uma mera vigilância defensiva perante os fortes contingentes posicionados na fronteira pelo general Ventura Caro — tampouco muito decidido a avançar, apesar da superioridade numérica de seus exércitos. À noite, ouviam-se disparos de fuzil nas montanhas, mas tudo não passava de escaramuças ou de fugazes encontros entre patrulhas de reconhecimento. Passou-se um longo verão, ensolarado e ameno; voltaram os ventos do outono; recolheram-se as bestas aos estábulos, às vésperas das primeiras geadas do inverno. Com o passar do tempo, Esteban percebia que o afastamento de Paris fora enchendo seu espírito de confusão, e não conseguia entender os processos de uma política em constante mutação, contraditória, exacerbada, devoradora de si mesma, enredada de Comitês e mecanismos que mal se distinguiam à distância, com todas aquelas notícias inesperadas que não paravam de chegar, dando conta da ascensão de personagens desconhecidos ou da estrepitosa queda do famoso que, até ontem, era comparado com máximos próceres da Antiguidade. Choviam regulamentos, leis, decretos já revogados ou contrariados por medidas de urgência quando na província ainda se consideravam vigentes. As semanas passavam a ter dez dias; o ano deixava de começar em janeiro; os meses se chamavam "Brumário", "Germinal", "Frutidor", sem coincidir com os antigos; mudavam pesos e medidas, desnorteando os hábitos de quem tinha o instinto da braça, do palmo e do celamim. Ninguém podia dizer o que estava acontecendo na realidade nem sabia em quem confiar nessas paragens, onde o basco francês se sentia mais identificado com o navarro espanhol do que com os funcionários que, de repente, vinham do remoto Norte para impor calendários estranhos e mudar o nome das cidades. A guerra deflagrada seria uma guerra longa, porque não era uma guerra como as outras, feita para saciar as ambições de um Príncipe ou para tomar territórios alheios. "Os

Reis sabem", ouvia-se clamar nas tribunas jacobinas, "que não existem Pireneus para as ideias filosóficas: milhões de homens estão em marcha para transformar a face do mundo..." Era março — março continuava sendo março para Esteban, embora seu ouvido já se estivesse acostumando aos "Nivosos" e "Pluviosos" do novo calendário. Um março cinzento, gradado de chuvas, que envolvia as colinas de Ciboure em véus difusos, dando um aspecto fantasmagórico às barcas que regressavam ao porto depois da pescaria num mar verde-cinza, agitado e triste, cujos longes sem horizonte preciso se dissolviam num céu brancacento, brumoso, demorado em inverno. Da janela do quarto onde o moço fazia seu trabalho de tradutor e revisor, divisavam-se praias desertas, eriçadas de estacas, onde o oceano deixava algas endurecidas, madeiras quebradas, farrapos de lona, depois das tempestades noturnas que gemiam nas frestas dos postigos, atordoando os rangentes cata-ventos roídos de ferrugem. Lá, na antiga praça Luís XVI, agora praça da Liberdade, erguia-se a guilhotina. Longe de seu ambiente maior, longe da praça salpicada com o sangue de um monarca, onde atuara em Tragédia Transcendental, aquela máquina chovida — nem sequer terrível, mas feia; nem sequer fatídica, mas triste e viscosa — adquiria, ao atuar, o lamentável aspecto dos teatros onde comediantes mambembes tentavam imitar, em representações provincianas, o estilo dos grandes atores da Capital. Ante o espetáculo de uma execução, parava um ou outro pescador carregando nassas; dois ou três passantes de expressão enigmática, cuspindo fumo pelo canto da boca; uma criança; um alpercateiro; um vendedor de lulas, antes de seguirem seu caminho sem apertar o passo, depois que o corpo de alguém começava a jorrar sangue como vinho pela gorja de um odre. Era março. Um março cinzento, gradado de chuvas que inchavam a palha dos estábulos, enlameavam o velo das cabras e enchiam de fumaça acre as cozinhas de altas chaminés, cheirando a alho e óleos espessos. Fazia meses que

Esteban não tinha notícias de Victor. Sabia que estava desempenhando, e com terrível mão de ferro, a função de Acusador Público perante o Tribunal Revolucionário de Rochefort. Chegara a pedir — com o que o moço estava de acordo — que a guilhotina fosse instalada na própria sala dos tribunais, para que não se perdesse tempo entre a sentença e a execução. Privado de seu calor, de sua firmeza, de seu ímpeto, do brilho de seus contatos diretos com um Billaud, com um Collot — com qualquer alto personagem, da Hora-em-que-se-vivia, hora que não era a daqui —, Esteban tinha a impressão de minguar, de se apequenar, de perder toda a personalidade, de ser tragado pelo Acontecimento, onde sua humílima colaboração era irremediavelmente anônima. Tinha vontade de chorar ao se sentir tão pouca coisa. Gostaria de encontrar, em sua aflição, o firme regaço de Sofia, onde tantas vezes repousara a cabeça em busca da força tranquilizadora, maternal, que, como de uma mãe verdadeira, brotava de suas entranhas virgens... E começava a chorar de verdade, pensando em sua solidão, em sua inutilidade, quando viu o coronel Martínez de Ballesteros entrar em seu quarto-escritório. O chefe das milícias montanhesas estava agitado, ouriçado, as mãos suadas e trêmulas — evidentemente perturbado por uma notícia recente.

14.

"Estou farto desses franciús de uma figa!", gritou o espanhol desabando no catre de Esteban. "Mais do que farto! Que vão todos para a puta que os pariu!" Enterrou o rosto entre as mãos, permanecendo em silêncio durante um longo tempo. O moço lhe ofereceu um copo de vinho, que o outro entornou de um gole, pedindo mais. Em seguida pôs-se a andar de um lado para o outro, falando atropeladamente do estopim de sua ira. Acabava de ser destituído de seu comando militar. Destituído — *Des-ti-tu-í-do* — por um comissário qualquer vindo de Paris, enviado com poderes ilimitados para reorganizar as tropas da região. Sua desgraça era efeito de uma onda antiestrangeira, desencadeada em Paris, que já começava a bater nessas fronteiras. "Depois de desacreditar os maçons, agora voltaram sua sanha contra os melhores amigos da Revolução." Dizia-se que o Abade Marchena, foragido e perseguido, podia ser guilhotinado a qualquer momento: "Um homem que tanto fez pela liberdade". Agora os franceses tinham tomado conta do comitê de Baiona e eliminado os espanhóis — este, por ser moderado; aquele, por ter sido maçom; o outro, por suspeito. "Tenha cuidado, amigo. Lembre-se de que você também é estrangeiro. De uns meses para cá, ser estrangeiro na França é um crime." E prosseguia Martínez de Ballesteros seu destemperado monólogo: "Enquanto em Paris eles se divertiam fantasiando prostitutas de Deusa Razão, perdiam aqui, por incompetência, por inveja, a grande chance de levar a Revolução para a Espanha. Agora, que esperem sentados... Além do mais, que grande vontade eles têm de fazer uma revolução universal! Só querem saber da Revolução Francesa. E o resto do mundo... que apodreça! Tudo aqui está virando um grande contrassenso. Mandam traduzir para o espanhol uma Declaração dos Direitos do Homem de cujos dezessete princípios eles violam doze a cada dia. Tomaram a Bastilha para libertar quatro falsários, dois loucos e um maricas, mas criaram o presídio de Caiena, que é muito pior do que qualquer Bastilha...". Esteban, temendo que algum vizinho pudesse ouvi-lo, pretextou ter de ir comprar papel de escrever para tirar o desbocado espanhol dali. Passando em frente à antiga Casa Haraneder, foram até a *Librairie de la Trinité*, agora chamada "de la Fraternité", por obra de uma oportuna reforma do letreiro. Era uma loja mal iluminada, de pé-direito baixo, com um candeeiro pendurado nas vigas que era aceso ainda de manhã. Esteban costumava passar muitas horas ali, folheando livros novos, numa atmosfera que lhe lembrava um pouco a última sala do armazém havanês, pelo acúmulo de objetos empoeirados de onde emergiam esferas armilares, planisférios, lunetas de marinheiro, artefatos de física. Martínez de Ballesteros encolheu os ombros diante de umas gravuras recém-chegadas, que evocavam os grandes momentos da história da Grécia e de Roma. "Hoje qualquer mequetrefe pensa que tem o estofo dos Gracos, Catãos e Brutus", murmurou. E aproximando-se de um pianoforte ruinoso, pôs-se a folhear as últimas canções de François Girouet, editadas por Frère, cantadas por toda a parte com acompanhamento de guitarra, segundo uma cifra de fácil entendimento. Mostrou os títulos a Esteban: "A árvore da liberdade", "Hino à razão", "O despotismo esmagado", "A nutriz republicana", "Hino ao salitre", "O despertar dos patriotas", "Cântico dos mil ferreiros da fábrica de armas". "Até a música está racionalizada", disse. "Chegaram a ponto de acreditar que quem compõe uma sonata falta com seus deveres revolucionários. O próprio Grétry nos impinge uma Carmanhola no final de seus balés para alardear civismo." E para de algum modo registrar seu protesto contra as produções de François Girouet, atacou um alegro de sonata com brio infernal, descarregando sua raiva no teclado do instrumento. "Eu não devia tocar a música de um maçom como Mossar", disse, ao terminar o trecho. "Poderia haver um delator escondido aí na caixa." Comprado o papel, Esteban saiu da loja, seguido pelo espanhol, que não queria ficar sozinho com seu despeito. Apesar da chuva gelada que começava a cair, um carrasco de boina estava desencapando a guilhotina, à espera do condenado que logo deixaria ali a cabeça sem ser visto por ninguém, exceto os guardas já postados ao pé do estrado. "E corta que te corta", rosnou Martínez de Ballesteros. "Extermínios em Nantes, extermínios em Lyon, extermínios em Paris." "A humanidade vai sair regenerada desse banho de sangue", disse Esteban. "Não me venha com citações alheias, e muito menos com o Mar Vermelho de Saint-Just (ele nunca conseguia pronunciar o nome melhor que Sen-Ju), que isso não passa de má retórica", disse o outro. Cruzaram com a carreta de praxe, sobre a qual um padre de mãos atadas era conduzido ao patíbulo, e, seguindo até o cais, pararam diante de um barco de pesca, em cujo convés saltitavam sardinhas e atuns em volta de uma arraia leonada digna de uma natureza-morta flamenga. Martínez de Ballesteros arrancou uma chave de ferro que trazia presa à corrente do relógio e a atirou na água com gesto furioso. "Uma chave da Bastilha", disse. "E, além do mais, falsa. São fabricadas aos montes pelos chaveiros. O mundo está cheio desses talismãs. Agora temos mais chaves da Bastilha que pedaços da cruz de Cristo..." Olhando na direção de Ciboure, Esteban percebeu um movimento incomum no Caminho de Hendaya. Uns soldados do regimento de Caçadores dos Pireneus estavam chegando em desordem, em grupos esparsos, alguns cantando, mas o grosso deles tão exaustos — tão ansiosos por subir em qualquer carro para avançar um trecho sem caminhar — que aqueles que cantavam só podiam fazê-lo por bêbados. Aquilo parecia um exército em debandada, sem rumo, esquecido de seus oficiais a cavalo, que já desembocavam do lado de cá da baía, apeando em frente a uma taberna, para secarem suas roupas molhadas ao calor de uma lareira. Um medo visceral tomou conta de Esteban ao pensar que aquelas tropas pudessem vir derrotadas — talvez perseguidas pelas forças inimigas sob as ordens do marquês de Saint-Simon, chefe de um corpo de emigrados, de quem havia muito se esperava uma audaciosa ofensiva. Mas, olhando os recém-chegados de perto, via-se que estavam mais enlameados e molhados de chuva do que vencidos em alguma batalha. Enquanto os catarrosos e doentes procuravam abrigo nos beirais e muros protegidos da garoa, os demais armavam o bivaque, fazendo correr a aguardente, os arenques e os pães de munição. Os vivandeiros já começavam a instalar suas grelhas, levantando uma fumaça espessa da lenha úmida, quando Martínez de Ballesteros se aproximou de um canhoneiro que levava uma réstia de alhos ao ombro, para apurar o motivo daquele inesperado movimento de tropas. "Estamos indo para a América", disse o soldado, soltando a palavra que no mesmo instante abriu o sol na mente de Esteban. Trêmulo, inquieto, roído pela expectativa quase exasperada de quem se vê excluído de uma festa dada em seus próprios domínios, o moço entrou, junto com o coronel destituído, na taberna onde os oficiais estavam descansando. Logo souberam que aquele regimento tinha por destino as Antilhas. E que logo chegariam outros mais para unir-se a uma esquadra que estava sendo formada em Rochefort. Todos seriam trasladados, a bordo de pequenos transportes, em viagens sucessivas, pois era preciso navegar com prudência, a pouca distância da costa, por causa do bloqueio inglês. Dois comissários da Convenção seguiriam nos navios: Chrétien e um certo Victor Hugues, que, segundo diziam, era um ex-marujo e ótimo conhecedor do mar do Caribe, tomado, naqueles momentos, por uma poderosa frota britânica... Esteban saiu para a praça, tão temeroso de perder aquela oportunidade de fugir de onde se sentia ameaçado — sabendo, além disso, que estava realizando um trabalho cuja inutilidade logo seria notada por aqueles que o pagavam —, que desabou num degrau de pedra, sem reparar no vento gelado que lhe golpeava o rosto: "Se Hugues é seu amigo, faça tudo que puder para que o levem daqui. Hugues é um homem poderoso desde que conta com o apoio de Dalbarade, que todos conhecemos de quando era corsário em Biarritz. Aqui você está apodrecendo. Os papéis que traduz ficam amontoados num porão. E, além do mais, é um *estrangeiro*, não se esqueça". Esteban apertou a mão do espanhol: "E o senhor, o que vai fazer?". Ele respondeu, com um gesto resignado: "Apesar de tudo, vou continuar na mesma batalha. Quando trabalhamos em fazer revoluções, é difícil voltar atrás".

Depois de escrever uma longa carta para Victor Hugues — carta que tornou a copiar para enviá-la também ao Ministério da Marinha, ao Tribunal Revolucionário de Rochefort e a um antigo irmão maçom a quem pedia encarecidamente que achasse o destinatário, onde quer que ele estivesse —, Esteban esperou o resultado de suas súplicas. Com letra clara, representara a si mesmo como vítima da indiferença administrativa, da desunião dos republicanos espanhóis, atribuindo a escassa repercussão de seu trabalho à mediocridade dos homens que ali se sucederam no comando. Queixava-se do clima, insinuando que talvez o devolvesse à doença de outros tempos. Tangendo a corda da amizade, invocava a lembrança de Sofia e da casa distante onde todos "tinham vivido como irmãos". Terminava com uma minuciosa enumeração de suas habilidades para servir à causa da Revolução na América. "Você sabe, além do mais", concluía, "que a condição de estrangeiro não é lá muito invejável nos dias que correm." Pensando nos que poderiam interceptar a carta, acrescentou: "Ao que parece, alguns espanhóis de Baiona incorreram em deploráveis erros contrarrevolucionários. Isto impôs uma depuração necessária na qual, lamentavelmente, o justo pode pagar pelo pecador...". E seguiu-se uma ansiosa espera de várias semanas, durante as quais um medo constante o fez evitar Martínez de Ballesteros e todos os que pudessem comentar perigosamente algum fato recente na presença de terceiros. Alguns afirmavam que o Abade Marchena, cujo paradeiro se ignorava, havia sido guilhotinado. Um Grande Medo começava a inquietar as noites no lugar. Muitos olhos espiavam as ruas pelos postigos entreabertos das casas às escuras. Pouco antes do amanhecer, Esteban se esgueirava da pensão e caminhava, debaixo de chuva, até alguma aldeia próxima, onde bebia a vinhaça de qualquer estalagem, de qualquer pobre venda — dessas onde se compram botões às dúzias e alfinetes por unidade, um guizo, um retalho, algum doce entre aparas de madeira — para aplacar sua angústia. Voltava depois do crepúsculo, com o receio de ter recebido a visita de um desconhecido ou a convocação para o Castelo Velho de Baiona, transformado em quartel e comissariado, para depor sobre algum misterioso "assunto de seu interesse". Estava tão farto dessa terra hermética e silenciosa, agora povoada de perigos, que achava feio tudo o que aqui se podia ter por belo: as nogueiras e azinheiras, as casas afidalgadas, o voo do milhafre, os cemitérios cheios de cruzes estranhas, portadoras de símbolos solares... Quando viu o guarda entrar trazendo-lhe uma carta, seus dedos trêmulos não conseguiram abrir o envelope. Teve de romper o lacre com os dentes, que ainda obedeciam a sua vontade. A letra era bem conhecida. Victor Hugues, dando-lhe instruções sumárias, instava-o a viajar imediatamente para Rochefort, oferecendo-lhe um cargo de escrivão na frota que haveria de zarpar muito em breve da ilha de Aix. De posse daquele papel que equivalia a um salvo-conduto, Esteban deixaria Saint-Jean-de-Luz com um dos regimentos de caçadores bascos que iriam unir-se à expedição: expedição arriscada, fadada a encarar problemas imprevistos, pois se ignorava, por falta de notícias, se os ingleses haviam ocupado as possessões francesas nas Antilhas. O destino teórico da viagem era a ilha de Guadalupe, de onde, caso não pudessem desembarcar, a esquadra seguiria até Saint-Domingue... Victor abraçou o jovem friamente, depois de tão longa separação. Estava um pouco mais magro, e seu rosto, talhado em fortes relevos, transparecia uma energia acrescida pelo poder. Rodeado de oficiais, estava às voltas com os últimos preparativos, estudando mapas e ditando cartas, em uma sala cheia de armas, instrumentos de cirurgia, tambores e bandeiras enroladas. "Conversaremos logo mais", disse, dando-lhe as costas para ler um ofício. "Agora, você tem que ir até a intendência." Retificou: "O *senhor* tem que ir até a intendência e lá aguardar as minhas ordens". Embora o tratamento informal, naqueles dias, fosse tido como uma mostra de espírito revolucionário, o outro fizera questão de marcar uma diferença. Esteban percebeu que Victor se impusera a primeira regra disciplinar exigida pelo ofício de Condutor de Homens: não ter amigos.

15.

Forte coisa é.
Goya

Em 4 Floreal do Ano II, sem salvas nem clarins, zarpou a pequena esquadra, composta de duas fragatas, *La Pique* e *La Thétis*, o brigue *L'Espérance* e cinco transportes de tropas, levando uma companhia de artilharia, duas de infantaria e o batalhão de Caçadores dos Pireneus, com o qual Esteban viajara até Rochefort. Para trás ficavam a ilha de Aix, com sua fortaleza eriçada de atalaias, e um navio-prisão — *Les Deux Associés* —, no qual mais de setecentos prisioneiros esperavam sua deportação para Caiena, amontoados em porões onde não tinham espaço para deitar, revoltos no sono e na doença, dividindo sarnas, pragas e purulências. A navegação começava sob sinais adversos. As últimas notícias de Paris não podiam despertar o entusiasmo de Chrétien nem de Victor Hugues: as ilhas de Tobago e Santa Lucía acabavam de cair em poder dos ingleses; Rochambeau tivera que capitular na Martinica. Quanto a Guadalupe, era alvo de contínuos ataques que estavam exaurindo os recursos do governador militar. Por outro lado, ninguém ignorava que os colonos das Antilhas Francesas eram uns canalhas monarquistas; desde a execução do Rei e da Rainha, mostravam-se em franca oposição à República e, ansiando uma definitiva ocupação britânica, favoreciam as investidas do inimigo. A esquadra partia à ventura, tendo de burlar o bloqueio das costas francesas para logo se afastar da Europa, e para tanto foram ditadas ordens severíssimas: estava proibido acender qualquer fogo depois do pôr do sol, e os soldados tinham que se deitar cedo em suas redes. Vivia-se em constante sobressalto, todos com as armas preparadas, prontos para um provável confronto. O tempo, no entanto, favorecia a empresa, cobrindo de brumas propícias um mar sem maiores borrascas. Carregados de bocas de fogo e de provisões, os navios estavam abarrotados de caixas, tonéis, fardos e atilhos, e os homens eram obrigados a dividir o exíguo espaço que restava no convés com os cavalos que comiam seu feno em botes usados como manjedouras. Também se levavam carneiros, cujos balidos lastimosos subiam dos porões a toda hora, e em caixotes cheios de terra, colocados sobre estrados, cresciam rabanetes e outras hortaliças destinadas à mesa dos oficiais. Desde a partida, Esteban não tivera oportunidade de falar com Victor Hugues, passando o tempo na companhia de dois tipógrafos que viajavam com a esquadra — os Lœuillet, pai e filho — com uma pequena prensa destinada à impressão de conclamações e comunicados... À medida que os navios se afastavam do continente, a Revolução, deixada para trás, ia simplificando-se nas mentes: longe do tumulto das rodas de esquina, da retórica dos discursos, das batalhas oratórias, o Acontecimento se deslastreava de contradições e se reduzia a esquemas. A recente condenação e morte de Danton tornava-se uma simples peripécia no curso de um devir que, à distância, era visto segundo os desejos de cada um. Não era nada fácil, sem dúvida, admitir a repentina infâmia de tribunos que até ontem haviam sido ídolos populares, oradores aclamados, líderes de massas. Mas logo se chegaria a algo que, depois da tormenta, haveria de contentar a todos: menos irreligioso seria o amanhã, pensava o basco embarcado com seus escapulários; menos antimaçônico, pensava o saudoso das Lojas; mais igualitário, mais comunitário, pressentia quem sonhava com o expurgo dos hipócritas e seus últimos privilégios. Agora todos rumavam para um embate que seria o embate de franceses contra ingleses: longe das tabernas e dos mentideiros cidadãos, dissipavam-se as dúvidas de outros dias. Somente um reparo continuava a atormentar Esteban: ao pensar em Marchena — e este só podia ter caído, pois vivia de braço dado com os girondinos —, lamentava que muitos estrangeiros, amigos da liberdade e por isso ameaçados de morte na pátria natal, fossem eliminados pelo único crime de terem confiado demais na força expansiva da Revolução. Em tudo isso, dava-se um crédito excessivo a qualquer confidência ou acusação. O próprio Robespierre, num discurso pronunciado na Sociedade de Amigos da Liberdade e da Igualdade, condenara as delações indiscriminadas, denunciando-as como estratagemas urdidos pelos adversários da República para desacreditar seus melhores homens. Esteban pensava que partira justo a tempo, pois realmente se encontrava entre os caídos em desgraça. E, no entanto, acalentava a ilusão de militar numa Dimensão Maior, de participar de Algo Grande, que tanto o animara quando Brissot o mandara aos Pireneus, garantindo-lhe que contribuiria para a preparação de Magnos Acontecimentos — Magnos Acontecimentos que, no final das contas, estavam retidos ao pé dos Pireneus, para além dos quais a Morte, fiel a seus hábitos medievais, continuaria a ser regida por alegorias teológicas de pintura flamenga, penduradas por Filipe II nas paredes do Escorial... Nessas horas, Esteban gostaria de poder falar com Victor Hugues para confiar-lhe suas cavilações. Mas o Comissário raramente aparecia. E quando o fazia era de surpresa, de modo imprevisto, para impor disciplina. Uma noite, irrompendo num bailéu, surpreendeu quatro soldados jogando baralho à luz de um candeeiro oculto sob um cartucho de papel de embrulho. Mandou-os subir ao convés, à ponta de sabre espetada nas nádegas, e os obrigou a jogar as cartas no mar. "Da próxima", disse-lhes, "os Reis desse naipe serão vocês." Esgueirava-se por baixo das redes dos homens adormecidos e as apalpava para ver se a estopa denunciava a dureza de uma garrafa roubada. "Me empreste sua arma", dizia a um fuzileiro, aparentando impaciência por disparar contra umas barbatanas que se perfilavam no mar. Mas então esquecia o alvo e olhava para a arma, achando-a suja e mal azeitada. "Porco!", gritava, jogando o fuzil no chão. No dia seguinte, todas as armas brilhavam, como recém-saídas do arsenal. Às vezes, de noite, subia até o cesto de gávea, firmando as botas nos degraus de corda, balançando-se no vazio quando pisava em falso, para por fim erguer-se junto ao vigia, empenachado e magnífico, mais adivinhado que visto entre as sombras, como um albatroz que tivesse pousado, encurvando as asas sobre o navio inteiro. "Teatro", pensava Esteban. Mas um teatro que também o cativava, como a mais um espectador, revelando-lhe a dimensão de quem tão altos papéis representava.

Um uníssono toque de alvorada, lançado a plenos pulmões pelos corneteiros dos vários navios, avisou aos soldados, certa manhã, que haviam superado a zona de perigo. O piloto virou a ampulheta de bordo, guardando as pistolas que até então pesavam sobre os cantos dos mapas. Festejando o início de uma navegação normal com um gole de aguardente, todos se entregaram a seus trabalhos habituais, numa buliçosa alegria que de súbito rompia a tensão, o sobressalto, os cenhos franzidos dos últimos dias. Cantava quem lançava ao mar, às pazadas, a bosta dos cavalos que afundavam a cabeça nos botes-manjedouras. Cantavam os que se afanavam em lustrar suas armas. Cantavam os magarefes, afiando os facões com que iniciariam, hoje, a matança de carneiros. Cantavam o ferro e a mó, a broxa e a serra, a almofaça e a garupa reluzente; a bigorna instalada sob um toldo, com seus ritmos de foles e martelos. As últimas brumas da Europa se desvaneciam sob um sol ainda velado, muito branco, mas já quente, que fazia brilhar, da popa à proa, as fivelas dos uniformes, o ouro dos galões, os couros, as baionetas, os arreios trazidos à luz. Desencapavam-se as peças de artilharia, não ainda na intenção de carregá-las, mas de meter-lhes o escovilhão na boca e fazer seus bronzes reluzirem. No castelo de popa, a banda do Batalhão de Caçadores dos Pireneus ensaiava uma marcha de Gossec, à qual se acrescentara um trio para pandeiro e flauta basca, cuja execução era tão superior à da música escrita que esta, por desafinada e estridente, provocava as vaias da tropa. E estava cada qual entregue a suas tarefas, olhando o horizonte sem apreensão, cantando, rindo, com um bom humor que se espalhava das gáveas aos porões, quando apareceu Victor Hugues, com grande uniforme de Comissário, de semblante risonho, mas nem por isso mais abordável que nos dias anteriores. Percorreu o convés, demorando-se em observar como consertavam o reparo de um canhão, em ver o que o carpinteiro estava fazendo logo adiante; palmeava o pescoço de um cavalo, dava um piparote na pele de um tambor; interessava-se pela saúde do artilheiro que tinha um braço na tipoia... Esteban observou que, ao vê-lo, os homens guardavam um repentino silêncio. O Comissário metia medo. A passos lentos, galgou os degraus que levavam à proa. Ali, no vértice do convés, tinham colocado alguns barris, lado a lado, sob uma grande lona amarrada à borda. Victor deu instruções a um oficial, que ordenou o imediato transporte dos barris. Em seguida, um escaler embandeirado foi lançado ao mar: o Comissário, nesse primeiro dia de bonança e de paz, ia almoçar a bordo de *La Thétis* com o capitão De Leyssegues, chefe da esquadra. Chrétien, mareado desde a partida, permanecia recolhido em seu camarote. Quando o chapéu empenachado de Hugues desapareceu atrás da *L'Espérance*, que agora navegava entre as duas fragatas, a alegria voltou a reinar a bordo de *La Pique*. Até os oficiais, agora livres de inquietações, compartilhavam do bom humor, da cantoria, das vaias da tropa à banda de música que, saindo das melodias bascas e dos virtuosismos de pífano, não conseguia tirar nem sequer uma Marselhesa decente: "Este é o primeiro ensaio de conjunto", clamava o regente como desculpa, diante dos apupos. Mas os homens riam dele como teriam rido de qualquer coisa: o urgente era rir, ainda mais agora, que as baterias de *La Thétis* saudavam o comissário da Convenção Nacional, situando-o num espaço alheio e distante. O Investido de Poderes era temido. Talvez o deleitasse saber-se temido.

16.

Passaram-se mais três dias. Cada vez que o piloto virava a ampulheta, o sol parecia mais inteiro e o mar cheirava mais a um mar que começava a falar a Esteban por todos os seus eflúvios. Uma noite, buscando alívio para um calor que só fazia aumentar nos porões e cobertas, o moço subiu ao convés e contemplou a imensidão do primeiro céu inteiramente desanuviado e limpo que via em toda a travessia. Uma mão pousou em seu ombro. Atrás dele estava Victor, de camisa aberta, sem casaca, sorrindo com o sorriso de outros dias: "Estamos precisando de mulher. Não acha?". E, como que levado por uma saudosa necessidade, pegou a evocar aqueles lugares que os dois juntos conheceram em Paris, pouco depois de chegarem, onde se encontravam tantas mulheres complacentes e sedutoras. Claro que não se esquecera de Rosamonde, a alemã do Palais-Royal; nem de Zaïre, a de nome voltairiano; nem de Dorine, com seus vestidos de musselina rosa; tampouco daquele mezanino onde, pelo preço de dois luíses, ofereciam-se as artes sucessivas e graduais de Angélique, Adèle, Zéphire, Zoé, Esther e Zilie, que encarnavam diferentes tipos femininos e se comportavam — em estrita observância a uma comédia magnificamente ajustada ao caráter de sua beleza — como senhoritas assustadas, burguesas libertinas, bailarinas decadentes, Vênus das ilhas Maurício — essa era Esther —, ou bacante embriagada — essa era Zilie. Depois de ser objeto da astuta solicitude de cada Arquétipo, o visitante era, por fim, lançado ao firme regaço de Aglaé, a dos altos seios apontando para um queixo de rainha antiga, cuja pessoa sempre arrematava, de modo insuperável, o progressivo escalonamento de apetites. Em outro momento, Esteban teria rido da drolática evocação. Mas nele persistia um mal-estar de incomunicabilidade — o outro não lhe dera a menor atenção desde o reencontro em Rochefort — que logo esgotou um repertório de monossílabos oposto à inesperada loquacidade que o outro lhe deparava. "Você parece um haitiano", disse Victor. "Lá respondem a tudo com um '*oh!, oh!*', e nunca se sabe o que o interlocutor está pensando. Vamos para o meu camarote." A primeira coisa que se via ali, entre pregos que serviam de cabide para o chapéu e a casaca de Hugues, era um grande retrato do Incorruptível, ao pé do qual ardia uma lâmpada com chama votiva. O Comissário pôs uma garrafa de aguardente sobre a mesa e encheu dois copos. "Saúde!" Então olhou para Esteban com certa malícia. Desculpou-se, com voz que soou a pura formalidade, por não tê-lo chamado desde a partida da ilha de Aix: eram tantas as preocupações, as obrigações, os deveres etc., e as circunstâncias também não eram nada propícias. Tinham burlado o bloqueio inglês, era verdade. Mas ignoravam o que a esquadra teria de enfrentar quando chegasse lá. O objetivo capital era reafirmar a autoridade da República nas colônias francesas da América e lutar, por todos os meios, contra as tendências separatistas, reconquistando — se necessário — territórios que agora talvez já estivessem perdidos. Longos silêncios se intercalavam em seu monólogo, interrompido apenas por aquele "*Oui!*" meio grunhido, meio resmungo que Esteban tão bem conhecia. Elogiou o tom de alto civismo que se advertia na carta do jovem — tom que o movera a valer-se de seus serviços: "O infiel aos jacobinos é infiel à República e à causa da Liberdade", disse. Mas Esteban esboçou um gesto irritado. Não pela frase em si, mas porque essa frase era de Collot d'Herbois, que a repisava a toda hora, e aquele antigo histrião, cada vez mais dado à bebida, parecia-lhe o homem menos indicado para ditar normas de moral revolucionária. Incapaz de calar a crítica, soltou-a sem reparos. "Talvez você tenha razão", disse Victor. "Collot bebe demais, mas é um bom patriota." Encorajado por dois copos de aguardente, Esteban apontou para o retrato do Incorruptível: "Como pode este gigante confiar tanto num bêbado? Os discursos de Collot fedem a vinho". A Revolução de fato havia forjado homens sublimes; mas também dera asas a uma multidão de fracassados e ressentidos, exploradores do Terror, que, para dar mostras de alto civismo, chegavam a encadernar textos da Constituição com pele humana. Não eram lendas. Ele mesmo tinha visto esses horríveis livrinhos cobertos de um couro pardo, poroso demais — com um quê de pétala murcha, de papel-manteiga, de camurça e de lagarto — que as mãos enojadas se negavam a tocar. "Lamentável, sem dúvida", disse Victor, gelando a expressão. "Mas não podemos cuidar de tudo." Esteban se viu obrigado a fazer uma profissão de fé que não deixasse dúvidas quanto à sua fiança revolucionária. Mas não conseguia suportar o ridículo de certas cerimônias cívicas, de certas investiduras injustificadas; a suficiência que homens superiores insuflavam em muitos medíocres. Favorecia-se a montagem de peças idiotas, contanto que o desenlace fosse arrematado por um barrete frígio; escreviam-se epílogos cívicos para *O misantropo*, e, no remoçado *Britannicus* da Comédia Francesa, Agripina era chamada de "cidadã"; muitas tragédias clássicas eram alvo de censura, mas o Estado patrocinava um teatro que, num espetáculo inepto, mostrava o papa Pio VI pegando-se a golpes de cetro e de tiara com Catarina II e com um rei da Espanha, que, derrubado na briga, perdia um imenso nariz de papelão. Também se alentava, fazia algum tempo, uma espécie de menosprezo pela inteligência. Em mais de um comitê se escutara o grito bárbaro de "Desconfiai de quem escreveu um livro!" Todos os centros literários de Nantes — era fato notório — tinham sido fechados por Carrier. E o ignorante do Henriot chegara a ponto de pedir que a Biblioteca Nacional fosse incendiada, enquanto o Comitê de Salvação Pública mandava cirurgiões ilustres, químicos eminentes, eruditos, poetas, astrônomos, todos para o patíbulo... Esteban silenciou, ao ver que o outro dava mostras de impaciência. "Outro contestador", disse, por fim. "Você fala como devem falar em Coblence. E ainda pergunta por que os salões literários de Nantes foram fechados?" Deu um murro na mesa: "Estamos mudando o mundo, e vocês só se preocupam com a má qualidade de uma peça de teatro. Estamos transformando a vida do homem, e se melindram porque meia dúzia de literatos não podem se reunir para ler idílios e outras baboseiras do gênero. Seriam capazes de perdoar a vida de um traidor, de um inimigo do povo, contanto que fosse autor de belos versos!". Ouviu-se, no convés, um barulho de madeiras arrastadas. Os carpinteiros, aproveitando que os corredores entre os fardos estavam desimpedidos, levavam umas tábuas para a proa, seguidos por marinheiros carregando algumas caixas grandes e alongadas.

Uma delas, ao ser aberta, recolheu a luz da lua numa forma triangular, acerada, cuja revelação estremeceu o jovem. Aqueles homens, delineados em silhuetas contra o mar, pareciam cumprir um ritual cruento e misterioso, com aquela báscula, aqueles montantes, que iam sendo ordenados no chão — desenhando-se horizontalmente — segundo uma ordem determinada pelo folheto de instruções que consultavam em silêncio, à luz de uma lanterna. O que ali se organizava era uma projeção, uma geometria descritiva do vertical; uma perspectiva falsa, uma representação em duas dimensões, do que logo teria altura, largura e pavorosa profundidade. Com um quê de ritual, prosseguiam os homens negros sua noturnal tarefa de montagem, tirando peças, trilhos, dobradiças das caixas que pareciam ataúdes: ataúdes compridos demais para seres humanos, mas com largura suficiente para cingir-lhes os flancos, com aquele cepo, aquele quadro, destinado a circunscrever um círculo calculado sobre o módulo comum a todo ser humano, de ombro a ombro. Começaram a soar marteladas, num ritmo sinistro que se espalhou sobre a enorme inquietude do mar, onde já apareciam alguns sargaços... "Quer dizer que *isso* também viajava conosco!", exclamou Esteban. "Era inevitável", disse Victor, voltando ao camarote. "*Isso* e a prensa são as duas coisas mais importantes que levamos a bordo, além dos canhões." "A letra com sangue entra", disse Esteban. "Não me venha com provérbios espanhóis", disse o outro, tornando a encher os copos. Em seguida encarou seu interlocutor com um olhar propositadamente fixo e, apanhando uma pasta de couro, abriu-a devagar. Tirou um maço de papéis selados e o jogou sobre a mesa... "Sim; também levamos a máquina. Mas você sabe o que vou entregar aos homens do Novo Mundo?" Fez uma pausa e acrescentou, reforçando cada palavra: "O Decreto de 16 Pluvioso do ano II, *pelo qual fica abolida a escravidão*. De agora em diante, todos os homens, sem distinção de raça, residentes nas nossas colônias, são declarados cidadãos franceses, com absoluta igualdade de direitos". Voltou à porta do camarote, observando o trabalho dos carpinteiros. E continuava a monologar, de costas para o outro, certo de ser escutado: "Pela primeira vez, uma esquadra avança rumo à América sem ostentar cruzes. A frota de Colombo as trazia estampadas nas velas. Eram o símbolo de uma Escravidão que seria imposta aos homens do Novo Mundo, em nome de um Redentor que morreu — segundo os capelães — para salvar os homens, consolar os pobres e condenar os ricos. Nós (e, virando-se bruscamente, apontou para o decreto), nós, os sem-cruzes, os sem-redentores, os sem-Deus, estamos indo lá, em navios sem capelães, para abolir os privilégios e estabelecer a igualdade. O irmão de Ogé será vingado...". Esteban baixou a cabeça, envergonhado pelos reparos que fizera pouco antes, atropeladamente, como que aliviando-se de dúvidas insuportáveis. Pôs as mãos no Decreto, apalpando o papel avolumado por grossos selos. "De qualquer modo", disse, "eu preferia que isto fosse feito sem usar a guilhotina." "Isso vai depender dos homens", disse Victor. "Dos outros e também dos nossos. Não pense que confio em todos os que viajam conosco. Veremos como certas pessoas se comportam quando estiverem em terra." "Você diz isso por mim?", perguntou Esteban. "Por você e pelos outros. Sou obrigado, por ofício, a não confiar em ninguém. Há quem contesta demais. Há quem tem saudades demais. Há quem ainda esconde o escapulário. Há quem diz que se vivia melhor no bordel do antigo regime. E há militares que se entendem demais entre si, sonhando em rebaixar os comissários assim que desembainharem seus sabres. Mas eu sei de tudo o que se diz, o que se pensa, o que se faz, a bordo destes navios de merda. Cuidado com a língua. O que você disser chegará aos meus ouvidos na hora." "Você me acha suspeito?", perguntou Esteban com um sorriso amargo. "Todos são suspeitos", disse Victor. "Por que não estreia a máquina comigo, esta noite?" "Os carpinteiros teriam que montá-la às pressas. Trabalho demais para tão pouco escarmento." Victor começou a tirar a camisa: "Vá dormir". Apertou-lhe a mão, de modo cordial e sonoro, como em outros tempos. Ao encará-lo, o moço se surpreendeu com a semelhança entre o Incorruptível, tal como aparecia no quadro do camarote, e a feição atual do outro, um tanto alterada por uma evidente imitação da postura da cabeça, do modo de fixar os olhos, da expressão, ao mesmo tempo cortês e implacável, do retratado. A percepção desse sinal de fraqueza do outro, desse empenho em parecer-se fisicamente com alguém que admirava acima de todos os seres, foi para Esteban como uma pequena vitória compensatória. Então, o homem que em outros tempos tantas vezes se vestira de Licurgo e Temístocles, nas representações da casa havanesa, hoje, investido de poderes, realizado na ambição cumprida, tentava arremedar outro homem que considerava superior. Pela primeira vez, a soberba de Victor Hugues se curvava — talvez inconscientemente — a uma Dimensão Maior.

17.

A Máquina permanecia encapada na proa, reduzida a um plano horizontal e outro vertical, enxuta como figura de teorema, quando a flotilha entrou em cheio nos mares do calor, confirmando-se a proximidade da terra na presença de troncos arrastados pelas correntes, de raízes de bambus, galhos de mangue, folhas de coqueiros, que boiavam nas águas verde-clareadas, aqui, ali, sobre fundos arenosos. Voltava a ser possível um confronto com navios britânicos, e o desconhecimento do que podia ter acontecido em Guadalupe, depois das últimas notícias recebidas ao zarpar, mantinha todos numa expectativa que só fazia aumentar a cada singradura sem peripécias. Se não pudessem desembarcar em Guadalupe, os navios seguiriam para Saint-Domingue. Mas os ingleses podiam ter-se apossado também de Saint-Domingue. Nesse caso, Chrétien e Victor Hugues tentariam chegar, pelo rumo que fosse, até as costas dos Estados Unidos, acolhendo-se à proteção da nação amiga. Esteban, contrariado consigo mesmo, quase enojado de algo que, visto com frieza, era uma inaceitável mostra de egoísmo, não conseguia evitar que seu coração desse um pulo quando se falava da possibilidade de a esquadra aportar em Baltimore ou Nova York. Aquilo significaria o fim de uma aventura que já se prolongava de modo absurdo: já inútil na esquadra francesa, pediria a liberdade — ou trataria de tomá-la, o que dava na mesma — e voltaria, carregado de história e de histórias, aonde o escutariam com assombro, como se escuta o peregrino que vem dos Santos Lugares. Fracassada em ação, mas não em experiência adquirida, sua primeira saída para a Grande Arena do Mundo equivalia a uma iniciação precursora de futuras empresas. De imediato, precisava fazer alguma coisa que desse sentido a sua existência. Tinha o desejo de escrever, de chegar, por meio da escritura e da disciplina que ela impõe, às conclusões que talvez se pudessem tirar das coisas vistas. Não sabia ao certo o que seria esse trabalho. Algo importante, em todo caso; algo de que a época necessitava. Algo que acaso provocaria um grande desgosto a Victor Hugues — e se regalava pensando nisso. Talvez uma nova Teoria do Estado. Talvez uma revisão de *O espírito das leis*. Talvez um estudo sobre os erros da Revolução: "As mesmas porcarias que escreveria qualquer emigrado", pensou, abandonando o projeto de antemão. Naqueles últimos anos, Esteban assistira ao desenvolvimento, nele próprio, de uma tendência crítica — às vezes irritante, por vedar-lhe a fruição de certos entusiasmos imediatos compartilhados pelos demais — que se negava a deixar-se levar por qualquer critério generalizado. Quando lhe apresentavam a

Revolução como um acontecimento sublime, sem vícios nem falhas, a Revolução era para ele torpe e vulnerável. Mas diante de um monarquista era capaz de defendê-la com os mesmos argumentos que o exasperavam quando saídos da boca de um Collot d'Herbois. Execrava a desmesurada demagogia do *Père Duchesne*, tanto quanto as espanholadas apocalípticas dos emigrados. Sentia-se um beato diante dos anticlericais; anticlerical diante dos beatos; monarquista quando lhe diziam que todos os reis — um Jaime da Escócia, um Henrique IV, um Carlos da Suécia, imagine! — eram uns degenerados; antimonarquista, quando ouvia o elogio a certos Bourbon da Espanha. "Sou um contestador", admitia, recordando o que Victor lhe dissera poucos dias atrás. "Mas contestador de mim mesmo, o que é pior." Informado pelos Lœuillet, que aos poucos foram soltando a língua, do terror que o Acusador Público desatara em Rochefort, Esteban agora o contemplava com um misto de despeito e de aversão; de ternura e de inveja. Despeito, por ver-se excluído de seu âmbito; aversão, desde que soubera de suas furiosas invectivas no tribunal; ternura quase feminina, ao agradecer de antemão qualquer demonstração de amizade que porventura lhe concedesse; inveja, pela posse de um Decreto que iria conferir uma dimensão histórica a esse filho de padeiro, nascido entre fornos e sacas de farinha. Esteban passava os dias em diálogos silenciosos com um Victor ausente, dando-lhe conselhos, pedindo satisfações, levantando a voz, na preparação mental de uma conversa que talvez nunca se entabulasse e que, se viesse a entabular-se, alteraria o caráter de seus discursos preconcebidos, acrescentando sentimentalismo e até lágrimas onde agora se formulavam, a meia-voz, recriminações, arrazoados, perguntas categóricas e ameaças de rompimento... Nesses dias de espera incerta, Victor se trasladava logo cedo para *La Thétis* no escaler embandeirado, para trocar impressões com De Leyssegues — ambos debruçados sobre mapas entre cujos recifes e parcéis a esquadra já estava navegando. Esteban procurava ficar no caminho que o outro percorria em suas idas e vindas, fingindo-se absorto numa tarefa qualquer quando o outro se aproximava. Mas Victor nunca lhe dirigia a palavra quando ia rodeado de capitães e contramestres. Aquele grupo empenachado, reluzente de galões, constituía um mundo ao qual ele não tinha acesso. Ao vê-lo passar ao largo, Esteban olhava com um misto de fascinação e raiva aquelas costas poderosas, apertadas na baeta suada da casaca; eram as costas de quem conhecia os mais íntimos segredos de sua casa; de quem se imiscuíra em sua existência como uma fatalidade, levando-a por rumos cada vez mais incertos. "Não te abraces a gélidas estátuas", dizia a si mesmo, com dolorosa ironia, citando-se Epicteto, ao medir a distância que agora o separava do companheiro de outros tempos. Mas ele tinha visto essa gélida estátua divertindo-se com mulheres muito aguerridas — escolhidas justamente por serem aguerridas — nas muitas andanças que os dois empreenderam nos primeiros dias de Paris, sem outro fim além da busca do prazer. Aquele Victor Hugues sem roupa, exibindo os músculos para suas amantes de uma tarde, entregue ao vinho e às piadas sujas, conservava um frescor de caráter anterior aos cenhos franzidos do Homem Rutilante, orgulhoso de suas insígnias republicanas, que hoje regia os destinos da esquadra, usurpando as funções do almirante com um desembaraço que intimidava até o próprio De Leyssegues. "O Traje subiu à sua cabeça", dizia-lhe em pensamento. "Cuidado com a embriaguez do Traje: é a pior de todas." Ao amanhecer de um dia, dois alcatrazes pousaram no botaló de *La Pique*. A brisa cheirava a capim, a melaço, a fumaça de lenha. A esquadra, deslizando devagar, soltando sondas, aproximava-se dos temidos recifes da Désirade. Desde a madrugada, todos os homens estavam alertas, e agora, acotovelando-se nas amuradas, olhavam para a ilha de áspero perfil que, desde o amanhecer, se desenhara como uma enorme sombra estendida entre o mar e uma massa de nuvens muito baixas, parada sobre a terra. A água estava tão quieta, nesse início de junho, que o mergulho de um peixe-voador podia ser ouvido à distância; tão clara, que se via a passagem de peixes-agulha sob a superfície. Os navios se detiveram em frente a uma costa abrupta, onde não havia sinais de roçados nem de casas. Um escaler com vários marinheiros deixou *La Thétis* e se dirigiu à ilha a voga forçada. Pouco depois, o capitão De Leyssegues e os generais Cartier e Rouger abordaram *La Pique*, para esperar as notícias junto a Chrétien e Victor Hugues... Passadas duas horas, quando a expectativa ia tocando seu ápice, o escaler reapareceu. "O que há?", gritou o Comissário aos marinheiros, quando achou que estavam ao alcance de sua voz. "Os ingleses estão em Guadalupe e Santa Lucía", berrou um dos marujos, levantando um escarcéu de pragas no convés dos navios. "Tomaram as ilhas quando estávamos saindo da França." Depois da tensão, veio o desgosto. Voltariam à incerteza de dias atrás: agora começaria outra navegação temerária, por mares cheios de barcos inimigos, até uma ilha de Saint-Domingue também ocupada — era o mais provável — por forças que contavam com o apoio dos colonos ricos, todos monarquistas, bandeados para a Inglaterra com suas hordas de negros. E quando superassem o perigo britânico, teriam de esquivar o perigo espanhol, com cem rodeios que levariam a esquadra às proximidades das Bahamas na pior época do ano — e Esteban recordava uns versos de A *tempestade* em que se falava dos furacões das Bermudas. O derrotismo tomava conta dos homens. Já que não havia nada a fazer em Guadalupe, o melhor era partir o quanto antes. E alguns se irritavam com a teimosia de Victor Hugues, que mandava os informantes repetirem mil vezes a história de sua breve incursão por terra. Não havia lugar para dúvidas. A notícia fora apurada junto a diversas pessoas: um negro pescador, um lavrador, o garçom de uma tabernoca;

depois falaram com os guardas postados num fortim. Todos avistaram os navios da esquadra, embora, à distância, os tivessem confundido com os barcos que, sob as ordens do almirante Jarvis, deviam zarpar, ou tinham zarpado, ou estavam zarpando nesses momentos de Pointe-à-Pitre rumo a São Cristóvão. O lugar em que estavam, rodeado de recifes, era extremamente perigoso: "Acho que não devemos esperar mais", disse Cartier. "Se nos pegarem aqui, acabam conosco." Rouger era da mesma opinião. Mas Victor não cedia. Logo as vozes se ergueram com violência. Discutiam os chefes e comissários, em grande estremecimento de sabres, galões, faixas e insígnias, despejando tantos palavrões quantos podia dizer um francês do Ano II, depois de invocar Temístocles e Leônidas. Victor Hugues, de repente, silenciou os demais com uma frase terminante: "Numa República, os militares não discutem: obedecem. Foi para a Guadalupe que nos mandaram, e é para a Guadalupe que iremos". Os outros baixaram a cabeça, como dominados pelo chicote de um domador de feras. O Comissário deu ordem de zarpar, sem mais demora, para as salinas da Grande-Terre. Logo avistaram a Marie-Galante, num esfuminho de brumas opalescentes, e começou a faina de combate. Enquanto crescia o ruído de reparos empurrados, guinchos de cabos e roldanas, gritos, preparativos e formações apressadas, por sobre o relincho dos cavalos que já farejavam a terra próxima e o capim fresco, Victor Hugues mandou que os tipógrafos lhe entregassem as várias centenas de cartazes impressos durante a travessia, em grossos caracteres entintados, nos quais se ostentava o texto do Decreto de 16 Pluvioso proclamando a abolição da escravatura e a igualdade de direitos concedidos a todos os habitantes da ilha, sem distinção de raça nem de estado. Em seguida atravessou o convés com passo firme e, aproximando-se da guilhotina, puxou a capa que a cobria, fazendo-a aparecer pela primeira vez, nua e bem afiada a lâmina, à luz do sol. Luzindo todos os distintivos de sua Autoridade, imóvel, pétreo, com a mão direita apoiada nos montantes da Máquina, Victor Hugues se transformara, repentinamente, numa Alegoria. Com a Liberdade, chegava ao Novo Mundo a primeira guilhotina.

18.

Estragos da guerra.
Goya

Chrétien e Victor Hugues saíram num dos primeiros botes — talvez para provar ao exército que, na hora da ação, eles eram tão destemidos quanto os militares. Quando as tropas desceram em terra, ouviram-se alguns disparos, seguidos de uma curta troca de tiros, que foram diluindo-se na distância. A noite caiu, e o silêncio tomou conta dos navios, onde ficavam tropas da marinha com duas companhias de Caçadores dos Pireneus, deixadas sob o comando do capitão De Leyssegues. E se passaram três dias durante os quais nada aconteceu, nada se ouviu, nada se soube. Para distrair sua angústia, Esteban matava o tempo pescando na companhia dos tipógrafos, forçosamente inativos nessas horas. Com a partida do grosso do exército, havia tanto espaço livre a bordo dos navios que o convés lembrava o palco de um teatro depois de um grande espetáculo. Aqui e ali pendiam cabos soltos, jaziam fardos abandonados, restavam caixas vazias. Podia-se andar à vontade, dormitar à sombra das lonas, levar a escudela de sopa aonde se preferisse, espulgar-se ao ar livre — jogar baralho, esticando o olho para o horizonte entre uma rodada e outra, para ver se ao longe não se desenhava o velame de uma embarcação inimiga. Aquilo teria todo o jeito de umas férias felizes nas ilhas de Barlavento, não fosse a inquietude de tantos ânimos com a falta de notícias. Inútil interrogar a paisagem da costa. Nada acontecia ali. Um menino catava mariscos na areia; alguns cachorros brincavam com a água pela barriga; passava uma família de negros, como numa mudança perpétua, carregando enormes trouxas na cabeça… Alguns já começavam a pensar no pior quando, na madrugada do quarto dia, um estafeta abordou *La Thétis*, trazendo a ordem de levar a frota a Pointe-à-Pitre. O Exército da República era vitorioso. Após uma escaramuça, travada pouco depois do desembarque, os franceses tinham avançado com cautela, sem encontrar a resistência esperada. Victor Hugues atribuía o constante recuo das tropas inglesas ao terror que os colonos monarquistas tinham por aqueles que investiam suas imundas bandeiras brancas com as bandeiras republicanas. Mais destemidas, as tripulações dos navios mercantes, surpreendidas no porto, organizaram a resistência no forte Fleur d'Epée, munidas de dezesseis bocas de fogo. Na noite anterior, Cartier e Rouger subiram para assaltar aquele reduto defendido por novecentos homens, tomando-o de surpresa, à arma branca. Chrétien, para dar o exemplo de bravura, tombara enfrentando o inimigo. Os ingleses, desmoralizados pela derrota, estavam agora entrincheirados na Basse-Terre, além da Rivière Salée — minúsculo braço de mar, invadido pelos mangues, que, apesar de estreito, dividia a ilha de Guadalupe em duas comarcas. Victor Hugues estava em Pointe-à-Pitre desde a madrugada, instalando seu governo. Oitenta e sete navios mercantes abandonados no porto haviam passado ao poder dos franceses. As docas estavam repletas de mercadorias. A esquadra era esperada com ansiedade… Começaram as manobras enquanto os botes de transporte regressavam a seus navios. Uma enorme alegria, alegria funda, quase visceral, movia os homens das gáveas aos porões, escalando, correndo, empurrando o cabrestante, içando, desenrolando, enrolando, arrumando. A vitória era boa. Mas, além disso, à noite haveria vinhos e pernis frescos cravejados de alho, muito vinho, e carne de boi com cenouras novas; haveria muitíssimo vinho e rum do melhor, café do bom, que mancha a xícara, e talvez mulheres, coradas, acobreadas, pálidas, escuras — das que usam sapatos de salto alto sob as anáguas rendadas; das que cheiram a jasmim-manga, a água de flor de laranjeira, a vetiver e, acima de tudo, a fêmea. E entre cantos e gritos, vivas à República lançados nos cais e respondidos em coro nos navios, entrou a esquadra no porto da cidade, naquele dia de Prairial do Ano II, levando a guilhotina erguida na proa de *La Pique*, bem polida como objeto novo — bem desencapada para que todos a vissem bem e a conhecessem. Victor e De Leyssegues se abraçaram. E juntos foram até o antigo prédio da Senescalia — onde o Comissário providenciava a instalação de seus gabinetes e escritórios — para inclinar-se diante do corpo de Chrétien, que jazia com a faixa e a roseta republicanas sobre um catafalco negro florido de cravos vermelhos, nardos brancos e jasmins-azuis. Esteban foi despachado para o armazém-geral. Hoje mesmo começaria a exercer a plenitude de sua função, inaugurando um registro de presas com os navios abandonados pelo inimigo. Por toda a parte apareciam os cartazes proclamando a abolição da escravatura. Os patriotas encarcerados pelos "Grandes Brancos" eram postos em liberdade. Rios de gente multicolorida e exultante tomavam as ruas, aclamando os recém-chegados. Para maior regozijo, soube-se que o general Dunds, governador britânico de Guadalupe, morrera em Basse-Terre, na véspera do desembarque francês. A sorte era propícia ao Exército da República. Mas a farra marinheira que todos esperavam para aquela tarde não passou de um desejo: pouco depois do meio-dia, o capitão De Leyssegues deu início às obras de fortificação e defesa do porto, afundando vários navios velhos na barra, para fechar sua entrada, e colocando canhões nos molhes, com as bocas apontadas para o mar... Quatro dias mais tarde, porém, a sorte virou repentinamente. Uma bateria instalada no Morne Saint-Jean, do outro lado da Rivière Salée, começou o bombardeio sistemático de Pointe-à-Pitre. O almirante Jarvis, depois de desembarcar suas tropas em Le Gozier, comandou o cerco da cidade... O terror tomou conta da população, sob os projéteis que caíam do alto a toda hora e marretavam ao acaso, afundando tetos, atravessando pisos, fazendo os telhados voarem em avalanches de barro vermelho, ricocheteando nos muros, no calçamento das ruas, nos fradépios, antes de rolar com fragor de trovão até alguma coisa derrubável — uma coluna, um parapeito, um homem atordoado pela velocidade do que vinha a seu encontro. Um cheiro de cal velha, ressequida, cinerária, envolvia a cidade numa atmosfera de demolição, ressecando as gargantas, inflamando os olhos. Uma bala, topando com uma muralha de pedra, saltava contra as casas de madeira, lançava-se escadas abaixo, indo bater num aparador cheio de garrafas, na vitrine de uma louçaria, numa adega onde sua trajetória terminava, em revoada de aduelas partidas, sobre o corpo destroçado de uma parturiente. Derrubado por um impacto, um sino caíra com tão tremendo alarido do bronze que chegou até os ouvidos dos canhoneiros inimigos. Mau resguardo contra o ferro era esse reino de persianas, tabiques, leves balcões, treliças, gradis de madeira, caramanchões e ripados, onde tudo fora feito para aproveitar o mais leve sopro de brisa. Cada disparo caía como maçada em gaiola de vime, deixando cadáveres sob a mesa de nogueira onde uma família tinha buscado abrigo. Logo se anunciou outra pavorosa novidade: uma bateria com fornos, instalada no Morne Savon, estava bombardeando a povoação com balas em brasa. O que restava em pé começou a arder. À cal seguiu-se o fogo. Mal se dominava um incêndio, outro rebentava mais adiante, na loja de tecidos, na serraria, no depósito de rum que, também inflamado, lançava às ruas um lento derrame de chamas azuis que as calçadas levavam para a ladeira mais próxima. Como muitas casas pobres tinham tetos de folhas e fibras trançadas, um único projétil em brasa bastava para dar cabo de um quarteirão inteiro. Para cúmulo, a falta de água obrigava a combater os incêndios a machado, serra e facão. À destruição que caía do alto somava-se a consciente destruição praticada por crianças, mulheres e velhos. Uma fumaça preta, espessa, saída de baixo, de onde ardem muitas coisas velhas e sujas, toldava a cidade supliciada, em pleno meio-dia, com penumbras repentinas. E aquilo, que era intolerável, impossível de suportar durante uma hora, prolongava-se por dias e noites, num estrondo eterno em que o desabamento se confundia com o grito, o crepitar das labaredas com o trovão rasante do que rolava, topava, ricocheteava, golpeando como aríete. Vivia-se no desastre, e quando parecia que ele já atingira o clímax, o desastre crescia com novas notícias. Três tentativas de calar as baterias mortíferas haviam fracassado. O general Cartier, consumido pela insônia, pelo cansaço e pelo clima estranho, acabava de morrer. O general Rouger, atingido por um projétil, agonizava numa sala do edifício transformado em hospital militar. De repente reapareceram uns monges dominicanos, misteriosos, soterrados, saídos de seus esconderijos, que, da noite para o dia, apareciam postados à cabeceira dos feridos com uma infusão de ervas ou uma tisana. Nessas horas ninguém reparava em seus hábitos, todos aceitavam o cuidado e o alívio imediatos, logo seguidos de uma reaparição de crucifixos e santos óleos. Esse contrabando da fé se insinuava onde mais gangrenas e chagas houvesse, não faltando quem reclamasse os sacramentos, atirando longe a divisa republicana, ao sentir a proximidade da morte... Aos inumeráveis tormentos agora somava-se o da sede. Como alguns cadáveres tinham caído nos poços, era impossível beber daquela água envenenada. Os soldados ferviam água do mar e com ela preparavam um café salobre que depois adoçavam com enormes quantidades de açúcar e batizavam com algum álcool. Os aguadeiros, que sempre abasteciam a população com suas barricas trazidas em botes e carroças, não conseguiam chegar aos riachos próximos por causa da bateria inimiga. Os ratos pululavam nas ruas, correndo em meio aos escombros, invadindo tudo, e, como se não bastasse essa praga, dentre as madeiras velhas apareceram uns escorpiões cinza que cravavam o ferrão onde melhor pudessem cravar. Vários barcos, no porto, estavam reduzidos a errantes montes de tábuas calcinadas. *La Thétis*, talvez ferida de morte, adernava num mar de mastros quebrados, de cavernames em osso. No vigésimo dia de cerco, espalhou-se a disenteria chamada Miserere. As pessoas se esvaziavam em poucas horas, perdendo a vida pelos intestinos. Na impossibilidade de receber sepultura cristã, os corpos eram enterrados onde fosse possível, ao pé de uma árvore, num buraco qualquer, ao lado das latrinas. Caindo sobre o Cemitério Velho, as balas expuseram as ossadas, espalhando-as entre lápides semienterradas e cruzes arrancadas. Victor Hugues, seguido pelos últimos chefes militares que lhe restavam e por suas melhores tropas, fora entrincheirar-se no Morne du Gouvernement, elevação que dominava a cidade e, encravada em seu perímetro, oferecia a proteção de uma igreja de cantaria... Esteban, estupefato, embotado, incapaz de pensar em nada em meio ao cataclismo que durava quase quatro semanas, passava o tempo deitado numa espécie de toca, de fossa horizontal, que cavara entre as sacas de açúcar recolhidas no armazém-geral, onde, entregue a sua tarefa de inventariante, fora surpreendido pelo bombardeio. Defronte dele, imitando seu exemplo, os Lœuillet, pai e filho, se refugiavam numa caverna entre sacas, mais ampla, onde haviam guardado parte do material de sua oficina — as caixas de tipos principalmente, que eram o que havia de mais insubstituível nestas terras. Não padeciam sede, graças a vários tonéis de vinho ali armazenados, e, às vezes para se refrescar, às vezes por medo ou simplesmente por beber, entornavam canecas daquele líquido morno e a cada dia mais azedo, que deixava crostas roxas em seus lábios. Nessas horas de penúria, Lœuillet, o velho, que era filho de *camisards*,* não deixava de desencovar a Bíblia familiar que trouxera escondida no fundo de uma caixa de papéis. Quando as balas batiam perto, inflamado pela bebida, bradava das profundezas de seu antro algum versículo do Apocalipse. E nada quadrava melhor com a realidade do que aquelas frases tiradas do delírio profético pela mão de João, o Teólogo: "E o primeiro anjo tocou sua trombeta. Saraiva e fogo, misturados com sangue, foram lançados à terra; e queimou-se uma terça parte da terra, uma terça parte das árvores e toda a erva verde". "Tanta impiedade", choramingava o tipógrafo, "nos levou ao Fim dos Tempos." Naquelas horas, para ele, os canhões de Jarvis se identificavam com as iras exemplares dos Velhos Grandes Deuses.

19.

Um dia os canhões silenciaram. Os homens se desalteraram; os animais deixaram as orelhas em repouso; o jacente e o inerte ficaram jacente e inerte sem mais sobressaltos. Ouviu-se o chapinhar de ondas no porto, e uma última vidraça, quebrando-se com a pedrada de um garoto, assustou as pessoas pela inabitual pequenez do barulho. Os sobreviventes deixaram seus buracos, suas tocas, suas pocilgas, cobertos de fuligem, de cascões, de excrementos, com bandagens imundas pendendo a um palmo das chagas. E então se soube do prodígio: duas noites antes, Victor Hugues, avisado de que os ingleses estavam degolando seus homens nos pos-

* Insurretos calvinistas da região de Cévennes que enfrentaram o exército de Luís XIV durante a perseguição religiosa desencadeada após a revogação do edito de Nantes, em 1685. (N. T.)

tos avançados e já começavam a entrar na cidade, descera do Morne du Gouvernement, numa investida desesperada, com tal ímpeto que o inimigo, várias vezes rechaçado e por fim perseguido, cruzara a Rivière Salée de volta e recuava até o campo entrincheirado de Berville, na Basse-Terre. Os franceses eram vitoriosos nessa metade do país... Um primeiro comboio de aguadeiros apareceu ao meio-dia, assaltado por uma multidão maltrapilha, armada de caldeirões, baldes, tinas, bacias. Famílias inteiras bebiam debruçadas nos recipientes, empurradas pelos focinhos de suas bestas, mergulhando a cabeça, brigando, lambendo, vomitando o bebido às pressas — roubando-se os cântaros num tumulto que foi preciso acalmar a coronhadas. Aplacada a sede, iniciou-se a limpeza das ruas principais, tirando cadáveres de baixo dos escombros. De quando em quando ainda caía um projétil inimigo, derrubando um transeunte, desprendendo uma grade, lascando um retábulo. Mas ninguém se importava com tão pouco, depois do sofrido durante quatro semanas terríveis. Soube-se então que o general Aubert, último integrante do Estado-Maior da expedição, agonizava de febre amarela. Victor Hugues passava a ser o único senhor da Grande-Terre de Guadalupe. Convocando os Lœuillet a seu gabinete de janelas quebradas, cujas cortinas meio chamuscadas pendiam como festões de miséria, ditou-lhes, para imediata impressão, o texto de um édito em que se proclamava o estado de sítio e a formação, mediante recrutamento forçado, de uma milícia de dois mil homens de cor em condição de portar armas. Todo habitante que propalasse boatos, que se mostrasse inimigo da Liberdade ou tentasse passar à Basse-Terre seria sumariamente executado, incitando-se os bons patriotas à delação de qualquer traidor. Ficavam promovidos, por decreto, o capitão Pelardy a general de divisão e comandante em chefe das Forças Armadas, e o comandante Boudet a general de brigada, com o encargo de instruir e disciplinar as tropas locais... Esteban se admirava da energia que o Comissário demonstrava desde o dia do desembarque nas salinas. Tinha um extraordinário poder de comando, ao qual se somava uma sorte ímpar. Nada mais providencial para ele, nesse momento, que a morte sucessiva de Chrétien, Cartier, Rouger e Aubert. Com os quatro desapareciam os únicos homens que poderiam de alguma forma contrapor-se a ele. Agora, a tensão entre o comando militar e a autoridade civil ficava anulada de fato. Victor Hugues, que várias vezes discutira asperamente com os generais da expedição, muito ufanos de seus galões, penachos e veteranices, a partir de hoje se apoiava tranquilamente em dois colaboradores aderentes, que, de mais a mais, sabiam que dele dependia o reconhecimento de suas novas patentes pela Convenção... Naquela noite, o vinho correu na cidade, e, onde sobrassem forças para tanto, os soldados trataram de aliviar-se de uma longa abstinência de mulher. O Comissário mostrou-se jovial, espirituoso, falante, num banquete de oficiais a que Esteban compareceu acompanhado dos Lœuillet, pai e filho. As mulatas do serviço traziam bandejas com copos de ponche de rum, sem se zangar quando se sentiam agarradas pela cintura ou beliscadas sob as saias. Entre um brinde e outro, Victor Hugues anunciou que o nome do Morne du Gouvernement seria mudado para Morne de la Victoire, e que a Place Sartines, tão lindamente aberta para o porto, receberia o nome de Place de la Victoire. Quanto a Pointe-à-Pitre, passaria a se chamar Port-de-la-Liberté. (Continuariam a chamá-la Pointe-à-Pitre, pensou Esteban, assim como Chauvin-Dragon seria sempre Saint-Jean-de-Luz.) Na hora da sobremesa — hora que só chegou de madrugada —, o moço conheceu, na voz de uma das criadas convidada a cantar, as cantigas nostálgicas compostas pelo marquês de Bouillé, primo de La Fayette, que fora, quando muito jovem, governador de Guadalupe. Chamado à França vinte e quatro anos atrás, partira da ilha compondo um lamento no dialeto local que, desde então, ecoava em todas as memórias:

Adieu foulard, adieu madras,
Adieu grains d'or, adieu collier-chou
Doudou an moin i ka pati
Hélas, hélas, cé pou toujou.

Bonjou, Missié le Gouveneu,
Moin vini faire en ti pétition
Pou mandé ou autorisation
Laissé Doudou an moin ban moin.

Mademoiselle c'est bien trop ta
Doudou a ou ja embarqué.
Bâtiment la ja su la boué
Bientôt i ke apareillé.

Bêbado de tanto ponche, Esteban se levantou movido por uma ideia fixa, pedindo um brinde para aquela *dudu* de tão linda voz, mas solicitando que os termos "Missié" e "Mademoiselle" fossem cortados, por afrontarem o espírito democrático, e substituídos por "Citoyen Gouverneur" e "Citoyenne". Victor Hugues fuzilou o rapaz com os olhos, interrompendo os aplausos que tinham saudado a republicaníssima proposta. Mas todos já começavam a cantar, em coro, "J'ai tout perdu et je m'en fous", a nova canção de François Giroeut que caía como uma luva para a recente vitória:

J'avais jadis sur ma table
bons poulets et chapons gras,
du pain comme on en voit pas,
du pain comme on en voit pas.

Depuis la durée de la Guerre
je fais assez maigre chère,
mais je chante de bon cœur:
Georges tyran d'Angleterre
bois l'opprobre et nous l'honneur,
bois l'opprobre et nous l'honneur.

Ao amanhecer, todos dormiam esparramados em poltronas e sofás, entre copos com fundos de bebida, bandejas de frutas e sobras de assados, enquanto o Comissário, defronte às janelas abertas de seu quarto, tomava um banho de esponja conversando com o barbeiro, que já afiava suas navalhas... Pouco depois se ouviram os toques de alvorada e, por volta das oito, com uma chuva de marteladas, começaram a erguer-se mastros, bandeirolas, grinaldas e alegorias na *cidevant* Place Sartines, onde a banda dos Caçadores dos Pireneus, com grande uniforme, rompeu a tocar melodias revolucionárias, com um reluzente estrondo de cornetas e tambores. Vários carpinteiros estavam montando um palanque, de onde logo os poderes constituídos presidiriam uma apregoada cerimônia cívica. Deixando as casas em ruínas, uma turba tomava a praça atraída pelo inusitado concerto matinal. Esteban foi até o armazém-geral, onde tinha sua cama, para aplacar a enxaqueca com compressas de vinagre e tomar umas colheradas de ruibarbo para desopilar o fígado, amodorrando-se à espera daquilo que, como ele bem sabia por ter vivido na Paris revolucionária, sempre demorava um pouco a começar. Seriam por volta de dez horas quando voltou à praça, já cheia de uma multidão pitoresca e irrequieta, esquecida do sofrimento recente. Sobre o palanque já apareciam as autoridades civis e militares, encabeçadas por Victor Hugues, pelos generais Pelardy e Boulet, e pelo capitão De Leyssegues. A aglomeração se espremeu em torno dos novos chefes, vistos pela primeira vez em trajes de solenidade, e então se fez um silêncio esvoaçado pelas pombas de um pátio vizinho. Depois de abarcar a área com um lento olhar, o Comissário da Convenção iniciou seu discurso. Saudou os escravos de ontem por terem passado à condição de cidadãos livres. Elogiou a integridade com que o povo suportara os dias aziagos do bombardeio, rendendo homenagem às vítimas e arrematando a primeira progressão verbal com uma emotiva oração fúnebre em memória de Chrétien, Cartier, Rouger e Aubert — este último, morto fazia apenas meia hora, no edifício do Hospital Militar, apontado com mão iracunda, como se a morte, ali, se encarniçasse contra os melhores. Disse então alguma coisa sobre Cristóvão Colombo, que em sua terceira viagem à América descobrira aquela ilha povoada de seres felizes, simples, entregues à vida saudável que constitui o estado natural do ser humano, dando-lhe o nome do navio em que viajava. Com o Descobridor, porém, vieram os sacerdotes cristãos, agentes do fanatismo e da ignorância que pesavam sobre o mundo como uma maldição, desde que São Paulo difundira os falsos ensinamentos de um profeta judeu, filho de um legionário romano chamado Pantherus — pois o José dos presépios era pura lenda, desacreditada pelos filósofos. Ergueu o braço em direção ao Morne du Gouvernement, anunciando que a igreja ali no alto seria derrubada, para varrer todo rastro de idolatria, e que os sacerdotes ainda escondidos, segundo fora informado, nas imediações de Le Moule e Sainte-Anne, teriam de prestar juramento à Constituição... Esteban, muito atento aos gestos de uma mulata cujo toucado de madras anunciava um "ainda-tenho-lugar-para-você", na linguagem dos nós que todos na ilha entendiam, estava demasiado absorto na contemplação de caras e bocas, de dedos levados às argolas, de ombros curvando-se sobre um espinhaço suavemente sombreado, para prestar a devida atenção ao discurso que, naquele instante, rebatizava a Place Sartines com o nome de Place de la Victoire. A voz de Victor, nítida e metálica, chegava em rajadas nas quais rebrilhavam, pela ênfase do tom, uma frase definidora, um conceito de Liberdade, uma citação clássica. Tinha eloquência e tinha fibra. E, no entanto, a Palavra se harmonizava com o espírito dos que foram àquele lugar como quem vai a uma festa, dispostos a brincar, a se roçarem os homens nas mulheres, desinteressando-se, por longos lapsos, de uma linguagem que muito diferia — com aquele sotaque meridional que Victor, ainda por cima, carregava como um quartel de heráldica — do saboroso linguajar local. Mas o Comissário já terminava, depois de condenar a Companhia das Índias e os "Grandes Brancos" de Guadalupe, anunciando que a luta não terminara: que ainda faltava aniquilar os ingleses da Basse-Terre e que muito em breve se daria início à ofensiva final, devolvendo-se a paz àquelas terras para sempre libertadas da escravidão. O discurso fora claro, bem conduzido, sem excessos de retórica; e o público já começava a aplaudir o arremate coroado com uma citação de Tácito, quando De Leyssegues observou que uma embarcação forçava a barra do porto, rumando para o cais mais próximo. Não havia razão, contudo, para preocupar-se com tão mísero barco. Era uma balandra velha, tão estropiada, descascada e suja, que, com velas feitas de sacos mal costurados, parecia um esquife-fantasma saído de uma história de naufrágios. A balandra atracou, e a multidão se revolveu: para a tribuna do Comissário se encaminhavam uns homens de mãos e orelhas disformes, desdentados, mancando, com a pele prateada de bostelas escamosas. Eram leprosos da Désirade que vinham prestar juramento de fidelidade à Revolução. Com oportuna presença de espírito, Victor Hugues deu-lhes o tratamento de cidadãos doentes, entregando-lhes uma faixa tricolor e assegurando-lhes que logo iria à ilha para saber de suas necessidades e remediar suas misérias. Depois do inesperado evento, que veio consolidar sua incipiente popularidade, sendo aclamado com vivas e aplausos que o devolveram várias vezes ao palanque, o Comissário se retirou a seu gabinete, seguido pelos chefes militares. Acima, uma ou outra bala mal disparada pelas baterias inimigas ainda cruzava o céu resplandecente, indo cair, sem maiores danos, nas águas da baía. Na cidade reinava um fedor de carne podre. Mas, ao entardecer, floriram os limoeiros. E foi uma Epifania da árvore depois de tantos Ofícios de Trevas.

20.

Estranha devoção.
Goya

Apesar de ter anunciado uma pronta ofensiva contra a Basse-Terre, Victor Hugues hesitava em empreendê-la. Talvez o arredasse a escassez de armas, ou temesse que a milícia de homens de cor não estivesse suficientemente adestrada e esperasse, com evidente impaciência, pelos reforços pedidos à França tão logo se iniciara o cerco a Pointe-à-Pitre. Passaram-se várias semanas, durante as quais o fogo inimigo por momentos voltou a se encarniçar contra a povoação. Mas, depois do que haviam passado, as pessoas toleravam o mal menor com o leve alívio do dar de ombros, da blasfêmia ou do gesto obsceno brandido para o alto. Por prudência, a guilhotina ainda permanecia trancada na sala onde, já montada e azeitada, esperava a hora em que Monsieur Anse, antigo carrasco do Tribunal de Rochefort — um mulato de finas maneiras, educado em Paris, violinista ameno, sempre com os bolsos cheios de balas para as crianças —, acionasse o fiel mecanismo inventado por um fazedor de clavicórdios. O Comissário sabia o alto preço que a França pagara, na ocupação das regiões fronteiriças, pelo uso prematuro da Máquina. Não queria que Guadalupe se transformasse numa pequena Bélgica. Além disso, não tinha queixas daqueles habitantes acostumados, pelas peripécias de sua longa história, a conviver com o senhor de turno. Apoiava-se, por ora, na grande massa de libertos, entregue ao júbilo de sua novíssima cidadania, embora esse mesmo júbilo implicasse um primeiro problema de governo: convencidos de que já não tinham um amo a quem obedecer, os antigos escravos mostravam-se remissos na lavoura dos campos. As terras cultiváveis ficavam entregues às ervas daninhas, sem que ainda se pudesse castigar com o devido rigor aqueles que alegavam patrióticos pretextos para negar-se a dobrar a cerviz sobre o chão arado, novamente fechado sobre o sulco da aradura, alimentando madeiras inúteis e um sem-fim de espinhos sob o sol que medrava suas espécies sem distinção, ignorante das preferências humanas... Então apareceu *La Bayonnaise*, trazendo armas e petrechos e alguns soldados de infantaria — embora em número muito inferior ao solicitado pelos chefes militares. A Convenção, necessitada de homens, não podia abrir mão de grandes contingentes para defender uma colônia remota. Esteban, chamado inesperadamente ao gabinete de Victor Hugues para recolher um jogo de provas, viu que o Comissário estava entregue à leitura do que ele esperava mais ansiosamente, depois dos despachos oficiais: os jornais de Paris, onde vez por outra ainda citavam seu nome. Folheando as páginas que o outro já lera, Esteban soube com estupor da celebração da Festa do Ser Supremo e, o que era ainda mais desconcertante, da condenação do ateísmo como atitude imoral e, por conseguinte, aristocrática e contrarrevolucionária. Os ateus, de repente, eram considerados inimigos da República. O Povo Francês reconhecia a existência do Ser Supremo e a Imortalidade da Alma. O Incorruptível dissera que, mesmo que a existência de Deus, que a imortalidade da alma não passassem de sonhos, ainda assim seriam as mais belas concepções do espírito humano. Os homens sem Deus eram qualificados, agora, de "monstros desolados"... Esteban deu uma gargalhada tão sonora que Victor, franzindo o cenho, olhou para ele por cima do jornal aberto. "Qual é a piada?", perguntou. "Não valia a pena ter mandado derrubar a capela do Morne du Gouvernement, para agora sabermos disso", respondeu Esteban, que fazia alguns dias reencontrara o bom humor da gente de sua raça num ambiente que aos poucos lhe devolvia, no sabor das frutas, nos cheiros marinhos, na visão de certas árvores, um pouco de sua personalidade de outrora. "Tudo me parece muito bem", disse Victor, sem responder de maneira direta. "Um homem como Ele não pode se enganar. Se julgou necessário fazer isso, está bem feito." "E já há até quem o exalte, pelo grande feito, com linguagem de *Te Deum*, de Laude, de Magnificat", disse Esteban. "O que condiz com sua estatura", disse Victor. "Mas não vejo que diferença pode haver entre Jeová, o Grande Arquiteto, e o Ser Supremo", disse Esteban. E lembrou ao Comissário sua impiedade de outros dias; seus sarcasmos dirigidos às "mascaradas salomônicas" dos maçons. Mas o outro não o escutava: "Muito judaísmo ainda persistia nas Lojas. Quanto ao Deus dos católicos, ele nada tem a ver com a consciência de que existe um Ser Supremo, ilimitado e eterno, que deve ser reverenciado de modo razoável e digno, como cumpre aos homens livres. Não invocamos o Deus de Torquemada, mas o Deus dos filósofos". Esteban sentia-se desconcertado com a inacreditável subserviência daquela mente vigorosa e enérgica, mas tão absolutamente politizada que recusava o exame crítico dos fatos, negando-se a enxergar as mais flagrantes contradições; fiel até o fanatismo — pois isso sim poderia ser qualificado de fanatismo — aos ditames do homem que o investira de poderes. "E se amanhã reabrirem as igrejas e os bispos deixarem de ser 'bípedes mitrados', e santos e virgens saírem em procissão pelas ruas de Paris?", perguntou o moço. "Se isso acontecer, será por alguma razão poderosa." "Mas você... Você acredita em Deus?", gritou Esteban, pensando acuá-lo. "Essa é uma questão puramente pessoal que em nada alteraria minha obediência à Revolução", respondeu Victor. "Para você a Revolução é infalível." "A Revolução", disse Victor lentamente, olhando para o porto, onde se trabalhava para aprumar o casco adernado de *La Thétis*, "a Revolução deu um objetivo à minha existência. Foi-me atribuído um papel na grande obra da época. Nela tratarei de mostrar a minha máxima estatura." Fez uma pausa que deu maior sonoridade à voz dos homens que puxavam cordas ao ritmo de um canto marinheiro. "E você vai introduzir o culto ao Ser Supremo aqui nas ilhas?", perguntou Esteban, a quem a possibilidade de voltar a ver um Deus entronizado parecia o cúmulo da abjuração. "Não", respondeu o Comissário, depois de uma leve hesitação. "Ainda não terminou a demolição do Morne du Gouvernement. Seria muito cedo. Essas coisas têm que ser feitas com calma. Se eu falasse agora do Ser Supremo, o povo daqui não demoraria a representá-lo pendurado numa cruz, com uma coroa de espinhos e o flanco ferido, e ficaríamos na mesma. Aqui não estamos na latitude do Campo de Marte." Nesse momento, Esteban teve a maldosa satisfação de ouvir da boca de Victor Hugues o que poderia ter sido dito por Martínez de Ballesteros. *Lá*, no entanto, muitos espanhóis tinham sido perseguidos e guilhotinados por afirmar que os métodos ditados em Paris não eram aplicáveis em países apegados a certas tradições. "Não se deveria entrar na Espanha", aconselhavam, "proclamando o ateísmo." Na catedral de Saragoça, não se poderiam exibir os belos seios de alguma Mademoiselle Aubry fantasiada de Deusa Razão, como se fizera na igreja de Notre-Dame — que, pouco depois, fora posta à venda, embora ninguém se animasse a adquirir, para uso próprio, tão gótico, monumental e inóspito edifício. "Contradições e mais contradições", murmurou Esteban. "Eu sonhava com uma revolução tão diferente..." "Quem mandou você acreditar no que ela não era?", perguntou Victor. "Além do mais, tudo isso é um palavrório inútil. Os ingleses ainda estão na Basse-Terre. É só isso que deve nos preocupar." E acrescentou, terminante: "Uma revolução não se discute: *se faz*". "Quando eu penso", disse Esteban, "que o altar do Morne du Gouvernement ainda estaria de pé se o correio de Paris tivesse chegado antes! Bastaria um vento mais favorável sobre o Atlântico, e Deus teria ficado em casa! Quem sabe quem faz as coisas aqui?!" "Vá trabalhar!", disse Victor, empurrando-o para a saída com uma pesada mão fincada entre os ombros. A porta bateu com tamanho estrondo que a mulata cantora, ocupada em polir o corrimão da escada, perguntou com malícia: "*Monsieur Victor fâché?*". E Esteban atravessou o salão perseguido pela chiadeira das empregadas.

A prensa dos Lœuillet trabalhava sem trégua na impressão de panfletos destinados aos conspiradores franceses que viviam nas ilhas neutras, prometendo-lhes cargos e terras caso se acolhessem aos benefícios do governo revolucionário. Assim engrossavam-se os contingentes, mas as semanas passavam sem que os do lado de cá decidissem cruzar o canal da Rivière Salée. Em fins de setembro, a situação era a mesma, quando o Comissário soube que a febre amarela estava fazendo estragos nas fileiras britânicas e que o general Grey, temendo os ciclones que nessa época do ano açoitavam as ilhas de Barlavento, levara o grosso de sua esquadra para Fort Royal, na Martinica, onde o porto oferecia melhor abrigo contra furacões. Houve deliberações sobre a melhor maneira de aproveitar a situação. Por fim, decidiu-se que o exército francês se dividiria em três colunas sob comando de De Leyssegues, Pelardy e Boudet e que se tentaria a sorte num triplo desembarque na Basse-Terre. Confiscaram-se canoas, botes, igaras, e até pirogas indígenas, e uma noite iniciou-se o ataque. Dois dias depois, os franceses eram donos de Lamentin e Petit-Bourg. E, na madrugada do dia 6 de outubro, começou o cerco do campo entrincheirado de Berville... Em Point-à-Pitre viviam-se momentos de grande expectativa. Alguns opinavam que o cerco seria longo, pois os ingleses haviam contado com o tempo necessário para se fortalecer na posição. Outros diziam que o general Graham estava desmoralizado com a consolidação do governo revolucionário na Grande-Terre, cujos habitantes pareciam zombar das salvas que, só de raiva, ele ainda mandava disparar sobre a cidade, do alto do Morne Savon... Nesses dias, Esteban encontrava-se amiúde com Monsieur Anse, o guardião e acionador da guilhotina, que estava formando um Gabinete de Curiosidades, colecionando leques-do-mar, fragmentos de minerais, peixes-lua embalsamados, raízes de formas zoológicas e conchas cor de fogo. Costumavam descansar na esplendorosa enseada de Le Gozier, com sua ilhota cintilante como um coração de calcedônia. Monsieur Anse, depois de pôr algumas garrafas de vinho para refrescar em buracos na areia, tirava um velho violino do estojo e, de costas para o mar, punha-se a tocar uma bela pastoral de Philidor, enriquecida com variações próprias. Era um fino companheiro de excursões, sempre disposto a se admirar diante de uma pedra de enxofre, uma borboleta de perfil egípcio ou qualquer flor desconhecida que encontrasse pelo caminho. Ao meio-dia de 6 de outubro, Monsieur Anse recebeu a ordem de carregar a guilhotina numa carroça e partir imediatamente para Berville. A praça estava tomada. Victor Hugues, sem sequer ordenar o assalto, dera um prazo de quatro horas para o general Graham capitular. Quando o Comissário entrou no campo entrincheirado, onde restava a desordem de tralhas esquecidas na debandada, deparou-se com mil e duzentos soldados ingleses que não falavam inglês. Em sua retirada, Graham levara consigo apenas vinte e dois colonos monarquistas particularmente fiéis, abandonando os demais em terra. Desarvorados pela enorme traição do chefe, os franceses que haviam combatido sob a bandeira britânica estavam reunidos em grupos lamentáveis, sem terem tido tempo sequer de se despojar dos uniformes. "Existem coisas impossíveis", disse Monsieur Anse, ao partir, fazendo um gesto ambíguo em direção à carroça onde a Máquina se ocultava sob umas lonas, pois o vento trazia o cheiro de uma chuva que já caía sobre Marie-Galante, que de repente passara de verde-claro a cinza-escuro, com aquela nuvem fulgurante varrendo-lhe o perfil... "Existem coisas impossíveis", repetiu Monsieur Anse ao voltar na manhã seguinte, ensopado e friorento, depois de ter tentado esquentar o corpo com o rum das estalagens. E, meio bêbado, contava a Esteban que a guilhotina não podia ser usada para execuções em massa. Que o trabalho tinha seu tempo e seu ritmo e que ele não podia entender como o Comissário, bom conhecedor da Máquina, podia querer que oitocentos e sessenta e cinco condenados à morte fossem desfilando sob a lâmina. Foi feito o humanamente possível para acelerar a operação. Mas, à meia-noite, só trinta dos prisioneiros tinham recebido o castigo por sua inconfidência. "Já basta!", gritara o Comissário. E os demais foram fuzilados em grupos de dez, vinte, enquanto a carroça voltava para Pointe-à-Pitre ziguezagueando por maus caminhos. Com os poucos militares ingleses isolados em Berville, Victor Hugues se mostrara clemente, permitindo-lhes que, depois de desarmados, fossem juntar-se à armada em derrota. E a um jovem capitão inglês que demorava em partir, dissera: "Eu tenho o dever de ficar aqui. Mas você... quem o faz ver o sangue francês que sou obrigado a derramar?...". Acabara a era dos Grandes Brancos de Guadalupe. A notícia era apregoada, com grande rufar de tambores, na Place de la Victoire. "Existem coisas impossíveis", repetia Monsieur Anse, consternado com o insucesso do seu ministério, logo de saída. "Eram oitocentos e sessenta e cinco. Um trabalho de mouros." E Esteban escutava e tornava a escutar o relato como se lhe falassem de alguma erupção vulcânica ocorrida num lugar remotíssimo. Berville era, para ele, um simples nome. De resto, oitocentos e sessenta e cinco rostos eram rostos demais para formar a imagem de um só.

21.

Ainda restavam alguns focos de resistência na Basse-Terre. Mas o brio dos homens traídos por Graham desaparecia assim que arranjavam uma balandra para fugir para uma ilha vizinha. Quando o forte Saint-Charles caiu, deu-se a campanha por encerrada. Désirade e Marie-Galante — cujo governador, ex-constituinte que se bandeara para a Inglaterra, preferiu suicidar-se antes de combater — estavam em poder dos franceses. Victor Hugues era dono de Guadalupe, podendo anunciar que todos agora trabalhariam em paz. E, para confirmar suas palavras com um gesto simbólico, plantou as árvores que no futuro haveriam de sombrear a Place de la Victoire. Então teve lugar o acontecimento que todos esperavam, fazia tempo, com ansiosa curiosidade: a guilhotina começou a funcionar em público. No dia de sua estreia, na pessoa de dois capelães monarquistas surpreendidos numa granja onde se ocultavam fuzis e munições, a cidade inteira acudiu à ágora onde se erguera um robusto tablado com escada lateral, ao estilo parisiense, montado sobre quatro estacas de cedro. E como a moda republicana já se insinuara na colônia, apareceram mestiços vestindo curtas jaquetas azuis e calças brancas listradas de vermelho, enquanto as mulatas exibiam novos turbantes com as cores do dia. Nunca se vira uma multidão tão alegre e irrequieta, com aqueles tons de anil e carmim que pareciam tremular ao mesmo ritmo das bandeiras na manhã límpida e ensolarada. As criadas do Comissário estavam às janelas, gritando e rindo — e rindo ainda mais quando a mão trêmula de um oficial subia por suas coxas. Muitas crianças escalaram aos telhados para ter uma visão melhor. Fumegavam as frituras, derramavam-se as jarras de sucos e refrescos, e o rum claro, bebido logo cedo, sobre-excitava os ânimos. Mas quando Monsieur Anse apareceu no patíbulo em seus melhores trajes de cerimônia — tão sério em seu ofício como bem escanhoado pelo barbeiro —, fez-se um fundo silêncio. Pointe-à-Pitre não era Cap-Français, onde, fazia tempo, existia um excelente teatro, abastecido de novidades por companhias dramáticas em trânsito para Nova Orleans. Ali, em Guadalupe, não havia nada parecido; nunca se vira um palco aberto a todos, e assim, naquele momento, as pessoas descobriam a essência da Tragédia. O Fatum já estava presente, com seu gume a postos, inexorável e pontual, à espera daqueles que, mal inspirados, tinham voltado suas armas contra a Cidade... E o espírito do Coro encontrava-se ativo em cada espectador, com as estrofes e antístrofes que saltitavam e ressaltitavam por sobre o tablado. De repente apareceu um Mensageiro, os Guardas abriram caminho e a carreta fez sua entrada no vasto cenário da praça Pública, trazendo os dois condenados, as mãos enlaçadas por um mesmo rosário por cima dos pulsos amarrados. Ouviram-se solenes redobres de tambores; a báscula oscilou, carregando o peso de um homem obeso, e a lâmina caiu em meio a um clamor de expectativa. Minutos depois, as duas primeiras execuções estavam consumadas... Mas a multidão não se dispersou, talvez surpresa com a brevidade do trágico espetáculo — com aquele sangue ainda fluido escorrendo entre as frestas do palco. Então, para espantar o horror que os mantinha pasmos, muitos rebentaram na festa que haveria de alongar aquele dia já dado por feriado de folga. Precisavam fazer bonito com suas roupas recém-estreadas. Precisavam fazer alguma coisa que fosse afirmação de vida diante da Morte. E como os bailes de figuras eram os mais indicados para valorizar os trajes e agitar o cambiante rodado das saias carmanholas, alguns começaram a formar contradanças de avançar e recuar em fileiras, a trocar de par, fazer reverências e requebrar a cintura, fazendo pouco caso dos mestres de baile improvisados que tentavam, em vão, impor alguma ordem às filas e aos grupos. Por fim, era tanto o alvoroço, tanta a vontade de dançar e pular e rir e gritar, que todos se reuniram numa enorme roda, logo aberta em cordão, que, depois de dar voltas ao redor da guilhotina, lançou-se às ruas vizinhas, indo e vindo, invadindo pátios e quintais, até de noite. Nesse dia teve início o Grande Terror na ilha. A Máquina funcionava sem parar na praça da Vitória, apertando o ritmo das degolas. E como a curiosidade de assistir às execuções era sempre viva onde todos se conheciam de vista ou de trato — e este guardava seus rancores contra aquele, e o outro não esquecia alguma humilhação sofrida... —, a guilhotina começou a centralizar a vida da cidade. A gente do mercado foi-se mudando para a linda praça portuária, com seus tabuleiros e grelhas, suas barracas de esquina e bancas ao sol, apregoando a toda hora, enquanto rolavam cabeças ontem respeitadas e aduladas, o filhó e o pimentão, a graviola e o folhado, a pinha e o pargo fresco. E como o local era muito apropriado para tratar de negócios, logo virou uma bolsa livre de trastes e coisas abandonadas pelos donos, onde se podia arrematar uma grade, um pássaro mecânico ou um resto de baixela chinesa. Ali se trocavam arreios por panelas; baralhos por lenha; relógios de alto estilo por pérolas da ilha Margarita. De um dia para o outro, o balcão de verduras, a vitrina de miudezas eram guindados à categoria de loja de variedades — de tremenda variedade —, onde apareciam baterias de cozinha, molheiras armoriadas, talheres de prata, peças de xadrez, tapeçarias e miniaturas. O patíbulo se transformara no centro de uma feira, de um foro, de um permanente leilão. As execuções já não interrompiam regateios, disputas e discussões. A guilhotina passara a formar parte do habitual e cotidiano. Entre salsas e oréganos, vendiam-se umas guilhotinas minúsculas, de enfeite, que muitos levavam para casa. As crianças, aguçando a inventiva, construíam pequenas máquinas destinadas à decapitação de gatos. Uma linda mulata, protegida de um lugar-tenente de De Leyssegues, oferecia licor a seus convidados em garrafinhas de madeira com forma humana, que, ao serem colocadas numa báscula, soltavam a tampa — com um rosto caprichosamente pintado —, graças, claro, à ação de uma lâmina de mentira acionada por um pequeno carrasco automático. Mas, apesar das muitas novidades e diversões trazidas naqueles dias à modesta e pastoril vida da ilha, alguns podiam perceber que o Terror começava a descer os degraus da condição social, já ceifando ao rés do chão. Ao saber que na comarca das Abysses numerosos negros se negavam a trabalhar no cultivo das terras desapropriadas, alegando ser homens livres, Victor Hugues mandou prender os mais indóceis, condenando-os à guilhotina. Esteban observava, com certa estranheza, que o Comissário, depois de tanto apregoar a sublimidade do Decreto de 16 Pluvioso do Ano II, não mostrava maior simpatia pelos negros. "Já fizemos muito em considerá-los cidadãos franceses", costumava dizer em tom ríspido. Algum preconceito racial ele guardara de sua longa permanência em Santo Domingo, onde os colonos tinham sido particularmente duros no trato de seus escravos — sempre qualificados de preguiçosos, idiotas, ladrões, fujões em potencial, "*propres à rien*", por aqueles que os obrigavam a trabalhar de sol a sol. Os soldados da República, por outro lado, muito dados à carne escura quando se tratava de fêmeas, não perdiam a chance de espancar e açoitar os negros sob qualquer pretexto, reconhecendo, porém, que alguns deles, como um corpulento leproso chamado Vulcano, podiam chegar a ser magníficos artilheiros. Irmanados na guerra, negros e brancos dividiam-se na paz. Victor Hugues logo decretou o trabalho obrigatório. Todo negro acusado de vadio ou desobediente, contestador ou rebelde, era condenado à morte. E como o escarmento devia ser levado a toda a ilha, a guilhotina, tirada da praça da Vitória, começou a viajar, a peregrinar, a excursionar: segunda-feira amanhecia em Le Moule; terça-feira trabalhava em Le Gozier, onde havia algum convicto de vadiagem; quarta-feira dava cabo de seis monarquistas, escondidos na antiga paróquia de Sainte-Anne. Era levada de vila em vila, exibida nas tabernas. O executor e seus assistentes a acionavam no vazio, mediante gorjetas e tragos, para que todos pudessem conhecer seu mecanismo. E como nesses passeios não se podia levar a escolta de tambores que em Pointe-à-Pitre servia para encobrir qualquer grita derradeira dos condenados, carregavam um grande bumbo na carroça — bumbo que transmitia às demonstrações uma alegria de feira. Os camponeses, desejosos de comprovar a força da máquina, colocavam troncos de bananeira na báscula — nada mais parecido a um pescoço humano, com seu feixe de canais porosos e úmidos, do que um tronco de bananeira — para ver como eram decepados. Chegou-se até a demonstrar, para encerrar uma discussão, que a lâmina não era detida por um molho de seis canas-de-açúcar. Depois, os festejados visitantes seguiam viagem rumo a seu destino, fumando e cantando ao compasso do bumbo, com os barretes frígios cambiados do vermelho ao castanho por causa do suor. A báscula, na volta, carregava tantas frutas que parecia levada pelo Carro da Abundância.

No início do Ano III, Victor Hugues foi alçado ao auge do êxito. A Convenção, entusiasmada com as notícias recebidas, ratificava todas as suas promoções militares, aprovava suas nomeações e decretos, felicitando-o em prosa de panegírico e anunciando o envio de reforços em soldados, armas e munições. Mas o

Comissário já não precisava deles: com o recrutamento forçado, criara um exército de dez mil homens, satisfatoriamente treinados. Em todos os pontos vulneráveis da costa, realizavam-se obras de fortificação. O confisco de bens enchera as arcas, e os armazéns estavam repletos de todo o necessário. Durante sua viagem à outra metade da ilha, Victor Hugues — recordando que já havia estado ali, muitos anos atrás — chegara a se comover ante a beleza da cidade de Basse-Terre, toda rumorosa de águas, de fontes públicas que faziam reinar um delicioso frescor nas avenidas ladeadas de tamarindos. Era uma povoação de mais berço e estirpe que Pointe-à-Pitre, com suas ruas empedradas, sua orla umbrosa, seus casarões de pedra, que lembravam recantos de Rochefort, de Nantes, de La Rochelle. Bem que o Comissário gostaria de transferir sua residência à calma e acolhedora paróquia de Saint-François; mas o porto, bom para a descarga do gado trazido das ilhas próximas — gado que, ao chegar, era jogado na água por cima da amurada, para que nadasse até a margem —, oferecia pouca proteção à sua frota. Prosseguindo sua viagem de chefe triunfante, foi aclamado pelos leprosos da Désirade, pelos "pequenos brancos" de Marie-Galante e até pelos índios caraíbas daquela ilha, que solicitaram, pela boca do cacique, a honra de serem acolhidos aos benefícios da cidadania francesa. Sabendo que aqueles homens eram magníficos marinheiros, bons conhecedores do arquipélago, o qual percorriam com seus barcos velozes muito antes que por essas paragens aparecessem os navios do Grande Almirante de Isabel e Fernando, distribuiu rosetas tricolores e prometeu tudo que lhe pediram. Victor Hugues mostrava mais simpatia pelos caraíbas do que pelos negros. Apreciava seu orgulho, sua agressividade, seu altivo lema de que "Só o caraíba é gente" — ainda mais agora que usavam a divisa republicana presa ao cordel da tanga. Em sua visita a Marie-Galante, o Comissário pediu que lhe mostrassem a praia onde, muitos anos atrás, aqueles frustrados conquistadores das Antilhas empalaram uns bucaneiros franceses que tentaram roubar-lhes algumas mulheres. Ainda restavam esqueletos, ossos, crânios nos postes erguidos à beira-mar: atravessados pelas estacas como os insetos alfinetados de um naturalista, os cadáveres tinham atraído tantos e tantos abutres que, durante vários dias, a costa, vista à distância, parecia coberta por uma lava borbulhante... Cercado de festejos e aclamações, o Comissário não deixava de recordar, no entanto, que os ingleses rondavam aqueles mares, pretendendo exercer uma espécie de bloqueio. À noite, Victor costumava reunir-se a portas fechadas com De Leyssegues, que já ostentava dragonas de contra-almirante, para traçar os planos de uma ação naval que abarcaria todo o Caribe. O projeto era cercado de grande sigilo, e estavam nisso quando Esteban, ao entrar um dia na sala do Comissário, encontrou-o desgrenhado, suarento, com o rosto crispado pela ira. Rodeava a grande mesa do conselho e parava atrás dos funcionários que, abandonando suas tarefas, disputavam os jornais recém-chegados. "Já soube?", gritou para o jovem, apontando uma notícia com mão trêmula. Ali estava estampada a inacreditável crônica do ocorrido em Paris em 9 Termidor. "Miseráveis!", urrava Victor. "Derrubaram os melhores." A desmesura do acontecimento pasmou Esteban. Tudo adquiria, ainda, um relevo duplamente dramático por efeito da distância. Como quem guarda na mente a imagem de um objeto contemplado por muito tempo, tendo-o por presente quando o objeto talvez já desapareceu, tinha-se falado, nesta mesma sala, no presente, em função da realidade imediata e até do futuro, de um homem que deixara de existir fazia vários meses. Quando se discutia, aqui mesmo, o Culto do Ser Supremo, seu instaurador já havia lançado, ao pé do patíbulo, a terrível queixa que lhe arrancara a dor de sua mandíbula quebrada, separada da bandagem por um gesto brutal do carrasco. Para Victor Hugues, o fato era duplamente atroz, sugerindo tais consequências que a mente se negava a frear as suposições. Não apenas tombara o gigante cujo retrato continuava bem pendurado, ali, onde todos podiam contemplá-lo tal qual se mostrara nos dias de maior glória; o Comissário não apenas se via privado de quem lhe concedera sua confiança, dando-lhe poderes e autoridade, como agora teria de esperar semanas a fio, ou até meses, para saber o rumo dos acontecimentos na França. Era provável que a reação empreendesse uma implacável desforra. Talvez já houvesse um novo governo que viria destruir tudo o que o anterior fizera. Em Guadalupe apareceriam novos Investidos de Poderes, de cara amarrada, gesto negador, portando ordens misteriosas. O informe que Victor Hugues enviara à Comissão, sobre a matança de Berville, poderia agora ser usado contra ele. Talvez já estivesse destituído, ou implicado num processo que poderia significar tanto o fim de sua carreira como de sua vida. Lia e relia o nome dos caídos em Termidor, como se neles pudesse decifrar a chave de seu destino. Alguns dos presentes insinuavam a meia-voz que agora se entraria num período de tolerância, de indulgência, de restabelecimento dos cultos. "Ou de restauração monárquica", pensava Esteban, a quem a ideia provocava, a um só tempo, uma sensação de alívio, de paz recuperada depois de tantas tormentas, e um sentimento de repulsa, de execração do Trono. Se tanto os homens se empenharam; se tantos haviam profetizado, sofrido, aclamado, tombado entre os incêndios e arcos do triunfo de um vasto sonho apocalíptico, era imperioso que, pelo menos, o tempo não retrogradasse. O sangue entregue não seria agora trocado por ouros velhos reais. Ainda podia surgir algo justo; talvez mais justo que o que tantas vezes deixara de sê-lo por muito se falar — era um dos males da época — em termos abstratos. Podia-se depositar a esperança numa Liberdade mais desfrutada e menos alardeada; numa Igualdade menos derramada em palavras, mais imposta pelas leis; numa Fraternidade que fizesse menos caso da delação e se manifestasse no restabelecimento de tribunais verdadeiros, novamente providos de jurados… Victor continuava passeando, já mais sossegado, ao longo da sala, com as mãos nas costas, e acabou parando diante do retrato do Incorruptível. "Pois aqui tudo vai continuar como antes", disse por fim. "Eu ignoro essa notícia. Não a aceito. Continuo sem conhecer outra moral além da moral jacobina. Ninguém vai me tirar daqui. E se a Revolução acabar na França, continuará na América. Chegou a hora de cuidarmos da Terra Firme." E virando-se para Esteban: "Você vai traduzir imediatamente para o espanhol a Declaração dos Direitos do Homem e do Cidadão e o texto da Constituição". "A de 91 ou a de 93?", perguntou o jovem. "A de 93. Não conheço outra. Desta ilha têm de sair as ideias que agitarão a América Espanhola. Se tivemos alguns partidários e aliados na Espanha, também os teremos no Continente. E talvez em maior número, pois o descontentamento é maior nas colônias do que na Metrópole."

22.

Quando o velho *camisard* Lœuillet soube que teria de imprimir textos em castelhano, percebeu, com horror, que não trouxera nenhum "ñ" em suas caixas de tipos. "Também, que ideia representar esse som com uma letra fantasiada!", dizia, furioso consigo mesmo. "Pensam que uma palavra nobre e majestosa como 'Cygne' pode ser escrita como 'Ciñe'?" Além disso, o fato de não ter sido avisado revelava a desorganização e a desordem em que viviam os homens que pretendiam governar o mundo: "Eles nem querem saber que sinais são usados em castelhano!", exclamava. "Bando de ignorantes!" Por fim, resolveu que os tis seriam substituídos por acentos circunflexos, recortados de outras letras, o que complicaria consideravelmente o trabalho de composição. Mas logo a *Declaração dos Direitos do Homem e do Cidadão* ficou impressa, e a edição foi entregue nos escritórios do Comissário, onde reinava um clima pesado, de agitação e desconcerto. O vento de Termidor soprava sobre muitas consciências. As críticas que alguns tinham silenciado começavam a aflorar em conciliábulos, sempre desconfiados de quem se aproximasse demais. Quando Esteban levou a Lœuillet sua versão espanhola da Constituição de 93, o tipógrafo lhe fez ver quão capciosa era a manipulação de uma propaganda que se baseava em propostas ideais para criar a ilusão de que se tinha conquistado uma realidade justamente onde essa realidade não fora conquistada — um terreno em que as melhores intenções iam tendo pavorosas consequências. Talvez os americanos tratassem, agora, de aplicar princípios que o Terror atropelara em sua quase totalidade, para depois ter que violá-los, urgidos pelas contingências políticas do momento. "Aqui não se fala em guilhotinas nem presigangas", dizia o *camisard*, referindo-se aos navios que ainda enchiam todos os portos atlânticos da França, com suas cargas gementes de prisioneiros — como aquele do *Bonhomme Richard*, de triste fama, cujo nome, alusivo ao almanaque de Benjamin Franklin, soava a sarcasmo. "Voltemos aos nossos impressos", dizia Esteban. De pronto, era preciso cumprir uma tarefa diária, que o moço realizava com esmero, encontrando uma espécie de descanso, de alívio a suas cavilações, em traduzir o melhor possível; tornava-se minucioso, quase purista, na busca do termo exato, do melhor sinônimo, da pontuação adequada; sofrendo com a relutância do castelhano de hoje em aceitar os circunlóquios concisos e modernos do idioma francês. Experimentava algo semelhante ao prazer estético ao traduzir bem, apesar de o conteúdo da frase ser indiferente para ele. Passava dias burilando a versão de um texto de Billaud-Varennes sobre a "Teoria do Governo Democrático e a necessidade de inspirar o amor às virtudes cívicas por meio de festejos públicos e instituições morais", embora a prosa indigesta de quem invocava continuamente as sombras dos Tarquínios, de Catão e de Catilina lhe parecesse tão antiquada, tão falsa, tão obsoleta quanto a letra dos hinos maçônicos que aprendera a cantar na Loja dos Estrangeiros Reunidos. Os Lœuillet, pai e filho, contavam com a ajuda dele para realizar o árduo trabalho de compor textos numa língua desconhecida, pedindo-lhe explicação de um sinal ortográfico ou conselho sobre a divisão correta de tal palavra no final de uma linha. O velho *camisard* cuidava da apresentação de suas páginas com amor de bom artesão, lamentando a falta de um colofão ou de uma vinheta alegórica para fechar o escrito com beleza. Nem o redator-tradutor nem os tipógrafos acreditavam muito nas palavras que por obra deles seriam multiplicadas e propagadas. Mas, já que trabalhavam, que fosse corretamente, sem ofender a língua nem negar ao papel o que era do papel. Agora imprimiam uma "Carmañola americana", variante de outra anterior, escrita em Baiona, destinada aos povos do Novo Continente:

Copla:
Yo que soy un sin camisa
un baile tengo que dar
y en lugar de guitarras
cañones sonarán,
cañones sonarán,
cañones sonarán.

Estribilho:
Bailen los sin camisa
y viva el son, y viva el son,

bailen los sin camisa
y viva el son del cañón.

Copla:
Si alguno quisiera saber
por qué estoy descamisado:
resulta que con los tributos
el Rey me ha desnudado,
el Rey me ha desnudado,
el Rey me ha desnudado.

Estribilho:
Bailen los sin camisa…

Copla:
Todos los reyes del mundo
son igualmente tiranos,
y uno de los mayores
es el infame Carlos,
es el infame Carlos,
es el infame Carlos.

Estribilho:
Bailen los sin camisa…

Nas coplas seguintes, com perfeito conhecimento das realidades americanas, o autor anônimo dava o merecido castigo a governadores, corregedores e alcaides, à Justiça das Audiências, a intendentes e administradores, todos cúmplices da Coroa. E o compositor não devia ignorar o culto ao Ser Supremo, pois escrevia mais adiante: "*Dios protege nuestra causa,/ Él dirige nuestro brazo,/ Que el Rey con sus delitos/ su justicia ha irritado*". "*¡Viva el* *amor a la patria!*", concluía, "*¡y viva la libertad!/ ¡Perezcan los tiranos/ y el despotismo real!*" Nada muito diferente do modo como sempre se expressaram os conspiradores espanhóis de Baiona, dos quais Esteban tinha vagas notícias. Sabia apenas que Guzmán, o amigo de Marat, havia sido guilhotinado. Do Abade Marchena comentava-se que talvez — não era certo — tivesse conseguido escapar à perseguição dos Girondinos. Quanto ao bom Martínez de Ballesteros, devia continuar em busca de uma razão de viver — ou sobreviver — prestando serviços a uma Revolução em tudo oposta àquela que acendera seus primeiros entusiasmos. Nesse tempo, uma velocidade adquirida, um impulso ainda ativo, mantinha muitos homens militando num mundo diferente daquele que queriam ter criado, desiludidos, amargurados, mas incapazes — assim como os Lœuillet — de não cumprir à perfeição a tarefa cotidiana a eles imposta. Já não opinavam: viver era o principal — trabalhando em algo que a cada manhã permitisse voltar à paz do ofício. E vivia-se o dia de hoje, pensando na recompensa de um trago no fim da tarde, de um banho de água fresca, da brisa que chegaria com o anoitecer, do desabrochar de uma flor de laranjeira, da moça que talvez viesse brincar entre os lençóis. Em meio a acontecimentos de tamanha magnitude que excediam os poderes de informação, medida e avaliação do homem comum, era uma prodigiosa diversão, de repente, observar as transformações de um inseto mimético, as manobras nupciais de um besouro, uma súbita multiplicação de borboletas. Nunca Esteban sentira tanto interesse pelo pequeníssimo — titilação de girinos num barril cheio de água, brotamento de um cogumelo, formigas a roer as folhas de um limoeiro, deixando-o feito renda — quanto nesse tempo tão propenso ao universal e ao desmedido. Uma linda mulata entrara um dia em seu quarto com o fútil pretexto de pedir pena e tinta, usando argolas vistosas e saias impecáveis sobre as roçagantes anáguas cheirando a vetiver. Meia hora depois de os corpos terem se confundido em deleitoso enredo, a mulher, sem uma fita sobre o corpo, apresentara-se com uma graciosa reverência: "*Mademoiselle Athalie Bajazet, coiffeuse pour dames*". "Que país maravilhoso!", exclamara o moço, esquecendo suas preocupações. Desde então, Mademoiselle Athalie Bajazet dormia com ele todas as noites. "Cada vez que ela tira as saias, me dá duas tragédias de Racine", dizia Esteban para os Lœuillet, entre gargalhadas... Para tratar de suas tarefas contábeis — tinha de inventariar certos carregamentos trazidos aos portos da ilha —, o jovem ia de vez em quando à Basse-Terre, metendo o cavalo por acidentados caminhos onde a vegetação era particularmente frondosa devido aos muitos regatos e corredeiras que desciam dos *mornes*, sempre envoltos em névoas e vapores. Nessas andanças ia descobrindo uma vegetação semelhante à de sua ilha natal, cujo completo conhecimento lhe fora vedado pela doença e que agora vinha a seu encontro, preenchendo a lacuna que perdurava no recente legado de sua adolescência. Cheirava com prazer a suave fragrância das pinhas, o pardo azedume do tamarindo, a carnosa maciez de tantas frutas de polpas vermelhas e roxas que em suas dobras recônditas guardavam suntuosas sementes, com textura de tartaruga, de ébano ou de mogno lustrado. Enterrava o rosto na branca frieza das graviolas, rasgava o carmesim da maçã-estrelada para buscar, com lábios ávidos, as drágeas vidrosas que se ocultavam no mais fundo daquela polpa. Um dia, enquanto seu cavalo desarreado retouçava nas águas de um riacho levantando os quatro cascos, Esteban encarou a aventura de trepar numa árvore. E, depois de vencer a prova iniciática que significava alcançar os difíceis ramos de acesso, começou a escalar rumo ao arremate de uma copa, por um caracol de braços cada vez mais cerrados e leves, suportes do grande revestimento de folhagens, da colmeia verde, do suntuoso dossel visto de dentro pela primeira vez. Uma exaltação inexplicável, estranha, profunda alegrava Esteban quando pôde descansar, sentado na forquilha cimeira daquela estremecida edificação de madeiras e estames. Trepar numa árvore é uma empresa pessoal que talvez nunca volte a se repetir. Quem se abraça aos altos seios de um tronco realiza uma espécie de ato nupcial, deflorando um mundo secreto, jamais visto por outros homens. O olhar abarca, de repente, todas as belezas e todas as imperfeições da Árvore. Sabe-se dos dois galhos tenros que se abrem como pernas de mulher, ocultando na junção um punhado de musgo verde; sabe-se das redondas feridas deixadas pela queda dos renovos secos; sabe-se das esplendorosas ogivas do alto, bem como das bifurcações estranhas que levaram todas as seivas para um ramo favorecido, deixando o outro em esqualidez de sarmento bom para as chamas. Montado em seu mirante, Esteban compreendia a relação arcana tantas vezes estabelecida entre o Mastro, o Arado, a Árvore e a Cruz. Recordava o texto de Santo Hipólito: "Este lenho me pertence. Dele me nutro, dele me sustento; finco-me em suas raízes, deito-me em seus ramos; entrego-me a seus hálitos como me entrego ao vento. Eis aqui minha estreita senda; meu caminho estreitado; escada de Jacó em cujo topo está o Senhor". Os grandes sinais do "Tau", da Cruz de Santo André, da Serpente de Bronze, da Âncora e da Escala estavam implícitos em toda Árvore, antecipando-se o Criado ao Edificado, dando-se normas ao Edificador de futuras Arcas... As sombras do entardecer surpreendiam Esteban no balanço de algum alto tronco, entregue a uma sonolenta voluptuosidade que se poderia prolongar indefinidamente. Então certas criaturas vegetais se mostravam em nova pintura abaixo dele: os mamoeiros, com suas úberes penduradas do pescoço, pareciam animar-se, empreendendo a marcha para os longes fumaçados de La Souffrière; a sumaúma, "mãe de todas as árvores" — como diziam os sábios negros —, tornava-se mais obelisco, mais cariátide, mais monumento e elevação contra as luzes do crepúsculo. Uma mangueira morta se transformava num feixe de serpentes paralisadas na hora do bote, ou então, viva e transbordante de uma seiva que ressumava da casca e dos talos jaspeados, floria repentinamente, incendiando-se de amarelo. Esteban acompanhava a vida dessas criaturas com o interesse que lhe podia inspirar o desenvolvimento de alguma existência zoológica. Primeiro apareciam as frutas em germe, semelhantes a contas verdes, cujo sumo áspero tinha um sabor de amêndoas geladas. Depois, aquele organismo suspenso ia ganhando forma e contorno, alongando-se para baixo e definindo seu perfil arrematado por um queixo de bruxa. As faces coravam. Passavam do musgoso ao açafroado e maduravam em esplendores de cerâmica — cretense, mediterrânea, sempre antilhana — antes que as primeiras pintas da decrepitude, em pequenos círculos pretos, começassem a marcar suas carnes cheirosas a tanino e a iodo. Até que uma noite, ao soltar-se e cair com um baque surdo entre as ervas molhadas de orvalho, era o anúncio de morte próxima do fruto, com aquelas manchas que iam crescendo e afundando até se abrirem em chagas habitadas pelas moscas. Como cadáver de prelado em exemplar Dança Macabra, o tombado ia-se despojando da pele e das entranhas, até ficar no osso de uma grande semente listrada, incolor, envolta em fiapos de sudário. Mas aqui, neste mundo sem mortes invernais nem ressurreições de Páscoas Floridas, o ciclo da vida se reatava sem demora: semanas depois, do caroço jacente brotava, semelhante a uma minúscula árvore asiática, um rebento de folhas rosadas, de uma suavidade tão semelhante à da pele humana que as mãos não ousavam tocá-las... Às vezes, em suas viagens através das frondes, Esteban era surpreendido por um aguaceiro, e então o moço comparava, em sua memória auditiva, a diferença que havia entre a chuva do Trópico e as monótonas garoas do Velho Mundo. Aqui, um possante e vasto rumor em tempo *maestoso*, prolongado como um prelúdio de sinfonia, anunciava ao longe o avanço do vendaval, enquanto os abutres tinhosos, voando baixo em círculos cada vez mais fechados, sumiam da paisagem. Um delicioso cheiro de mato molhado, de terra entregue a húmus e seivas, se espalhava pelo olfato universal, inchando a coleira das aves, baixando as orelhas do cavalo — infundindo no homem uma estranha sensação de apetência física; vago desejo de estreitar uma carne com ânsia compartilhada. O rápido ensombrecimento da luz acompanhava-se de secos piparotes nas ramagens mais altas, e, de repente, era a queda do prazeroso e frio, encontrando diversas ressonâncias em cada matéria — dando a afinação da trepadeira e da bananeira, o diapasão do membranoso, a percuciente sonoridade da folha maior. A água se partia, muito acima, na coroa das palmeiras que a lançavam, como goteiras de catedral, sobre a grave e tamborilante ressonância das palmas menores; e repicavam os pingos em peles de um verde tenro antes de cair em folhagens tão cerradas que ao chegar ao nível dos tinhorões, com as folhas retesadas como couro de pandeiro, já haviam sido mil vezes divididas, fracionadas, nebulizadas, nos diferentes andares do maciço vegetal — antes de promover, no rés do chão, o júbilo das gramas e dos espartos. O vento impunha seus tempos à vasta sinfonia, que não tardava a transformar os regatos em enxurradas, com estrepitosas avalanches de cascalho desprendido; tumultuosas descidas que transbordavam os leitos, arrastando pedras do alto, troncos mortos, galhos garranchosos, raízes tão emaranhadas de franjas e de tiras que ao chegar embaixo paravam no lodo como naves encalhadas. E logo se acalmava o céu, dispersavam-se as nuvens, acendia-se o crepúsculo e seguia Esteban sua viagem, sobre um cavalo molhado e vivo, sob um orvalho de árvores reconhecidas pela voz num vasto Magnificat de cheiros... Quando Esteban regressava dessas andanças, de volta a Pointe-à-Pitre, sentia-se estranho à época, forasteiro num mundo sanguinário e remoto, onde tudo se revelava absurdo. As igrejas continuavam fechadas quando, talvez, já tivessem sido reabertas na França. Os negros haviam sido declarados cidadãos livres, mas os que não eram soldados ou marinheiros à força dobravam a cerviz de sol a sol, como antes, sob a chibata dos capatazes, atrás dos quais, para completar o quadro, erguia-se o implacável azimute da guilhotina. Agora os recém-nascidos se chamavam Cincinnatus, Léonidas ou Lycurgue, e as crianças aprendiam a recitar um Catecismo Revolucionário que já não correspondia à realidade — assim como no recém-criado Clube dos Jacobinos continuavam a falar do Incorruptível como se ainda fosse vivo. Moscas bem cevadas enxameavam sobre as tábuas pegajosas do patíbulo, enquanto Victor Hugues e seus chefes militares já estavam mal acostumados a dormir longas sestas sob mosquiteiros de tule, entre mulatas que velavam seu sono abanando-os com folhas de palmeira.

23.

Com ternura quase feminina, Esteban se condoía da crescente solidão de Victor Hugues. O Comissário continuava a desempenhar seu papel com implacável rigor, pressionando os tribunais, sem dar trégua à guilhotina, repisando retóricas passadas, ditando, editando, legislando, julgando, metido em tudo, mas quem o conhecia bem notava que sua hiperatividade era movida por um recôndito desejo de embotar-se. Sabia que muitos de seus subordinados mais obedientes sonhavam em ver o papel lacrado trazendo o decreto de sua destituição, lavrado por pena de fiel amanuense. O jovem gostaria de estar ao lado dele nessas horas, de acompanhá-lo e confortá-lo. Mas o Comissário, cada vez mais esquivo, fechava-se para ler até de madrugada, ou então, ao entardecer, saía num coche que só compartilhava, às vezes, com De Leyssegues, e ia até a enseada de Le Gozier, de onde, coberto apenas por umas bragas de linho, remava até a ilha deserta, só voltando de lá quando apareciam as pragas noturnas, saídas dos manguezais. Relia as obras de oradores antigos, talvez preparando uma defesa na qual queria ostentar eloquência. Suas ordens tornavam-se atropeladas e contraditórias. Era presa de imprevisíveis acessos de ira que se traduziam na repentina destituição de seus aliados ou na imposição de uma pena de morte que todos davam por comutada. Um dia em que acordou de mau humor ordenou que os despojos do general Dunds, antigo governador britânico da ilha, fossem desenterrados e lançados à via pública. Durante horas, os cães, travados em briga, disputaram os melhores pedaços de carniça, carregando pelas ruas imundos restos humanos ainda presos ao uniforme de gala com que o chefe inimigo fora enterrado. Esteban gostaria de ter poderes para aplacar aquele ânimo conturbado, sempre alerta à primeira vela inesperada que surgisse no horizonte, cuja solidão aumentava à medida que crescia sua dimensão histórica. Severo e inflexível, dotado de gênio militar, audacioso como poucos, ele conseguira na ilha um êxito que superava, em muito, outras conquistas da Revolução. E, no entanto, uma remota reviravolta política, ocorrida lá, muito longe, onde já se sabia que, sucedendo o Terror Vermelho, se desencadeara um Terror Branco, mobilizava forças desconhecidas que provavelmente entregariam a colônia a homens incapazes de governá-la. Para cúmulo, sabia-se também que Dalbarade, o protetor de Victor Hugues, tão vigorosamente defendido por Robespierre quando o acusaram de proteger um amigo de Danton, agora se bandeara para os termidorianos. Enojado por tais acontecimentos, reagindo à espera apreensiva de notícias que nunca acabavam de chegar, o Comissário resolveu apressar os preparativos de uma empresa que vinha amadurecendo havia meses, junto com o contra-almirante De Leyssegues. "Que vão todos à merda!", gritou um dia, pensando naqueles que, em Paris, estavam avaliando sua situação. "Quando eles chegarem com seus papéis de limpar cu, já vou ser tão poderoso que poderei esfregar tudo na cara deles."

E certa manhã percebeu-se uma atividade insólita no porto. Várias embarcações ligeiras — balandras principalmente — eram postas a seco e escoradas para a carenagem. Nos navios maiores trabalhavam carpinteiros, calafates, abetumadores, homens de brocha, serra e martelo, todos empenhados na buliçosa lide, enquanto os artilheiros transportavam canhões leves para bordo, levando-os em botes de esparrela. Olhando por uma janela do velho armazém-geral, Esteban pôde observar que uma das tarefas menores consistia em mudar o nome das embarcações. De repente, *La Calypso* era transformada em *La Tyrannicide*; *La Sémillante* em *La Carmagnole*; *L'Hirondelle* em *La Marie-Tapage*; *Le Lutin* em *Le Vengeur*. E logo nasciam, sobre as velhas tábuas que haviam servido ao Rei, os novos títulos, pintados em caracteres bem vistosos, de *Le Tintamarre*, *La Cruelle*, *Ça-Ira*, *La Sans-Jupe*, *L'Athenienne*, *Le Poignard*, *La Guillotine*, *L'Ami du Peuple*, *Le Terroriste*, *La Bande Joyeuse*. E *La Thétis*, curada dos ferimentos recebidos durante o bombardeio de Pointe-à-Pitre, passava a se chamar *L'Incorruptible*, certamente por vontade de um Victor Hugues que sabia jogar com a neutralidade genérica de certas palavras. Esteban se perguntava a razão de tão grande faina, quando Mademoiselle Athalie Bajazet veio avisar que ele era esperado com urgência na sala do Chefe. Os copos de ponche retirados por uma das criadas revelavam que o Comissário tinha bebido um tanto — embora conservasse a surpreendente segurança de gestos e de pensamentos que o álcool, longe de abalar, costumava reforçar nele. "Você faz muita questão de ficar aqui?", perguntou-lhe, risonho. A pergunta era tão inesperada que Esteban se encostou na parede, remexendo o cabelo com a mão agitada. Até agora, a impossibilidade de deixar Guadalupe tinha sido tão evidente que nunca sequer cogitara pensar no assunto. O outro insistia: "Você faz muita questão de permanecer em Pointe-à-Pitre?". Na imaginação de Esteban surgiu um barco providencial, luminoso, de velas coradas pelos reflexos de um lindo pôr do sol, destinado para alguma fuga. Talvez o Comissário, ameaçado por uma carta, vencido por íntimas angústias, tivesse resolvido abandonar suas investiduras e passar para algum porto holandês, de onde pudesse navegar livremente rumo a qualquer lugar. Sabia-se que o desejo de muitos robespierristas, na debandada já em curso, era chegar a Nova York, onde havia algumas tipografias francesas dispostas a publicar memórias e libelos. E na colônia tampouco faltava quem sonhasse com Nova York. Referindo-se a si mesmo, Esteban falou francamente: Já não via qual podia ser sua utilidade nesta ilha que logo seria regida por Pessoas Desconhecidas. Era evidente que a reação expurgaria todos os funcionários atuais. (Olhava para os baús e malas que começavam a chegar ao gabinete, trazidos nas costas de carregadores, amontoando-se nos cantos que Victor indicava.) Além do mais, ele não era francês. E por isso seria tratado como os partidários de uma facção política tratam os estrangeiros intrometidos num grupo rival. Sua sorte seria, talvez, a de Guzmán ou Marchena. Se lhe oferecessem os meios para ir embora, iria sem vacilar… A cara de Victor se fechara singularmente durante a confissão. Quando Esteban se deu conta disso, já era tarde demais. "Pobre idiota!", gritou o outro. "Quer dizer que já me dá por vencido, destituído, aniquilado pela gentalha termidoriana? Você compartilha o secreto alvoroço dos que não veem a hora de eu partir para a França escoltado por dois guardas? Bem que essa mulatinha, sua amante, me disse que você passa o tempo cantando derrotas com o velho filho da puta do Lœuillet! Desembolsei um bom dinheiro para a safada me contar! Então você quer abandonar o barco antes que ele afunde? Pois fique sabendo que não vai afundar! Ouviu?... Não vai afundar!" "Que nojo!", gritou Esteban, exasperado contra si mesmo por ter-se aberto com quem lhe armara uma cilada, depois de espioná-lo por meio da mulata que compartilhava seu leito. O outro adotou um tom imperativo. "Hoje mesmo você embarca em *L'Ami du Peuple* com seus livros, apetrechos de escrever, armas e bagagens. Assim vai poder descansar um pouco do que hipocritamente chama, eu sei, de 'minhas inevitáveis crueldades'. Eu não sou cruel. Faço o que tem de ser feito. Não é a mesma coisa." Amansou o tom de voz como se conversasse distraidamente com um de seus lugar-tenentes e, fitando as árvores da praça da Vitória, as robustas mudas já carregadas de folhas novas, explicou a Esteban que a pressão britânica continuava a pesar sobre a ilha; que uma frota inimiga logo se concentraria em Barbados e que era preciso antecipar-se aos acontecimentos. Quanto à estratégia naval, somente o corso, o verdadeiro corso — o clássico, o grande, o único — tinha dado resultado no Caribe, com navios ágeis e leves, fáceis de abrigar em enseadas rasas, de manobrar em paragens eriçadas de corais, que sempre avantajaram os galeões espanhóis de outros tempos e agora avantajariam as naus inglesas demasiado armadas. As Frotas Corsárias da República Francesa operariam em pequenas esquadras, com plena autonomia de ação, numa zona delimitada pela Terra Firme, que abrangeria o âmbito de todas as possessões inglesas e espanholas nas Antilhas, sem restrição de latitude, apenas tomando o cuidado de não molestar os holandeses. Claro que algum navio poderia cair nas mãos do inimigo, para grande alegria dos infiéis à Revolução. ("Que existem, pode acreditar que existem", dizia Victor, alisando um grosso maço de informes confidenciais no qual a delação rabiscada em papel de embrulho se misturava com a denúncia sutil, traçada anonimamente, sem erros de ortografia, em finas folhas filigranadas.) Os desertores desfrutavam da maior indulgência quando sabiam despojar-se do barrete frígio na hora certa. Eram apresentados aos jornalistas como vítimas de um regime intolerável, ainda mais se fossem franceses. E então os faziam falar de seus desenganos e sofrimentos, sob uma tirania pior que todas as conhecidas, facilitando-lhes a volta para casa, onde, arrependidos, narrariam suas tribulações nos precipícios de irrealizáveis utopias. Esteban indignou-se com a intenção que lhe era atribuída: "Se você acha que eu sou capaz de me prestar a isso... por que me embarca num de seus navios?". O outro o encarou, nariz contra nariz, como quem arremedasse uma fantochada. "Porque você é um excelente escrivão, e precisamos de um em cada frota para assentar a Ata de Presas e fazer os inventários com a máxima rapidez, antes que algum tratante ponha as mãos no que pertence à República." E, tomando de uma pena e uma régua, o Comissário traçou seis colunas numa larga folha de papel. "Venha cá", disse, "e não faça essa cara de burro. Você vai manter o Livro de Presas da seguinte maneira: Primeira Coluna: *Produto bruto*; Segunda Coluna: *Produto de vendas e leilões* (quando houver); Terceira Coluna: *5% para os invalidados nos navios*; Quarta Coluna: *15 cêntimos para o caixa dos inválidos*; Quinta Coluna: *Direitos dos capitães corsários*; Sexta Coluna: *Despesas legais para o envio das liquidações* (quando, por alguma razão, for necessário mandá-las por outra esquadra). "Ficou claro?..." Victor Hugues, nesse momento, parecia um bom vendeiro provinciano, entregue à feitura de um balanço de fim de ano. Até no jeito de pegar na pena guardava um pouco do antigo comerciante e padeiro de Port-au-Prince.

Terceiro capítulo

24.

Aproveitam-se.
Goya

Em um vasto júbilo de salvas, bandeiras tricolores, músicas revolucionárias, as pequenas esquadras começaram a deixar o porto de Pointe-à-Pitre. Esteban, depois de se deitar pela última vez com Mademoiselle Athalie Bajazet e de morder-lhe os seios com uma ferocidade que muito devia ao rancor, marcara suas nádegas a tapas — tinha o corpo bonito demais para lhe bater em outras partes —, por espiã e alcaguete, deixando-a gemente, arrependida e, pela primeira vez, quem sabe, realmente apaixonada. Depois o ajudara a se vestir tratando-o de *Mon doux seigneur*, e agora, na popa do brigue, que já deixava para trás a ilhota dos Porcos, o moço fitava a cidade distante com uma deleitosa sensação de alívio. A esquadra de dois pequenos navios e um terceiro maior, no qual lhe cabia navegar, parecia, na verdade, muito frágil, muito pobre para enfrentar os robustos lúgares ingleses ou seus cúteres perigosamente ligeiros por causa de sua boca estreita. Mas isso era preferível a permanecer no mundo cada vez mais demoníaco de um Victor Hugues decidido a agigantar sua própria imagem, ajustando-se à estatura hipostática de quem já era qualificado, em jornais americanos, de "Robespierre das Ilhas"... Esteban respirava profundamente, como se quisesse limpar os pulmões de inalações mefíticas. Agora rumava para o mar, e além do mar, para o Oceano imenso das odisseias e anábases. À medida que a costa sumia na distância, ganhava o mar maiores densidades de azul e entrava-se numa vida regida por seus ritmos. Uma burocracia marinheira se estabelecia a bordo, indo cada qual cuidar de seus afazeres — o despenseiro metido no paiol; ocupado o carpinteiro em trocar os toletes de um escaler, este calafetando, aquele acertando os relógios, afanoso o cozinheiro no empenho de que a merluza trazida para o jantar fosse servida às seis na mesa dos oficiais, e de que a grande sopa de alho-poró, couve-flor e batata passasse às escudelas das mesas comuns antes que as luzes do crepúsculo corassem. Naquela tarde todos se sentiam devolvidos a uma existência normal, a um largo horário cotidiano alheio ao terrível escandir da guilhotina — saídos de uma temporalidade desmesurada para situar-se no imutável e no eterno. Passava-se a viver sem jornais de Paris, sem leituras de alegados e inquisições, sem vozerios contraditórios, de cara para o sol, entregue o homem ao diálogo com os astros, à interrogação da almocântara e da Estrela Polar... Nem bem *L'Ami du Peuple* entrou no verdadeiro mar, apareceu um baleote, cuspindo água com garbo de chafariz, sumindo em seguida pelo susto de achar-se investido por um dos barcos. E nas águas quase violáceas do entardecer, Esteban via esboçada a silhueta do peixe enorme, numa água escurecida por sua sombra, como a imediata metáfora de um animal de outros séculos, perdido em latitudes estranhas havia, talvez, quatrocentos ou quinhentos anos... Durante vários dias, não avistando navio algum, a flotilha — composta de *La Décade* e *Le Tintamarre*, além do brigue — mais parecia entregue a uma viagem de lazer que destinada a uma ação agressiva. Fundeavam numa enseada, amainava-se o velame, e os marujos desciam em terra, uns em busca de lenha, outros de amêijoas — tão numerosas que as achavam a meio palmo sob a areia —, aproveitando a ocasião para preguiçar entre as uvas-bravas ou banhar-se em alguma angra. A claridade, a transparência, o frescor da água, nas primeiras horas da manhã, suscitavam em Esteban uma exaltação física muito semelhante a uma lúcida embriaguez. Retouçando onde dava pé, aprendia a nadar, sem se decidir a voltar para a margem quando era hora de fazê-lo; sentia-se tão feliz, tão envolvido, tão saturado de luz que às vezes, ao voltar a terra firme, tinha o trôpego e vacilante andar de um homem embriagado. Ele chamava esse seu estado de "bebedeira de água", ofertando o corpo nu à ascensão do sol, deitado de bruços na areia, ou de barriga para cima, de pernas e braços abertos, estatelado, com tal expressão de deleite no rosto que parecia um místico bem-aventurado gozando da graça de uma Inefável Visão. Às vezes, animado pelas novas energias que essa vida lhe infundia, empreendia longas explorações dos rochedos, escalando, saltando, chapinhando — maravilhando-se de tudo que descobria entre as rochas. Eram pencas vivas de madréporas, o pomo salpicado e cantante dos cauris, a esbeltez catedralesca de certos caramujos que, por seus cones e agulhas, só podiam ser vistos como criações góticas; o encrespamento rococó dos múrices, a pitagórica espiral do fuso — a dissimulação de muitas conchas que, sob a aparência de gesso pobre, escondiam no fundo uma iluminação de palácio dourado. Erguia o ouriço seus espinhos roxos, fechava-se a ostra arisca, encolhia-se a estrela-do-mar diante do passo humano, enquanto as esponjas, agarradas a algum penhasco submerso, balançavam-se num vaivém de reflexos. Nesse prodigioso Mar das Ilhas, até os seixos do oceano tinham estilo e graça; alguns eram tão perfeitamente redondos que pareciam polidos em tornos de lapidários; outros eram abstratos na forma, mas dançantes de anseios, espichados, sagitados, levitados por uma espécie de impulso brotado da própria matéria. E era a transparente pedra com claridades de alabastro, e a pedra de mármore aviolado, e o granito pontilhado de centelhas que corriam por baixo da água, e a pedra humilde, eriçada de litorinas — cuja carne com sabor de alga o homem tirava do minúsculo caracol verde-negro usando um espinho de nopal. Porque os mais portentosos cactos montavam guarda nos flancos dessas Hespérides sem nome aonde os navios arribavam em sua aventurosa derrota; altos candelabros, panóplias de verdes elmos, caudas de faisões verdes, verdes sabres, moitas verdes, melancias hostis, marmelos rasteiros, com farpas ocultas sob mentirosas lisuras — mundo desconfiado, pronto para machucar, mas sempre rasgado pelo parto de uma flor vermelha ou amarela, oferecida ao homem, depois da estocada, com o insidioso presente do figo-da-índia e da tuna, a cuja polpa se chegava, enfim, desde que se burlasse uma nova barreira de cerdas ardentes. Em contrapartida àquela vegetação armada, coberta de agulhas, que impedia alcançar certas cristas arrematadas por graviolas maduras, eram, embaixo, no mundo do câmbrico, as selvas de corais, com suas texturas de carne, de rendas, de estames, infinitas, e sempre diversas, em suas árvores chamejantes, transmutadas, aurifiscentes, árvores de Alquimia, de tratados herméticos e manuais de magia; urtigas de solos intocáveis, flamíferas heras, arrevesados em contrapontos e ritmos tão ambíguos que toda delimitação entre o inerte e o palpitante, o vegetal e o animal, ficava abolida. A floresta de coral perpetuava, em meio a uma crescente economia de formas geológicas, os primeiros barroquismos da Criação; seus primeiros luxos e esbanjamentos: seus tesouros ocultos onde o homem, para vê-los, teria de arremedar o peixe que já fora antes de ser esculpido na matriz, dando falta das guelras e da cauda que lhe permitiriam escolher aquelas paisagens fastuosas como morada perene. Esteban via nas florestas de coral uma imagem tangível, uma figuração próxima — e tão inacessível, no entanto — do Paraíso Perdido; onde as árvores, ainda mal nomeadas por um Homem-Criança de língua bisonha e vacilante, estariam dotadas da aparente imortalidade dessa flora suntuosa, de ostensório, de sarça ardente, para a qual os outonos e as primaveras só se manifestavam em variações de tonalidades ou sutis deslocamentos de sombras... De surpresa em surpresa, Esteban descobria a pluralidade das praias onde o Mar, três séculos depois do Descobrimento, começava a depositar seus primeiros vidros polidos; vidros inventados na Europa, desconhecidos na América; vidros de garrafas, de frascos, de botijas, cujas formas eram antes ignoradas no Novo Continente; vidros verdes, com bolhas e opacidades; vidros finos destinados a catedrais nascentes, cujas hagiografias teriam sido apagadas pela água; vidros que, caídos de navios, salvados de naufrágios, foram lançados a essa ribeira do oceano como misteriosa novidade, e agora começavam a subir a terra, esmerilhados pelas ondas com caprichos de torneiro e de ourives que devolviam certa luz às tonalidades cansadas. Havia praias negras, feitas de ardósia e mármore pulverizados, onde o sol derramava regatos de fagulhas; praias amarelas de rampas inconstantes, onde cada onda deixava o rastro de seu arabesco, num constante alisar para de novo desenhar; praias brancas, tão brancas, tão esplendorosamente brancas que nelas qualquer areia se pintaria como mancha, porque eram vastos cemitérios de conchas quebradas, roladas, entrechocadas, trituradas — reduzidas a um pó tão fino que escorria das mãos como uma água seca. Era maravilhoso, na multiplicidade daquelas Oceânides, achar a Vida em toda a parte, balbuciante, rebentando, reptando sobre rochas desgastadas ou sobre o tronco viajante, numa permanente confusão entre o que era da planta e o que era do animal; entre o levado, flutuado, trazido e o que agia por impulso próprio. Aqui certos recifes forjavam-se a si mesmos e cresciam; a rocha madurava; o penhasco imerso estava entregue, havia milênios, à tarefa de completar sua própria escultura, num mundo de peixes-vegetais, de cogumelos-medusas, de estrelas carnosas, de plantas errantes, de samambaias que conforme a hora se tingiam de açafrão, de anil ou de púrpura. Sobre as madeiras submersas dos mangues aparecia, de repente, um branco de farinhas polvilhadas. E as farinhas viravam minúsculas folhas de pergaminho, e o pergaminho inchava e endurecia, transformando-se em escamas presas à casca por uma ventosa, até que, uma bela manhã, as ostras se definiam sobre a árvore, vestindo-a de conchas cinza. E eram ostras em penca o que traziam os marujos, tendo colhido os cachos a golpes de facão: maranha de mariscos, rama e ramo, molho de folhas, valvas e esmaltes de sal, que se ofereciam à fome humana como o mais insólito, o mais inefável dos manjares. Nenhum símbolo se ajustava melhor à Ideia de Mar que as anfíbias fêmeas dos mitos antigos, cujas carnes mais suaves se ofereciam à mão do homem na rosada concavidade da concha-rainha, tocada há séculos pelos remadores do Arquipélago, com a boca apertada à buzina para arrancar uma bronca sonoridade de trompa, bramido de touro netuniano, de besta solar, sobre a imensidão do entregue ao Sol... Levado ao universo das simbioses, metido até o pescoço em poços cujas águas eram mantidas em perpétua espuma pela queda de retalhos de ondas, rasgadas, laceradas, rompidas na rocha viva e mordente do dente-de-cão, Esteban maravilhava-se ao observar como a linguagem, nessas ilhas, tivera de recorrer à aglutinação, à amálgama verbal e à metáfora para traduzir a ambiguidade formal de coisas que participavam de várias essências. Assim como certas árvores eram chamadas de "acácia-pulseira", "abacaxi-porcelana", "madeira-costela", "vassoura-dez", "primo-trevo", "pinhão-botija", "tisana-nuvem", "pau-iguana", muitas criaturas marinhas recebiam nomes que, para fixar uma imagem, estabeleciam equívocos verbais, originando uma fantástica zoologia de peixes-cachorro, peixes-lagarto, peixes-tigre, roncadores, sopradores, voadores, rabirruivos, listrados, tatuados, leonados, com a boca no dorso ou a goela no meio do peito, barrigas-brancas, espadartes e peixes-rei; um arrancador de testículos — e sabia-se de mais de um caso verídico —, o outro herbívoro, salpicada de vermelho a moreia dos areeiros, venenoso aquele outro depois de comer frutos da mancenilha, sem esquecer o peixe-velha, o peixe-capitão, com sua rutilante gorjeira de escamas douradas, e o peixe-mulher — o misterioso e fugidio manati, entrevisto na boca dos rios, onde o salgado e o manancial se maridavam, com sua feminina estampa, seus peitos de sereia, agitando os pastos alagados em seu alegre retouçar nupcial. Mas nada se comparava em júbilo, em euritmia, em graça de impulsos às brincadeiras dos golfinhos, lançados fora d'água, a dois, a três, a vinte, ou definindo o arabesco da onda ao sublinhá-lo com a forma disparada. A dois, a três, a vinte, os golfinhos, em volteios combinados, integravam-se à existência da onda, vivendo seus movimentos com tal identidade de pausas, saltos, mergulhos e aquietações, que pareciam levá-la no corpo, imprimindo-lhe tempo e medida, compasso e sequência. E era então um perder-se e um sumir-se em busca de novas aventuras, até que o encontro com outro barco voltasse a alvoroçar aqueles dançantes do mar, que só pareciam saber de piruetas e evoluções tritonescas, ilustrando seus próprios mitos... Às vezes um grande silêncio se fazia sobre as águas, pressentia-se o Acontecimento e aparecia, enorme, lerdo, desusado, um peixe de outras eras, com a cara mal colocada num extremo do maciço, confinado no eterno medo de sua própria lentidão, com o couro coberto de vegetações e parasitas, como casco sem carenar, que mostrava o vasto dorso num fervor de rêmoras, com solenidade de galeão resgatado, de patriarca abissal, de Leviatã trazido à luz, jorrando mares de espuma numa vinda à tona que talvez fosse a segunda desde que o astrolábio chegara àquelas paragens. Abria o monstro seus olhinhos de paquiderme e, ao ver a seu lado uma mísera canoa, voltava a mergulhar na solidão de seus abismos, angustiado e temeroso, a esperar algum outro século para regressar a este mundo cheio de perigos. Findo o Acontecimento, o mar retomava seus afazeres. Encalhavam os hipocampos nas areias cobertas de carcaças de ouriços despojados de seus espinhos, que ao secar se transformavam em pomos geométricos de ordenação tão admirável que poderiam ter sido inscritos numa *Melancolia* de Dürer; acendiam-se as candeias do peixe-papagaio enquanto o peixe-anjo e o peixe-diabo, o peixe-galo e o peixe-de-são-pedro somavam suas entidades de auto sacramental ao Grande Teatro da Devoração Universal, onde todos eram comidos por todos, consubstanciados, imbricados de antemão, dentro da unicidade do fluido... Como as ilhas às vezes eram estreitas, Esteban, para se esquecer do século, atravessava sozinho até a outra banda, onde se sentia dono de tudo: suas eram as conchas com suas músicas de preamar; suas as tartarugas-de-pente, couraçadas de topázios, que escondiam os ovos em buracos que depois tapavam e varriam com as escamosas patas; suas as esplendorosas pedras azuis que rebrilhavam na areia virgem da restinga jamais pisada por um pé humano. Seus eram também os alcatrazes, pouco temerosos do homem por conhecê-lo pouco, que voavam no regaço das ondas com altiva pose de face e papo, antes de se elevarem de repente para cair quase a prumo, com o bico impelido por todo o peso do corpo, as asas recolhidas para cair mais rápido. Erguia a ave sua cabeça em triunfante alarde, corria por seu pescoço o volume da presa, e era então um alegre estremecer das penas caudais, em testemunho de satisfação, de ação de graças, antes de alçar um voo baixo e ondulante, tão paralelo ao movimento do mar como era, sob a superfície, o vertiginoso nadar dos golfinhos. Deitado numa areia tão leve que o menor inseto desenhava nela o rastro de seus passos, Esteban, nu, sozinho no mundo, fitava as nuvens, luminosas, imóveis, tão lentas em mudar de forma que, às vezes, não lhes bastava um dia inteiro para desmanchar um arco do triunfo ou uma cabeça de profeta. Felicidade total, sem lugar nem época. *Te Deum*... Ou então, com o queixo apoiado no frescor de uma folha de uva-brava, abismava-se na contemplação de um caramujo — de apenas um, erguido como monumento que lhe encobrisse o horizonte, à altura do cenho. O caramujo era o Mediador entre o evanescente, o escorrido, a fluidez sem lei nem medida e a terra das cristalizações, estruturas e alternâncias, onde tudo era palpável e avaliável. Da grande Água, submetida a ciclos lunares, inconstante, aberta ou furiosa, enroscada ou desenredada, para sempre avessa ao módulo, ao teorema e à equação, surgiam essas surpreendentes carapaças, símbolos em cifras e proporções exatamente daquilo que faltava à Mãe. Fixação de desenvolvimentos lineares, volutas legisladas, arquiteturas cônicas de maravilhosa precisão, equilíbrios de volumes, arabescos tangíveis que intuíam todos os futuros barroquismos. Contemplando um caramujo — apenas um —, Esteban pensava na presença da Espiral durante milênios e milênios, diante do olhar cotidiano de povos pescadores ainda incapazes de entendê-la ou ao menos perceber a realidade de sua presença. Meditava sobre o pomo do ouriço, a hélice do teredo, as estrias da vieira de Santiago, admirado com aquela Ciência das Formas exposta durante tantíssimo tempo à vista de uma humanidade ainda sem olhos para pensá-la. Quantas coisas haverá ao meu redor já definidas, inscritas, presentes, e que ainda não posso entender? Que signo, que mensagem, que advertência, nos crespos da chicória, no alfabeto dos musgos, na geometria do jambo? Fitar um caramujo. Apenas um. *Te Deum*.

25.

Depois de muito se assustar na primeira faina de combate, indo buscar abrigo no mais fundo do navio — sua indispensável posição de escrivão o autorizava a isso —, Esteban logo percebeu que o ofício de corsário, tal como o entendia o capitão Barthélemy, chefe da flotilha, era, de ordinário, pobre em peripécias. Quando se deparavam com uma embarcação poderosa e bem artilhada, passavam ao largo sem arvorar as cores da República. Quando a presa era possível, barravam-lhe a passagem com as embarcações ligeiras enquanto o brigue dava um tiro de advertência. A bandeira inimiga era arriada sem resistência, em sinal de submissão. Atracavam-se os navios, saltavam os franceses para o outro e punham-se a avaliar a carga. Quando era de pouca monta, tomavam tudo que fosse útil — incluindo o dinheiro e os pertences pessoais da tripulação intimidada — e passavam para *L'Ami du Peuple* os objetos de mais serventia. Depois devolviam o navio ao humilhado capitão, que seguia seu rumo ou voltava ao porto de procedência para reportar sua desventura. Quando a carga era importante e de valor, a instrução era tomá-la com navio e tudo — sobretudo quando o navio era bom — e levá-lo até Pointe-à-Pitre com sua tripulação. Mas essa oportunidade ainda não se apresentara à flotilha de Barthélemy, cujos butins Esteban ia registrando com rigor burocrático. Mais do que cargueiros de verdade, eram balandras e outras embarcações menores o que normalmente sulcava esses mares, em geral levando mercadorias sem interesse. Claro que ninguém saíra de Guadalupe para buscar açúcar, café ou rum, coisas que lá havia de sobra. Mas mesmo nas embarcações mais ruinosas e de pior aspecto os franceses achavam alguma coisa na qual deitar a mão: uma âncora nova, armas, pólvora, ferramentas de carpintaria, cabos, um mapa recente com indicações úteis para contornar a Terra Firme. E ainda havia aquilo que, procurando bem, podia-se descobrir em cofres e cantos escuros. Este achava duas boas camisas e umas calças de nanquim; aquele, uma tabaqueira de ágate ou o cálice engastado de um religioso vindo de Cartagena, a quem ameaçavam atirar no mar se não entregasse "a missa inteira": a cruz e o ostensório, que bem podiam ser de ouro. Tratava-se de um capítulo de pilhagens individuais que escapava à contabilidade de Esteban e que Barthélemy fingia ignorar para não se indispor com seus homens, sabendo que agora, nos conflitos com a marinhagem republicana, o Capitão sempre levava a pior, ainda mais quando, como no caso dele, o oficial havia servido na frota do Rei. Por isso a popa de *L'Ami du Peuple* abrigava agora uma feira de venda e troca, com coisas expostas sobre caixotes ou penduradas em cordas, que os marinheiros de *La Décade* e *Le Tintamarre* costumavam visitar quando a flotilha fundeava em alguma enseada para se abastecer de lenha, levando eles, por sua vez, aquilo que queriam negociar. Entre roupas, gorros, cintos e lenços, apareciam as coisas mais singulares: relicários feitos de carapaça de tartaruga; roupões havaneses de babados espumantes; cascas de nozes que abrigavam todo um casamento de pulgas vestidas à mexicana; peixes embalsamados, com língua de seda carmesim; pequenos jacarés empalhados; demônios mandingueiros de ferro batido; caixas de conchas, pássaros de açúcar-cande; guitarristas de Cuba ou da Venezuela; garrafadas afrodisíacas feitas de erva-garanhão ou do famoso cipó-de-cobra, mais qualquer troféu que se pudesse associar à ideia de mulher: pingentes, colares de contas, anáguas, tangas, mechas de cabelo amarradas com fitas, desenhos de nus, gravuras licenciosas e, para completar, uma boneca vestida de pastora que ocultava sob as saias uma sedosa e bem adereçada natureza, tão perfeitamente executada em minúsculas proporções que era maravilha de se ver. E como o dono da figura pedisse por ela um preço exorbitante, sendo chamado de ladrão por quem não podia comprá-la, Barthélemy, temendo brigas, mandou o sobrecarga do brigue comprar o objeto, pensando em presentear Victor Hugues — muito dado, desde o 9 Termidor, a uma ostensiva leitura de livros licenciosos, talvez para alardear que a política de Paris não mais o interessava... Grande foi a felicidade das tripulações no dia em que, depois de dar caça a um navio português, descobriram que a *Andorinha* estava toda carregada de vinhos, em tal profusão de tintos, verdes e madeira que os porões cheiravam a lagar. Esteban apressou-se a fazer o inventário das barricas postas a salvo da sedenta marinhagem, que já deitara a mão em alguns barris, entornando o conteúdo a grandes goles. Sozinho, num porão umbroso transformado em adega, o escrivão servia a si mesmo, a salvo de rusgas e disputas, num caneco de mogno onde o sabor do mosto casava com o perfume da madeira densa e fresca, de carnoso contato para os lábios. Na França, Esteban aprendera a degustar o velho e nobre sumo, que das tetas de suas vides alimentara a turbulenta e soberba civilização mediterrânea — agora prolongada naquele mediterrâneo Caribe, onde prosseguia a Confusão de Feições iniciada, fazia milênios, no âmbito dos Povos do Mar. Aqui vinham se encontrar, depois de longa dispersão, misturando sotaques e cabeleiras, entregues a renovadoras mestiçagens, os filhos das Tribos Extraviadas, mesclados, entremesclados, descoloridos e tornados a colorir, clareados num dia para anoitecer num salto atrás, numa interminável proliferação de novos perfis, de inflexões e proporções, seguidos pelo vinho que, dos navios fenícios, dos armazéns de Gades, das ânforas de Maarkos Sestios, passara às caravelas do Descobrimento, com a *vihuela* e as castanholas, para aportar nessas margens propiciadoras do transcendental encontro da Oliveira com o Milho. Cheirando o caneco úmido, Esteban evocava agora, com súbita emoção, os tonéis envelhecidos, patriarcais, do comércio havanês — tão distante e afastado de seus rumos atuais —, no qual o isócrono pingar de algumas torneiras tinha o mesmo som que se escutava aqui. De repente, o absurdo de sua vida atual se fez perceptível em tal grau — estava perante um Teatro de Absurdo — que Esteban se debruçou numa amurada, pasmo, os olhos fixos, como que assombrado pela contemplação de sua própria pessoa sobre um palco. Nesses últimos tempos, o mar, a vida física, as peripécias da navegação o mantiveram como esquecido de si mesmo, entregue à pura satisfação animal de se sentir cada vez mais forte e saudável. Mas agora se via ali, na cena de um porão vinário até ontem desconhecido, perguntando-se o que estava fazendo naquele lugar. Procurava um caminho que lhe era negado. Esperava uma oportunidade que não surgiria. Burguês de nascimento, fazia as vezes de Escrivão de Corsários — profissão cujo mero enunciado já era um absurdo. Sem ser prisioneiro, ele na verdade o era, pois seu destino atual o ligava a uma nação de homens combatida por todo o mundo. Nada era tão semelhante a um pesadelo quanto aquele palco, onde contemplava a si mesmo, dormente desperto, juiz e parte, protagonista e espectador, cercado de ilhas semelhantes à única ilha onde não poderia desembarcar, condenado, talvez por uma vida inteira, a sentir os cheiros de sua infância, a encontrar o cenário de sua adolescência em casas, árvores, iluminações peculiares (ah, certos caiados laranja, certas portas azuis, certas romãzeiras insinuando-se sobre um muro!), sem que o mais seu, o que lhe pertencia desde a infância e a adolescência, chegasse a ser-lhe restituído. Uma tarde soara a Aldrava Maior da Casa, tendo início a operação diabólica que começara por transtornar três vidas até então unidas, com jogos que tiravam Licurgo e Múcio Scevola de seus túmulos, antes de espalhar seus tribunais de sangue por uma cidade, uma ilha, várias ilhas, um mar inteiro, onde a vontade de Um Só, executor póstumo de uma Vontade Silenciada, pesava sobre todas as vidas. Desde a aparição de Victor Hugues — a primeira coisa que se soubera dele é que usava um guarda-chuva verde —, o Eu contemplado nesse cenário de barricas e tonéis deixara de pertencer a si mesmo: seu existir, seu devir, eram regidos pela Vontade alheia... Era melhor beber para embotar uma indesejável lucidez, tão exasperante nesses momentos que dava vontade de gritar. Esteban chegou o caneco a uma torneira e o encheu até a borda. Em cima, os homens cantavam em coro as coplas de "Os três canhoneiros de Auvergne".

Desembarcou-se no dia seguinte numa costa deserta e silvosa, onde o piloto de *L'Ami du Peuple* — mestiço de caraíba e negro, nascido em Marie-Galante, cujo conhecimento do âmbito antilhano lhe conferia uma autoridade real — sabia haver porcos-do-mato, para fazer um *bucán** à altura dos vinhos, que seriam postos para esfriar na boca de umas nascentes. Logo se organizou a caçada, e os animais trazidos, ainda conservando nos focinhos uma furiosa contração de javalis encurralados, passaram às mãos dos cozinheiros. Depois de limpá-los de cerdas e couros pretos com escamadores de peixe, estenderam os corpos em grelhas sobre brasas, com o lombo virado para o calor, com as entranhas abertas — mantidas abertas por finas varas de madeira. Sobre as carnes começou a cair uma tênue chuva de suco de limão, laranja-amarga, sal, pimenta, orégano e alho, enquanto um leito de folhas de goiabeira, jogado sobre o borralho, lançava sua fumaça branca, agitada, cheirosa a verde — aspersão de cima, aspersão de baixo — sobre as peles, que ao se tostarem iam ganhando uma cor castanha, rompendo-se às vezes, com um esta-

* Assado rústico à moda dos caraíbas. A palavra, derivada do mesmo étimo tupi que em português originou o termo "moquém", resultou em "bucaneiro", através do francês *boucanier*. (N. T.)

lo seco, numa longa fenda que liberava a gordura, produzindo uma algazarra de fagulhas no fundo da fossa, cuja própria terra já cheirava a chamusca de varrão. E quando faltava pouco para os porcos estarem no ponto, seus ventres abertos foram recheados de codornas, pombas-trocazes, galinholas e outras aves recém-depenadas. Então se retiraram as varas que mantinham as carcaças abertas e estas foram fechadas sobre a volataria, servindo-lhe de fornos flexíveis, apertados contra sua resistência, consubstanciando-se o sabor da carne escura e enxuta com o da carne clara e enxundiosa, num *bucán* que, nas palavras de Esteban, foi "*bucán* dos *bucanes*" — cântico dos cânticos. O vinho correu pelas canecas ao compasso da comilança, em tamanha profusão — com barris abertos a machadadas na bebedeira; barris atirados nos barrancos de cascalho, que acabavam soltando as aduelas ao topar com uma pedra cortante; barris rolados de parte a parte, em combativo desafio, até se partirem; barris estilhaçados, furados à bala, sapateados por um mau bailador de *flamenco*, maricas e meio espanhol, que *La Décade* levava a título de taifeiro por ser amigo da Liberdade — que as tripulações acabaram adormecendo, fartas, mortas, embaixo dos pés de uva-brava ou estateladas nas areias que ainda conservavam o calor do sol... No pesado espreguiçamento do amanhecer, Esteban percebeu que muitos marinheiros tinham se aproximado da água e fitavam os navios, que agora eram cinco — contando a *Andorinha*. O recém-chegado tinha um feitio tão antigo, tão desusado, com aquela carranca estropiada, aquele castelo descascado e sujo, que parecia saído de outros séculos, como um barco de gente que ainda acreditasse que o Atlântico acabava no Mar Tenebroso. Logo um esquife se desprendeu de seus costados ruinosos, levado para a praia por vários negros seminus, que remavam de pé, ao ritmo de um bárbaro canto de canoeiros. O que parecia atuar como chefe saltou em terra fazendo reverências interpretáveis como gestos de amizade, dirigindo-se a um dos cozinheiros negros num dialeto que este, talvez nascido nas terras do calabar, parecia entender um pouco. Ao fim de um gesticulado colóquio, o intérprete explicou que o velho navio era um negreiro espanhol, cuja tripulação fora jogada ao mar pelos escravos amotinados, que agora queriam ser acolhidos sob a proteção dos franceses. Em todas as costas da África já se sabia que a República havia abolido a escravidão em suas colônias da América e que nelas os negros eram cidadãos livres. O capitão Barthélemy estreitou a mão do chefe e lhe entregou uma roseta tricolor, que foi recebida com gritos de alegria pela gente de seu grupo, que a passou de mão em mão. E o esquife começou a trazer outros negros, e mais outros, enquanto os mais impacientes vinham a nado para saber das novidades. E, de repente, sem conseguirem se conter, todos avançaram nas sobras do assado, roendo ossos, devorando vísceras refugadas, chupando gorduras frias para mitigar uma fome de semanas. "Pobre gente", dizia Barthélemy com os olhos marejados. "Só isso já nos redimiria de muitas culpas." Esteban, enternecido, enchia um copo de vinho e o oferecia aos escravos de ontem, que lhe beijavam as mãos. O sobrecarga de *L'Ami du Peuple*, que fora reconhecer o navio entregue, voltou com a notícia de que havia mulheres a bordo, muitas mulheres, escondidas nas cobertas, trêmulas de aflição e de medo, sem saber o que se passava em terra. Barthélemy, prudente, deu ordem de não desembarcá-las. Uma chalupa levou-lhes carne, biscoitos, bananas e um pouco de vinho, enquanto a marinhagem retomava o trabalho da véspera, saindo à caça de novos porcos-do-mato. Amanhã seria dia de voltar a Pointe-à-Pitre com o navio português, as diversas mercadorias tomadas a torto e a direito, a carga de vinhos e aqueles negros que iriam engrossar utilmente as milícias de homens de cor, sempre carentes de braços para as árduas tarefas de fortificação, sobre as quais Victor Hugues firmava seu poderio... No fim da tarde, recomeçou a comilança do dia anterior, mas num clima muito diferente. À medida que o vinho subia às cabeças, os homens pareciam mais interessados na presença das fêmeas, cujos fogareiros ardiam contra as luzes do poente em meio a risadas que se ouviam da praia. Alguns interrogavam os marujos que tinham estado a bordo do navio negreiro, pedindo detalhes. Havia negras bem jovens, e vistosas, e de boa carnadura — pois os traficantes não carregavam velhas, por serem mercadoria invendável. E ao calor da bebida iam vindo à luz os pormenores: *Y'en a avec des fesses comme ça... Y'en a qui sont à poil... Y'en a une, surtout...* De repente, dez, vinte, trinta homens correram para os botes e pegaram a remar para o velho navio, sem fazer caso de Barthélemy, que gritava tentando contê-los. Os negros tinham deixado de comer, pondo-se de pé com inquietas gesticulações. E logo, rodeadas de uma avidez agressiva, chegaram as primeiras negras, chorosas, suplicantes, talvez realmente assustadas, mas submissas aos que as arrastavam para as moitas próximas. Ninguém fazia caso dos oficiais, por mais que estes desembainhassem os sabres... E, em meio ao tumulto, chegavam outras negras, e outras mais, que corriam pela praia, perseguidas pelos marinheiros. Pensando com isto ajudar Barthélemy, que se esgoelava em insultos, ameaças e ordens que ninguém ouvia, os negros, armados de estacas, investiram contra os brancos. Houve uma briga feroz, com corpos que rolavam na areia, sob pisoteios e pontapés; corpos suspensos no ar e atirados no cascalho; gente caída no mar, travada em luta, tentando afogar o outro forçando a cabeça embaixo d'água. Por fim, os negros ficaram encurralados num boqueirão rochoso, enquanto os brancos iam até o negreiro buscar peias e grilhões suficientes para metê-los em ferros. Barthélemy, enojado, voltou para *L'Ami du Peuple*, deixando seus homens entregues à violência e à orgia. Esteban, tomando o cuidado de carregar uma lona úmida para se deitar nela — sabia quão enganadora era a maciez da areia —, levou consigo uma das escravas até uma espécie de berço, atapetado de liquens secos, que descobrira entre os rochedos. Muito jovem, docilmente entregue, preferindo isso a sevícias maiores, a moça suspendeu o pano roto que a cobria. Seus seios de adolescente, com os mamilos largamente pintados de ocre; as coxas, carnudas e firmes, prontas para apertar, erguer-se, ou levar os joelhos até junto dos peitos, ofereciam-se ao homem em tensão e lisura. Por toda a ilha soava um assurdinado concerto de risadas, exclamações, cochichos, sobre o qual às vezes se elevava um vago bramido, semelhante à queixa de um animal doente, oculto em alguma toca próxima. De quando em quando se ouvia o clamor de uma disputa — talvez pela posse de uma mesma mulher. Esteban reencontrava o cheiro, as texturas, os ritmos e ofegos de Quem, numa casa do bairro do Arsenal de Havana, lhe revelara os paroxismos de sua própria carne. Somente uma coisa valia nesta noite: o Sexo. O Sexo entregue a rituais próprios; multiplicado por si mesmo numa liturgia coletiva, desenfreada, ignorante de toda autoridade ou lei... A alvorada coloriu-se num concerto de clarins, e Barthélemy, decidido a impor sua autoridade, ordenou às tripulações que voltassem imediatamente para bordo dos navios. Quem se demorasse na ilha seria abandonado ali. Houve novas porfias com marinheiros que pretendiam conservar suas negras como presas legítimas e pessoais. O capitão da esquadra aplacou-os com a promessa formal de que as mulheres lhes seriam entregues ao chegarem a Pointe-à-Pitre. A alforria só se formalizaria lá, não antes, conforme os trâmites legais de nomeação e inscrição que transformavam os antigos escravos em cidadãos franceses. Negros e negras voltaram para seu navio, e a flotilha tomou o rumo de regresso... Mas, depois de navegarem um pouco, Esteban, cujo senso de orientação se aperfeiçoara muito nos últimos tempos — tendo adquirido ainda algumas noções de navegação —, observou que o rumo seguido pelos barcos não era propriamente o que poderia levá-los até a ilha de Guadalupe. Barthélemy franziu o cenho diante da observação do rapaz. "Guarde bem esse segredo", disse. "O senhor sabe muito bem que não poderei cumprir a promessa que fiz a esses piratas. Abriria um precedente funesto. O Comissário não o toleraria. Estamos a caminho de uma ilha holandesa, onde venderemos o carregamento de negros." Esteban o encarou com espanto, invocando o Decreto da Abolição da Escravatura. O Capitão apanhou uma carta de instruções escritas de próprio punho por Victor Hugues. "A França, em virtude de seus princípios democráticos, não pode exercer o tráfico. Mas os capitães de navios corsários estão autorizados, se julgarem conveniente ou necessário, a vender em portos holandeses os escravos que forem tomados dos ingleses, espanhóis e outros inimigos da República." "Mas isso é infame!", exclamou Esteban. "Abolimos o tráfico para servir de negreiros entre outras nações?" "Eu só cumpro o escrito", replicou Barthélemy secamente. E acrescentou, sentindo-se na obrigação de invocar uma inadmissível jurisprudência: "Vivemos num mundo absurdo. Antes da Revolução, andava por estas ilhas um navio negreiro, pertencente a um armador filósofo, amigo de Jean-Jacques. Sabe qual era o nome desse navio? *O Contrato Social*".

26.

Em poucos meses, o corso revolucionário foi-se transformando num negócio fabulosamente próspero. Cada vez mais audazes em suas investidas, alentados por seus êxitos e lucros, ansiosos de capturas maiores, os capitães de Pointe-à-Pitre se aventuravam cada vez mais longe — em direção à Terra Firme, a Barbados ou às Ilhas Virgens —, sem temer a proximidade das ilhas onde bem podia vir a seu encontro uma esquadra de temível porte. Com o passar dos dias, iam aperfeiçoando suas técnicas. Renovando as antigas tradições corsárias, os marujos preferiam navegar em flotilhas de embarcações miúdas — balandras, cúteres, goletas de bom velame —, fáceis de manobrar e de ocultar, rápidas na fuga, acossadoras na caça, a tripular grandes navios de manobra lenta — alvo fácil para os canhoneiros inimigos, especialmente os britânicos, que, à diferença dos franceses, não seguiam a tática de tentar desarvorar, e sim de atingir a madeira do casco, quando o marulho inclinava as bocas de fogo para baixo, apontando-as contra o mais fácil. Assim, o porto de Pointe-à-Pitre estava repleto de navios novos e em seus armazéns já não havia mais espaço para guardar tantas e tantas mercadorias, tantas e tantas coisas, obrigando a construir galpões à beira dos manguezais que orlavam a cidade para receber o que continuava a chegar todos os dias. Victor Hugues engordara um pouco, mas sem se mostrar menos ativo desde que seu corpo começara a retesar a baeta das casacas. Contra a expectativa de muitos, o Diretório, remoto e atarefado, reconhecendo a eficiência do Comissário em retomar a colônia e defendê-la, acabava de confirmá-lo em seus cargos. Assim, o mandatário constituíra uma espécie de governo unipessoal, autônomo e independente nesta porção do globo, realizando em proporção assombrosa sua inconfessada aspiração de identificar-se com o Incorruptível. Quisera *ser* Robespierre e, a seu modo, *era* um Robespierre. Assim como Robespierre, em outros dias, falara de *seu* governo, de *seu* exército, de *sua* esquadra, Victor Hugues falava agora de *seu* governo, de *seu* exército, de *sua* esquadra. Recuperando a arrogância dos primeiros tempos, o Investido de Poderes atribuía a si mesmo, entre partidas de xadrez e de baralho, o papel de único Continuador da Revolução. Vangloriava-se de não ler mais os jornais de Paris, porque "fediam a patifes". Esteban percebia, porém, que Victor Hugues, muito ufano da prosperidade da ilha e do dinheiro que mandava para a

França sem interrupção, estava reincorporando o espírito de comerciante abastado que se deleita em recontar sua riqueza. Quando seus navios voltavam com boas mercadorias, o Comissário acompanhava o descarregamento, avaliando fardos, barricas, armas e apetrechos, a olho de bom conhecedor. Valendo-se de testas de ferro, abrira uma loja de variedades junto à praça da Vitória, onde exercia o monopólio de certos artigos que só podiam ser adquiridos ali, a preços fixados arbitrariamente. No fim da tarde, Victor nunca deixava de visitar aquele comércio para compulsar os livros, na penumbra de uma sala cheirosa a baunilha, cujas portas em arco, guarnecidas de boas ferragens, davam para duas ruas esquinadas. Também a guilhotina se aburguesara, trabalhando molemente, uma vez a cada cinco dias, acionada pelos assistentes de Monsieur Anse, que consagrava o melhor de seu tempo a completar as coleções do Gabinete de Curiosidades, já muito rico em coleópteros e lepidópteros enobrecidos por imponentes títulos latinos. Tudo ali era caríssimo, mas nunca faltava dinheiro para pagar o que se pedisse naquele mundo de economia fechada, onde os preços subiam sem parar, com uma moeda que entrava e voltava a entrar nos mesmos bolsos, mais valorizada quanto mais recortada, minguada em seu teor de metal por raspagens e limaduras que se percebiam no tato... Numa de suas paradas em Pointe-à-Pitre, Esteban — parecia um mulato, tão queimada estava sua pele — teve a alegria de saber, ainda que tardiamente, da paz assinada entre Espanha e França. Pensou que com isso seriam restabelecidas as comunicações com a Terra Firme, Porto Rico e Havana. Mas qual não foi sua decepção ao ser informado que Victor Hugues se negava a reconhecer o acordo de Basileia. Decidido a continuar capturando navios espanhóis, agora os considerava "suspeitos de fornecer contrabando de guerra para os ingleses", autorizando seus capitães a "apreendê-los" e a decidir, por conta própria, o que se devia entender por contrabando de guerra. Esteban teria de continuar desempenhando sua função na flotilha de Barthélemy, vendo afastar-se a chance de escapar daquele mundo que a vida marítima, intemporal e regida somente pela Lei dos Ventos, tornava cada vez mais alheio. Com o passar dos meses, ia-se resignando a viver o dia de hoje — em dias sem conta —, contentando-se em desfrutar dos pequenos prazeres que lhe podia proporcionar uma jornada de descanso ou de tranquila pescaria. Travara amizade com alguns de seus companheiros de andanças: Barthélemy, que conservava os modos de oficial do Antigo Regime e zelava pelo alinhamento de suas roupas até nos momentos mais conturbados; o Cirurgião Noël, sempre entregue à escritura de um interminável e confuso tratado sobre os vampiros de Praga, as possessas de Loudun e os convulsionários do Cemitério de São Medardo; o magarefe Aquiles, negro da ilha de Tobago, que tocava assombrosas sonatas em caldeirões de diferentes tamanhos; o Cidadão Gilbert, mestre calafate, que recitava longas tiradas de tragédias clássicas com forte sotaque meridional, de tal maneira que os versos, sempre acrescidos de alguma sílaba, não encaixavam no metro alexandrino, ao transformar Brutus em *Brutusse* ou Epaminondas em *Epaminondasse*. De resto, o mundo das Antilhas fascinava o jovem, com seu cambiante jogo de luzes sobre formas variadas, portentosamente variadas, dentro da unidade de um clima e de uma vegetação comuns. Amava a montanhosa Dominica, de verdores profundos, com suas vilas chamadas *Bataille* e *Massacre*, em memória de terríveis episódios, mal narrados pela história. Conhecia as nuvens de Nevis, tão mansamente recostadas sobre suas colinas que, ao vê-las, o Grande Almirante as tomara por impossíveis geleiras. Sonhava um dia escalar o escarpado pico de Santa Lucía, cujo maciço fincado no mar era avistado à distância como um farol edificado por ignotos engenheiros, à espera dos navios que trariam o Santo Lenho no travamento de seus mastros. Suaves e acolhedoras ao homem quando abordadas pelo Sul, as ilhas desse interminável arquipélago tornavam-se abruptas, escabrosas, desgastadas por altas ondas quebradas em espumas, em suas costas erguidas contra os ventos do Norte. Toda uma mitologia de naufrágios, tesouros perdidos, sepulturas sem epitáfio, luzes enganosas acesas em noites de tormenta, nascimentos predestinados — o de Madame de Maintenon, o de um taumaturgo sefardita, o de uma amazona que chegou a rainha de Constantinopla — ligava-se a essas terras cujos nomes Esteban repetia em voz baixa, para saborear a eufonia das palavras: Tórtola, Santa Úrsula, Virgen Gorda, Anegada, Granaditas, Jerusalém Caída... Em certas manhãs o mar amanhecia tão quieto e silencioso que os gemidos isócronos das cordas — tanto mais agudos quanto mais curtas fossem; mais graves quanto mais longas — concertavam-se de tal maneira que, de popa a proa, eram anacruses e tempos fortes, apojaturas e pizicatos, com a bronca suspensão saída de uma harpa de tensos calabrotes, subitamente pulsada por um alísio. Mas, na navegação de hoje, os ventos leves tinham crescido repentinamente, levantando ondas cada vez mais altas e grossas. O mar verde-claro se transformara num mar verde-hera, fosco, cada vez mais sublevado, que passava do verde-verdete ao verde-fumo. Os marujos mais tarimbados farejavam as lufadas, sabendo que traziam um cheiro diferente, com aquele negror de sombra que as atropelava por cima e aquelas bruscas aquietações, chapadas por chuvas mornas, de pingos tão pesados que pareciam de mercúrio. Perto do poente se esboçou a andante coluna de uma tromba-d'água, e os navios, como que puxados a reboque, cortando de crista em crista, dispersaram-se na noite com as lanternas extraviadas... Corria-se agora sobre o descompassado fervor de umas águas levantadas por sua própria volição, que golpeavam de frente, de lado, embatendo no fundo dos cascos, sem que os rápidos adriçamentos conseguidos à força de timão pudessem evitar as arremetidas que varriam o convés de borda a borda, quando não encontravam o navio de popa ao vagalhão; Barthélemy mandou estender cabos de segurança para facilitar as manobras: "Fomos apanhados em cheio", disse, ao comprovar a ascensão da clássica tormenta de outubro, inequívoca em seus avisos, que atingiria seu auge depois da meia-noite. Esteban, apavorado com a impossibilidade de furtar-se à prova de enfrentar uma tempestade, trancou-se em seu camarote e tentou dormir. Mas era impossível conciliar o sono com aquela sensação de reviramento das vísceras que tomava seu corpo nem bem se deitava. O navio penetrara num vasto bramido que corria de horizonte a horizonte, fazendo as madeiras ganirem por todas as tábuas, por todas as cavernas. E as horas se passavam sob a luta que os homens travavam ali em cima, enquanto o brigue parecia derivar a uma velocidade inadmissível, levantado, baixado, arremessado, adernado, penetrando mais e mais nos domínios do furacão. Esteban, sem nem sequer tentar se controlar, estava agarrado à maca, enjoado, tomado de terror, temendo que a água rompesse escotilhas adentro, inundando os porões, forçando as portas... E, de repente, pouco antes do amanhecer, teve a impressão de que o mugido do céu era menos intenso e de que os embates se espaçavam. Acima, no convés, os marinheiros estavam reunidos num grande coro, clamando a plenos pulmões o cântico de Nossa Senhora do Perpétuo Socorro, intercessora dos homens do mar perante a cólera divina. Resgatando oportunamente uma velha tradição francesa, os Corsários da República, em sua aflição, invocavam a Mãe do Redentor para que acabasse de aplacar as ondas e acalmasse o vento. As vozes que tantas vezes haviam soado em maliciosos contrapontos de coplas obscenas rogavam agora, em termos de liturgia, Àquela Que Sem Pecado Concebera. Esteban persignou-se e subiu à ponte. O perigo passara: solitário, sem notícia dos outros navios

— talvez perdidos, talvez afundados —, *L'Ami du Peuple* penetrava num golfo povoado de ilhas.

Povoado de ilhas, mas com a inacreditável particularidade de serem ilhas muito pequenas, como esboços, projetos de ilhas, acumulados ali como se acumulam os estudos, os bosquejos, os moldes parciais de estátuas no ateliê de um escultor. Nenhuma dessas ilhas era semelhante à seguinte e nenhuma era feita da mesma matéria. Umas pareciam de mármore branco, perfeitamente estéreis, monolíticas e lisas, com um quê de busto romano imerso até os ombros; outras eram montes de xistos, paralelamente estriados, em cujos desolados terraços superiores se aferravam, com garras múltiplas, duas ou três árvores de galhadas muito velhas e castigadas — às vezes uma, infinitamente solitária, de tronco branquejado pelo sal do mar, parecia uma imensa alga seca. Algumas estavam tão socavadas pelas ondas que pareciam boiar sem ponto de apoio aparente; outras eram roídas pelos cardos ou arruinadas por seus próprios desmoronamentos. Em seus flancos se abriam grutas, de cujos tetos pendiam cactos gigantes, de ponta-cabeça, com as flores amarelas ou vermelhas alongadas em festões, como estranhos lustres de teatro, servindo de santuário para o enigma de alguma forma rara, geométrica, isolada, montada num pedestal — cilindro, pirâmide, poliedro — a modo de misterioso objeto de veneração, pedra de Meca, emblema pitagórico, materialização de algum culto abstrato. À medida que o brigue adentrava aquele mundo estranho que o piloto nunca vira nem conseguia localizar depois da tremenda deriva da noite anterior, Esteban sentia-se inclinado a exprimir seu assombro diante das coisas postas ali, inventando-lhes nomes: aquela só podia ser a ilha do Anjo, com aquele par de asas abertas, bizantinas, pintadas como em afresco sobre um penhasco; esta era a ilha

Górgone, coroada de serpes verdes, seguida da Esfera Truncada, da Bigorna Encarnada e da ilha Mole, tão completamente coberta de guano e excrementos de alcatrazes que parecia uma massa clara, sem consistência, arrastada pela corrente. Ia-se da Escadaria dos Círios ao Morro-que-parecia-olhar; do Galeão Encalhado ao Alcácer, empenachado de espumas pelas ondas lançadas em átrios demasiado estreitos, transformadas em enormes plumas ao romper para o alto na verticalidade do farelhão. Ia-se da Penha Cenhosa ao Crânio de Cavalo — com pavorosas negruras nos olhos e nas ventas —, passando-se pelas ilhas Andrajosas, rochas tão velhas, tão pobres, tão humildes, que pareciam mendigas cobertas de farrapos, em meio a outras viçosas, reluzentes, ebúrneas — alguns milênios mais jovens. Ia-se da Lapa-Templo, consagrada à adoração de um Triângulo de Diorito, à ilha Condenada, desintegrada pelas raízes de fícus do mar que passavam seus braços por entre as pedras, como cabos que engrossassem ano após ano para provocar o desmoronamento final. Esteban se maravilhava ao perceber que o Golfo Prodigioso era algo assim como um estágio preliminar das Antilhas — um anteprojeto que reunisse, em miniatura, tudo aquilo que, em escala maior, podia ser visto no Arquipélago. Aqui também havia vulcões brotados das águas, mas bastavam cinquenta gaivotas para nevá-los. Aqui também havia Virgens Gordas e Virgens Magras, mas bastavam dez leques-do-mar, crescidos lado a lado, para medir seus corpos... Depois de várias horas de lenta navegação constantemente vigiada pela sonda, o brigue chegou a uma praia cinza, eriçada de postes com grandes redes postas a secar. Avistava-se uma aldeia de pescadores — sete choupanas com beiral comum para recolher os barcos — dominada por um outeiro de seixos onde um espia de gesto pertinaz aguardava a aparição de algum cardume, com a trompa de búzio ao alcance da mão. Ao longe, no extremo de um contraforte, avistava-se um castelo ameado, ciclópico, de perfil sombrio, erguido sobre um paredão de rochas violáceas. "São as Salinas de Araya", disse o piloto para Barthélemy, que deu ordem de virar em roda para fugir do alcance daquela temível fortaleza — obra dos Antonelli, arquitetos militares de Filipe II —, sentinela, havia séculos, do erário espanhol. Esquivando abrolhos, o navio deixou a todo pano o agora bem reconhecido golfo de Santa Fé.

27.

Passaram-se vários meses nessas lides e tarefas. Barthélemy, que só jogava seguro, sem presumir de dragão dos mares, tinha um faro providencial para encontrar a presa mais mal defendida e mais bem carregada. Afora uma feia refrega com um navio dinamarquês, de Altona, cuja tripulação se defendera com brio, negando-se a arriar a bandeira e investindo contra os barcos que atravessavam seu caminho, a flotilha levava uma vida sossegada e próspera, com um escrivão sem estofo de herói, muito dado à leitura, a quem os outros, por troça, convidavam a correr para os porões assim que avistavam uma vela de pescadores. Mas *L'Ami du Peuple*, mantido em constante vaivém, aportando um dia para zarpar no seguinte — pois o demônio do lucro se apossara de seu capitão, instigado pelo exemplo de tantos colegas rapidamente enriquecidos —, já dava sinais de esgotamento. Bastava qualquer mau tempo, que a embarcação se tornava feminina e queixosa, preguiçosa e lerda. Chiava por todas as tábuas. Rebentavam-lhe abscessos de tinta nos mastros e nas amuradas. Seu casco se mostrava sujo e batido. Chegou um momento em que seu conserto foi inadiável, e Esteban então se viu, de repente, numa Guadalupe cujas transformações tinham passado despercebidas a seus olhos durante as breves escalas dos últimos tempos. Pointe-à-

-Pitre tornara-se, de fato, a cidade mais rica da América. Era impensável que a do México, da qual tantas maravilhas se contavam, com seus prateiros e ourives, suas minas de Taxco, suas enormes fiações, tivesse alguma vez alcançado tamanha prosperidade. Aqui o ouro reluzia ao sol num desenfreado correr de luíses turonenses, peças de quatro soldos, guinéus britânicos, moedas portuguesas com as efígies de Dom João V, Dona Maria e Pedro III, enquanto a prata era sopesada no escudo de seis libras, nas piastras filipina e mexicana, além de oito moedas de bolhão recortadas, furadas, desmembradas ao gosto de cada um. Uma vertigem tomara conta dos pequenos comerciantes de ontem, transformados em armadores de corsários, uns pelos próprios meios, outros congregados em sociedades e comanditas. As velhas Companhias das Índias, com suas arcas e cofres, remoçavam neste remoto extremo do Mar do Caribe, onde a Revolução estava fazendo — e bem realmente — a felicidade de muitos. O Registro de Presas ia engrossando seus livros com a enumeração de quinhentas e oitenta embarcações, de todo tipo e procedência, abordadas, saqueadas ou trazidas a reboque. Pouco importava agora o que estivesse acontecendo na França. Guadalupe bastava-se a si mesma, e já era vista com simpatia e inveja por alguns espanhóis do Continente, que recebiam sua literatura de propaganda através das possessões holandesas. E era um portentoso espetáculo o desembarque dos aventureiros quando, voltando de alguma correria afortunada, desciam dos navios e saíam pelas ruas numa coruscante parada. Exibindo amostras de pano da Índia, musselinas laranja e verde, sedas de Mazulipatán, turbantes de Madras, xales de Tonquim e quantas fazendas preciosas pudessem tremular aos olhos das mulheres, ostentavam uma indumentária milagreira, já estabelecida pela moda local, que sobre os pés descalços — ou calçando meias sem sapatos — levava um cambiante desfile de casacas agaloadas, de camisas com o colarinho guarnecido de peles e fitas, sem que faltasse — era questão de honra — o empenachado arremate do chapéu de feltro, de abas meio caídas, enfeitado de plumas tingidas com as cores republicanas. O negro Vulcano ocultava suas chagas sob galas tão ricas que parecia um imperador conduzido em triunfo. O inglês Joseph Murphy, caminhando sobre pernas de pau, tocava seus címbalos no nível dos balcões. Ao desembarcar de seus navios, vitoreados pela multidão, iam todos até o bairro de Morne-à-Cail, onde um companheiro inválido tinha aberto um café, Au Rendez-vous des Sans-Culotte, com uma gaiola de tucanos e *cenzontles** ao lado do balcão e as paredes cobertas de alegorias caricaturescas e desenhos obscenos traçados a carvão. A festa se animava, e durante dois ou três dias havia uma grande farra com profusão de aguardente e de mulheres, enquanto os armadores acompanhavam o descarregamento dos navios, negociando as mercadorias, à medida que elas apareciam, sobre bancas instaladas no cais... Uma tarde, Esteban teve a surpresa de deparar com Victor Hugues no café de Morne-à-Cail, rodeado de capitães, todos falando de coisas sérias, fato insólito naquele lugar. "Sente-se, rapaz, e peça o que quiser...", dissera-lhe o Agente do Diretório, que, promovido a esse cargo pouco tempo atrás, não devia estar muito bem-parado, a julgar por seu discurso, dito no tom de quem busca demais a aprovação dos outros. Repisando detalhes e números, citando trechos de informes mais ou menos oficiais, acusava os norte-americanos de venderem armas e navios para os ingleses, na intenção de expulsar a França de suas colônias na América, esquecendo-se do muito que haviam feito por eles. "O mero nome de 'americano' ", bradava, repetindo o que escrevera num libelo recente,

*Ou *sinsonte*: pássaro da América Central e do Caribe, semelhante ao sabiá-do-campo, apreciado pelo canto melodioso e pela facilidade com que imita o de outras aves. (N. T.)

"aqui só inspira desprezo e horror. O americano tornou-se reacionário, inimigo de todo ideal de liberdade, depois de enganar o mundo com suas farsas puritanas. Os Estados Unidos estão empedernidos num nacionalismo orgulhoso, inimigo de tudo que possa ameaçar seu poderio. Os mesmos homens que fizeram sua independência renegam, agora, daquilo que os fez grandes. Deveríamos lembrar a essa pérfida gente que, sem nós, sem o sangue e o dinheiro que lhes oferecemos generosamente para que eles pudessem alcançar sua independência, George Washington teria sido enforcado como traidor." O Agente se vangloriava de ter escrito para o Diretório, instando-o a declarar guerra contra os Estados Unidos. Mas as respostas haviam revelado uma lamentável ignorância da realidade, com conselhos de prudência, que logo viraram gritos de alarme e chamadas à ordem. A culpa — dizia Victor — era dos militares de carreira, como Pelardy, que ele expulsara da colônia depois de violentos atritos, por se meterem em assuntos que não lhes diziam respeito, e que agora conspiravam contra ele em Paris. Invocava o êxito de suas iniciativas, a depuração da Ilha, a prosperidade reinante. "Quanto a mim, continuarei hostilizando os Estados Unidos. O interesse da França assim o exige", concluiu, com a agressiva firmeza de quem pretende calar de antemão qualquer réplica. Era evidente, pensava Esteban, que quem até agora governara com autoridade absoluta começava a sentir a seu redor a presença poderosa de homens agigantados pela glória e pela fortuna. Antoine Fuet, marujo de Narbonne, a quem Victor confiara o comando de um reluzente navio de mastreação à americana, com casco de mogno revestido de cobre, era agora um herói de epopeia, aclamado pelas multidões, depois que metralhara uma nau portuguesa carregando os canhões com moedas de ouro, à falta de outros projéteis. Mais tarde, os cirurgiões do *Sans-Pareil* trabalharam sobre mortos e feridos, recuperando, a ponta de escalpelo, o dinheiro alojado em seus corpos e entranhas. E era esse Antoine Fuet — vulgo "Capitão Moeda" — quem ousava vedar ao Agente, por ser autoridade civil e não militar, a admissão num clube que os capitães tinham aberto numa igreja chamada, por troça, "du Palais-Royal", cujos jardins e dependências ocupavam todo um quarteirão da cidade. E Esteban soube então, com estupor, que a maçonaria havia renascido, pujante e ativa, entre os corsários franceses. Tinham sua Loja no Palais-Royal, onde agora se reerguiam as Colunas Jachim e Boaz. Pelo efêmero atalho do Ser Supremo, voltara-se ao Grande Arquiteto — à Acácia e ao malhete de Hiram-Abi. Ali eram mestres e cavaleiros os capitães Laffite, Pierre Gros, Mathieu Goy, Christophe Chollet, o renegado Joseph Murphy, Langlois-perna-de-pau, e até um mestiço chamado Petreas-o-Mulato, no seio de uma Tradição recuperada graças ao zelo dos irmãos Modeste e Antoine Fuet. Então, longe dos fuzis de cano cortado usados nas abordagens, soavam, nas cerimônias de iniciação, as nobres espadas do ritual, brandidas por mãos que tinham esgaravatado na carne de cadáveres para recuperar moedas enegrecidas por um sangue já pegajoso... "Toda essa confusão", pensava Esteban, "deve-se à falta que eles sentem do Crucifixo. Não se pode ser toureiro nem corsário sem ter um Templo onde dar graças a Alguém por ainda continuar com vida. Logo, logo vão aparecer os ex-votos para a Virgem do Perpétuo Socorro." E alegrou-se intimamente ao observar que algumas forças soterradas começavam a minar o poderio de Victor Hugues. Operava-se nele o processo de inversão afetiva que leva a desejar a humilhação ou a queda de seres antes admirados, quando se tornam demasiado orgulhosos ou arrogantes. Olhou para o tablado da guilhotina, sempre erguido em seu lugar. Enojado de si mesmo, sucumbiu à tentação de pensar que a Máquina, agora menos ativa, ficando às vezes encapada durante semanas, já aguardava o Investido de

Poderes. Não seria a primeira vez. "Sou um crápula", disse à meia-voz. "Se eu fosse cristão, iria me confessar."

Dias depois, houve uma grande agitação no bairro do porto, vale dizer, na cidade inteira. O capitão Christophe Chollet, de quem não se tinham notícias fazia dois meses, voltava com sua gente sob um estrondo de salvas, seguido de nove embarcações tomadas nas águas de Barbados, depois de um combate naval. Eram de bandeira espanhola, inglesa, norte-americana, e um dos últimos trazia a estranha carga de uma companhia de ópera, com músicos, partituras e cenários. Tratava-se da trupe de Monsieur Faucompré, potente tenor que, fazia alguns anos, levava o *Ricardo Coração de Leão* de Grétry de Cap-Français a Havana e a Nova Orleans, como parte de um repertório que incluía ainda *Zémire et Azor*, *La Serva Padrona*, *La Belle Arsène* e outras óperas de grande efeito, às vezes embelezadas com primores de maquinismos, espelhos mágicos e cenas de tempestade. Agora, o propósito de levar a arte lírica a Caracas e outras cidades da América — onde as companhias menores, pouco dispendiosas em seus traslados, começavam a obter grandes lucros — terminava em Pointe-à-Pitre, povoação sem teatros. Mas Monsieur Faucompré, que além de artista era empresário, ciente da nova riqueza da colônia, estava muito satisfeito de ter ido parar ali, passado o susto de uma abordagem na qual tivera a presença de espírito de apoiar seus compatriotas, dando-lhes orientações úteis escudado atrás de uma escotilha. Franceses eram os de sua companhia, entre franceses se encontravam, e então o cantor, acostumado a enaltecer os colonos monarquistas com a ária de *Oh Richard! Oh mon roi!*, logo se bandeara para o novo sentimento revolucionário, vozeando *O despertar do povo* erguido no castelo da nau capitânia, para regalo da tripulação, com suspensões que faziam vibrar — como comprovara o sobrecarga — as taças da sala dos oficiais. Junto com Faucompré vinham Madame Villeneuve, cujo versátil talento se adaptava, se necessário, tanto ao papel de pastora ingênua como ao de mãe de Gracos ou rainha infortunada, e as Demoiselles Montmousset e Jeandevert, louras e tagarelas, magníficas em tudo que tivesse o estilo de Paisiello e Cimarosa. E lá ficaram esquecidos os navios tomados em valoroso combate, ofuscados pelo desembarque da companhia, cujas mulheres ostentavam vistosos trajes conformes à última moda, moda ainda ignorada em Guadalupe, onde pouco se sabia de chapéus esvoaçantes, de sandálias à grega e de túnicas quase transparentes, cinturadas sob os seios, que embelezavam os corpos ajustando-se a sua silhueta — com aqueles baús repletos de roupas tão aparatosas quanto ressuadas, com as colunas e os tronos carregados sobre os ombros, e o cravo concertante levado até a sede de governo num carro de mulas, com o cuidado que se teria em transportar a Arca da Aliança. O Teatro chegava à cidade sem teatros, e como se devia fazer teatro, foram tomadas as devidas providências... Como o estrado da guilhotina podia servir de bom palco, a Máquina foi levada até um quintal vizinho e deixada em poder das galinhas, que empoleiraram seu sono nos montantes. As tábuas foram lavadas e escovadas para que não ficasse nenhum rastro de sangue, e, depois de estenderem uma lona entre duas árvores, começaram os ensaios de uma obra preferida dentre todo o repertório, tanto por sua fama universal como pelo conteúdo de certas canções prenunciadoras do espírito revolucionário: *O adivinho da aldeia*, de Jean-Jacques. Como os músicos que vinham com Monsieur Faucompré eram poucos, tentou-se engrossar o conjunto com instrumentistas emprestados da banda de Caçadores Bascos. Mas, em face da pouca ciência daquela gente empenhada em executar sua parte galhardamente com cinco compassos de atraso, o diretor da companhia preferiu prescindir de seus serviços, ficando o acompanhamento a cargo do teclado, de umas poucas madeiras e dos imprescindíveis violinos que Monsieur Anse tratara de adestrar. E houve sessão de gala, uma noite, na praça da Vitória. Noite de gala em que, de repente, aflorou todo o novo-riquismo da colônia. Depois que a "gentinha" tomou as margens da área reservada à "gente de bem", separada da plebe por cordas forradas de veludo azul com laços tricolores, apareceram os capitães, numa profusão de dragonas, condecorações, faixas e fitas, acompanhados de suas *dudus*, cobertas de brincos, pulseiras e gargantilhas, consteladas de pedras boas e pedras más, pratas mexicanas e pérolas da ilha Margarita, até o limite da ostentação. Esteban chegou com uma Mademoiselle Athalie Bajazet radiante e transfigurada, cintilando de lantejoulas, nua em pelo sob uma túnica grega, conforme a última moda. Victor Hugues e seus funcionários, na primeira fila, rodeados de mulheres piedosas e solícitas, providenciavam seu abastecimento de bandejas de ponche e vinhos sem se voltarem para as últimas filas, onde se apinhavam as mães das concubinas afortunadas: obesas, quartudas, de seios enormes, inapresentáveis, ostentando vestidos fora de moda, trabalhosamente ajustados a sua transbordante corpulência, a poder de retalhos e ensanchas. Esteban reparou que Victor franzia o cenho ao ver que a chegada de Antoine Fuet era saudada com uma ovação, mas nesse instante soou a Abertura, e Madame Villeneuve, silenciando aplausos, atacou a ária de Colette:

J'ai perdu tout mon bonheur,
J'ai perdu mon serviteur,
Colin me délaisse...

Apareceu o Adivinho com empolada pronúncia de Estrasburgo, e a ação prosseguiu em meio ao deleite geral, todos muito esquecidos do deleite que, havia não muito tempo, nesse mesmo lugar, fora proporcionado por outra novidade, a ação da guilhotina. O público, muito rápido em fisgar alusões de passagem, soube aplaudir as estrofes com algum conteúdo revolucionário, que o personagem de Colin, interpretado por Monsieur Faucompré, tratava de indicar com afanosos acenos dirigidos ao Agente do Diretório e aos oficiais e capitães acompanhados de suas amantes.

Je vais revoir ma charmante maîtresse,
Adieu châteaux, grandeurs, richesses...

Que de seigneurs d'importance
Voudraient avoir sa foi;
Malgré toute leur puissance
Ils sont moins heureux que moi.

E no Final soou tamanho clamor de entusiasmo que, diante da insaciável exigência do público, foi preciso repeti-lo cinco vezes:

A la ville on fait bien plus de fracas.
Mais sont-ils aussi gais dans leurs ébats?
Toujours contents
Toujours chantant,
Beauté sans fard,
Plaisir sans arts,
Tous leurs concerts valent-ils nos musettes?

E o arremate foi uma festa, com hinos revolucionários cantados a plenos pulmões por Monsieur Faucompré, vestido de *sans-culotte*, seguido de um grande sarau no Palácio do Governo, onde se brindou com vinho das melhores cepas. Victor Hugues fazendo pouco-caso das solicitudes de Madame Villeneuve, cuja beleza madura evocava as Ledas fastuosas da pintura flamenga, entregava-se a íntimos colóquios com uma mestiça martinicana, Marie-Anne Angélique Jacquin, à qual parecia estranhamente apegado desde que, sentindo-se rodeado de intrigas, precisava talvez sentir o calor humano que, como Mandatário, pretendera desdenhar. Nessa noite, o homem sem amigos mostrou-se amável com todos. Quando passava por trás de Esteban, pousava a mão em seu ombro, com gesto paternal. Pouco antes do amanhecer, recolheu-se a seus aposentos, enquanto Modeste Fuet e o comissionado Lebas — homem de confiança do Agente, que alguns, talvez infundadamente, suspeitavam ser espião do Diretório — escapavam para os arredores da cidade na companhia das belas Montmousset e Jeandevert. O jovem escrivão, já bem bêbado, voltou para sua pensão por ruas escuras, divertindo-se em ver como Mademoiselle Athalie Bajazet, depois de tirar as sandálias à antiga, arregaçava a túnica grega até a metade das coxas para atravessar as poças deixadas pela chuva do dia anterior. Por fim, cada vez mais alarmada com os respingos de lama, tirou o vestido pelo alto e o levou atravessado sobre os ombros. "Faz muito calor", disse, a modo de desculpa, matando a tapas os mosquitos que picavam suas nádegas. Atrás soavam as tardias marteladas dos trabalhadores desmontando o cenário da ópera.

28.

Em 7 de julho de 1798 — para certos fatos não valiam as cronologias do Calendário Republicano —, os Estados Unidos declararam guerra à França nos mares da América. Foi como um trovão que retumbasse em todas as chancelarias da Europa. Mas a próspera, voluptuosa e ensanguentada ilha de Nossa Senhora de Guadalupe ignorou por muito tempo uma notícia que tinha de atravessar duas vezes o Atlântico até aportar em suas costas. Cada qual continuava levando sua vida, queixando-se dia após dia de um verão que, naquele ano, se revelava particularmente quente. Parte dos rebanhos morreu vitimada por uma epidemia; houve um eclipse lunar; a banda do Batalhão de Caçadores Bascos deu alguns concertos na praça e ocorreram alguns incêndios nos campos estorricados por um sol demasiado forte. Victor Hugues sabia que o despeitado general Pelardy fazia de tudo para desacreditá-lo perante o Diretório, mas o Agente, passadas as angústias de outros dias, já se considerava insubstituível em seu cargo. "Enquanto eu puder mandar seu quinhão de ouro a esses senhores", dizia, "vão me deixar em paz." Em Pointe-à-Pitre corria o boato de que a fortuna pessoal de Victor Hugues passava de um milhão de libras. Falava-se de seu possível casamento com Marie-Anne Angélique Jacquin. Foi então que, instigado por uma crescente avidez de riquezas, o Agente criou uma agência por meio da qual passava a monopolizar a administração dos bens dos emigrados, das finanças públicas, do armamento dos corsários e dos direitos de alfândega. A iniciativa desatou uma grande tormenta, por prejudicar diretamente uma multidão de pessoas até então favorecidas pelo governo. Nas praças, nas ruas, comentou-se a arbitrariedade da medida, tanto que foi preciso reinstalar a guilhotina, abrindo-se um novo, ainda que breve, período de terror, como oportuna advertência. Os enriquecidos, os favorecidos, os funcionários prevaricadores, os usufrutuários de propriedades abandonadas pelos donos tiveram que engolir seus protestos. Behemoth tornava-se comerciante, rodeado de balanças, pesos e romanas, que a todo momento avaliavam o montante do tragado por seus armazéns. Quando se soube da declaração de guerra dos Estados Unidos, os mesmos que haviam saqueado veleiros norte-americanos culparam Victor Hugues pelo que agora lhes parecia um desastre, que podia ter consequências catastróficas para a colônia.

Como a notícia demorara muito a chegar, era bem possível que a ilha, já cercada de navios inimigos, fosse atacada ainda hoje, nesta mesma tarde, quem sabe amanhã. Falava-se de uma poderosa esquadra saída de Boston, de um desembarque de tropas na Basse-Terre, de um iminente bloqueio... Esse era o clima de inquietação e ansiedade quando, uma tarde, o coche que Victor Hugues usava em seus passeios pelos arredores da cidade parou em frente à oficina dos Lœuillet, onde Esteban estava revisando umas provas. "Largue isso", gritou-lhe o Agente por uma janela. "Acompanhe-me até Le Gozier." Durante o trajeto, falaram de coisas sem importância. Chegando à enseada, o Agente fez o moço subir num bote e, tirando a casaca, remou até a ilhota. Já na praia, sentou-se comodamente, abriu uma garrafa de sidra inglesa e começou a falar, em tom pausado. "Estão me expulsando daqui. É isso mesmo: estão me expulsando. Os senhores do Diretório pretendem que eu vá até Paris prestar contas da minha administração. E não é tudo: já está a caminho um chefete, o general Desfourneaux, para ocupar o meu lugar, enquanto o infame do Pelardy volta triunfalmente na qualidade de Comandante das Forças Armadas." Recostou-se na areia, fitando o céu, que começava a escurecer. "Só falta eu entregar o poder. Ainda tenho gente do meu lado." "Você vai declarar guerra contra a França?", perguntou Esteban, que, depois do ocorrido com os Estados Unidos, esperava qualquer temeridade de Victor. "Contra a França, não. Talvez contra seu governo imundo." Seguiu-se um longo silêncio, durante o qual o moço se perguntou por que o Agente, tão pouco dado a se abrir, o escolhera para desabafar uma notícia ainda ignorada por todos — notícia catastrófica para quem nunca sofrera um grave revés em sua carreira. A voz do outro tornou a ouvir-se: "Não há mais razão para você ficar em Guadalupe. Vou lhe dar um salvo-conduto para Caiena. De lá vai poder passar para o Suriname. Em Paramaribo há navios norte-americanos e espanhóis.

Você vai ver como logo se arranja". Esteban reprimiu a explosão de alegria temendo cair numa cilada, como já lhe acontecera. Mas desta vez tudo estava claro. O homem deposto explicava que, fazia muito tempo, vinha ajudando mais de um deportado de Sinnamary e de Kourou com remessas de remédios, dinheiro e mercadorias. Esteban sabia que alguns dos máximos protagonistas da Revolução viviam confinados na Guiana, mas eram informações vagas e confusas, pois em muitos casos se falava em nomes de "deportados" que pouco depois apareciam assinando artigos na imprensa parisiense. Ignorava o destino de Collot d'Herbois na América. De Billaud-Varennes ouvira dizer que criava papagaios em algum lugar perto de Caiena. "Acabei de saber que esse Diretório de merda proibiu qualquer envio para Billaud a partir da França. Querem matar o homem de fome e de miséria", disse Victor. "Billaud não foi um dos que traíram o Incorruptível?", perguntou Esteban. O outro arregaçou as mangas para coçar a brotoeja que lhe avermelhava os antebraços: "Não é hora de recriminar um homem que foi um grande revolucionário. Billaud cometeu seus erros, erros de patriota. Não vou deixar que o matem de miséria". Nas atuais circunstâncias, porém, não convinha que o tomassem por protetor de um antigo membro do Comitê de Salvação Pública. O que estava lhe pedindo, em troca de sua libertação, era que embarcasse no dia seguinte a bordo de *La Vénus de Médicis*, goleta que zarparia rumo a Caiena com um carregamento de vinhos e farinha, para fazer chegar uma vultosa soma em dinheiro às mãos do amigo caído em desgraça. "Lá chegando, tenha cuidado com Jeannet, o Agente do Diretório na Guiana. Tem uma inveja doentia de mim. Tenta me imitar em tudo, mas fica na caricatura. Um cretino. Estive a ponto de declarar guerra contra ele." Esteban observava que Victor, sempre de aparência saudável, tinha a pele amarelada, de má cor. Seu ventre já se avolumava a olhos vistos sob a camisa mal abotoada.

"Bom, *petiot*", disse com repentina ternura, "vou meter esse Desfourneaux na cadeia, assim que ele chegar. Vamos ver o que acontece. Sua grande aventura acabou. Agora você pode voltar para casa; para o armazém de sua gente. É um bom negócio; cuide bem dele. Não sei o que você pensa de mim. Talvez que sou um monstro. Mas lembre-se de que, em certas épocas, não há lugar para homens sensíveis." Apanhou um punhado de areia e a deixou correr de uma mão para outra, como entre as ampolas de uma ampulheta. "A Revolução está desmoronando. Já não tenho onde me agarrar. Não acredito em nada." A noite caía. Tornaram a atravessar a enseada e, voltando ao coche, foram até a sede de governo. Victor apanhou uns envelopes e vários pacotes lacrados: "Isto é seu salvo-conduto, e dinheiro para você. Isto é para Billaud. Esta carta é para Sofia. Boa viagem... *emigrado*". Esteban abraçou o Agente com repentino carinho. "Por que diabos você se meteu na política?", perguntou, recordando os dias em que o outro ainda não tinha abdicado de sua liberdade no exercício de um poder que, no final das contas, se transformara numa trágica servidão. "Talvez porque nasci padeiro", disse Victor. "É provável que, se os negros não tivessem incendiado minha padaria naquela noite, o Congresso dos Estados Unidos não se reunisse para declarar guerra à França. Se *o nariz de Cleópatra*... quem foi que disse isso?..." Quando se viu novamente na rua, a caminho da pensão, Esteban teve a sensação de viver no futuro provocada pela iminência das grandes mudanças. Sentia-se estranhamente desligado do ambiente... Tudo que lhe era conhecido e habitual tornava-se estranho a sua própria vida. Parou diante da Loja dos Corsários, sabendo que a contemplava pela última vez. Entrou numa taberna para se despedir de sua presença naquele lugar, a sós diante de um copo de aguardente com limão e noz-moscada. O balcão, os barris, o vaivém das mulatas do serviço já eram coisas do passado. Rompiam-se os nexos. O exotismo retornava àquele trópico dentro do qual, por tanto tempo, ele estivera integrado. Na praça da Vitória, os ajudantes de Monsieur Anse trabalhavam na desmontagem da guilhotina. A Máquina encerrara, nesta ilha, seu terrível trabalho. O reluzente e acerado curtamão, pendurado pelo Investido de Poderes no alto de seus montantes, voltava agora para sua caixa. Retirava-se a Porta Estreita pela qual tanta gente passara da luz à noite sem regresso. O Instrumento, único a ter chegado à América como braço secular da Liberdade, enferrujava agora entre a sucata de algum armazém. Às vésperas de sua cartada final, Victor Hugues escamoteava o artefato que ele mesmo erigira em necessidade primordial, junto com a imprensa e as armas, talvez escolhendo para si mesmo uma morte na qual o homem, em supremo gesto de orgulho, pudesse contemplar-se no próprio morrer.

Quarto capítulo

29.

As Camas da Morte.
Goya

Quando Esteban — cansado de andar da Porta de Remire à praça de Armas e da rua do Porto à Porta de Remire — sentou num fradépio de esquina, desalentado pelo que via, sentiu-se como se tivesse caído no asilo de loucos de *The Rake's Progress*. Tudo nesta cidade-ilha de Caiena parecia-lhe inverossímil, desajustado, fora de lugar. Era verdade, então, o que tinha ouvido a bordo de *La Vénus de Médicis*. As freiras de Saint-Paul-de-Chartres, encarregadas do hospital, caminhavam pelas ruas vestindo os hábitos de sua ordem, como se nada tivesse acontecido na França, velando pela saúde de revolucionários que não podiam prescindir de seus serviços. Os soldados da guarnição da cidade eram — sabe-se lá por quê — todos alsacianos, de fala pastosa, tão inadaptados ao clima que viviam com o rosto sempre coberto de erupções e furúnculos. Vários negros, dos que agora se diziam livres, eram expostos sobre um estrado, com os tornozelos presos por argolas a uma barra de ferro, por escarmento de alguma vadiagem. Embora existisse um asilo de leprosos na ilha Malingre, muitos moribundos vagavam à vontade, mostrando pesadelos físicos para arrancar esmolas. A milícia de cor era um mostruário de frangalhos; as pessoas estavam como que ensebadas; todos os brancos de certa condição pareciam mal-humorados. Depois de conhecer a elegância das guadalupanas, Esteban não parava de se espantar com o despudor das negras que andavam por toda a parte de peito nu até a cintura — o que não era muito agradável aos olhos quando se tratava de velhas com a boca cheia de mascas de fumo. Havia, ainda, uma nova presença: a do índio de aspecto selvagem que vinha para a cidade em suas pirogas para vender goiabas, cipós medicinais, orquídeas ou ervas de cozimento. Alguns traziam suas mulheres para prostituí-las nos fossos do forte, à sombra do paiol ou atrás da igreja fechada de Saint-Sauveur. Viam-se rostos tatuados e besuntados com tinturas esquisitas. E o mais estranho era que, apesar de um sol que doía nos olhos, realçando os exotismos do quadro, aquela babel multicolorida, de aparência pitoresca, era um mundo triste, opressivo, onde tudo parecia diluir-se em sombras de água-forte. Uma Árvore da Liberdade, plantada em frente ao edifício feio e descascado que servia de sede de governo, tinha secado por falta de rega. Num casarão de muitas varandas estava instalado um Clube Político fundado pelos funcionários da Colônia; mas ninguém ali tinha energia para repetir os discursos de outrora, tendo transformado aquele lugar numa tavolagem permanente, onde se carteava ao pé do mascavado retrato do Incorruptível que ninguém queria dar-se ao trabalho de retirar, apesar dos insistentes pedidos do Agente do Diretório, porque estava fortemente pregado na parede pelos cantos da moldura. Quem dispunha de bens ou prebendas administrativas tinha por única distração beber e empanturrar-se, reunindo-se em intermináveis comilanças que começavam ao meio-dia e se prolongavam até a noite. Mas em tudo se sentia falta da animação, do cambiante rodado das saias, das novas modas, que tanto alegravam as ruas de Pointe-à-Pitre. Os homens usavam trajes puídos, herdados do Antigo Regime, suando tanto em suas casacas de grossas baetas, que sempre estavam molhadas nas costas e nas axilas. Suas esposas usavam saias e adereços semelhantes àqueles que, em Paris, caracterizavam as aldeãs dos coros de ópera. Não havia uma residência bonita, uma taberna divertida, uma paragem agradável. Tudo era medíocre e uniforme. Onde parecia ter existido um Jardim Botânico, só se via agora um matagal hediondo, lixeira e latrina pública, revolvido por cachorros sarnentos. Olhando para o Continente, advertia-se a proximidade de uma vegetação cerrada, hostil, muito mais intransponível que os muros de uma prisão. Esteban sentia uma espécie de vertigem ao pensar que a floresta que começava ali era a mesma que se estendia, sem descanso nem clareiras, até as margens do Orenoco e as margens do Amazonas; até a Venezuela dos espanhóis; até a lagoa Parima; até o remotíssimo Peru. Tudo que era amável no trópico de Guadalupe tornava-se agressivo, impenetrável, arrevesado e duro, com árvores de enorme estatura que se devoravam umas às outras, enredadas pelos cipós, roídas pelos parasitas. Para quem vinha de lugares tão belamente chamados Le Lamentin, Le Moule, Pigeon, os simples nomes próprios Maroni, Oiapoque, Approuague tinham uma sonoridade desagradável, mordente, anúncio de pântanos, inundações brutais, pragas implacáveis... Esteban foi com os oficiais de *La Vénus de Médicis* apresentar seus respeitos a Jeannet, entregando-lhe uma carta de Victor Hugues, que foi lida com um descaso quase ostensivo. O Agente Particular do Diretório na Guiana — impossível acreditar que com aquela pinta pudesse ser primo de Danton — tinha uma aparência repulsiva, com a pele esverdeada por uma doença hepática e sem o braço esquerdo, que tivera de ser amputado em consequência de umas mordidas de porco. Esteban soube que Billaud-Varennes fora relegado para Sinnamary, assim como a massa de deportados franceses — muitos deles confinados em Kourou ou em Conamama —, todos proibidos de entrar na cidade. Lá — dizia Jeannet — eles dispunham de muitas terras aráveis e de todo o necessário para, com o maior decoro, purgar suas faltas cumprindo as penas impostas pelos vários governos revolucionários. "Muitos sacerdotes refratários?", perguntou Esteban. "Há de tudo", respondeu o Agente, com calculada indiferença, "deputados, emigrados, jornalistas, magistrados, sábios, poetas, padres franceses e belgas." Esteban julgou inoportuno demonstrar curiosidade pelo paradeiro exato de certas pessoas. O capitão de *La Vénus de Médicis* o aconselhara a enviar a encomenda para Billaud-Varennes por intermédio de terceiros. E, à espera de consegui-lo, o jovem se hospedou na pousada de um certo Hauguard, a melhor de Caiena, onde se ofereciam bons vinhos e comida passável.

"Aqui a guilhotina nunca funcionou", dizia Hauguard, enquanto as negras Angesse e Scholastique, depois de recolher os pratos, iam buscar uma garrafa de tafiá. "Mas o que temos é talvez pior, porque mais vale morrer de um só golpe do que ir definhando aos poucos." E explicava a Esteban como se devia interpretar aquela história de "muitas terras aráveis", apresentada por Jeannet como a providência dos deportados. Se em Sinnamary, onde estava Billaud, a vida era miserável, mas um pouco amenizada pela proximidade de um engenho de açúcar e algumas fazendas mais ou menos prósperas, os simples nomes de Kourou, de Conamama e de Iracubo eram sinônimos de morte lenta. Confinados em áreas escolhidas de maneira arbitrária, sem autorização para deixá-las, os deportados se amontoavam em barracos imundos, nove ou dez em cada um, os sãos misturados com os doentes, como nos navios-prisão, em terrenos alagadiços, impróprios para qualquer cultivo, passando fome e necessidade — privados dos medicamentos mais indispensáveis, só recebendo, quando muito, a panaceia de um pouco de aguardente, das mãos de algum cirurgião mandado pelo Agente do Diretório em visita de inspeção oficial. "Chamam isso de 'guilhotina seca'", dizia Hauguard. "Triste realidade, sem dúvida", disse Esteban. "Mas aqui vieram parar não poucos fuziladores de Lyon, acusadores públicos, assassinos políticos; gente que chegou a colocar os corpos dos guilhotinados em posições obscenas ao pé dos patíbulos." "Justos e pecadores andam misturados", disse Hauguard espantando as moscas com um abano. O moço já ia perguntar por Billaud, quando um velho maltrapilho, nimbado por um forte bafo de aguardente, aproximou-se da mesa, bradando que todas as calamidades que se abatessem sobre os franceses eram mais do que merecidas. "Deixe o hóspede sossegado", disse Hauguard, revelando algum respeito pelo velho corpulento, cuja figura, apesar da miséria, não deixava de ter certa majestade. "Éramos como patriarcas bíblicos, rodeados de prole e de rebanhos, donos de granjas e de eiras", dizia o intruso com um sotaque antigo, carregado e arrastado, que Esteban ouvia pela primeira vez. "Nossas eram as terras de Prée-des-Bourques, de Pont-des-Bouts, de Fort-Royal e tantas outras sem igual neste mundo, porque nossa piedade, nossa grande piedade, atraiu sobre elas a graça de Deus." Persignou-se lentamente, com um gesto tão esquecido nessa época que a Esteban pareceu o cúmulo da originalidade. "Éramos os acadianos da Nova Escócia, súditos tão fiéis do Rei da França que por quarenta anos nos negamos a assinar um infame papel onde devíamos reconhecer como soberanos aquela gorda da Ana Stuart e um Rei George, que o Maldito há de ter no fogo de suas mansões. E por isso adveio a Grande Desordem. Um dia os soldados ingleses nos expulsaram de nossas casas, tomaram nossos cavalos e nosso gado, saquearam nossas arcas, e fomos deportados em massa para Boston ou, o que era pior, para a Carolina do Sul ou a Virgínia, onde fomos tratados pior que negros. Mas apesar da miséria e do ódio dos protestantes e do desprezo de todos os que nos viam andar pelas ruas como mendigos, continuávamos a louvar nossos Senhores: o que reina nos Céus e o que, de pai para filho, reina na Terra. E como a Acádia não voltava a ser o que fora quando eram nossos arados abençoados pelo Altíssimo, cem vezes nos ofereceram a restituição de nossas terras em troca da submissão à Coroa Britânica. E cem vezes a recusamos, senhor. Por fim, quando já estávamos dizimados, depois de muito nos coçarmos com a telha de Jó e de jazer entre cinzas, fomos resgatados pelas frotas da França. E chegamos ao nosso longínquo país, senhor, certos de estarmos salvos. Mas nos dispersaram em terras más e não ouviram nossos apelos. E dizíamos: 'A culpa não é do bom Rei, que deve ignorar nossas misérias presentes e não pode imaginar o que foi a Acádia dos nossos pais'. E alguns, como eu, foram trazidos à Guiana, onde o chão fala uma linguagem desconhecida. Homens do abeto e do bordo, da azinheira e da bétula, de repente nos vimos aqui, onde tudo que brota e rebrota é criatura maligna; onde a lavoura de hoje é malograda, numa noite, por obra do Diabo. Aqui, senhor, a presença do Diabo se manifesta na impossibilidade de estabelecer uma ordem. O que se faz reto sai curvo e o que deveria ser curvo sai reto. O sol, que era vida e alegria em nossa Acádia, depois do degelo da primavera, é maldição às margens do Maroni. O que na Acádia servia para medrar as messes aqui é flagelo que afoga e apodrece as messes. Mas eu tinha o orgulho de não ter abjurado da minha fidelidade ao Rei da França. Estava entre franceses, que pelo menos nos olhavam com respeito, por termos pertencido a um povo livre como nenhum outro e que, no entanto, preferiu a ruína, o desterro e a morte a faltar com sua fidelidade... Eram nossas, senhor, as terras de Prée-des-Bourques, de Pont-des-Bouts, de Grand-Prée. E um dia vocês, franceses", e o bêbado esmurrava a mesa com nodosos punhos, "ousaram decapitar nosso Rei, provocando a Segunda Grande Desordem, que haveria de nos despojar do decoro e da dignidade. Eu me vi tratado de 'suspeito', de inimigo de não sei quê, de contra não sei quê, eu, que venho sofrendo há mais de sessenta anos por não querer ser nada além de francês; eu, que perdi minhas terras e vi morrer minha mulher de mau parto, no fundo de um navio-prisão, por não renegar da minha pátria nem da minha fé... Os únicos franceses que restam no mundo, senhor, são os acadianos. Os outros viraram uns anarquistas sem obediência a Deus nem a ninguém, que sonham em acabar misturados com os lapões, os mouros e os tártaros." O velho apanhou uma garrafa de tafiá e, despejando uma enorme talagada na goela, desabou sobre umas sacas de farinha, onde adormeceu de bruços, resmungando sobre as árvores que nesta terra não vingavam... "É verdade que eles foram grandes franceses", disse Hauguard. "O problema é que continuam vivos numa época que não é a deles. São como gente de outro mundo." E Esteban pensava no absurdo do encontro, na Guiana, desses acadianos convencidos da imutável grandeza de um regime contemplado em suas pompas e alegorias, retratos e símbolos, com outros homens que, de tanto conhecerem as debilidades desse mesmo regime, tinham consagrado a vida à tarefa de destruí-lo. Eram os Mártires pela Distância, que nunca entenderiam os Mártires pela Proximidade. Quem nunca vira um Trono o imaginava monumental e sem fissuras. Quem o tivera diante dos olhos conhecia suas rachaduras e desdouros... "Que será que os anjos pensam de Deus?", disse Esteban, com uma pergunta que Hauguard deve ter achado o cúmulo da incoerência. "Que é um reverendo patife", respondeu o outro, rindo. "Se bem que Collot d'Herbois, nos seus últimos dias de vida, só fez pedir a ajuda dele." E então Esteban soube qual tinha sido o lamentável fim do fuzilador de Lyon. Ao chegar a Caiena, fora acolhido no hospital das freiras, junto com Billaud, ocupando, por uma cruel coincidência, um quarto chamado "Sala de São Luís" — ele, que pedira a execução sumária e impreterível do último dos Luíses. Desde o início se entregara desenfreadamente à bebida, rabiscando pelas tabernas desconexos fragmentos de uma História Verídica da Revolução. Nas noites de bebedeira, chorava sua desventura, sua solidão neste inferno, com trejeitos e arrancos de ator velho que exasperavam o austero Billaud. "Você não está no palco", gritava-lhe. "Pelo menos conserve a dignidade, pensando que, assim como eu, você cumpriu com seu dever." Ao chegar tardiamente à colônia, o eco da reação termidoriana incitara os negros contra os antigos membros do Comitê de Salvação Pública. Não podiam sair às ruas sem ser objeto de insultos e escárnio. "Se eu pudesse voltar atrás", dizia Billaud entre dentes, "não daria a liberdade a homens que não sabem o preço de alcançá-la; revogaria o Decreto de 16 Pluvioso do Ano II." ("Grande orgulho para Victor foi trazê-lo à América", pensava Esteban.) Jeannet expulsou Collot da cidade, confinando-o em Kourou. Lá, entregue ao álcool, o Bom Pai Gérard vagava pelos caminhos, com a casaca rota e os bolsos cheios de papéis sujos, interpelando as pessoas, dormindo em qualquer buraco, armando escândalo nas tascas onde não lhe vendiam fiado. Uma noite, talvez pensando que se tratava de aguardente, bebeu uma garrafa inteira de medicamento. Meio envenenado, foi despachado para Caiena por um agente de saúde. Mas os negros incumbidos de seu traslado o abandonaram no caminho, tratando-o de assassino de Deus e dos homens. Consumido por uma insolação, foi levado ao Hospital das Freiras de Saint-Paul-de-Chartres, onde lhe coube jazer, pela segunda vez, na Sala de São Luís. Pôs-se a chamar pelo Senhor e pela Virgem, aos brados, implorando o perdão de suas culpas. Seus gritos eram tamanhos que um guarda alsaciano, enfurecido por esse arrependimento tardio, lembrou-lhe que, um mês antes, ele ainda o induzira a blasfemar o santo nome da Mãe de Deus, dizendo-lhe, além disso, que a história de Santa Odília não passava de uma patranha inventada para enganar o povo. Agora Collot clamava por um confessor, rápido, o quanto antes, soluçante e convulso, gemendo que tinha as entranhas em fogo, que a febre o devorava, que já não haveria salvação para ele. Por fim rolou ao chão e se foi num vômito de sangue. Jeannet soube de sua morte enquanto jogava bilhar com alguns funcionários. "Que o enterrem. Não merece mais honras que um cachorro", disse, sem largar o taco embicado para uma boa carambola. Mas no dia do sepultamento, um alegre estrépito de tambores tomara conta da cidade. Os negros, bem informados de que alguma coisa tinha mudado na França, resolveram celebrar, ainda que com atraso, seu Carnaval de Epifania, esquecido durante os anos do ateísmo oficial. Desde bem cedo se fantasiaram de Reis e Rainhas da África, de diabos, feiticeiros, generais e bufões, saindo às ruas com cabaças, chocalhos e qualquer coisa que pudesse ser batida ou sacudida em homenagem a Melquior, Gaspar e Baltasar. Os coveiros, cujos pés se agitavam com impaciência ao compasso do som distante, cavaram às pressas uma cova exígua, onde forçaram o caixão de tábuas rachadas, com o tampo meio solto. Ao meio-dia, enquanto se dançava por toda a parte, apareceram vários porcos, dos escuros, pelados, orelhudos; dos de focinho pontudo e fome insaciável, que fuçaram na sepultura e acharam boa carne atrás da madeira que já cedera sob o peso da terra. Começou então a imunda rapina do corpo bulido, empurrado, revolvido pela avidez das bestas. Uma delas ficou com uma das mãos, que estalava crocante como bolotas entre seus dentes. Outras avançaram no rosto, no pescoço, nos lombos. E os abutres, que já esperavam empoleirados nos muros do cemitério, deram cabo do resto. E assim terminou a história de Jean-

-Marie Collot d'Herbois sob o sol da Guiana. "Morte digna de um filho da puta", disse o velho acadiano, que, sentado numa saca de farinha, escutara o final da história coçando as sarnas.

30.

Esteban precisou de poucos dias para constatar que Victor Hugues fora muito otimista ao dizer que a viagem de Caiena a Paramaribo seria, naquelas circunstâncias, uma empresa fácil. Jeannet, invejoso da prosperidade de Guadalupe, também tinha seus corsários: pequenos patrões rapinantes, sem a pose nem a estatura de um Antoine Fuet, que assaltavam qualquer embarcação solitária ou perdida, justificando o nome de "Guerra dos Salteadores" com que os norte-americanos já se referiam à ação marítima dos franceses no Caribe. E, para fazer dinheiro, Jeannet vendia para o Suriname, a qualquer preço, o que essa gente lhe trazia. Por isso ele só dava a homens de sua confiança, sócios de seus negócios, os salvo-condutos necessários para passar a terras holandesas. Explicava seu rigor afirmando que assim evitava a fuga de deportados — como as que haviam ocorrido meses antes, graças à cumplicidade de inimigos do regime. Em Caiena, de resto, o povo não gostava de caras novas. Todo forasteiro era visto, de saída, como um possível espião do Diretório. Se Esteban ainda não chamara a atenção, era porque pensavam tratar-se de mais um tripulante de *La Vénus de Médicis*, que continuava ancorada à espera de carregamento. Mas chegaria o dia de zarpar, e então não teria como evitar o regresso a Pointe-à-Pitre, talvez já assolada por uma guerra civil ou pela máquina inquisitorial do Terror Branco. O jovem, só de pensar nisso, tinha uma sensação de desmoronamento interior. Seu pulso disparava em surdo embate e alguma coisa desabava no meio de seu peito, deixando-o sem ar. Um medo desconhecido tomava conta dele, habitando-o como uma doença. Já não conseguia dormir uma noite inteira. Acordava, pouco depois de deitar, com impressão de que tudo o oprimia: as paredes estavam ali para cercá-lo; o teto baixo, para rarefazer o ar que respirava; a casa era um calabouço; a ilha, uma prisão; o mar e a floresta, muros de espessura incomensurável. As luzes do amanhecer proporcionavam um certo alívio. Levantava-se cheio de coragem, pensando que hoje aconteceria alguma coisa, que algum fato imprevisto lhe abriria os caminhos. Mas, à medida que o dia ia passando sem novidades, era tomado de uma desesperança que, ao crepúsculo, o deixava sem ânimo e sem forças. Largava-se na cama e ficava tão imóvel — pétreo, incapaz de qualquer gesto, como se o corpo lhe pesasse imensamente — que a negra Angesse, julgando-o debilitado por um acesso de febre intermitente, despejava-lhe na boca colheradas de vinho quinado para reanimá-lo. Então era assaltado pelo terror da solidão e, descendo à sala de jantar da pousada, mendigava a companhia de qualquer um — Hauguard, um bebedor jovial, o acadiano de bíblicas reminiscências... — para embotar-se falando... Nisso, soube-se que Jeannet fora afastado pelo Diretório e substituído por um novo agente, Burnel, que — segundo se dizia — nutria grande estima por Billaud-Varennes. A notícia foi recebida com horror pelos funcionários da colônia. Temerosos de que os confinados de Sinnamary denunciassem abusos e malversações, trataram de enviar remédios e mantimentos aos de maior timbre e renome, cujas acusações poderiam chegar aos ouvidos do novo mandatário. Mas o fato, o estranho fato, era que os últimos jacobinos, perseguidos na França, estavam levantando a cabeça na América, inexplicavelmente favorecidos pela concessão de poderes e por nomeações oficiais. De repente se estabelecia um tráfego intenso entre Caiena, Kourou e Sinnamary, que Esteban julgou oportuno aproveitar para se desfazer dos volumes e das cartas que Victor Hugues lhe confiara. Nada o impedia de destruir o conteúdo dos pacotes de lona nem de se apoderar dos valores contidos nas caixas lacradas que completavam a encomenda. Fazendo isso, ele se livraria de uma bagagem sempre comprometedora numa época de devassas policiais, sem ter de prestar contas por sua feia ação — menos feia, é verdade, agora que a situação do Máximo Deportado mudara de figura. Além disso, Billaud-Varennes era um personagem que lhe inspirava uma profunda aversão. Mas Esteban, de tanto frequentar os meios revolucionários, tornara-se supersticioso. Acreditava que certos alardes de saúde ou boa fortuna atraíam a doença ou a desgraça. Acreditava que o destino era sempre cruel com os que confiavam demais na sorte. E, acima de tudo, acreditava que o não cumprimento de um encargo ou, em certos casos, a simples negativa de ajudar alguém em dificuldades podia provocar um estancamento de energias ou correntes favoráveis à própria pessoa, culpável de egoísmo ou descaso perante uma Força Desconhecida, julgadora de todos os atos. Vendo que não acharia um meio, nem sequer romanesco, de ir até Paramaribo, pensou que as circunstâncias poderiam virar a seu favor se pusesse empenho em cumprir o encargo de Victor Hugues. À falta de outro confidente, abriu-se com Hauguard, homem acostumado a lidar com gente da mais variada laia, que ia de suas panelas a suas negras sem perder o sono por coisas de política. Através dele soube que, enquanto Collot d'Herbois fora objeto do desprezo geral, por causa de seu alcoolismo, de suas lamúrias de histrião fracassado, de suas covardias finais, Billaud sentia-se rodeado de um ódio que, longe de intimidá-lo, tinha o poder de estimular um orgulho impressionante até mesmo aos olhos daqueles que, por indireta ou esquecida ordem dele, sofriam os rigores da deportação. Em meio a tantos desenganados e arrependidos, a tantos derrotados e amargurados, o Implacável de ontem negava-se a qualquer claudicação, solitário e arredio, uma peça maciça, afirmando que, se a História, recuando num salto, voltasse a colocá-lo diante das contingências vividas, agiria exatamente igual. Era verdade que criava papagaios e cacatuas, mas para poder dizer, com sarcasmo, que seus pássaros, assim como os povos, repetiam tudo que lhes ensinasse... Esteban preferiria evitar a viagem a Sinnamary, entregando a encomenda a alguma pessoa de confiança, conhecida do hospedeiro. Para sua grande surpresa, Hauguard aconselhou-o a falar com a Superiora das Freiras de Saint-Paul-de-Chartres, que Billaud-Varennes prezava muito, chamando-a de "mui respeitável irmã", desde que tratara dele durante uma grave doença, contraída pouco depois de chegar à colônia... No dia seguinte, o jovem foi conduzido até uma pequena sala do hospital, onde estacou, atônito, diante de um grande crucifixo pendurado defronte a uma janela aberta para o mar. Entre quatro paredes brancas, caiadas, tendo dois bancos por únicos móveis, um de couro peludo, outro de crinas trançadas — matéria do Boi, matéria do Asno —, o diálogo entre o Oceano e a Figura adquiria um pateticismo sustentado e perene, situado fora de qualquer circunstância e lugar. Tudo que se podia dizer do Homem e de seu Mundo, tudo que coubesse entre Luzes, Engendros e Trevas estava dito — para sempre dito — no que mediava entre uma enxuta geometria de madeira negra e a imensidão fluida e Una da placenta universal, com aquele Corpo Interposto, em transe de agonia e renascer... Fazia tanto tempo que Esteban não se encontrava com um Cristo, que agora tinha a impressão de cometer um ato intimamente fraudulento ao olhá-lo, de muito perto, como quem reencontrasse um velho conhecido, retornado sem permissão das autoridades a uma pátria comum, de onde tivesse sido desterrado. Para começar, aquele personagem fora testemunha e confidente de sua infância; ainda estava presente à cabeceira de cada uma das camas da remota casa paterna, onde se esperava o regresso de um Ausente.

Depois, era a recordação de tantas coisas que os dois sabiam. Nem precisavam de palavras para falar de certa fuga para o Egito e da famosa noite no estábulo, com tantos reis e pastores (e eu me lembro agora da caixa de música com sua pastora, trazida ao meu quarto por aqueles Reis numa Epifania particularmente dolorosa por causa da doença), e dos mercadores que vendiam bugigangas nos portais do templo, e dos pescadores do lago (eu os achava tão parecidos com outros, maltrapilhos e barbudos, que apregoavam lulas frescas na minha cidade), e de tempestades aplacadas, e dos verdes ramos de um Domingo (Sofia sempre me trazia os que ganhava das clarissas: eram de folha de palmeira real, macia e acre; permaneciam úmidas durante vários dias, trançadas nos ferros da minha cama), e também do máximo pleito, e da sentença e do encravamento. "Quanto tempo eu aguentaria?", perguntava-se Esteban, desde pequeno, ao pensar que um prego varando a palma da mão não devia doer tanto assim. E fizera a experiência, mil vezes, picando-se com um lápis, com uma agulha de bordar, com o bico de uma almotolia, forçando a ponta, afundando-a, sem grande sofrimento. Com os pés, a prova devia ser mais difícil, sem dúvida, por causa da grossura. Era possível, no entanto, que a crucificação não fosse o pior dos suplícios inventados pelo homem. Mas a Cruz era uma Âncora e era uma Árvore, e era preciso que o Filho de Deus sofresse sua agonia sobre a forma que simbolizava ao mesmo tempo a Terra e a Água — a madeira e o mar, cujo eterno colóquio Esteban surpreendera, naquela manhã, na saleta do hospital. Desviado de suas reflexões intemporais por um toque de corneta lançado do alto da fortaleza, passou bruscamente a pensar que a fragilidade da Revolução, que tanto estremecia o mundo com o clamor de um novo *Dies Iræ*, residia em sua falta de deuses válidos. O Ser Supremo era um deus sem história. Não surgira um Moisés com estatura suficiente para escutar as palavras da Sarça Ardente e mediar uma Aliança entre o Eterno e as tribos de sua predileção. Não se tornara carne nem habitara entre nós. As cerimônias celebradas em sua honra careciam de Sacralidade; careciam da continuidade de propósitos, da inquebrantabilidade perante o contingente e imediato que incluía, numa trajetória de séculos, o Lapidado de Jerusalém junto com os quarenta Mártires da Capadócia; o Arqueiro Sebastião, o Pastor Irineu, os doutores Agostinho, Anselmo e Tomás, junto com o moderno Filipe de Jesus, mártir das Filipinas, por cuja influência vários santuários mexicanos eram adornados com Cristos achinesados, feitos de fibra de cana-de-açúcar, com texturas tão próprias da pele que a mão, ao tocá-los, recuava ante a ilusão de um palpitar ainda vivo na ferida de Lança — única Lança de tal modo tingida — que se abria no flanco... Sem necessidade de rezar, pois não tinha fé, Esteban apreciava a companhia do crucificado, sentindo-se restituído a um ambiente familiar. Aquele Deus lhe pertencia por herança e por direito; podia renegá-lo, mas formava parte do patrimônio dos seres de sua raça. "Bom dia", disse-lhe jovialmente, a meia-voz. "Bom dia", respondeu, atrás dele, a voz mansa da Superiora. Esteban, sem maiores preâmbulos, expôs o motivo de sua visita. "Vá a Sinnamary como nosso emissário", disse a religiosa, "e, lá, procure o Abade Brottier, a quem pode confiar suas encomendas. É o único amigo firme que o senhor Billaud-Varennes tem nesta colônia..." "Decididamente", pensou Esteban, "acontecem coisas muito estranhas por aqui."

31.

De fato, as deportações haviam transformado Sinnamary num lugar estranhíssimo, com algo de irreal e de fantástico, dentro da sórdida realidade de suas misérias e purulências. Em meio a uma vegetação das origens do mundo, aquilo era como um Estado Antigo assolado pela peste, transitado por enterros, cujos homens, se vistos por um Hogarth, teriam se perpetuado na caricatura de seus antigos ofícios e funções. Ali estavam os Sacerdotes, com seus livros proibidos novamente trazidos à luz, que agora celebravam missas na Catedral da Selva: uma maloca, cujo salão comum tinha um quê de nave gótica, com seus empinados vigamentos sustentando um alto teto de folhas de palmeira. Ali estavam os Deputados, sempre divididos, polemistas, cismáticos, invocando a História, citando textos clássicos, donos da Ágora que era um terreiro aos fundos de uma taberna, pegado a uns chiqueiros entre cujas cercas os porcos tiravam o focinho quando as discussões se acaloravam. Ali estava o Exército, representado pelo inacreditável Pichegru — Pichegru era um personagem que, para Esteban, não encaixava com o personagem guianense —, que dava ordens a batalhões de espectros, esquecendo que um Oceano o separava de seus soldados. E no meio de todos, taciturno, odiado como um Atrida, estava o Tirano de outros dias, ao qual ninguém dirigia a palavra, surdo, ausente, indiferente ao ódio que sua presença despertava. As crianças paravam ao ver passar o ex-Presidente dos Jacobinos, ex-Presidente da Convenção, ex-membro do Comitê de Salvação Pública: o homem que aprovara as matanças de Lyon, de Nantes, de Arras, signatário das Leis de Prairial, conselheiro de Fouquier-Tinville, que não vacilara em pedir a morte de Saint-Just, de Couthon e do próprio Robespierre, depois de empurrar Danton para o cadafalso — tudo o qual, no entanto, não era nada, para os negros de Caiena, perto do matricídio que para eles significava a decapitação de uma Rainha que, em sua imaginação, fora Rainha de uma coisa tão enorme como a Europa. E, fato insólito, todo aquele passado de tragédia, vivido no maior palco do mundo, conferia a Billaud-Varennes uma aterradora majestade — um poder de fascinação sobre as pessoas que mais o detestavam. Enquanto outros que poderiam ser tidos por seus amigos o evitavam ostensivamente, na casa dele apareciam, de repente, alegando os mais insólitos pretextos, um maltrapilho pároco bretão, um antigo girondino, um fazendeiro arruinado pela libertação de escravos ou um fino abade de espírito enciclopédico como esse Brottier, a cuja porta Esteban estava batendo agora, depois de uma tediosa viagem de goleta ao largo de uma costa baixa, coberta de marismas e manguezais. Quem lhe abriu a porta foi um granjeiro suíço de inflamado nariz de bebedor de vinho branco, chamado Sieger, que estava esperando pelo Abade: "Foi assistir a vários moribundos", disse. "Justo agora que o desgraçado do Jeannet resolveu mandar remédios, grãos e anis, os deportados começaram a morrer às dúzias. Quando Burnel chegar, isto aqui vai ser um imenso cemitério, como Iracubo." Esteban soube, então, que Billaud estava tão certo da proteção do novo Agente do Diretório que já se preparava para ocupar algum cargo importante na colônia, redigindo — enquanto esperava sua hora — um programa de reformas administrativas. Carrancudo, impassível, aquele Orestes passeava pelos arredores de Sinnamary, nas horas do entardecer, conservando uma correção indumentária que contrastava singularmente com o crescente desmazelo dos outros deportados, cujos meses de sofrimento podiam ser contados, à simples vista, pelo grau de miséria e abandono de suas roupas. Os recém-chegados se mostravam encouraçados de dignidade, agigantados pelo Traje, num mundo de seres encurvados e nus. Rodeado de implorantes e derrotados, levantava o Magistrado sua cabeça, proclamando que logo estaria em Paris, julgando e castigando seus inimigos; ostentava seus paramentos o Chefe Militar em desgraça, falando de "seus" oficiais, "seus" infantes e canhões. Sentia-se Representante do Povo quem deixara de sê-lo para sempre; compunha peças satíricas e cantos vingadores o Autor esquecido, que até seus próprios parentes davam por morto. Todos se dedicavam a escrever Memórias, Apologias, Histórias da Revolução, incontáveis Teorias do Estado, cujos manuscritos eram lidos em coro, à sombra de uma alfarroba ou de um bambuzal. Essa exibição de orgulho, ressentimento e despeito, em meio à selva tropical, adquiria a feição de uma nova Dança Macabra, em que cada qual, ostentando Graus e Dignidades, já estava emprazado pela fome, pela doença e pela morte. Este confiava na amizade de uma alta personalidade; aquele, na tenacidade de um advogado; aquele outro, na iminente revisão de "seu caso". Mas, de volta a suas choças, viam os próprios pés carcomidos por insetos que lhes socavavam as unhas, e a cada manhã despertavam com novas chagas, abscessos e sarnas. No início era sempre igual: enquanto conservavam alguma energia, os homens da nova fornada constituíam sociedades rousseaunianas, dividindo tarefas, impondo horários e disciplinas — citando as *Geórgicas* para encorajar-se. Consertava-se a choça vagada com a morte de seus últimos moradores; ia-se buscar lenha e água, enquanto outros se dedicavam a desmatar, lavrar e semear. Contando com a ajuda da caça e da pesca, calculavam resistir até a primeira colheita. E como o Magistrado não podia sujar sua única casaca, nem o Chefe Militar aviltar seu uniforme, passavam a cobrir-se com panos grosseiros, com sacos de estamenha, logo manchados por resinas e seivas vegetais que desafiavam qualquer barrela. Todos adquiriam um aspecto de camponeses, ao jeito das pinturas de Le Nain, com as barbas hirsutas e os olhos cada vez mais fundos. A Morte, diligente e laboriosa, já trabalhava no quadro de suas lavouras, ajudando a capinar, a enxadear a terra, a lançar as sementes no sulco. E começava este a ter febres; aquele a vomitar bile verde; aquele outro a sentir o ventre inchado, o estômago revolto. Enquanto isso, o mato invadia e tornava a invadir a terra desmatada, cujas plantas eram devoradas, logo ao brotar, por mil espécies de bichos. E já eram mendigos macilentos os que ainda teimavam em arrancar alguma coisa do chão, quando rebentavam umas chuvas tão densas e furiosas, que um dia se amanhecia nos casebres com água quase pelos joelhos, em meio a rios transbordados, a terrenos totalmente alagados. Esse era o momento escolhido pelos negros para lançar seus malefícios contra os improvisados colonos, que consideravam intrusos, arbitrariamente instalados em terras cuja posse reclamavam para si próprios. A cada despertar, o Magistrado, o Chefe Militar, o Representante do Povo viam-se ameaçados por coisas estranhas, tão horripilantes quanto indecifráveis; uma caveira de boi com os chifres pintados de vermelho, fincada diante da choça; ou eram cabaças cheias de ossinhos, grãos de milho e limalha de ferro; ou eram pedras em forma de rostos, com conchas incrustadas a modo de olhos e dentes. Havia seixos envoltos em panos ensanguentados; galinhas pretas penduradas no batente, pelos pés; ou então mechas de cabelo humano, presas à porta com um prego — um prego ignorado, onde cada prego tinha seu preço, cravado pouco antes, sem que ninguém tivesse ouvido uma só martelada. Uma atmosfera de malefícios envolvia os deportados, sob as nuvens negras que pareciam comprimir os tetos. Alguns, para se tranquilizar, recordavam as bruxas da Bretanha ou os feiticeiros de Poiou, mas nem assim conseguiam conciliar um bom sono, ao se saberem rondados, vigiados, visitados por oficiantes noturnos que nunca deixavam rastros e se valiam de sinais misteriosos para afirmar sua presença. Roídos por uma traça invisível, o uniforme do Chefe Militar, a casaca do Magistrado, a última camisa do Tribuno um belo dia desmanchavam nas mãos, em frangalhos. Isso quando uma cascavel escondida no mato não resolvia as coisas com a rapidez de seu implacável bote lançado pela potente mola da cauda. Em poucos meses, o soberbo Magistrado, o presumido Chefe Militar, o Tribuno de outros tempos, o Representante do Povo, o Sacerdote refratário, o Acusador Público, o Policial-das-

-denúncias, o Influente-de-outrora, o Advogado-dos-arranjos, o Monarquista Renegado e o Babouvista empenhado em abolir a propriedade privada, todos estavam reduzidos a coisas lamentáveis, cobertas de andrajos, que se arrastavam para uma cova de barro frio, cuja cruz e cujo nome seriam varridos pelas primeiras grandes chuvas. E como se tudo isso não bastasse, rasava estes campos de aniquilação o voo rapinante dos ínfimos funcionários coloniais, traficantes da miséria que, em troca do envio de uma carta, da promessa de trazer um médico, de arranjar remédios, aguardente ou alimento, levavam uma aliança, uma joia, um medalhão de família — algum pertence defendido até a agonia como último esteio para achar uma razão de viver.

A noite já ia caindo quando Sieger, cansado de esperar, propôs a Esteban que fossem até a casa do Detestado, onde era provável que se encontrasse o Abade Brottier. Até agora, Esteban não se interessara em ver o famosíssimo deportado em pessoa; mas, pensando em que o personagem logo haveria de ter certa autoridade em Caiena, resolveu aceitar a proposta do suíço. Com um misto de curiosidade e de medo, entrou na casa ruinosa, embora mantida em extraordinária limpeza, onde Billaud, com olhos que refletiam um tédio de meses, sentado numa poltrona roída de cupim, lia jornais velhos.

32.

Fero Monstro.
Goya

Havia algo da dignidade de um Rei destronado na deferência meio distante com que o Terrível de outrora recebeu as remessas de Victor Hugues. Não mostrou muito interesse em saber o que havia nos pacotes nem nas caixas lacradas, oferecendo a Esteban um lugar à mesa e uma cama — prudentemente qualificada de "lacedemônia" — para passar a noite. Depois perguntou se em Guadalupe havia notícias que não tivessem chegado a "este muladar do mundo" que era Caiena. Ao saber que Victor Hugues fora convocado a Paris para prestar contas de seu governo, levantou-se, tomado de repentina cólera: "É boa!... É boa! Os cretinos agora aniquilarão quem impediu que a ilha se transformasse numa colônia inglesa. Agora perderão Guadalupe, à espera de que a pérfida Álbion arrebate esta Guiana". ("Sua linguagem não mudou muito", pensava Esteban, lembrando que traduzira um famoso discurso de Billaud no qual invectivava contra "a pérfida Álbion", que pretendia assegurar o domínio dos mares "cobrindo o oceano com suas fortalezas flutuantes".) Nisso chegou o Abade Brottier, muito alterado por algo que acabara de ver: para enterrar os mortos do dia com mais rapidez, os soldados da guarnição negra de Sunnamary estavam cavando fossas escandalosamente rasas — pulando sobre o ventre dos cadáveres para metê-los à força em buracos onde mal caberia um carneiro. Em outros lugares não se davam sequer ao trabalho de carregar os corpos, arrastando-os pelos pés até o lugar do sepultamento. "E ainda deixaram cinco corpos sem enterrar, amarrados em suas redes, já fedendo, porque diziam estar cansados de carregar tanta carniça. Esta noite os mortos e os vivos estarão juntos nas casas de Sinnamary." (Esteban não pôde deixar de pensar em outro parágrafo do mesmo discurso de Billaud, pronunciado quatro anos antes: "A morte é um chamado à igualdade que um povo livre deve consagrar num ato público que sem cessar lhe recorde a necessária Advertência. Uma Pompa Fúnebre é uma homenagem consoladora que apaga até o rastro horrendo da morte: é o último adeus da natureza".) "E pensar que demos a liberdade a essa gente!", dizia Billaud, voltando à ideia fixa que o obcecava desde que chegara a Caiena. "Também não exageremos nessa pintura do Decreto de Pluvioso como o nobre erro do humanitarismo revolucionário", observou Brottier, ironicamente, no tom desembaraçado de quem se dava à liberdade de discutir com o Terrível. "Quando Sonthonax, em Santo Domingo, achou que os espanhóis iam investir contra a colônia, proclamou a liberdade dos negros por sua conta e risco. Isso aconteceu um ano antes que vocês chorassem de entusiasmo na Convenção, ao declarar estabelecida a igualdade entre todos os habitantes das possessões francesas de ultramar. No Haiti, fizeram isso para se livrar dos espanhóis; em Guadalupe, para expulsar melhor os ingleses; aqui, para sufocar os ricos fazendeiros e os velhos acadianos, muito propensos a se aliar aos britânicos e holandeses para evitar que a guilhotina de Pointe-à-Pitre chegasse a Caiena. Simples política colonial!" "E com péssimos resultados!", disse Sieger, que ficara sem mão de obra por causa do Decreto de Pluvioso. "Sonthonax fugiu para Havana. Agora os negros do Haiti querem a independência." "Como aqui", disse Brottier, lembrando que já haviam sido debeladas duas conspirações libertárias nestas Guianas, atribuindo-se a Collot d'Herbois a iniciativa da segunda, embora talvez fantasiosamente. (Esteban não pôde conter o riso, inexplicável para os demais, ao pensar que Collot pudesse querer uma Coblence negra nessas terras.) "Ainda me lembro", dizia Sieger, "daquele ridículo cartaz que Jeannet mandou pregar nas paredes de Caiena, anunciando o Grande Acontecimento." E empolando a voz: "Não existem mais senhores nem escravos... Os cidadãos conhecidos até a data pelo nome de negros fugidos podem voltar para junto de seus irmãos, que hão de proporcionar-lhes segurança, proteção e a alegria que só o usufruto dos direitos do homem proporciona. Aqueles que eram escravos podem tratar seus antigos senhores de igual para igual, nos trabalhos por terminar ou começar". E baixando a voz: "Tudo que a Revolução Francesa fez na América foi legalizar uma

Grande Fuga de Negros que não cessa desde o século XVI. Os negros não esperaram por vocês para se proclamarem livres um número incalculável de vezes". E com um conhecimento de crônicas americanas insólito para um francês (mas Esteban se lembrou, na hora, que se tratava de um suíço), o granjeiro pôs-se a arrolar as rebeliões negras que, com terrível continuidade, tinham-se sucedido no Continente... Com um troar de tambores abrira-se o ciclo na Venezuela, quando o Negro Miguel, sublevando-se com os mineiros de Buría, fundara um reino em terras tão brancas e ofuscantes que pareciam feitas de cristal moído. E não soaram tubos de órgão, mas tubos de bambu ritmicamente batidos contra a terra, na cerimônia de consagração, quando um Bispo congo ou iorubá, ignorado por Roma mas usando mitra e báculo, cingiu de régia coroa a cabeça da Negra Guiomar, esposa do primeiro monarca africano da América: tanto montava Guiomar ou Miguel... E já estão soando os tambores da Canhada dos Negros, no México, e ao longo da costa de Veracruz, onde o vice-rei, Martín Enríquez, para escarmento dos negros revoltosos, ordena a castração dos fugidos "sem maiores averiguações de delitos e excessos"... E se aquelas tentativas foram efêmeras, sessenta e cinco anos haveria de durar o forte Quilombo dos Palmares, fundado em plena selva brasileira pelo grande chefe Ganga-Zumba, contra cujas frágeis fortificações de madeira e fibra fracassaram mais de vinte expedições militares, tanto holandesas como portuguesas, armadas de uma artilharia inoperante contra estratégias que remoçavam velhos ardis de guerra númidas, às vezes valendo-se de animais para infundir pânico no espírito dos brancos. Invulnerável às balas era Zumbi, sobrinho do Rei Zumba, Marechal de Exércitos, cujos homens sabiam andar pelo teto da floresta, caindo sobre as colunas inimigas como frutos maduros... E a Guerra dos Palmares ainda duraria mais quarenta anos, quando os escravos da Jamaica fugiam para os montes, criando um Estado livre que duraria quase um século. A Coroa Britânica teve de procurar os montarazes para tratar com eles de governo para governo, prometendo a seu líder, um corcunda chamado Old Cudjoe, a alforria de toda sua gente e a concessão de mil e quinhentos acres de terra... Dez anos mais tarde, os tambores troavam no Haiti: na região do Cabo, o muçulmano Mackandal, maneta a quem atribuíam poderes licantrópicos, promovia uma Revolução-pelo-Veneno, enchendo as casas e os pastos de tóxicos desconhecidos que fulminavam homens e animais domésticos. E nem bem o mandingueiro fora queimado em praça pública, a Holanda teve de reunir um exército de mercenários europeus para combater, nas selvas do Suriname, as temíveis forças de negros fugidos comandadas por três chefes populares: Zan-zan, Boston e Arabay, que ameaçavam devastar a colônia. Quatro campanhas extenuantes não conseguiram acabar de todo com um mundo secreto, conhecedor da linguagem das madeiras, das peles e das fibras, que sumiu em suas aldeias ocultas em intrincadas brenhas, onde se voltou à adoração dos deuses ancestrais... E apenas sete anos atrás, quando parecia que a Ordem-dos-Brancos tinha sido restabelecida no Continente, outro negro muçulmano, Bouckman, se rebelara na selva Caimán, de Santo Domingo, incendiando as casas e arrasando os campos. E agora, não fazia nem três anos, os negros da Jamaica voltaram a se insurgir em vingança da condenação de dois ladrões supliciados em Trelawney-Town. Fora necessário mobilizar as tropas de Fort Royal e importar quadrilhas de capitães do mato de Cuba a Montego-Bay para sufocar o levante. E agora, enquanto eles falavam, os pardos da Bahia faziam ouvir novos tambores; os da Conjuração dos Alfaiates, que reivindicavam, ao ritmo da macumba, direitos de Igualdade e Fraternidade, metendo os atabaques na própria Revolução Francesa... "Como veem", concluía Sieger, "o famoso Decreto de Pluvioso não trouxe nada de novo a este Continente, apenas mais uma razão para continuar o Grande Levante Negro de sempre." "Maravilha pensar", disse Brottier depois de um certo silêncio, "que os negros do Haiti se negaram a aceitar a guilhotina. Sonthonax só conseguiu erguê-la uma vez. Os negros acudiram em massa para ver como é que se decapitava um homem com ela. Entendido o mecanismo, avançaram todos contra a máquina, enfurecidos, e a despedaçaram." O Abade acabara de disparar sua farpa, sabendo onde haveria de ferir. "Foi preciso mostrar muita severidade para impor a ordem em Guadalupe?", perguntou Billaud, que devia saber de sobra o que tinha acontecido por lá. "Principalmente no início", respondeu o moço, "quando a guilhotina ficava na praça da Vitória." "Dura realidade que não perdoa homens nem mulheres", observou Sieger em tom ambíguo. "Se bem que não me lembro de que lá se tenha guilhotinado alguma mulher", disse Esteban, percebendo, na mesma hora, a impertinência de sua observação. O Abade, ansioso por mudar de assunto, perdeu-se em considerações óbvias. "É fato que só os brancos submetem as mulheres ao rigor de suas leis mais extremas. Os negros espancam, estupram, destripam, mas seriam incapazes de executar uma mulher a sangue-frio. Eu, pelo menos, não sei de nenhum caso." "Para eles a mulher é um ventre", disse Esteban. "Para nós é uma cabeça", respondeu Sieger. "Levar um ventre entre as cadeiras é mero destino. Levar uma cabeça sobre os ombros é uma responsabilidade." Billaud deu de ombros para indicar que a resposta do suíço fora muito fraca. "Voltemos aos nossos relógios", disse com um leve sorriso que mal lhe alterava o gesto, tão impassível que nunca se sabia se estava metido em suas reflexões ou prestava atenção na conversa. O granjeiro retomou o rol dos levantes negros. "O que eu sei é que Bartolomé de Las Casas foi um dos maiores criminosos da História. Criou, há quase três séculos, um problema de tal magnitude que chega a ultrapassar o alcance de um acontecimento como a Revolução. Para nossos netos, estes horrores de Sinnamary, de Kourou, de Conamama, de Iracubo, serão como ínfimas peripécias do padecimento humano, mas o problema do negro ainda continuará de pé. Agora legalizamos seu levante de Santo Domingo, e já nos expulsa da ilha. Daqui a pouco vai querer a convivência com o branco em total pé de igualdade." "Mas nunca o conseguirá!", gritou Billaud. "E por quê?", perguntou Brottier. "Porque somos *diferentes*. Estou bem escaldado de certos sonhos filantrópicos, senhor Abade. Muito tem de caminhar um númida para chegar a ser romano. Um garamante não é um ateniense. Este Ponto Euxino onde estamos desterrados não é o Mediterrâneo..." Nisso apareceu Brigitte, a jovem criada de Billaud, que, em suas idas e vindas da cozinha ao cômodo desordenado que servia de sala de jantar, já havia chamado a atenção de Esteban pela finura de traços, incomum até em mulheres de cabelo liso e pele branca. Devia ter uns treze anos, mas seu corpo miúdo já estava formado, desenhado em volumes que retesavam o rústico pano do vestido. Com voz respeitosamente suave, anunciou que o jantar — um farto ensopado de batata, banana e pertences de porco — estava servido. Billaud foi buscar uma garrafa de vinho, luxo extraordinário do qual desfrutava fazia apenas três dias, e os quatro se sentaram frente a frente, sem que Esteban conseguisse entender por que concorrência de circunstâncias insólitas se travara tão estranha amizade entre o Detestado, um Abade que talvez lhe devesse a deportação e um granjeiro calvinista arruinado por causa das ideias que o dono da casa encarnava. Agora todos falavam de política. Comentavam que Hoche morrera envenenado. Que a popularidade de Bonaparte aumentava dia após dia. Que entre os papéis do Incorruptível apareceram umas cartas reveladoras de que, ao ser derrubado pelos acontecimentos de Termidor, ele estava preparando a fuga para o estrangeiro, onde tinha ocultado bens particulares. Fazia tempo que Esteban perdera o interesse por esses eternos mexericos em torno dos ambiciosos de hoje ou dos poderosos de ontem. Todas as conversas da época davam nisso. O rapaz chegava a desejar um diálogo ameno sobre a Cidade de Deus, a vida dos castores ou as maravilhas da eletricidade. Sentindo-se invadido por um sono tenaz, não eram nem oito horas quando, desculpando-se por seus cabeceios, pediu licença para se deitar no enxergão que Billaud lhe oferecera. Apanhou um livro que alguém tinha deixado sobre um banco. Era um romance de Ann Radcliffe, *O Italiano, ou o Confessionário dos Penitentes Negros*. Sentiu-se intimamente identificado com uma frase achada ao acaso: "*Alas! I have no longer a home: a circle to smile wescome upon me. I have no longer even one friend to support, to retain me! I am a miserable wanderer on a distant shore!*"...

Acordou pouco depois da meia-noite. No quarto ao lado, sem camisa por causa do calor, Billaud-Varennes escrevia à luz de um candeeiro. De quando em quando, matava algum inseto com um sonoro bofetão no ombro ou na nuca. Ao lado dele, deitada num catre, a jovem Brigitte, nua, abanava os seios e as coxas com um número velho de *La Décade philosophique*.

33.

Aquele mês de outubro — um outubro tempestuoso, com violentas chuvas noturnas, manhãs de insuportável calor, súbitos vendavais de meio-dia que só faziam espessar o mormaço com vapores cheirando a lama, a tijolo e cinza molhados — foi, para Esteban, de constante crise moral. A morte do Abade Brottier, tombado durante uma breve viagem a Caiena por alguma peste contraída em Sinnamary, abalara o jovem ao extremo. Ele depositava certa esperança nas possíveis influências do ativo e despachado clérigo para facilitar sua ida ao Suriname. Mas agora, sem ter em quem confiar, Esteban continuava preso, tendo toda uma cidade, todo um país por prisão. E esse país, em Terra Firme, tinha uma selva tão cerrada que sua única porta era o mar, e essa porta estava trancada por enormes chaves de papel, que eram as piores. Assistia-se nessa época a uma multiplicação, a uma universal proliferação de papéis cobertos de selos, carimbos, firmas e contrafirmas, cujos nomes esgotavam os sinônimos de "permissão", "salvo-conduto", "passaporte" e quantos vocábulos pudessem significar autorização para passar de um país a outro, de uma comarca a outra — às vezes até de uma cidade a outra. Os almoxarifes, dizimeiros, portageiros, alcavaleiros e alfandegueiros de outros tempos não passavam de um pitoresco prenúncio das corporações policiais e políticas que agora se dedicavam, em toda parte — uns por medo da Revolução, outros por medo da contrarrevolução —, a cercear a liberdade do homem em tudo que se referisse a sua primordial, fecunda, criadora possibilidade de ir e vir sobre a superfície do planeta que lhe coubera por sorte habitar. Esteban se exasperava, pateava de furor, ao pensar que o ser humano, privado de um nomadismo ancestral, tinha de submeter sua soberana vontade de movimento a *um papel*. "Decididamente", pensava, "não nasci para ser o que hoje se entende por 'bom cidadão'..." Durante aquele mês, tudo foi confusão, estrépito e desordem em Caiena. Jeannet, irritado por sua destituição, lançou as milícias negras contra as tropas alsacianas que reivindicavam vários meses de soldo. Mas depois, assustado com seu próprio ato, anunciou um iminente bloqueio da colônia por frotas norte-americanas, despertando o fantasma da fome, que logo formou enormes filas de gente alarmada às portas dos comércios de alimentos. "Assim ele acaba de vender as mercadorias que tem armazenadas, antes que outro ponha as mãos nelas", dizia Hauguard, velho observador das trapaças coloniais... No início de novembro, a tensão se aplacou com a chegada de Burnel a bordo da fragata *L'In-*

surgée, saudada com salvas de canhões disparadas do forte. Nem bem se viu instalado na sede do governo, o novo Agente do Diretório, sem fazer caso dos que se apinhavam nas antessalas para "informá-lo" de muitas coisas, mandou chamar Billaud-Varennes, em Sinnamary, e o recebeu com um aparatoso abraço, para susto dos que julgavam o Terrível de outrora mais esquecido. Comentou-se em Caiena que os dois homens, fechados durante três dias numa sala aonde lhes levavam até o queijo e o vinho de suas colações, tinham examinado uma série de problemas políticos locais. Talvez também tivessem discutido a situação dos deportados, pois alguns dos doentes de Kourou logo foram inesperadamente transferidos para Sinnamary. "Um pouco tarde", resmungava Hauguard entre dentes. "A mortandade em Kourou, Conamama e Iracubo é, nos melhores meses, de uns trinta por cento. Sei de uma remessa de cinquenta e oito presos trazidos por *La Bayonnaise*, faz um ano, do qual só restam dois homens vivos. Entre os últimos mortos estava um sábio, Havelange, reitor da universidade de Louvain." O hospedeiro tinha razão: a deportação ultrapassara seus propósitos naqueles campos de morte, cobertos de abutres negros, valas e ossadas. Quatro grandes rios da Guiana haviam emprestado seus nomes indígenas a vastos cemitérios de homens brancos — muitos deles mortos por se manterem fiéis a uma religião que, fazia quase três séculos, o homem branco se empenhava em inculcar nos indígenas da América... O suíço Sieger, que fora à cidade a fim de tratar discretamente da compra de uma fazenda para Billaud-Varennes, revelou a Esteban uma surpreendente maquinação que mostrava até que ponto um certo espírito jacobino, insidioso e "*enragé*", voltava a se impor no governo de Caiena: Burnel, secretamente respaldado pelo Diretório, estava preparando o envio de agentes secretos ao Suriname para ali promover uma grande sublevação de escravos, ao calor do Decreto de Pluvioso do Ano II, e em seguida anexar aquela colônia —

traição ainda mais inqualificável quando se pensava que a Holanda era, agora, a única aliada leal com que a França contava nessas terras. Naquela noite, Esteban convidou o suíço a seu quarto e lhe ofereceu os melhores vinhos da pousada, para bebê-los na companhia das criadas Angesse e Scholastique, que não se fizeram rogar demais para tirar blusas e saias quando Hauguard, nada escandalizado com os caprichos de seus hóspedes, foi se deitar. Depois de bem dormida a farra, o jovem se abriu com Sieger, implorando que usasse sua influência para arranjar-lhe um passaporte para o Suriname. "Lá", afirmava com gesto cúmplice, "poderei ser extremamente útil como agente de propaganda ou agitador." "Faz bem em tentar sair daqui", disse o outro. "Este país, agora, só interessa aos especuladores amigos do governo. Ou se é político, ou se é testa de ferro. Billaud gostou do senhor. Trataremos de arranjar-lhe o documento."... Uma semana mais tarde, *La Diomède*, agora chamada *L'Italie Conquise*, zarpava rumo à colônia vizinha para tentar vender por lá, agora em proveito de Burnel, um carregamento de mercadorias tomadas em corso pelos capitães de Jeannet.

Quando Esteban, depois de sua angustiada espera no depressivo e sórdido ambiente de Caiena — mundo cuja história inteira era uma grande sequência de rapinas, epidemias, matanças, desterros, agonias coletivas —, achou-se nas ruas de Paramaribo, teve a impressão de que havia caído numa cidade pintada e enfeitada para uma grande festa — cidade com um pouco de quermesse flamenga e muito de vergel tropical. Uma abundância de natureza-morta parecia ter-se derramado pelas avenidas plantadas de laranjeiras, tamarindos e limoeiros, com suas risonhas casas de lindas madeiras — algumas de três, quatro andares..., com janelas sem vidros e cortinas de gaze. Os interiores se enfeitavam de grandes armários, estufados pela prosperidade, e sob altos mosquiteiros de tule balançavam grandes redes com franjas de passamanaria. Esteban reencontrara os lustres de roda e de aranha, os espelhos de águas profundas, os contraventos e cristais de sua infância. Rolavam-se tonéis pelas rampas de carga; grasnavam os gansos nos quintais; alvoroçavam-se os pífanos da guarnição, e, no alto do forte Zeeland, um guarda anunciava a passagem das horas no relógio de sol martelando um sino com movimento giratório de estafermo. Nos armazéns de secos e molhados, ao lado do açougue onde vendiam carne de tartaruga junto do pernil cravejado de alho, tinham ressurgido as maravilhas — meio esquecidas por Esteban — da cerveja Porter, dos gordos presuntos da Westfalia, das enguias e salmonetes defumados, das enchovas ao escabeche de alcaparra e louro, e da máscula mostarda de Durham. Pelo rio navegavam barcos de proa dourada e lanterna na popa, com seus remeiros negros de tangas brancas varejando entre toldos e dosséis de sedas claras ou veludo de Gênova. A tal refinamento se chegara nesta Holanda ultramarina, que os assoalhos de mogno eram esfregados, todos os dias, com laranjas amargas, cujo sumo, absorvido pela madeira, soltava um delicioso perfume de especiarias. A igreja católica, os templos protestantes e luteranos, a sinagoga portuguesa, a sinagoga alemã, com seus sinos, órgãos, cânticos, hinos e salmódias ecoando nos domingos e nas celebrações, do Natal ao Grande Perdão, da Páscoa Judaica ao Sábado de Aleluia, com seus textos e liturgias, seus círios dourados, suas luminárias, os suntuosos candelabros do Chanukah-Menorah erguiam-se aos olhos de Esteban como símbolos de uma tolerância que o homem, em certas partes do mundo, se empenhara em conquistar e defender, sem fraquejar diante de inquisições religiosas ou políticas... Enquanto *L'Italie Conquise* tratava da descarga e da venda de suas mercadorias, o moço vadiava pelas margens do rio Suriname, que era como o balneário público da cidade, acompanhando a constante chegada de navios norte-americanos, entre os quais poderia estar um esbelto veleiro chamado *The Arrow*. Sem atrever-se a esperar que sua permanência em Paramaribo coincidisse com a aparição do navio do capitão Dexter — além do mais, depois de seis anos, era bem possível que tivesse mudado de comando —, Esteban já se via na etapa final de sua aventura. Por ora, teria de aguardar a partida da goleta francesa, ficando em Paramaribo na qualidade de "agente comercial" do governo de Caiena, com a missão de distribuir, onde pudessem ter mais repercussão, várias centenas de cópias impressas do Decreto de Pluvioso do Ano II, traduzido para o holandês e acompanhado de conclamações à sedição. Esteban já escolhera o lugar onde jogaria os papéis, bem amarrados a grandes pedras, para que sumissem no fundo do rio. Depois esperaria a chegada do próximo navio ianque, daqueles que, ao voltar para Baltimore ou Boston, fundeavam em Santiago de Cuba ou Havana. Enquanto isso, trataria de se divertir com alguma das holandesas louras, de carnes fartas e macias, quase douradas entre as rendas que as envolviam, que depois do jantar se debruçavam às janelas para tomar a fresca. Umas cantavam acompanhando-se ao alaúde; outras, a pretexto de visitas não anunciadas, estendiam seus lavores de tapeçaria de porta a porta, oferecendo saudosas visões de uma rua de Delft, da fachada de um edifício ilustre reconstruído de memória, ou um colorido enredo de escudos e tulipas. Esteban ouvira dizer que os forasteiros eram muito bem recebidos por tão amáveis pessoas, sabedoras de que seus maridos tinham amantes de pele escura nas fazendas, onde pernoitavam com demasiada frequência: "*Nigra sum, sed formosa, filiæ Ierusalem. Nolite me considerare quod fusca sum quia decoloravit me sol*". O solapado conflito, de mais a mais, não era nada raro. Muitos homens brancos, vencido o primeiro escrúpulo, pegavam tanto gosto pelo calor da carne escura que até parecia coisa de feitiçaria. Corriam lendas de macerações, de drogas, de águas misteriosas ministradas sub-repticiamente ao amante de pele clara, para "amarrá-lo", retê-lo, alienar a tal ponto sua vontade que acabava insensível à mulher de sua raça. Grato papel para o Senhor era atuar como Touro e Cisne e como Chuva de Ouro, onde sua alta semente era acompanhada de agrados — brincos, lenços, saias de pano da Índia e essências de flores trazidas de Paris. O branco, cujos extravios em terras ancilares eram julgados com indulgência, não perdia nada do seu prestígio ao se juntar com a negra. E se tinha muitos filhos escuros, brancarrões, sararás ou pardavascos, tal proliferação só fazia aumentar uma invejável fama de Fecundador-Patriarca. A mulher branca, ao contrário, nos raríssimos casos em que se juntava com o homem de cor carregada, era vista com abominação. Não havia pior papel, das terras dos Natchez até as costas de Mar del Plata, que o de Desdêmona colonial... Com a chegada do *Amazon*, cargueiro de Baltimore que voltava do Rio da Prata, terminou a estada de Esteban em Paramaribo, depois da partida de *L'Italie Conquise*. No compasso de espera, desfrutara dos favores de uma senhora madura, leitora de romances que ainda tinha por muito novos, como *Clarisse Harlowe* e *Pamela*, de Richardson, mas de carnes frescas, cheirosas, sempre suavizadas com pó de arroz usado à mancheia, que o brindava com vinhos portugueses, enquanto o marido dormia na fazenda Egmont, por motivos sobejamente conhecidos... Duas horas antes de levar a bagagem a bordo do *Amazon*, Esteban foi até o hospital da cidade, para se certificar com o cirurgião-chefe, Greuber, da benignidade de um pequeno caroço que o incomodava na axila esquerda. Depois de untar-lhe uma pomada emoliente no lugar dolorido, o bom doutor despediu-se dele numa sala onde nove negros, sob custódia de guardas armados, fumavam sossegadamente um tabaco ardido, com cheiro de vinagre, em pitos de barro com a boquilha tão carcomida que o fornilho lhes batia nos dentes. E o jovem soube com horror que esses escravos, convictos de revolta e tentativa de fuga, haviam sido condenados pela Corte de Justiça do Suriname à amputação da perna esquerda. E como a sentença tinha de ser executada de maneira limpa e científica, sem o uso de processos arcaicos, próprios de épocas bárbaras, que causavam excessivo sofrimento e punham em risco a vida do condenado, os nove escravos eram levados ao melhor cirurgião de Paramaribo para que este, de serra em punho, cumprisse a decisão do Tribunal. "Também se amputam braços", disse o dr. Greuber, "quando o escravo levanta a mão contra seu senhor." E dirigindo-se aos que esperavam: "O primeiro!". Ao ver que um negro alto, de testa orgulhosa e rija musculatura, se levantava em silêncio, Esteban, a ponto de desmaiar, correu até a taberna mais próxima e pediu qualquer aguardente para espantar seu próprio horror. E fitava a fachada do hospital, sem conseguir afastar os olhos de certa janela fechada, pensando no que ali acontecia. "Somos as piores bestas da criação", repetia com raiva, com ódio de si mesmo, sentindo-se capaz de atear fogo naquele prédio, se pudesse... Da amurada do *Amazon*, que já iniciava sua navegação rio abaixo, no leito médio do Suriname, Esteban lançou vários pacotes numa canoa de pesca, onde remavam homens negros. "Leiam isto", gritou-lhes. "Se não sabem ler, procurem alguém que o leia para vocês." Eram as cópias em holandês do Decreto de Pluvioso do Ano II, que o moço agora se congratulava por não ter jogado na água, como pensava fazer dias antes.

34.

... Estava defronte às Bocas do Dragão, na noite imensamente estrelada, ali onde o Grande Almirante de Fernando e Isabel vira a água doce travada em luta com a água salgada desde os dias da Criação do Mundo. "A água doce empurrava a outra por que não entrasse, e a salgada por que a outra não saísse." Mas, hoje como ontem, os grandes troncos vindos de terra adentro, arrancados pelas cheias de agosto, batidos pelas torrentes, seguiam os rumos do mar, escapando da água doce para se espalhar na imensidão da salgada. Esteban via os troncos boiando em direção a Trinidad, Tobago ou às Granadinas, delineados em negro sobre estremecidas fosforescências, como os longos, longuíssimos barcos que, não muitos séculos atrás, tinham saído por estes mesmos rumos, em busca de uma Terra Prometida. Naquela Idade da Pedra — para muitos, porém, tão recente e tão atual —, o Império do Norte era a obsessão dos que à noite se reuniam em volta das fogueiras. E, no entanto, era bem pouco o que dele se sabia. Os pescadores recebiam notícias da boca de outros pescadores, que as recebiam de outros pescadores de mais longe e mais acima, que, por sua vez, as recebiam de outros mais distantes. Mas os Objetos tinham viajado numa corrente de trocas e navegações sem conta. Lá estavam, enigmáticos e solenes, com todo o mistério de sua feitura. Eram pedras pequenas — e que importava o tamanho? —, que falavam por suas formas; pedras que olhavam, que desafiavam, que riam ou se encrespavam em estranhas caretas, vindas da terra onde havia esplanadas imensas, banhos de virgens, edificações nunca vistas. Aos poucos, de tanto falar no Império do Norte, os homens foram adquirindo direito de posse sobre ele. Tantas coisas haviam sido criadas pelas palavras, levadas de geração em geração, que essas coisas passaram a ser uma espécie de patrimônio coletivo. Aquele mundo distante era uma Terra-à-Espera, onde um dia fatalmente se haveria de instalar o Povo Eleito, quando os sinais celestes indicassem a hora de partir. À espera disso, a massa humana engrossava dia após dia, aumentando o fervilhar de gente na boca do Rio-sem-Fim, do Rio-Mãe, situado a centenas de jornadas ao Sul das Bocas do Dragão. Algumas tribos desceram de suas serras, abandonando as aldeias onde viviam desde tempos imemoriais. Outras desertaram a margem direita, enquanto as de mata adentro iam aparecendo a cada lua nova, saindo das espessuras em grupos exaustos, com o ofuscamento de quem, durante longos meses, caminhara em penumbras verdes, margeando os igarapés, evitando os atoleiros. Mas a espera se prolongava. Tão grande seria a empresa, tão longo o caminho a percorrer, que os chefes adiavam a decisão. Cresciam os filhos e os netos, e ainda estavam todos ali, pululantes, inativos, falando sempre do mesmo, contemplando os Objetos cujo prestígio aumentava com a espera. Até que uma noite, como sempre se recordaria, uma forma chamejante atravessou o céu, com enorme silvo, indicando o rumo que, havia muito tempo, os homens tinham traçado para chegar ao Império do Norte. Então a horda se pôs a caminho, dividida em centenas de esquadrões combatentes, penetrando em terras alheias. Todos os homens dos outros povos eram exterminados, implacavelmente, conservando-se as mulheres para a proliferação da raça conquistadora. Assim nasceram dois idiomas: o das mulheres, linguagem de cozinha e de partos, e o dos homens, linguagem de guerreiros, cujo conhecimento era tido como soberano privilégio... Mais de um século durou a marcha através das selvas, planícies, desfiladeiros, até que os invasores se acharam defronte ao Mar. Soube-se que as gentes de outros povos, avisadas do terrível avanço das do Sul, tinham fugido para umas ilhas que existiam, longe mas não tão longe, além do horizonte. Novos Objetos, semelhantes aos conhecidos, indicavam que o Rumo das Ilhas era talvez o mais indicado para chegar ao Império do Norte. E como o tempo não contava, e sim a ideia fixa de um dia chegar à Terra-à-Espera, os homens se detiveram para aprender as artes da navegação. As canoas quebradas, abandonadas nas praias, serviram de modelo para as primeiras que os invasores fabricaram, com troncos escavados. Mas, como teriam de vencer grandes distâncias, começaram a fazê-las cada vez maiores e mais esguias, de bojo maior, com proas altas e afiladas, canoas onde cabiam até sessenta homens. E então, um dia, os tataranetos daqueles que haviam iniciado a migração terrestre iniciaram a migração marítima, partindo, em grupos de barcos, para a descoberta das ilhas. Foi uma tarefa fácil atravessar estreitos, burlar as correntes, saltando de terra em terra e matando seus habitantes — mansos agricultores e pescadores que ignoravam as artes da guerra. De ilha em ilha iam avançando os marinheiros, cada vez mais experientes e audaciosos, habituados a se orientar pela posição dos astros. À medida que avançavam em sua rota, cresciam diante de seus olhos as torres, as esplanadas, os edifícios do Império do Norte. Podiam senti-lo próximo, com aquelas ilhas crescentes, cada vez mais montanhosas e ricas. Dentro de três ilhas, de duas ilhas, quem sabe de uma — contavam assim, por ilhas —, afinal chegariam à Terra-à-Espera. E já estavam as vanguardas na maior de todas elas — talvez a última etapa. As maravilhas próximas agora não seriam para os netos dos invasores. Eram estes meus olhos os que as contemplariam. E só de pensar nisso, apertava-se o ritmo dos cantos, e os remos perfilados afundavam no mar, impelidos por mãos impacientes.

Mas eis que no horizonte começam a surgir formas estranhas, desconhecidas, com alvéolos nos costados e aquelas grandes árvores no alto, com panos que se enfunavam ou tremulavam, ostentando símbolos ignorados. Os invasores se deparavam com outros invasores, insuspeitados, insuspeitáveis, vindos não se sabia de onde, que chegavam justo para aniquilar um sonho de séculos. A Grande Migração já não teria lugar: o Império do Norte passaria às mãos dos Inesperados. Em seu despeito, em sua ira visceral, os Caraíbas se lançavam ao assalto dessas naves enormes, com uma audácia que espantava aqueles que as defendiam.

Escalavam os costados, atacando com encarniçado desespero, inexplicável para os recém-chegados. Dois tempos históricos incompatíveis se enfrentavam nessa luta sem trégua possível, que opunha o Homem do Totem ao Homem da Teologia. Porque, subitamente, o Arquipélago em litígio se tornara um Arquipélago Teológico. As ilhas mudavam de identidade, integrando-se ao Auto Sacramental do Grande Teatro do Mundo. A primeira ilha conhecida pelo invasor vindo de um continente inconcebível para o ente daqui recebera o nome de Cristo, ao ficar plantada em sua praia uma primeira cruz feita de galhos. Na segunda ilha se remontara à Mãe, ao chamá-la de Santa María de la Concepción. As Antilhas se transformavam num imenso vitral trespassado de luzes, onde os Doadores já estavam presentes no contorno da Fernandina e da Isabela, ao passo que o Apóstolo Tomás, João Batista, Santa Luzia, São Martinho, Nossa Senhora de Guadalupe e as supremas representações da Trindade iam sendo colocados em seus respectivos lugares, enquanto nasciam as vilas de Navidad, de Santiago e de Santo Domingo, sobre o cerúleo fundo esbranquiçado pelo labirinto das Onze Mil Virgens — incontáveis como as estrelas do *Campus Stellæ*. Num salto de milênios, passava este Mar Mediterrâneo a ser herdeiro do outro Mediterrâneo, recebendo, com o trigo e o latim, o Vinho e a Vulgata, a Imposição dos Símbolos Cristãos. Jamais chegariam os Caraíbas ao Império dos Maias, ficando em raça frustrada e ferida de morte no melhor de seu empenho secular. E de sua Grande Migração malograda, iniciada talvez na margem esquerda do Rio das Amazonas, quando as cronologias dos *outros* assinalavam um século XIII que não o era para mais ninguém, restava apenas, nas praias e ribeiras, a realidade dos petróglifos caraíbas — marcos de uma epopeia nunca escrita — com seus seres desenhados, encaixados na pedra, sob uma orgulhosa emblemática solar... Achava-se Esteban nas Bocas do Dragão, no amanhecer ainda estrelado, ali onde o Grande Almirante vira a água doce travada em luta com a água salgada, desde os dias da Criação do Mundo. "A doce empurrava a outra por que não entrasse, e a salgada por que a outra não saísse." Mas aquela água doce, tão caudalosa, só podia vir da Terra Infinita ou, o que era muito mais verossímil para aqueles que ainda acreditavam na existência dos monstros catalogados por Isidoro de Sevilha, do Paraíso Terrenal. Os cartógrafos já muito haviam discorrido aquele Paraíso Terrenal entre a Ásia e a África, com sua fonte nutridora dos máximos rios. Tanto que, ao provar da água pela qual seu navio singrava, o Almirante, achando-a "cada vez mais doce e mais saborosa", concluiu que o rio que a lançava nesse mar devia nascer ao pé da Árvore da Vida. E esse fulgurante pensamento o faz duvidar dos textos clássicos: "Eu não acho nem jamais achei escritura de latinos nem de gregos que certificadamente dissesse o lugar, neste mundo, do Paraíso Terrenal, nem o tenho visto em nenhum mapa-mundo". E já que o Venerável Beda, e Santo Ambrósio, e Duns Escoto situavam o Paraíso no Oriente, e a esse Oriente acreditavam ter chegado os homens da Europa, navegando com o Sol e não contra o Sol, confirmava-se a ofuscante evidência de que a ilha Hispaniola, chamada de Santo Domingo, era Társis, era Caethia, era Ofir e era Ofar e era Cipango — todas ilhas ou terras citadas pelos antigos, que, até agora, mal se teriam localizado num universo *fechado* pela Espanha, como fora a Península inteira por obra de seus reconquistadores. Eram chegados os "tardios anos" anunciados por Sêneca "em que o Mar Oceano afrouxaria os liames das coisas e se abriria uma grande terra; e um novo marinheiro, como aquele que fora guia de Jasão, descobriria um novo mundo; e então não mais seria a ilha de Thule a postrema das terras". De súbito, o Descobrimento adquiria uma gigantesca dimensão teológica. Esta viagem ao golfo das Pérolas da Terra de Graça estava escrita, com iluminado destaque, no Livro das Profecias de Isaías. Confirmava-se o anúncio do abade Joaquim Calabrês, afirmando que da Espanha haveria de sair o reedificador da Casa do Monte Sião. O mundo tinha forma de seio de mulher, com um mamilo em cujo bico crescia a Árvore da Vida. E sabia-se agora que de seu inesgotável manancial, suficiente para saciar a sede de todos os seres vivos, não apenas brotavam o Ganges, o Tigre e o Eufrates, mas também o Orenoco, rota dos Grandes Troncos que desciam para o mar, em cujas cabeceiras se localizaria afinal, depois de tão longa espera — agora alcançável, abordável, cognoscível em todo seu esplendor —, o Paraíso Terrenal. E nessas Bocas do Dragão, de águas transparentadas pelo Sol nascente, podia o Almirante clamar sua exultação, ao entender o secular combate das águas doces com as águas salgadas: "Assim, pois, o Rei e a Rainha, os Príncipes e seus Reinos rendam graças ao nosso Salvador Jesus Cristo que nos concedeu tal vitória. Celebrem-se procissões; façam-se festas solenes; encham-se os templos de ramos e de flores; regozije-se Cristo na terra como se regozija no Céu, ao ver assim próxima a salvação de tantos povos, até agora entregues à perdição". O farto ouro destas terras acabaria com a abjeta servidão a que o escasso ouro da Europa submetera o Homem. Cumpriam-se as profecias dos Profetas, confirmavam-se as adivinhações dos antigos e também as inspirações dos teólogos. O eterno Combate das Águas, nesse lugar do mundo, anunciava que se chegara, enfim, depois de uma agônica e porfiada espera de séculos, à Terra da Promissão... Achava-se Esteban nas Bocas do Dragão, devoradoras de tantas expedições que abandonaram as águas salgadas pelas doces, em busca daquela Terra da Promissão novamente movediça e evanescente — tão movediça e evanescente que acabou sumindo para sempre atrás do gelado espelho dos lagos da Patagônia. E o moço, debruçado na amurada do *Amazon*, defronte à costa recortada e silvosa que em nada havia mudado desde que fora contemplada pelo Grande Almirante de Isabel e Fernando, pensava na persistência do mito da Terra da Promissão. O mito mudava de caráter ao sabor dos séculos, respondendo a vontades sempre renovadas, mas permanecia sempre o mesmo: havia, devia haver, era necessário que, no tempo presente — qualquer tempo presente —, houvesse um Mundo Melhor. Os Caraíbas imaginaram esse Mundo Melhor à maneira deles, assim como, por sua vez, nestas fervilhantes Bocas do Dragão, alumbrado, iluminado pelo gosto da água vinda do remoto, também o imaginara o Grande Almirante de Isabel e Fernando. Sonharam os portugueses com o reino admirável de Preste João, assim como, um dia, as crianças da planície castelhana haveriam de sonhar com o Vale de Jauja, depois de jantar pão velho com azeite e alho. Um Mundo Melhor acharam os Enciclopedistas na sociedade dos Antigos Incas, assim como um Mundo Melhor pareceram à Europa os Estados Unidos, quando ela recebeu destes uns embaixadores sem peruca, calçados com sapatos de fivela, desafetados e claros no falar, que distribuíam bênçãos em nome da Liberdade. E rumo a um Mundo Melhor partira Esteban, não havia tanto tempo, fascinado pela grande Coluna de Fogo que parecia erguer-se no Oriente. E agora regressava do inalcançado, com um cansaço enorme, que em vão buscava alívio na rememoração de alguma peripécia amena. Com o passar dos dias de navegação, tudo que ele vivera se mostrava como um longo pesadelo — pesadelo de incêndios, perseguições e castigos, anunciado por Cazotte com seus camelos vomitando cães; pelos muitos agoureiros do Fim dos Tempos que tanto haviam proliferado neste século, tão extenso que totalizava a ação de vários séculos. As cores, os sons, as palavras que ainda o perseguiam provocavam nele um profundo mal-estar, semelhante àquele que, em algum lugar do peito, onde as angústias se tornam palpáveis em latejos e assimetrias de ritmos viscerais, são produzidos pelos últimos ressaibos de uma doença que poderia ter sido fatal. O que ele deixava para trás, evocado em negrores e tumultos, tambores e agonias, gritos e decepações, associava-se em sua mente a ideias de terremoto, de convulsão coletiva, de furor ritual... "Venho de viver uma vida entre os bárbaros", disse Esteban a Sofia, quando se abriu, com grave rangido de ferragens, o pesado portão da casa familiar, sempre à espera naquela esquina, com o singular enfeite de suas altas grades pintadas de branco.

Quinto capítulo

35.

Com razão ou sem ela.
Goya

"Você!", exclamara Sofia ao ver aquele homem encorpado, crescido, de mãos grossas e descuidadas e queimado de sol, que, como os marinheiros, carregava seus poucos pertences num saco de lona sobre o ombro. "Você!" E o beijava efusivamente, no rosto mal barbeado, na testa, no pescoço. "Você!", dizia Esteban, assombrado, pasmo diante da mulher que agora abraçava, tão mulher, tão firme e feita, tão diferente da mocinha de cadeiras estreitas cuja imagem levara na memória — demasiado jovem-mãe para ser sua prima e demasiado menina para ser mulher: a assexuada parceira de brincadeiras, aliviadora de suas crises, que era a Sofia do passado. Agora olhava em redor, redescobrindo tudo, mas com a inescapável sensação de ser um estranho. Ele, que tanto sonhara com a hora do regresso, não sentia a emoção esperada. Todo o conhecido — conhecido demais — parecia-lhe estranho, sem que sua pessoa restabelecesse contato com as coisas. Aqui estava a harpa de outros dias, ao pé da tapeçaria de cacatuas, unicórnios e galgos; ali os grandes espelhos redondos e biselados e o outro menor, veneziano, com suas flores de neblina; lá adiante a biblioteca, com os livros agora bem-arrumados. Seguido por Sofia, entrou na sala de jantar dos grandes armários e escuros *bodegones*, com faisões e lebres entre frutas. Foi até o quarto pegado à cozinha, que fora seu desde a infância. "Espere, vou apanhar a chave", disse Sofia. (Esteban lembrou-se que nestas velhas casas crioulas era costume deixar trancado à chave, para sempre, o quarto dos mortos.) Quando a porta se abriu, o homem se viu diante de uma poeirenta mixórdia de fantoches e aparelhos de física, entremisturados, embolados no chão, nas cadeiras, no catre de ferro que por tanto tempo fora seu leito de tortura. Ainda pendia de seu cordão o descolorido balão de Montgolfier; ainda o palco do teatrinho mostrava seu cenário de porto mediterrâneo, bom para representar *As artimanhas de Scapino*. Lá estavam no chão, jazendo quebrados em volta da orquestra de macacos, as garrafas de Leyden, os barômetros e vasos comunicantes de outros dias. De súbito, esse reencontro com a infância — ou com uma infantil adolescência, que era a mesma coisa — estremeceu Esteban num soluço. Chorou longamente, com a cabeça deitada no regaço de Sofia, como quando era criança e confiava a ela suas aflições de doente invalidado para a vida. Restabeleciam-se alguns vínculos esquecidos. Alguns objetos já começavam a falar. Voltaram para o salão, passando pelo corredor das pinturas. Os arlequins continuavam animando seus carnavais e viagens a Citérea; sempre belas e intemporais se mostravam as naturezas-mortas de caldeirões, fruteiras, duas maçãs, um pedaço de pão, um alho-poró, de algum imitador de Chardin, junto ao quadro da praça monumental e deserta, que, em sua feitura "sem ar" —

sem densidades de atmosfera —, tinha muito do estilo de Antoine Caron. Lá estavam em seu lugar os personagens fantásticos de Hogarth, conduzindo à *Decapitação de São Dionísio*, cujas cores pareciam ter ganhado um brilho extraordinário, em vez de esmorecerem na claridade dos trópicos. "Acabou de ser restaurado e envernizado", disse Sofia. "Estou vendo", respondeu Esteban. "Parece ter o sangue fresco." Logo adiante, porém, onde antes havia algumas cenas de ceifas e vindimas, viam-se agora uns óleos novos, de estilo frio e pincelada contida, representando edificantes cenas da História Antiga, com seus tarquinos e licurgos, como tantas que Esteban suportara em seus últimos tempos na França. "Essas coisas já estão chegando por aqui?", perguntou. "É uma arte muito apreciada agora", respondeu Sofia. "Tem algo além de cores: contém ideias; oferece exemplos; faz pensar." Esteban de repente estacou, estremecido no mais íntimo, diante da *Explosão numa catedral*, do mestre napolitano anônimo. Eram tantos os acontecimentos conhecidos que ali pareciam prefigurar-se, que ele se sentia aturdido pela infinidade de interpretações a que se prestava essa tela profética, antiplástica, estranha a todas as temáticas pictóricas, que chegara à casa por misterioso acaso. Se a catedral, segundo as doutrinas que ele aprendera, era a representação — arca e tabernáculo — de seu próprio ser, sem dúvida ocorrera uma explosão nela, embora retardada e lenta, que destruía altares, símbolos e objetos de veneração. Se a catedral era a Época, uma formidável explosão de fato derrubara seus muros principais, soterrando sob uma avalanche de escombros até mesmo os construtores da máquina infernal. Se a catedral era a Igreja Cristã, Esteban observava que uma fileira de fortes colunas permanecia intacta, à frente da qual tudo vinha abaixo aos pedaços no apocalíptico quadro, como num anúncio de resistência, perduração e reconstrução, depois de superado o tempo de estragos e de estrelas anunciadoras de abismos. "Você sempre gostou de olhar essa pintura", disse Sofia. "E eu que a acho tão absurda e desagradável!" "Desagradável e absurda é esta época", disse Esteban. E, de repente, lembrando-se que tinha um primo, perguntou por Carlos. "Ele saiu logo cedo para a fazenda, com meu marido", respondeu Sofia. "Devem voltar logo mais." E ficou atônita diante da expressão de estupor, de consternado assombro que se estampou no rosto de Esteban. Assumindo um tom ligeiro e despreocupado, despejando uma enxurrada de palavras insólitas em sua boca, a jovem começou a contar que se casara fazia um ano com aquele que agora era sócio de Carlos no negócio — e apontava para a porta comunicante, sempre afundada na parede, com sua única folha, junto ao canteiro onde se erguiam os dois troncos de palmeiras, como colunas estranhas ao resto da arquitetura. Carlos, depois de se livrar de don Cosme, quando já havia amainado o alerta antimaçônico (que, por fim, não passara de ameaça), resolvera procurar um sócio que, em troca de uma boa participação nos lucros, contribuísse com sua capacidade de trabalho e, sobretudo, com os conhecimentos comerciais de que ele, Carlos, carecia. Acabou encontrando um homem capaz, muito versado em questões econômicas, que conhecera na Loja Maçônica. "Na Loja Maçônica?", perguntou Esteban. "Estamos começando", disse Sofia, dando início ao panegírico daquele que, pouco depois de entrar no negócio, conseguira saneá-lo por completo e, aproveitando a época de magnífica prosperidade que o país atravessava, estava triplicando, quintuplicando os lucros do armazém. "Agora você é rico!", gritava para Esteban, corada de entusiasmo. "Rico de verdade! E isso você deve, nós devemos, ao Jorge. Estamos casados há um ano. Os avós dele eram irlandeses. É parente dos O'Farrill." Esteban não gostou nada do realce que Sofia fez questão de dar a esse vínculo com uma das famílias mais rançosas e abastadas da ilha. "Vocês devem dar muitas festas agora...", comentou com displicência. "Não seja cretino! Nada mudou. Jorge é como nós. Você vai se dar muito bem com ele." E pegou a falar de seu contentamento atual, do gosto de fazer a felicidade de um homem, da segurança e do sossego da mulher que se sabe acompanhada. E, como se quisesse ser perdoada por uma traição: "Vocês são homens, vão formar suas famílias. Não me olhe assim. Já disse que tudo continua como antes". Mas o homem que a fitava o fazia com olhos imensamente tristes. Ele jamais esperaria ouvir da boca de Sofia tamanho rosário de lugares-comuns para uso burguês: "fazer a felicidade de um homem"; "a segurança que a mulher sente quando se sabe acompanhada na vida". Era horrível pensar que um segundo cérebro, situado no útero, agora emitia suas ideias pela boca de Sofia — aquela cujo nome definia a mulher que o ostentasse como possuidora de "alegre sabedoria", de gaio saber. Na imaginação de Esteban, o nome de Sofia sempre se delineara como que sombreado pela grande cúpula de Bizâncio; meio envolto pelos ramos da Árvore da Vida e circundado de Arcontes, no grande mistério da Mulher Intacta. E agora bastara um contentamento físico, talvez resultante do júbilo ainda oculto de uma gravidez incipiente — da advertência de que um sangue de mananciais profundos brotados nos dias da puberdade deixara de correr — para que a Irmã Mais Velha, a Jovem Mãe, a limpa enteléquia feminina de outros tempos se transformasse numa boa esposa, consequente e comedida, com a mente posta em seu Ventre Resguardado e no futuro bem-estar de seus Frutos, orgulhosa do parentesco de seu marido com uma oligarquia que devia sua riqueza à secular exploração de enormes negrarias. Se Esteban já se sentira estranho — forasteiro — ao reentrar em *sua* casa, mais estranho — mais forasteiro ainda — se sentia diante daquela mulher tão rainha e senhora dessa mesma casa onde, para o gosto dele, tudo estava arrumado demais, limpo demais, protegido demais contra choques e estragos. "Tudo aqui cheira a irlandês", pensou Esteban, pedindo licença (isso mesmo:

"pedindo licença") para tomar um banho, e Sofia, por força do hábito, acompanhou o primo até o banheiro, ficando de conversa com ele até que só lhe faltava tirar o último calção. "Tanto mistério com o que vi tantas vezes", disse ela, rindo, jogando-lhe um sabonete de Castela por cima do biombo. Almoçaram sozinhos, depois que Esteban, ao visitar a cozinha e a despensa, abraçara Rosaura e Remigio, animados e radiantes, tais como os deixara: ela com sua estampa faceira, ele na indefinida meia-idade de negro fadado a completar seu século de vida nos reinos deste mundo. Falaram pouco ou falaram de bobagens, olhando-se muito, com tantas coisas para dizer um ao outro que nenhuma chegava a se definir. Esteban fez vagas alusões aos lugares em que estivera, sem se deter em detalhes. Quando ele começasse a falar, em se restabelecendo o clima de intimidade que a longa ausência dissipara, precisaria de horas, dias, para fazer um relato verbal de suas experiências durante os anos conturbados e desmesurados que acabava de viver. Agora, ao olhar para trás, esses anos pareciam curtos. E, no entanto, tiveram o poder de envelhecer tremendamente certas coisas: certos livros, principalmente. Um encontro com o Abade Raynal, nas estantes da biblioteca, lhe deu vontade de rir. O Barão de Holbach, Marmontel, com seus incas de ópera-cômica, o Voltaire das tragédias tão atuais, tão subversivamente atuais fazia apenas dez anos, pareciam-lhe coisas remotas, fora de época — tão superadas como poderia ser hoje um Tratado de Farmacopeia do século XIV. Mas nada era tão anacrônico, tão incrivelmente gretado, quebrado, depreciado pela realidade quanto *O contrato social*. Abriu o exemplar, cujas páginas estavam cheias de interjeições admirativas, traçadas por sua mão — sua mão de outrora. "Lembra?", disse Sofia, recostando a cabeça no ombro dele. "Naquele tempo eu não o entendia. Agora o entendo muito bem." Subiram juntos ao andar de cima. Esteban se deteve diante do quadro da intimidade compartilhada com um desconhecido, fitando a grande "cama de casal", estreita demais para seu gosto; as duas mesas de cabeceira, com livros de diferente encadernação; os chinelos de couro, colocados junto às pantufas de Sofia. Voltou a se sentir forasteiro. Recusando o convite de se instalar num aposento próximo, "que serve de escritório para Jorge, mas que ele nunca usa", Esteban foi até seu velho quarto de outros dias e, amontoando num canto os aparelhos de física, as caixas de música e os fantoches, pendurou a rede nas duas argolas presas à parede — as mesmas que antes sustentavam o lençol enrolado a jeito de corda, no qual ele descansava a cabeça durante suas crises de asma. De repente, Sofia perguntou-lhe por Victor Hughes. "Nem me fale de Victor Hugues", disse Esteban, enquanto vasculhava seu saco de marinheiro. "Tenho aqui uma carta dele para você. Virou um monstro." E, embolsando umas moedas, botou-se para a rua. Estava impaciente por respirar os ares de uma cidade que, ao desembarcar, ele achara muito mudada. Depois de uma breve caminhada, viu-se diante da Catedral, com seus sóbrios entablamentos de pedra marítima — já rica de vetustas qualidades ao ser entregue aos entalhadores —, coroados pelos encrespamentos de um barroco mitigado. Esse templo, rodeado de palácios com grades e balcões, revelava uma evolução no gosto dos que regiam os destinos arquitetônicos da cidade. Caminhou até o entardecer, vagueando pelas ruas dos Ofícios, do Inquisidor, dos Mercadores, indo da praça do Cristo à igreja do Espírito Santo, da reformada alameda de Paula à praça de Armas, sob cujas arcadas já se concentravam, ao crepúsculo, buliçosas rodas de transeuntes desocupados. Aglomeravam-se os bocas-abertas ao pé das janelas de uma casa da qual saía o som novo de um pianoforte recém-chegado da Europa. Os barbeiros tocavam guitarras à porta de seus salões. Num pátio, oferecia-se o enganoso espetáculo de uma cabeça falante. Prostituindo-se em proveito de alguma dama respeitável — fato corriqueiro na cidade —, duas apetitosas escravas fizeram-lhe ofertas ao passar. Depois de avaliar as moedas que levava no bolso, Esteban meteu-se com as duas nas sombras de uma suspeita hospedaria... Já era noite quando o homem voltou para casa. Carlos precipitou-se para abraçá-lo. Estava pouco mudado. Parecia um pouco mais maduro, um pouco mais importante — talvez um pouco mais gordo. "Nós, os comerciantes, os sedentários...", disse, rindo. E nesse instante Sofia apareceu com o marido: era um homem magro, que bem podia ter uns vinte e cinco anos, apesar de seus trinta e três, com um rosto que era belo na finura e na nobreza das feições, na límpida largura da testa, na boca sensual mas um tanto fria e desdenhosa. Esteban, que temia ter de aturar um obtuso aprendiz de negociante, falastrão e superficial, ficou bem impressionado com o sujeito, mesmo observando certo empenho, em sua pose, suas atitudes e roupas, em cultivar o estilo de condescendente seriedade, de deferência distante, de leve melancolia, patente numa preferência pelas cores escuras, pelos colarinhos largos e frouxos, pela cabeleira aparentemente descuidada, característico dos jovens que, de alguns anos para cá, tivessem estudado na Alemanha ou — como era o caso — na Inglaterra. "Ele não é lindo?", interrogou Sofia, olhando para o marido com ternura e admiração... Nessa noite, a dona de casa esbanjou candelabros e baixelas de prata, para o primeiro jantar da família novamente reunida. "Pelo jeito, mataram o boi gordo", disse Esteban ao ver aparecer as aves mais bem preparadas, os molhos mais caprichados, num desfile de travessas evocador dos jantares que, nesta mesma sala, se ofereceram àqueles três adolescentes de outros dias, sonhando estar no palácio de Potsdam, nos banhos de Carlsbad ou no cenário de um palácio rococó situado nos arredores de uma Viena imaginária. Sofia explicou que tais galantinas e croutons, tais recheios trufados e embebidos em xerez haviam sido especialmente preparados para quem, de tanto viver na Europa, devia ter o paladar apuradíssimo na apreciação dos requintes da mesa. Mas Esteban, revirando suas lembranças, teve de confessar — nunca se dera conta disto — que seu primeiro deslumbramento diante dos fogos de artifício de uma cozinha ubérrima em aromas, matizes, sutilezas da gordura, ligas de ervas e especiarias, remotos retrogostos de essências, durara bem pouco. Talvez por ter sido obrigado a se acostumar, durante meses, aos pimentões, bacalhaus e cozidos da cozinha basca, Esteban tomara gosto pelos manjares agrestes e marinheiros, preferindo o sabor das matérias cabais ao que ele chamava, com claro menosprezo pelos molhos, de "comidas lamacentas". E passou ao elogio da batata-doce, perfumada e limpa, assada no rescaldo; da banana-verde refogada em azeite; do coração de palmeira, prodigioso aspargo das alturas, que continha toda a força de uma árvore; do *bucán* de tartaruga e do *bucán* de porco-do-mato; do ouriço-do-mar e da ostra-do-mangue; do fresco gaspacho com pão de munição e do siri mole, cuja fina carapaça frita se desmanchava na boca, acrescentando sal do mar à própria carne. E evocava, acima de tudo, aquelas sardinhas tiradas da rede, ainda vivas, postas sobre as brasas do fogareiro, no final da pesca noturna, e devoradas no convés com cebola crua e fogaça preta, lançando-se mão, entre bocado e bocado, da bota cheia de espesso tinto. "Eu me matei a tarde inteira estudando livros de receitas, para isto...", disse Sofia rindo. O café foi servido no grande salão, onde Esteban dava por falta da desordem de outros dias. Era evidente que o neto de irlandeses, na qualidade de Consorte da Dona de Casa, impusera certas regras de boas maneiras na mansão. Sofia, além disso, estava demasiado pendente das vontades dele, indo, vindo, trazendo-lhe fogo para o cachimbo, para em seguida sentar-se num pequeno banco ao lado de sua poltrona. E no silêncio do esposo, na sorridente expectativa de Carlos, na excessiva mobilidade de Sofia, que agora ia pegar uma almofada, sentia-se que todos esperavam o momento em que Esteban, como os viajantes antigos — para essa gente, situada a uma enorme distância dos fatos, ele era uma espécie de Sir John Mandeville da Revolução —, começasse a narração de suas aventuras. Mas as palavras custavam a sair-lhe à boca, por pensar que as primeiras arrastariam tantas e tantas mais que a madrugada o surpreenderia ali, sentado no mesmo divã, sempre contando. "Fale-nos de Victor Hugues", disse Carlos por fim. Compreendendo que, nessa noite, Ulisses não se livraria da obrigação de narrar sua Odisseia, Esteban disse a Sofia: "Traga uma garrafa de vinho do mais comum e ponha outra para refrescar, para mais tarde, porque a história vai ser longa".

36.

Não se deve gritar.
Goya

Começara sua narração em tom risonho, recordando contraditórias peripécias da travessia de Port-au-Prince à França, naquele navio abarrotado de fugitivos que se revelaram quase todos maçons, membros de um Clube de Filadelfos muito poderoso em Saint-Domingue. Era pitoresco, na verdade, ver tantos filantropos, amigos do chinês, do persa e do algonquino, prometendo os mais pavorosos castigos para a hora em que, depois de esmagada a revolta de negros, coubesse ajustar as contas com certos serviçais ingratos que haviam sido os primeiros a atear fogo aos prédios de suas propriedades. Em seguida Esteban passou a relatar em tom irônico suas "afuroadas" parisienses, seus sonhos e esperanças, andanças e experiências, lembrando alguns casos: o daquele cidadão que pretendia mandar construir um monumento colossal na fronteira com a França, dotado de um simbolismo tão terrivelmente agressivo — com um gigante de bronze cujo rosto deveria infundir terror — que os Tiranos, ao vê-lo, recuariam com seus exércitos amedrontados; daquele outro que, em momentos de urgência nacional, fizera uma assembleia perder seu tempo ressalvando que o título de "Cidadã" dado às mulheres tinha o defeito de deixar incógnita a inquietante questão de tratar-se, ou não, de uma "senhorita"; contava como o *Misantropo* tinha ganhado um desenlace revolucionário, com o regresso de um Alceste repentinamente reconciliado com o gênero humano; caçoava do enorme sucesso que, depois de sua partida da França, havia alcançado um romance que ele viria a conhecer em Guadalupe, o *Petit Émile*, no qual um menino do povo, levado a Versalhes, espantava-se ao saber que o Delfim também fazia "popô"... Queria manter o bom humor, mas, aos poucos, os fatos, os espetáculos recriados pelas palavras foram carregando-se de tintas mais sombrias. O vermelho dos emblemas republicanos passava a encarnado-escuro. Ao Tempo das Árvores da Liberdade seguira-se o Tempo dos Patíbulos. Houve um momento impreciso, indeterminável, porém terrível, em que se operou uma mutação das almas; quem até a véspera era manso, amanheceu colérico; quem nunca passara da retórica verbal, começou a assinar sentenças. Até que se chegou à Grande Vertigem — vertigem tanto mais incompreensível, ao ser evocada, quando se pensava no lugar em que se deflagrara: justamente onde parecia que a civilização tinha encontrado seu equilíbrio supremo, no país das serenas arquiteturas, da natureza amansada, dos artesanatos incomparáveis; onde até o próprio idioma parecia talhado para ajustar-se à medida do verso clássico. Nenhum povo podia ser mais avesso a uma cenografia de cadafalso que o povo francês. Sua Inquisição fora branda, se comparada à espanhola. Sua Noite de São Bartolomeu era pouca coisa perto da matança universal de protestantes ordenada pelo rei Filipe. Pensando-o à distância, um Billaud-

-Varennes pintava-se absurdo na mente de Esteban, contra um fundo de majestosas colunas, rodeado de estátuas de Houdon, em meio a jardins sem exuberâncias vegetais, com um exótico e sangrento porte de sacerdote asteca erguendo o punhal de obsidiana. Não restava dúvida de que essa Revolução obedecera a um obscuro impulso milenar, desembocando na aventura mais ambiciosa do ser humano. Mas Esteban via com terror o rumo das coisas: "Fomos rápidos demais em esquecer os mortos". Mortos de Paris, de Lyon, de Nantes, de Arras (e acumulava nomes de cidades, como Orange, que agora revelavam a extensão de seu sofrimento); mortos nas prisões flutuantes do Atlântico, nos campos de Caiena, em tantos outros lugares, sem esquecer os mortos sem conta possível — sequestrados, defenestrados, desaparecidos... —, aos quais se deviam somar esses cadáveres ambulantes que eram os homens de vida arrasada, de vocação frustrada, de obras truncadas, que para sempre arrastariam uma vida lamentável, quando não tivessem a energia necessária para o suicídio. Elogiava os infelizes babouvistas, para ele os últimos revolucionários puros, fiéis ao mais limpo ideal de igualdade, tragicamente contemporâneos dos que ainda pregavam, nas colônias, uma Fraternidade e uma Liberdade que já se haviam revelado puras artimanhas políticas para conservar terras ou adquirir outras novas. O velho Jeová, cujas igrejas e catedrais se reabriam em todos os lugares momentaneamente entregues ao ateísmo, saía vitorioso do embate. Agora seus adoradores podiam dizer que o ocorrido não passara, afinal de contas, de uma amostra de Sua Cólera contra tantos filósofos que, neste século já em suas últimas semanas, ousaram puxar de suas barbas, tratando seu Moisés de impostor, seu São Paulo de velhaco — chegando a insinuar, como fizera Victor Hughes em um discurso que muito devia ao Barão de Holbach, que o verdadeiro pai de Jesus era um legionário romano. E concluía o narrador, amargo, esvaziando sua última taça de vinho: "Desta vez, a Revolução fracassou. Talvez a próxima seja a boa. Mas, se quiserem me achar quando ela rebentar, vão ter que me procurar com lanternas ao meio-dia. Devemos ter muito cuidado com as belas palavras; com os Mundos Melhores criados pelas palavras. Nossa época está sucumbindo por excesso de palavras. Não existe nenhuma Terra Prometida além da que o homem pode encontrar dentro de si mesmo". E ao dizer isso Esteban pensava em Ogé, que costumava citar uma frase de seu mestre Martínez de Pascually: "O ser humano só poderá ser iluminado mediante o desenvolvimento das faculdades divinas nele adormecidas pelo predomínio da matéria...". As luzes da alvorada tingiram os cristais e espelhos do salão. Soavam as primeiras matinas de um domingo que os ventos do norte haviam começado a açoitar de madrugada. Às vozes dos sinos conhecidos desde a infância unia-se agora o grosso bordão da nova catedral. A noite passara com singular rapidez, como nos bons tempos da desordem. E agora, sem pressa de dormir, envoltos em mantas que foram trazendo aos poucos para se agasalhar em suas poltronas, os quatro permaneciam em silêncio, mergulhados nas próprias reflexões... "Só que *nós* discordamos disso", declarou Sofia, de repente, com uma voz fina e agridoce que, em sua boca, era prenúncio de discussão. Esteban sentiu-se obrigado a perguntar quem fazia parte desse "nós". "Os três aqui", respondeu Sofia, fazendo um gesto circular, como que excluindo-o do âmbito familiar. E, como se falasse consigo mesma, entregou-se a um monólogo acolhido com visível aprovação nos semblantes de Carlos e de Jorge. Não se podia viver sem um ideal político; a felicidade dos povos não podia ser alcançada na primeira tentativa; tinham-se cometido graves erros, era verdade, mas esses erros serviriam de útil lição para o futuro; ela compreendia que Esteban tinha vivido certas experiências dolorosas — e muito se compadecia dele —, mas talvez fosse vítima de um idealismo exagerado; ela admitia que os excessos da Revolução eram deploráveis, mas as grandes conquistas humanas só se conseguiam com dor e sacrifício. Em suma: nada grande podia ser feito na Terra sem derramamento de sangue. "Isso já foi dito por Saint-Just", exclamou Esteban. "Porque Saint-Just era jovem. Como nós. O que mais me maravilha, quando penso em Saint-Just, é quão perto ele estava dos bancos escolares." Sofia já estava bem informada de tudo que seu primo lhe contara — o que se referia à política, é claro —, e talvez até *melhor do que ele*, que só tivera uma visão parcial e limitada dos fatos, uma visão às vezes distorcida pelo contato direto com ridículas bobagens, com ingenuidades inevitáveis que em nada diminuíam a grandeza de uma iniciativa sobre-humana. "Quer dizer, então, que de nada me valeu descer ao inferno?", gritou Esteban... Ela só queria dizer que à distância era possível ter uma noção mais objetiva da realidade — menos apaixonada. Claro que ela lamentava, e muito, os belos mosteiros destruídos, as lindas igrejas incendiadas, as estátuas mutiladas, os vitrais quebrados. Mas bem podia metade do gótico ser varrido do planeta, se a felicidade do homem assim o exigisse. A palavra "felicidade" teve o poder de enfurecer Esteban: "Cuidado! São os beatos crédulos como vocês, os iludidos, os devoradores de escritos humanitários, os calvinistas da Ideia, que acabam erguendo as guilhotinas". "Quem dera pudéssemos erguer uma, e logo, na praça de Armas desta cidade podre e imbecil", replicou Sofia. Ela veria rolar com prazer a cabeça de muitos funcionários ineptos, de muitos exploradores de escravos, de muitos ricaços presunçosos, de muitos portadores de dragonas que povoavam esta ilha mantida à margem de todo Conhecimento, relegada ao fim do mundo, reduzida a uma alegoria para caixa de charutos pelo governo mais deplorável e imoral da história contemporânea. "Vários aqui merecem a guilhotina", sentenciava Carlos. "Vários e muitos", completava Jorge. "Eu esperava qualquer coisa", exclamou Esteban, “menos topar, aqui, com um Clube de Jacobinos.” Nem tanto, devolveram os outros. Mas, em todo o caso, com gente muito bem informada (esta reiteração acendia a cólera de Esteban), decidida a “fazer alguma coisa”. Era preciso ter consciência da época, ter um objetivo na vida: intervir de algum modo num mundo em transformação. Carlos se dedicara, durante esses anos, a criar uma pequena Loja Andrógina — Loja Andrógina porque eles eram muito poucos para prescindir de mulheres inteligentes e ilustradas — com a finalidade política de divulgar os escritos filosóficos incubados pela Revolução, bem como alguns de seus textos fundamentais: a Declaração dos Direitos do Homem, a Constituição Francesa, discursos importantes, catecismos cívicos etc. Trouxeram-lhe vários folhetos e volantes que, pelo desenho obsoleto dos tipos e pela composição tosca, delatavam o trabalho clandestino de tipografias neogranadinas ou havanesas — talvez do Rio da Prata ou de Puebla de los Ángeles. Esteban conhecia muito bem aquelas prosas. Tanto as conhecia que, na personalidade de certos fraseios, no acerto de certas transposições, na presença de um adjetivo cujo equivalente em castelhano lhe custara encontrar, identificava suas próprias traduções, feitas em Point-à-Pitre a pedido de Victor Hugues, para a prensa dos Lœuillet. E agora, justo neste momento, esses textos reapareciam diante dele, multiplicados pelas tipografias do Continente... “*Vous m'emmerdez!*”, gritou, esbarrando nas poltronas, ao sair. Atravessando o pátio, viu uma chave na fechadura da porta que dava para o armazém. Teve curiosidade de visitar aquele lugar que de certo modo lhe pertencia, agora que, por ser domingo, o recinto estaria deserto. O cheiro de salmoura, de batata brotada, de carne-seca, de cebola, que lhe era tão desagradável em outros tempos, invadiu-lhe o nariz como o aroma de um húmus rico e revigorante. Era cheiro de porão de navio, de doca, de adega bem abastecida. Pingava o tinto de suas torneiras; verdejavam as cascas do queijo manchego; suavam as banhas o barro de suas vasilhas bojudas. Mas reinava uma ordem outrora desconhecida. Tudo estava alinhado, empilhado, pendurado, conforme as exigências de sua matéria: acima, pendendo das vigas de cedro, os presuntos e réstias de alho; formando muralhas, os grãos; abaixo, as barricas de enchovas e escabeches. E mais além, no pátio agora coberto, enchendo armários gradeados, havia um mostruário das mercadorias que vinham ampliando o ramo de negócios: saleiros, relicários, espevitadeiras de prata mexicana; finas porcelanas inglesas; graciosas chinesices vindas de Acapulco; brinquedos mecânicos, relógios suíços, vinhos e cordiais das vetustas adegas do Conde de Aranda. Esteban dirigiu-se ao escritório onde os livros, os tinteiros, os estiletes, salvetas, réguas e balanças ocupavam seus respectivos lugares, à espera de quem haveria de usá-los na segunda-feira. Vendo que duas mesas particularmente imponentes ocupavam a melhor sala, o moço imaginou uma terceira que talvez seria destinada a ele, junto à parede forrada de mogno, onde se ostentava um retrato a óleo do pai, Fundador da Casa, de cenho franzido — como sempre —, respirando respeitabilidade, severidade, espírito empreendedor. E imaginou a si mesmo, em futuras esplendorosas manhãs, fechado ali, entre amostras de arroz e grão-de-bico, indo do contas-correntes ao livro de estoque, discutindo com algum devedor moroso, com algum varejista de província, enquanto lá fora o sol cintilava sobre as águas da baía, à passagem de um clíper a caminho de Nova York ou do cabo Horn. Compreendeu que jamais teria por *aquilo* o suficiente interesse para consagrar-lhe os melhores anos de sua vida. Estava viciado por suas andanças marinheiras, por seu viver o dia de hoje, pelo hábito de não possuir coisa alguma. Agora que se via como que resgatado do inferno, não conseguia se achar — sentir-se a si mesmo — na realidade, na normalidade recobrada. Foi até seu quarto. Sofia, sentada entre os fantoches e aparelhos de física, esperava por ele sem se conformar em ir dormir, com uma grande tristeza refletida no rosto. "Você se aborrece conosco", disse, "porque temos fé em alguma coisa." "A fé numa coisa que muda a cada dia vai lhes dar grandes e terríveis decepções", disse Esteban. "Vocês sabem o que odeiam. Só isso. E é por isso que depositam sua confiança, suas esperanças, em qualquer outra coisa." Sofia o beijou como quando era criança e o agasalhou na rede... "Cada um que pense o que quiser, e voltemos a ser como antes", disse ao sair. Esteban, ao ficar a sós, percebeu que isso era impossível. Certas épocas são feitas para dizimar os rebanhos, confundir as línguas e dispersar as tribos.

37.

Os dias transcorriam sem que Esteban se decidisse a começar seu trabalho no armazém. "Amanhã", dizia, como que se desculpando diante de quem nada lhe exigia. E amanhã se dedicava a vagabundear pela cidade, ou, atravessando a baía num bote, ia até a vila de Regla. Ali encontrava balcões com garapas fortes e sangrias rascantes, com leitões assados que lhe lembravam os *bucanes* de outros dias. Num cemitério marinho, apinhados uns contra os outros como mendigos em noite de inverno, verdeciam os veleiros imprestáveis, desprezados por serem velhos e vacilantes, sempre embalados por um manso marulho que penetrava nos cascos esburacados, cobertos de lapas e algas violáceas. Ainda resistiam, em algum lugar, as ruínas dos barracões onde, por vários meses, haviam sido confinados os jesuítas expulsos dos reinos da Espanha, trazidos pela rota de Portobelo dos seus remotos conventos andinos. Os vendedores de orações, de ex-votos, de objetos de bruxaria — ímãs, azeviches, ferros e corais — exerciam seu comércio livremente. Ali cada igreja cristã tinha junto uma igreja mocambeira, consagrada a Obatalá, Oxum ou Iemanjá, nos fundos da mesmíssima sacristia, sem que nenhum pároco pudesse fazer nada contra isso, pois os negros reverenciavam seus velhos deuses africanos na figura das mesmas imagens que se erguiam nos altares dos templos católicos. Às vezes, ao voltar para a cidade, Esteban entrava no teatro do Coliseu, onde uma companhia espanhola animava, em ritmo de tonadilha, um mundo de *majos* e *chisperos** evocador daquela Madri cujos caminhos a guerra lhe vedara... Perto do Natal, Sofia, Carlos e Esteban foram convidados por uns parentes de Jorge para passar as festas de fim de ano numa fazenda tida como das mais prósperas e florescentes da ilha. Demasiado ocupados com o intenso comércio de fim de ano para abandonar o armazém, Carlos e Jorge resolveram que Sofia iria primeiro, acompanhada por Esteban, e eles seguiriam depois de ultimar seus negócios na cidade, dali a uns oito dias. Esteban gostou da ideia, pois sempre se sentia separado de Sofia pela presença do marido, enquanto, por outro lado, custava a restabelecer verdadeiros laços de camaradagem com Carlos, por demais entregue a seus negócios, e que à noite muitas vezes se ausentava para assistir a reuniões maçônicas, ou voltava muito cansado pelo longo dia de trabalho para fazer algo além de dormitar numa poltrona do salão, depois do jantar, fingindo que escutava a conversa dos outros... "Agora é que estou reencontrando você", disse Esteban a Sofia, quando se viu a sós com ela, na intimidade do coche a caminho de Artemisa. Fechados sob a capota de oleado, os dois se achavam como num berço sacudido pelos maus caminhos. Comiam em estalagens e pousadas de viajantes,

* *Majo*: nos séculos XVIII e XIX, tipo popular madrilense caracterizado pela roupa vistosa e pela atitude despachada. *Chispero*: habitante dos bairros populares de Madri, especialmente o de Maravillas, por causa das muitas ferrarias que ali havia. (N. T.)

divertindo-se em pedir o mais popular ou insólito — um *ajiaco** de caldo escuro ou uma grelhada de pombas-trocazes —, e Sofia, que nas refeições familiares nem provava o vinho, agora se dedicava a catar garrafas promissoras perdidas entre as aguardentes e os carrascões do varejo. Seu rosto então corava, a testa se cobria de suor, mas ela ria, soltando a risada de outros tempos, menos senhora, menos dona de casa, como que libertada de uma censura tolerada porém ativa. No caminho, Esteban sentiu-se impelido a falar de Victor Hugues. Perguntou a Sofia pela carta que lhe trouxera. "Não era nada", respondeu ela. "Eu esperava mais. Você o conhece: piadas que perdem a graça quando escritas. No fundo: tristeza. Diz que não tem amigos." "Sua solidão é seu castigo", disse Esteban. "Pensou que para ser grande tinha de renunciar a toda amizade. Nem Robespierre foi tão longe." "Ele sempre esperou demais de si mesmo", respondeu a jovem. "E quando tentou levantar-se acima da própria estatura, mostrou que não dava para tanto. Queria ser herói de tragédia, e não passou de coadjuvante. Além do mais, seus cenários eram ruins: Rochefort, Guadalupe... Escadas de serviço!" "É um homem menor. Muitos fatos o comprovam." E Esteban procurava na memória tudo o que pudesse rebaixar sua pose orgulhosa: certa frase infeliz, escutada um dia; a futilidade de uma dada expressão; alguma aventura com uma criada; certa demonstração de fraqueza — como aquela, de um dia famoso, em que ficara calado, com um odioso sorriso nos lábios, quando Antoine Fuet ameaçara escorraçá-lo a chicotadas se ousasse aparecer na Loja dos Corsários sem ser convidado. Para completar, esse culto a Robespierre, traduzido em arremedo... E punha-se a acumular acusações contra o amigo de outrora, cujas fraquezas lhe eram muito mais inadmissíveis

* Ensopado de carne cujos ingredientes complementares variam de país para país, tendo em comum o chili, ou *ají*. (N. T.)

justamente porque o amara. "Gostaria de falar bem de Victor Hughes, mas não posso. São muitas as coisas que mancham a lembrança que tenho dele." Sofia o escutava, assentindo a seu modo, com pequenos grunhidos que podiam ser entendidos como expressões de surpresa, desaprovação, espanto ou escândalo diante de uma crueldade, um desacerto, uma baixeza ou um abuso de poder: "Deixemos Victor para lá. Foi uma má criatura de uma grande revolução". "Criatura que, no fim das contas, fez dinheiro e casou com mulher rica", observou Esteban. "A menos que tenha sido preso em Paris por causa de suas malversações. Ou então por crime de rebeldia. Isso sem falar em outras sentenças que os magistrados do novo Terror podem ter determinado." "Deixemos Victor para lá." Mas, duas léguas adiante, voltavam a falar de Victor Hugues, de novo presente e ativo numa troca de condenatórios lugares-comuns: "É vulgar...". "É inculto: cita em seus discursos o que leu no último livro..." "Um aventureiro..." "Nunca passou de um aventureiro..." "Só nos impressionava porque vinha de longe e tinha viajado muito..." "Corajoso, sem dúvida..." "E ousado..." "Fanático de início; mas talvez já fingisse, por ambição..." "Uma besta política..." "Esses são os homens que desacreditam as revoluções..."

Rodeada de palmeiras e cafezais, a casa dos parentes de Jorge era uma espécie de palácio romano, cujas altas colunas dóricas se alinhavam ao longo do pórtico adornado com pratos de porcelana, vasos antigos, mosaicos de Talavera e jardineiras transbordantes de begônias. Os salões, as galerias do pátio central, os grandes aposentos, poderiam ser habitados folgadamente por uma centena de pessoas. A toda hora ardiam os fogões, e os dias transcorriam entre desjejuns, serviços de iguarias inesgotáveis, lanches e aperitivos, encontrando-se sempre à mão alguma caneca de chocolate ou um cálice de xerez. Maravilhava contemplar, entre as romãzeiras e buganvílias de folhagens espessadas por trepadeiras, as estátuas de mármore branco que adornavam os jardins. Pomona e Diana Caçadora tutelavam um pequeno lago, orlado de samambaias e tinhorões, aberto no alargamento de um regato. Longas alamedas, sombreadas de amendoeiras, alfarrobas e palmeiras-reais, esfumavam-se em longes verdes, onde se descobria o mistério de uma pérgula italiana coberta de roseiras envolventes, um pequeno templo grego, erguido para abrigar alguma deusa mitológica, ou um labirinto de buxos onde era bom se perder quando as sombras do crepúsculo se alongavam. Os donos da casa, sempre atentos ao bem-estar dos hóspedes, não os perturbavam. Velhos princípios de hospitalidade crioula davam a todos a liberdade para fazer o que bem quisessem, e, enquanto uns saíam a cavalgar pelas trilhas, outros passavam o tempo em caçadas ou passeios, enquanto os demais se espalhavam, levando um tabuleiro de xadrez ou um livro, pela vastidão dos parques. Um sino, pendurado numa torre, ritmava a vida cotidiana chamando a jantares ou reuniões às quais assistia quem quisesse. Depois da grande refeição noturna, que terminava no frescor das dez horas, acendiam-se grinaldas de lanternas na grande esplanada atrás da casa, e dava-se início ao concerto de uma orquestra de trinta músicos negros, instruídos por um maestro alemão, antigo violino da orquestra de Mannheim. Soava, sob um céu estrelado — tão estrelado que parecia sobrecarregado de estrelas —, a grave introdução de uma sinfonia de Haydn, ou se avivavam os instrumentos no impulso jovial de um Allegro de Stamitz ou de Cannabich. Às vezes, com o concurso de alguns convidados de boa voz, chegava-se a interpretar pequenas óperas de Telemann ou *La Serva Padrona* de Pergolesi. E assim transcorria o tempo, naqueles dias finais de um Século das Luzes que parecia ter durado mais de trezentos anos, por tantas e tantas coisas que nele haviam acontecido. "Vida maravilhosa", dizia Sofia. "Mas atrás dessas árvores existe *algo* inadmissível." E apontava para a fileira de altos ciprestes, erguidos como obeliscos verde-negros sobre a vegetação circundante, que ocultava outro mundo: o dos barracões de escravos que às vezes faziam soar seus tambores como um remoto granizo. "Eu o lamento tanto quanto você", replicou Esteban. "Mas nossas forças não bastam para mudar e consertar as coisas. Outros, dotados de Plenos Poderes, fracassaram nesse intento..." Na tarde de 24 de dezembro, enquanto alguns se empenhavam em terminar de arrumar um Presépio, invadindo as cozinhas, de quando em quando, para verificar se os perus estavam dourando nos fornos e se os molhos começavam a falar pelo aroma de suas essências, Esteban e Sofia foram até os portões da fazenda, de grades monumentais, para esperar por Jorge e Carlos, que logo haveriam de chegar. Um aguaceiro repentino os fez buscar abrigo numa das pérgulas, toda acesa de flores-de-sangue recém-desabrochadas. A chuva levantava os cheiros da terra, tirando os últimos perfumes das folhas caídas nos caminhos. "Cessaram as chuvas, apareceram as flores, voltou o tempo das canções", murmurou Esteban, citando uma passagem bíblica que lhe lembrava leituras da adolescência. Então ocorreu o deslumbramento. Sentiu-se como que resgatado, devolvido a si mesmo por uma gozosa revelação. Agora você entende tudo. Sabe o que estava amadurecendo no seu interior há muitos anos. Fita o rosto e entende a única coisa que devia entender, você, que tanto se esforçou em perseguir verdades que excediam seu entendimento. Foi ela a primeira mulher que você conheceu, mãe estreitada no lugar daquela jamais conhecida. É ela a fêmea que revelou as esplendorosas ternuras da mulher na vigília insone, a compaixão por seu padecimento e a apaziguadora carícia oferecida na alvorada. É ela a irmã que conheceu as sucessivas formas de seu corpo como só uma amante inimaginável, crescida a seu lado, poderia conhecer. Esteban recostou a cabeça num ombro que era como feito de sua própria carne e prorrompeu em soluços tão fundos, tão pungentes, que Sofia, perplexa, tomou-o em seus braços, beijando-o na testa, no rosto, atraindo-o para si. Mas era uma boca ansiosa, sedenta, ávida demais, a que agora procurava a dela. Afastando-o com as mãos, safou-se bruscamente e se pôs de pé, diante dele, atenta a suas reações como quem observa os movimentos do inimigo. Esteban olhava para ela, consternado, inerte, mas com tal ardor nos olhos que a mulher, sentindo-se olhada como mulher, deu um passo atrás. Agora o outro lhe falava; falava do que acabara de entender, do que acabara de descobrir dentro de si. Uma voz que não era a mesma de antes pronunciava palavras jamais esperadas, inadmissíveis, que, longe de comovê-la, soavam a seus ouvidos com a oca ressonância dos lugares-comuns. Ela não sabia o que fazer, o que dizer, quase envergonhada por ter de suportar aquele monólogo cheio de afrontosas confissões que se referiam a triviais desenganos de alcova, a anseios nunca satisfeitos, à obscura espera de algo que teria devolvido o visitador de terras áridas ao ponto de partida. "Já chega!", gritou Sofia, com a cólera estampada no rosto. Talvez outra escutasse aquilo tudo com interesse. Mas, em sua recusa, tudo lhe soava a falsa moeda verbal. E à medida que o outro apertava o ritmo das palavras, ela apertava o dos "Já chega!", subindo o tom até um registro conclusivo, terminante, intransponível. Fez-se um silêncio pleno de angústia. Os dois eram golpeados por palpitações internas, como se, juntos, tivessem feito um esforço enorme. "Você quebrou tudo, arrasou com tudo!", disse ela. E era Sofia, agora, quem rompia em pranto, já correndo sob a chuva... A noite caiu sobre um jacente. Nada seria como antes. Aquilo que rebentara na crise criaria, para sempre, uma barreira de desconfiança, de silêncios reticentes, de olhares duros, que seria para ele intolerável. Pensava que o melhor seria ir embora, abandonar o recinto familiar, mesmo sabendo que lhe faltariam forças para tanto. As coisas eram agora tão difíceis que todo viajante se punha a caminho esperando o pior, como nos dias da Idade Média. E Esteban sabia quanto tédio podia encerrar a palavra "aventura"... Tinha parado de chover. As moitas encheram-se de luzes e de fantasias. Apareceram pastores, moleiros de cara enfarinhada, negros que não eram negros, velhas de doze anos, gente barbada e gente com coroas de papelão agitando chocalhos, ganzás, pandeiros e soalhas. E eram vozes meninas as que cantavam em coro:

Ya viene la vieja
con el aguinaldo.
Le parece mucho,
nos parece poco.

Panpanitos verdes,
limones en flor,
bendita la madre
de Nuestro Señor.

Atrás dos maciços de buganvílias, a casa resplandecia por todos seus candelabros, lampiões e lustres venezianos. Agora caberia esperar até a meia-noite, entre bandejas de ponche. Doze badaladas cairiam da torre, e todos teriam que engasgar com as doze uvas do ritual. Depois viria a ceia interminável, prolongada num serão de avelãs e amêndoas partidas com quebra-nozes. E a orquestra de negros estrearia valsas novas, cujas partituras tinham chegado na véspera e estavam sendo ensaiadas desde cedo. Esteban não sabia o que fazer para fugir daquela festa, das crianças que o perseguiam, dos criados que o chamavam pelo nome, para que participasse de alguma brincadeira ou provasse das bebidas que já começavam a subir o tom das risadas nos portais iluminados. Nisso se ouviu um picado trotar de cavalos. Remigio, na boleia do coche coberto de lama, aparecera no final da alameda. Mas ninguém vinha dentro do coche. Freando em seco ao avistar Esteban, contou-lhe que, depois de sofrer uma síncope, Jorge estava de cama, atingido por uma nova epidemia que flagelava a cidade — epidemia atribuída à grande mortandade nos campos de batalha da Europa, e cujos miasmas mefíticos tinham chegado em uns navios russos, recém-chegados, que trocavam mercadorias nunca vistas por frutas tropicais, muito apreciadas pelos ricos senhores de São Petersburgo.

38.

A casa cheirava a doença. Logo na entrada, as gargantas já acusavam uma presença de mostardas e linhaças na cozinha distante. Era, entre corredores e escadas, um grande vaivém de tisanas e cataplasmas, beberagens e óleos canforados, enquanto se subiam baldes de água de malvavisco e bulbo de lírio destinados a refrescar a pele de quem não saía de uma febre tenaz, que remontava até as divagações do delírio. Depois de uma viagem triste e apressada ao máximo, durante a qual mal se falaram, Sofia e Esteban encontraram Jorge em estado de extrema gravidade. E não se tratava de um caso isolado. Meia cidade estava prostrada por uma epidemia nova que, com demasiada frequência, se revelava fatal. Ao ver sua mulher chegar, o doente fitou-a com olhos exaustos, agarrando-se de suas mãos como se nelas encontrasse uma tábua de salvação. Como as portas do quarto estavam fechadas para evitar correntes de ar, reinava nele uma atmosfera sufocante e densa, carregada de vapores de farmácia, álcool para fricção e cera de velas, sempre acesas porque Jorge tinha a opressiva sensação de que, se adormecesse no escuro, nunca mais acordaria. Sofia o cobriu e o acalentou, colocou-lhe compressas de vinagre na testa ardente e foi até o armazém, para que Carlos detalhasse o tratamento aconselhado por médicos que, na verdade, mal sabiam como lutar contra um mal desconhecido... E entrou-se no Século Novo entre insônias e vigílias, dias de esperança e dias de desalento — nos quais, como que chamadas por vozes misteriosas, apareciam batinas entre os azulejos do saguão, oferecendo trazer imagens e relíquias milagreiras. Sobre todos os móveis dos altos havia receitas e frascos de medicamentos, junto com as mechas meio queimadas que tinham servido para fixar ventosas. Consternada, porém serena, Sofia não arredava da cabeceira do marido, apesar de muito lhe repetirem que a doença era extremamente contagiosa. Sem tomar nenhuma precaução além de friccionar-se com loções aromáticas e de ter sempre na boca um cravo-da-índia, a esposa cuidava do doente com uma solicitude e uma ternura que a Esteban lembravam os anos de sua própria adolescência asmática. Agora o carinho de Sofia — talvez uma inconsciente antecipação de sentimento maternal — tinha-se fixado em outro homem, e essa evidência era tanto mais dolorosa para quem agora tinha mais motivos do que nunca para suspirar os tempos de um Paraíso Perdido — tão perdido quanto inadvertido outrora, quando era incapaz de medir o alcance de uma felicidade que, por habitual e cotidiana, ele aceitava como algo que lhe cabia por direito. Sofia permanecia acordada por noites a fio, em sua poltrona de enfermeira, dormitando tão leve que bastava qualquer suspiro de Jorge para acordá-la. Às vezes saía do quarto com uma grande tristeza no rosto: "Está delirando", dizia, e rompia a chorar. Mas recuperava a coragem ao ver que, ao voltar a si, o outro se aferrava à vida com inesperada energia, protestando com inacreditável força contra as fisgadas que lhe mordiam os flancos, gritando que a morte não o venceria. Nos breves momentos de melhora, fazia projetos para o futuro. Não, não se podia jogar fora a juventude enfurnado num armazém. O ser humano não tinha nascido para isso. Assim que passassem os dias da convalescença, os dois iriam para o estrangeiro; realizariam as viagens sempre planejadas. Iriam à Espanha; iriam à Itália; ele acabaria de recuperar a saúde no ameno clima da Sicília. Deixariam para sempre esta ilha malsã, onde as pessoas estavam sempre expostas a epidemias semelhantes àquelas que flagelaram a Europa em outras épocas. Ao saber desses projetos, Esteban sentia uma lacerante angústia ante a ideia de que se pudessem realizar e de que, nesse caso, ele se veria privado de uma presença que era a única razão de sua existência atual, vazia de ambições, de ideais e de vontades. E podia avaliar o desengano deixado por suas experiências pessoais quando lhe tocava receber as visitas que, a qualquer hora, vinham perguntar pelo doente. Ninguém lhe parecia interessante. Permanecia alheio às conversas. E mais ainda quando os visitantes eram filantropos de última hora, frequentadores da pequena Loja Andrógina fundada pelos seus, que ele se negara obstinadamente a conhecer desde seu regresso a Havana. As *ideias* que deixara para trás vinham alcançá-lo, agora, nesse meio onde tudo parecia organizado para neutralizá-las. Condoíam-se do destino dos escravos os mesmos que, ainda ontem, haviam comprado novas remessas de negros para trabalhar em suas fazendas. Falavam da corrupção do governo colonial aqueles que prosperavam à sombra dessa mesma corrupção, que tantos lucros lhes proporcionava. Começavam a falar de uma possível independência os que com muito prazer teriam recebido algum título nobiliárquico outorgado pela Mão Real. Generalizava-se aqui, entre as classes abastadas, o mesmo estado de espírito que, na Europa, levara tantos aristocratas a erguer seus próprios cadafalsos. Com quarenta anos de atraso, liam-se livros propiciadores de uma revolução que essa mesma revolução, seguindo rumos imprevistos, havia desatualizado... Passadas três semanas, recuperou-se uma certa esperança quanto ao estado do doente. Não que ele tivesse melhorado. Mas parecia estacionar dentro da gravidade, depois de um sofrimento que, para outros, a morte teria abreviado em menos tempo. Os médicos, instruídos pela observação de numerosos casos, tinham optado por prescrever a seus pacientes um tratamento muito semelhante ao adotado no combate à pneumonia. Estavam todos nessa expectativa quando, uma tarde, soou o aldravão da porta principal. Esteban e Sofia espiaram pela varanda sobre o pátio para ver quem chamava tão ruidosamente, quando viram o capitão Caleb Dexter, de casaca azul e luvas de cerimônia. Sem saber que havia um doente na casa, vinha visitá-los sem aviso, como já fizera outras vezes, sempre que o *Arrow* atracava no porto de Havana. Esteban abraçou com alegria aquele que, com sua presença, reavivava um grato passado. Ao ser informado do que estava acontecendo, o norte-americano, depois de muito lamentar o caso, fez questão de trazer de seu navio uns fomentos marinheiros de eficácia comprovada — por mais que Sofia tentasse dissuadi-lo, pois a pele de Jorge estava tão inflamada pelos revulsivos que mal suportava os menos ardentes. Mas Caleb Dexter, convencido da bondade de seu remédio, foi procurá-lo e voltou, na hora de acender os lampiões, com uns unguentos e pomadas que cheiravam a ácidos corrosivos. Colocou-se mais um prato na mesa, e a entrada de uma grande sopeira inglesa, com feitio de alta linhagem, deu início ao primeiro jantar esperançoso que se celebrava sob este teto em várias semanas. Jorge dormia aos cuidados de uma freira clarissa que Sofia mandara chamar. "Ele vai se salvar", dizia Carlos. "Tenho o palpite de que está fora de perigo." "Deus te ouça", disse Sofia, usando uma expressão que, por incomum em sua boca, ganhava um valor de ensalmo propiciatório, sem que Esteban conseguisse saber se o deus invocado era o Jeová da Bíblia, o Deus de Voltaire ou o Grande Arquiteto dos maçons, tamanha era a Confusão de Deuses vista no recém-terminado Século das Luzes. Foi inevitável, para Esteban, contar suas andanças pelo Caribe, mas desta vez o fez com prazer e até com bom humor, sabendo que o capitão conhecia o cenário de sua grande aventura. "A propósito, o estado de guerra entre a França e os Estados Unidos não deve durar muito mais", disse Caleb Dexter. "Estão entabulando negociações de paz." Já em Guadalupe reinava uma perpétua desordem, desde que Victor Hugues, negando-se a entregar o governo a Pelardy e a Desfourneaux, acabara embarcado à força. Lá a quartelada era um fato cotidiano, enquanto os Grandes Brancos de outrora, renascidos das aparentes cinzas, promoviam uma guerra aberta contra os Novos Grandes Brancos, recuperando as prerrogativas de outros tempos. Além de tudo, havia nas colônias francesas uma tendência geral a retomar as práticas do Antigo Regime, ainda mais agora que Victor Hugues acabava de assumir seu novíssimo cargo de Agente do Diretório em Caiena. "Vocês não sabiam?", disse o marinheiro ao ver o pasmo de todos, que consideravam Victor Hugues um homem derrotado, de carreira acabada, talvez preso, talvez condenado à morte. E agora eram informados de que, depois de ganhar sua batalha em Paris, o personagem regressara à América com ares de vencedor, dono de novos bicornes e investido de novos poderes. Quando a notícia chegou à Guiana — contava o ianque —, um vento de terror atravessou a região. As pessoas tomaram as ruas clamando que agora sofreriam as maiores desgraças. Os deportados de Sinnamary, Kourou, Iracubo e Conamama, perdida a esperança de sobreviver às pragas, rezavam, gritavam elevando preces ao Altíssimo, pedindo que os livrasse de novos sofrimentos. Houve pânico coletivo, semelhante ao que poderia suscitar a vinda de um anticristo. Foi preciso espalhar cartazes por toda Caiena para comunicar ao povo que os tempos eram outros, que ali não se repetiriam os fatos de Guadalupe e que o Novo Agente, imbuído de espírito generoso e justiceiro, faria todo o possível para garantir a felicidade da colônia. ("*Sic*", disse Esteban, reconhecendo velhas retóricas.) O toque tragicômico do caso era que, para dar provas de suas boas intenções, Victor Hugues chegara a Caiena acompanhado por uma banda de música ostensivamente instalada na proa de seu navio — ali onde outrora se erguera a guilhotina, levada a Guadalupe como pavorosa advertência à população. Desta vez soaram animadas marchas de Gossec, canções da moda em Paris, rústicas contradanças de pífano e clarineta, no mesmo lugar onde, seis anos antes, tantas vezes se ouvira o sinistro baque da lâmina caindo de seus montantes, quando era testada por Monsieur Anse. Victor Hugues chegara sozinho, deixando a mulher na França — ou talvez nem tivesse chegado a se casar; isso Caleb Dexter não sabia com certeza, pois trazia essas notícias de Paramaribo, onde a proximidade do temido Agente da França era vista com grande preocupação. E, para surpresa geral, esse Agente se mostrara magnânimo, visitando os deportados, melhorando um pouco sua vida miserável, prometendo que, em breve, muitos haveriam de voltar à pátria. "Nosso lobo veste pele de cordeiro", disse Esteban. "Apenas um instrumento político que se adapta aos mandatos do dia", disse Carlos. "Um personagem extraordinário, apesar de tudo", disse Sofia. Caleb Dexter retirou-se cedo, pois seu navio devia zarpar pouco antes do amanhecer. Conversariam com mais calma dali a um mês, quando ele faria uma nova escala em Havana, rumo aos portos do Sul. Então festejariam — e com garrafas das melhores — o restabelecimento do doente. Esteban o acompanhou até o cais do porto, conduzindo o coche... Ao voltar, encontrou Carlos à entrada da casa: "Corra, vá buscar o médico", disse. "Jorge está sufocando. Temo que não passe desta noite."

39.

O doente continuava a lutar. Ninguém pensaria que aquele homem pálido e frágil, com jeito de fim-de-raça, poderia ter tamanhas reservas de vitalidade. Já presa de uma asfixia quase ininterrupta, devorado pela febre, ainda lhe restavam forças para clamar, em seus delírios, que se recusava a morrer. Várias vezes Esteban tinha visto a morte de um índio, de um negro: para eles as coisas aconteciam de um modo muito diferente. Prostravam-se sem queixas, como animais feridos, cada vez mais alheios a tudo que os rodeava, cada vez mais desejosos de que os deixassem em paz, como que resignados de antemão à derrota final. Jorge, ao contrário, crispava-se, debatia-se, gemia, incapaz de aceitar o que para os outros já era uma evidência. Parecia que a civilização tinha despojado o homem de toda inteireza diante da morte, apesar dos muitos argumentos que forjara ao longo dos séculos para explicá-la lucidamente e aceitá-la com serenidade. E agora que a morte se aproximava inexoravelmente na batida dos relógios, ainda era preciso convencer-se de que a morte não era um fim, mas um trânsito, que depois dela havia outra vida, e, para entrar nessa vida, devia-se contar com certas garantias outorgadas do lado de cá da fronteira. Foi o próprio Jorge quem solicitou a presença de um sacerdote, que aceitou como confissão final o que não passou de um balbucio de frases desconexas. Rosaura, ao ver que os médicos se davam por vencidos, convenceu Sofia a deixá-la trazer um velho feiticeiro negro. "Tanto faz!", disse a moça. "Ogé não desprezava os bruxos..." O feiticeiro fez uma "limpeza" do quarto com águas aromatizadas, jogou búzios no chão, observando se caíam de boca para cima ou para baixo, e acabou trazendo plantas compradas de um ervatário que tinha sua banca perto do mercado. Fosse como fosse, tiveram de reconhecer que os conhecimentos do negro aliviaram as sufocações do doente, reanimando um coração que, por momentos, mostrava-se de uma fraqueza agônica... Mas não cabia esperar muito mais além disso. Os mecanismos físicos do doente falhavam um após o outro. As garrafadas propiciaram apenas um alívio passageiro. Os homens do Velório e do

Enterro, levados por seu instinto certeiro, rondavam a morada a toda hora. Esteban não se surpreendeu quando viu aparecer o alfaiate de Carlos trazendo roupas de luto. Sofia encomendara as dela a sua costureira, e em tal quantidade que enchiam várias canastras, amontoadas num quarto dos fundos onde a jovem se trocava desde que o marido adoecera. Talvez por uma íntima superstição, não se decidia a abri-las. Esteban entendia suas razões: ao mandar fazer esses vestidos pretos, cumprira com um ritual de esconjuração. Tirá-los antes da hora significaria aceitar o que não se queria aceitar. Cada qual devia fingir acreditar que o pano preto não reapareceria mais uma vez sob o teto da casa. Mas, três dias mais tarde, depois de uma irremediável falência cardíaca, o pano preto fez sua entrada pela porta principal, pouco depois das quatro da tarde; preto dos hábitos monacais, preto de batinas, preto de amigos, clientes do armazém, irmãos maçons, conhecidos e empregados; preto de Pompas Fúnebres, com seus catafalcos e acessórios; preto dos negros de verdade, remotamente ligados à família, havia quatro gerações, por vínculos ancilares, e que surgiam como sombras esquecidas de seus bairros distantes, para armar coros carpidores sob as arcadas do pátio. Naquela sociedade implacavelmente compartimentada, o Velório era a única cerimônia que rompia as barreiras de classe e de raça, admitindo-se que o barbeiro que um dia tivesse escanhoado o rosto do defunto se acotovelasse, junto do caixão, com o Capitão-Mor da Colônia, o Reitor do Protomedicato, o Conde de Pozos Dulces ou o rico fazendeiro, estreando seu título de Marquês da Real Proclamação. Atordoada pela presença de centenas de rostos desconhecidos — todo o comércio de Havana se reunira aquela noite na casa de altos tetos —, Sofia, emagrecida por suas vigílias, endurecida pela dor funda que se exime de cenas e de lágrimas vistosas, desempenhava sua função de viúva com uma dignidade e uma distinção que admiravam o próprio Esteban. Pálida, sisuda, talvez enjoada pelo perfume de flores tão diversas que seus cheiros misturados se transformavam numa fetidez cerosa, somada à dos círios e brandões, dos vapores medicinais que ainda se demoravam entre as paredes com suas identidades de mostarda e de cânfora, a jovem conservava, envolta em seus lutos desgraciosos, uma beleza estranha às próprias imperfeições. Sua testa era talvez demasiado voluntariosa; as sobrancelhas, muito bastas; os olhos, por demais relutantes à entrega; os braços ficavam compridos em seu corpo; as pernas eram talvez frágeis para sustentar a arquitetura das cadeiras. Mas dela emanava, mesmo nessa penosa missão, uma luz de feminidade integral, vinda do fundo, que agora Esteban enxergava, entendendo os secretos móveis de seu poderoso estilo humano. Saiu para o pátio tentando fugir do zum-zum das rezas que enchia o salão onde jazia o cadáver. Foi até seu quarto, onde os fantoches, nesse momento, adquiriam um contrastante valor grotesco, no estilo de Callot. Largou-se na rede, sem conseguir livrar seu espírito de uma ideia pertinaz: amanhã haveria um homem a menos na casa. Ficavam em palavras os projetos de viagem que tanto o angustiaram dias atrás. Agora começaria o ano do tedioso luto, com as missas rezadas em memória do defunto e as visitas obrigatórias ao cemitério. Tinha um ano pela frente para convencer os outros da necessidade de uma mudança de vida. Seria fácil voltar a um assunto que alimentava suas conversas desde a adolescência. Carlos, sempre muito preocupado com o armazém, talvez os acompanhasse por dois ou três meses. Ele daria um jeito para ficar com Sofia em algum lugar da Europa, e pensava na Espanha, país agora menos ameaçado pelas guerras francesas, que, saltando por sobre o Mediterrâneo, foram parar absurdamente no Egito. A questão era não se precipitar, não se deixar levar por impulsos momentâneos. Valer-se dos inesgotáveis recursos da hipocrisia. Mentir quando fosse útil. Desempenhar, conscientemente, o papel de Tartufo... Voltou às negruras do

Velório, apertando mãos e recebendo abraços condoídos de pessoas que continuavam a entrar pela porta principal, enchendo as galerias. Olhou para o caixão. Quem jazia ali era um intruso. Um intruso que amanhã seria levado embora, sem que ele tivesse cometido sequer o íntimo delito de desejar sua eliminação física — como os filósofos do Século Transposto, pedantemente, chamavam a execução de um ente nefasto. O luto, fechando a casa, reduzindo novamente o círculo familiar a suas proporções exatas, viria recriar a atmosfera de outros dias. Retornariam, quem sabe, à desordem de outrora, como numa reversão do tempo. Depois da longa noite do velório; depois do enterro, com seus responsos, porta-cruz, oferendas, paramentos, círios, crepes e flores, obituário e réquiem — e se comentaria que fulano viera de grande uniforme, e que sicrano dissera, e que beltrano chorara, gemendo que não éramos nada...; depois da despedida do cortejo, com o dever de apertar cem mãos suarentas, sob um sol que torturava os olhos com a reverberação das lápides de mármore, voltaria a se estabelecer um vínculo natural com o que ficara lá atrás. E, tendo cumprido com suas maçantes obrigações funerárias, voltaram a se encontrar em torno da grande mesa da sala, Carlos, Esteban, Sofia, como outrora — era um domingo —, diante de um jantar encomendado no hotel próximo. Remigio, que não pudera ir ao mercado por estar no cemitério, trazia bandejas cobertas de guardanapos sob os quais apareceram pargos amendoados, marzipãs, pombos *à la crapaudine*, coisas trufadas e confeitadas, que Esteban pedira pessoalmente — recomendando que se conseguisse a qualquer preço aquilo que eventualmente faltasse. "Que coincidência!", disse Sofia. "Se não me engano, parece que comemos quase as mesmas coisas quando morreu..." (e não completou a frase, pois nunca se falava do pai naquela casa). "As mesmas coisas", disse Esteban. "A comida dos hotéis varia muito pouco." E reparou que a prima estava mal sentada à mesa, como se nela tivessem reaparecido os modos desleixados de outrora. Provava de tudo um pouco, sem ordem, com os olhos postos na toalha, brincando maquinalmente com as taças. Recolheu-se cedo, esgotada por tantas noites de vigília. Mas agora seria inútil expor-se a um contágio póstumo. Mandou montar sua estreita cama de solteira, resgatada de um quarto de despejo, no aposento onde ainda esperavam, sem ser abertas, algumas das canastras contendo roupas de luto. "Coitada da Sofia!", disse Carlos quando os dois homens ficaram a sós. "Enviuvar tão cedo!" "Logo vai se casar de novo", disse Esteban, apalpando uma semente cinzenta, rodeada por um fio de ouro, que em seus dias de marujo fora seu talismã pessoal para afastar tempestades e evitar desgraças... Nos dias que se seguiram, para ser útil em alguma coisa, ele compareceu regularmente ao armazém, ocupando a mesa de Jorge — fingindo um repentino e enorme interesse pelos negócios. Ali, no contato cotidiano com negociantes da praça e pessoas vindas das províncias, pôs-se a par de acontecimentos surpreendentes. Uma surda efervescência estava crescendo ao longo de toda a ilha. Os ricos fazendeiros viviam em contínuo sobressalto, temerosos de uma conjuração de negros alentados a fazer aqui o que haviam feito os negros de Saint-Domingue. Corriam lendas sobre a existência de um líder mulato, sempre invisível, de nome desconhecido, que percorria os campos para sublevar os escravos dos engenhos de açúcar. A literatura dos "malditos franceses" andava oculta em muitos bolsos. E apareciam nos muros da cidade, colados durante a noite por mãos misteriosas, uns pasquins ameaçadores que, em nome da "liberdade de consciência", davam vivas à Revolução e anunciavam para breve a instalação da guilhotina em praça pública. A qualquer gesto de violência cometido por um negro — mesmo que se tratasse de um louco ou de um bêbado — logo se atribuía um sentido subversivo. Por outro lado, os navios traziam notícias de agitações políticas na Venezuela e em

Nova Granada. Por toda a parte sopravam ventos de conspiração. Dizia-se que as guarnições estavam alertas e que a Espanha acabara de mandar novos canhões para reforçar as baterias do Castelo do Príncipe... "Besteira!", dizia Carlos, ao ouvir essas notícias, desviando prudentemente a conversa para o terreno dos negócios. "Nesta aldeia grande, as pessoas não têm do que falar."

40.

Amarga presença.
Goya

Uma noite em que Carlos e Sofia tinham se ausentado para assistir a uma cerimônia de sua Loja Andrógina, Esteban, meio resfriado, instalou-se numa poltrona com um grande copo de ponche ao alcance da mão, para ler uma velha antologia de previsões e profecias, publicada meio século antes por Torres Villarroel, O Grande Vate de Salamanca. Espantava-se ao descobrir que o mesmo sujeito que se jactara, para melhor vender seus almanaques, de ser doutor em Alquimia, Magia, Filosofia Natural e Arte Transmutatória, tivesse anunciado a queda do Trono da França com uma estremecedora exatidão:

Quando o mil se completar
com mais trezentos dobrados
e cinquenta duplicados,
e outros nove dezes mais,
então, tu bem o verás,
mísera França te espera
tua ruína derradeira
com teu Rei e teu Delfim

e então tocará seu fim
tua maior glória primeira.

Passou em seguida à autobiografia do autor, muito divertido com aquela picaresca que por sinuosos caminhos levara o poeta a ser guia de ermitãos, estudante e toureiro, curandeiro e dançarino, testamenteiro e matemático, soldado no Porto e catedrático universitário, antes de dar com os ossos no descanso de um hábito religioso. Estava chegando ao misterioso episódio dos fantasmas batedores que perturbavam a paz de uma mansão madrilena, derrubando os quadros das paredes, quando percebeu que um aguaceiro de noitinha ia apertando em chuva grossa, empurrada por um vento de rajadas. Voltou a mergulhar na leitura, sem fazer caso de uma janela que, nos altos, fazia barulho de ter ficado aberta. Esteban pensou na curiosa coincidência de haver um postigo batendo na casa quando ele, justamente, ia chegando às páginas onde se falava de assombrações e fantasmas. Mas como o barulho continuasse, e cada vez mais incômodo, Esteban resolveu subir. O que estava aberto era um janelão do quarto que Sofia agora usava como dormitório. E tinha sido uma tola negligência não subir para fechá-lo antes, pois a chuva, batendo de frente, entrara a cântaros, encharcando o tapete ao pé da cama. Junto do guarda-roupa, um desnível do piso estava virando uma poça. E nessa poça estavam as canastras de roupas de luto, ainda por abrir, cujo vime seco absorvera a água com avidez. Esteban colocou-as sobre uma mesa. Mas as viu tão molhadas, que achou por bem tirar as roupas de dentro delas. Abriu a primeira e, quando esperava meter as mãos num breu de panos pretos, foi surpreendido por uma festa de fazendas claras, cetins, sedas e atavios, transbordante de um anseio de brilhar que ele nunca vira nos armários de Sofia. Levantou a tampa de uma segunda canastra: o que havia ali era um dispendioso alarde de babados, rendas de valenciana, malhas finíssimas combinadas em camisolas e peças íntimas de extrema delicadeza. Pasmo, sentindo-se como que culpado de violar um segredo, Esteban tornou a fechar as canastras e as deixou sobre a mesa. Desceu à procura de panos para enxugar o chão. E enquanto trabalhava nisso, não conseguia tirar os olhos daquelas arcas de vime, chegadas à casa com seu conteúdo durante os dias em que Jorge, no quarto contíguo, suava suas últimas febres. No velório, de fato, Sofia estreara roupas de luto. Mas essas roupas não passavam de três vestidos que ela alternava, sendo até de estranhar que tivesse escolhido uns tão pobres e desenxabidos — talvez movida por um sentimento que Esteban interpretara como certa vontade de mortificação. E agora não conseguia conciliar essa vontade com a outra vontade, agora revelada, de adquirir uns trajes tão caros, inadequados e inúteis como os que acabava de descobrir. Havia ali vestidos dignos de chamar a atenção em bailes e teatros; meias às dúzias; sandálias recamadas; galas suntuosas, destinadas tanto à ostentação mundana como à mais intencionada intimidade. Levantou a tampa da canastra que ainda não abrira. As coisas que continha eram mais comuns, mais cotidianas: roupas de rua, de casa, de ostentar com pouca cerimônia, mais uns penhoares que alardeavam as finuras do cetim — tudo sempre claro e risonho — e os rebuscados detalhes do feitio. Aqui o enigma era o mesmo: em tudo saltava aos olhos uma total ausência de preto e de qualquer coisa que pudesse corresponder ao luto ou à manifestação de dor. Sofia sabia muito bem da rapidez com que as modas femininas mudavam, ainda mais nos tempos que corriam. Na cidade, que atravessava um novo período de prosperidade econômica, as mulheres sabiam o que se estava usando na Europa. Era inexplicável, portanto, a compra tão recente daquele luxuoso enxoval, sabendo ela que, findo o inevitável ano de luto — e quando ainda pesariam sobre ela as restrições indumentárias do luto aliviado —, suas roupas não mais corresponderiam ao estilo em voga... Esteban não parava de se mortificar com um sem-fim de perguntas, disparando desenfreado no campo das suposições mais torturantes — chegando a pensar que sua prima levava uma vida dupla, insuspeitada pelo próprio irmão —, quando ouviu o carro entrando na cocheira. Sofia apareceu à porta do quarto, onde estacou, surpresa. Esteban, torcendo um pano sobre um balde, explicou-lhe o ocorrido. "Essas roupas também devem estar molhadas", disse, apontando para as canastras. "Pode deixar que eu cuido delas", respondeu Sofia, levando-o até a porta. Depois de um boa-noite, trancou-se à chave.

No dia seguinte, Esteban se encontrava no armazém, sem conseguir se concentrar no trabalho, quando ouviu um tumulto na rua. Fechavam-se as janelas ao grito de que os negros tinham se rebelado, imitando o exemplo dos haitianos. Os mascates carregavam seus tabuleiros, correndo para suas casas em fuga desabalada, uns com carrinhos cheios de brinquedos, outros com sacolas abarrotadas de miudezas de altar. De porta em porta, falavam as comadres de mortes e violações em meio a um vozerio aumentado pelo estrépito de um carro tombado ao dobrar uma esquina com demasiada pressa. Em rodas formadas aqui e ali, corriam as notícias mais contraditórias: que dois regimentos estavam sendo mandados às muralhas para repelir o avanço de uma coluna de escravos; que os pardos tinham tentado explodir os paióis; que agitadores franceses, trazidos em navios de Baltimore, estavam agindo na cidade; que havia incêndios no bairro do Arsenal. Logo se soube que todo aquele alvoroço era por causa de uma briga entre gente da zona do porto e uns marinheiros americanos que, depois de se esbaldar com mulheres, bebidas e baralho, no famoso antro de La Lola, tinham tentado sair sem pagar, espancando o rufião, moendo a dona a pontapés, quebrando espelhos e balcões. A coisa virou batalha com a intromissão de uma irmandade de negros congos que passava em cortejo rumo à igreja de Paula, portando suas lanternas ao alto, para render devoção a algum santo padroeiro. Vários feridos ficaram pelo chão, depois de um quebra-quebra de paus e facões, acirrado pela investida dos zeladores. Uma hora depois, estava restabelecida a ordem naquela zona sempre conturbada. Mas o governador, aproveitando a oportunidade para dar um basta a certos fatos que já começavam a preocupá-lo, comunicou em pregão público que seriam tomadas medidas severas contra todos os suspeitos de divulgar ideias subversivas, pregar pasquins nos muros — coisa já corriqueira —, advogar pela abolição da escravatura ou fazer comentários injuriosos contra a Coroa espanhola. "Continuem brincando de Revolução, que vocês vão ver", disse Esteban naquela tarde, ao voltar para casa. "Mais vale brincar de alguma coisa do que não brincar de nada", replicou Sofia, ríspida. "Pelo menos eu não tenho segredos para esconder", disse Esteban, encarando-a. Ela encolheu os ombros, virando-lhe as costas. Sua expressão era cada vez mais dura e voluntariosa. Permaneceu em silêncio durante todo o jantar, evitando os olhares de quem não parava de interrogá-la sem palavras. Mas ela não mostrava, em seu gesto, o embaraço de quem se sente descoberto num intento censurável, e sim a atitude sobranceira da mulher decidida a não dar explicações. Naquela noite, enquanto Esteban e Carlos se entretinham em buscar o xeque numa arrastada partida de xadrez, Sofia escondeu o rosto atrás de um enorme volume de mapas celestes. "O *Arrow* atracou hoje à tarde", disse Carlos, de repente, ameaçando com um bispo preto o último cavalo de Esteban. "Amanhã vamos ter o ianque comendo conosco." "Ainda bem que você se lembrou de avisar", disse Sofia dos confins de suas constelações. "Vou pôr mais um prato na mesa."

* * *

E era a hora do jantar, no dia seguinte, quando Esteban chegou em casa, esperando encontrá-la com todas as luzes acesas. Mas, ao entrar no salão, notou alguma coisa de anormal. Dexter, nervoso, caminhava de um lado para o outro, dando estranhas explicações a um Carlos abatido, choroso, cuja obesidade incipiente tornava-se caricatural no esforço da aflição. "Eu não posso fazer nada", bradava o norte-americano, abrindo os braços. "Ela é viúva e maior de idade. Devo considerá-la como uma passageira a mais. Já conversei com ela. Está fechada a qualquer argumento. Mesmo que fosse minha filha, eu não poderia fazer nada." E passava a dar detalhes: ela havia comprado sua passagem na firma Miralla & Cia., pagando em dinheiro bom. Seus papéis, arranjados por um irmão maçom, ostentavam todos os carimbos exigíveis. Iria até Barbados. Ali deixaria o *Arrow* e embarcaria em algum navio holandês a caminho de Caiena. "De Caiena!", dizia Carlos, estonteado. "Caiena, veja só! Em vez de ir para Madri, Londres, Nápoles!" E, notando a presença de Esteban, falou-lhe como se o primo soubesse de alguma coisa: "Parece louca. Diz que está cansada desta casa; cansada da cidade. E partiu para essa viagem assim, sem avisar, sem se despedir. Faz duas horas que está a bordo do navio, com bagagem e tudo". Ele já tinha estado lá para tentar dissuadi-la. "É como falar com uma parede. Não posso trazê-la arrastada. Quer ir embora." E agora dirigia-se a Dexter: "O senhor, como capitão, tem o direito de recusar um passageiro. Não me diga que não". O outro, irritado por uma insistência que punha em questão sua probidade, ergueu a voz: "Não existe razão legal nem moral que me permita fazer isso. Respeitem a vontade dela. Ninguém vai impedi-la de partir para Caiena. Se não embarcar desta vez, será da próxima. E se trancarem a porta, vai sair pela janela". "Por quê?", ladraram os dois, avançando. Dexter os conteve com firmes manzorras: "Entendam, de uma vez por todas, que ela sabe muito bem por que quer ir para Caiena, justamente para Caiena". E enristando um dedo admonitório, citou um provérbio bíblico: "As palavras do maldizente são como finos bocados, que descem até o mais íntimo do ventre". A sentença, tão aviltada em seu tom pela palavra que a encerrava, produziu em Esteban um efeito revulsivo. Agarrando o marinheiro pela lapela da casaca, pediu-lhe explicações claras, duras, sem rodeios. Dexter soltou uma frase brutal que pôs tudo às claras: "Enquanto Ogé e o senhor corriam atrás das putas no porto de Santiago, ela ficava a bordo com o *outro*. Meus marinheiros me contaram tudo. Era um escândalo. Eu estava tão contrariado por *isso*, que antecipei a partida...". Esteban já não tinha mais nada a perguntar. Tudo se encaixava. Agora se explicava aquela encomenda de roupas luxuosas, tão logo se soubera que Alguém era todo-poderoso novamente, ali perto, em terras americanas; entendia a intenção oculta daqueles mil interrogatórios em que ela, em troca de meia dúzia de adjetivos desabonadores do *outro*, conseguia saber tudo que lhe interessava saber de sua vida, seus êxitos, seus erros. Admitia hipocritamente que era um monstro, um ser abominável, uma besta política, para saber mais e mais, aos bocados, aos sacões, aos trancos, acerca dos gestos, anseios e ações do Investido de Poderes caído e reabilitado. E continuara tenazmente a trabalhar a vontade reprimida, silenciada, até desatar-se em desejos que nem mesmo a presença de um moribundo refreara. Havia em tudo aquilo uma repulsiva promiscuidade de flores mortuárias, de ceras funerárias, junto da intenção torpe, demasiado evidente na compra de galas íntimas, feitas para ajustar-se aos contornos da nudez. Sofia de repente se revelava a Esteban numa dimensão larval, abjeta, impensável, de fêmea entregue, aquiescente, gozosa sob o peso de um homem que conhecera as resistências de sua carne intacta. Recordando o nojo que ela sentira diante de um mundo de rameiras que não passavam de protagonistas ancilares — as mais *desinteressadas*, talvez — da cópula humana, Esteban não conseguia conciliar as duas personalidades que habitavam a mesma figura: a daquela, corada de indignação e de ira diante de um ato que sua educação religiosa vestia de indecência, e a outra que, pouquíssimo tempo depois, fora capaz de sucumbir ao desejo, entregando-se aos jogos da dissimulação e da cumplicidade. "A culpa é sua, por tê-la casado com um cretino", gritava Esteban para o primo, procurando agora um culpado pelo que considerava uma defecção monstruosa. "Aquilo nunca foi um bom casamento", dizia Dexter, alisando, diante de um espelho, as lapelas amarrotadas. "Quando marido e mulher se entendem na cama, isso salta à vista até quando brigam. Tudo aqui era farsa. Faltava *alguma coisa*. Bastava ver as mãos dele: eram mãos de freira católica, com dedos frouxos, que não sabiam pegar nas coisas." E Esteban recordava o excessivo cuidado que Sofia tinha em desempenhar — até à beira da sepultura — o papel de boa esposa, atuando em tudo com uma submissão, uma solicitude, uma oportunidade estranhas a seus gostos independentes e desordenados. E quase que se alegrava por ela não ter chegado virgem àquele mau casamento, que considerava a mais inadmissível transigência aos hábitos de uma sociedade desprezada. Mas esse mesmo pensamento o devolveu à visão da Poderosa Presença que, de tão longe, continuava a pairar sobre a casa. Diante da inércia de Carlos, que permanecia prostrado e choroso, levantou-se: "Vou trazê-la, seja como for", disse. "O senhor nada ganhará com um escândalo", disse Dexter. "Ela tem o direito de ir embora." "Vá", disse Carlos. "Faça um último esforço." O homem saiu batendo a porta e se encaminhou para o porto. Ao chegar ao cais onde o *Arrow* estava atracado, sentiu-se sufocado pelo cheiro da pesca recém-trazida: caminhava entre cestas de pargos, de cabrinhas, de sardinhas, cujas escamas rebrilhavam à luz de tochas. Às vezes, um pescador enfiava a mão embaixo de um saco de aniagem, puxava um punhado de lulas e as jogava nas balanças. Sofia erguia-se no alto da proa encostada à terra, ainda com as roupas de luto, escura, esguia, como que insensível ao cheiro de escamaduras, tintas e sangues que subia até onde estava. Havia nela algo da impassibilidade de uma heroína mitológica, contemplando as oferendas trazidas à sua morada por algum Povo do Mar. A ira de Esteban se aplacou ao ver aquela mulher imóvel, que o via aproximar-se sem fazer nenhum gesto, fitando-o com olhos de uma fixidez que o desarmava. E, de repente, teve medo. Sentiu-se inerme diante da possibilidade de ouvir certas palavras que, na boca de Sofia, ganhariam uma ensurdecedora eloquência. Não se atreveu a subir até onde ela estava. Contemplou-a em silêncio. "Venha", disse afinal. Ela se virou para o porto, apoiando-se na amurada. Do outro lado, brilhavam as luzes de bairros nunca visitados; atrás, confundiam-se as luzes do vasto lampadário barroco que era a cidade, com seus cristais vermelhos, verdes, laranja, acesos entre as arcadas. E, à esquerda, o escuro passo que levava ao mar em sombras; o mar das aventuras, das navegações aventurosas, das guerras e contendas que, desde sempre, haviam ensanguentado esse Mediterrâneo de mil ilhas. Ela estava indo ao encontro de quem lhe dera consciência de si mesma e, numa carta trazida por aquele suplicante ali embaixo, lhe falara de sua solidão em meio aos triunfos. Lá, onde ele estava, havia muito por fazer; um homem de sua têmpera só poderia estar amadurecendo grandes empresas: projetos em que cada um pudesse achar sua verdadeira medida. "Venha", repetia a voz, embaixo. "Você se julga forte demais." Voltar seria duvidar dessa força, consumar uma segunda derrota. Conhecia bem demais as noites da carne trêmula, do fingimento de júbilos ausentes. "Venha." Atrás, a mansão de sempre, presa ao corpo como uma concha; lá, a alvorada, luzes de imensidão, longe de pregões e chocalhos. Aqui, a paróquia, o cepo, os tediosos trânsitos de viver sempre no mesmo; lá, um mundo épico, habitado por titãs. "Venha", repetia a voz. Sofia afastou-se da amurada, sumindo nas sombras do convés. O outro continuava a lhe falar, erguendo o tom. Mas o burburinho dos pescadores abafava aquele monólogo que subia até os ouvidos dela em rajadas de palavras que lhe falavam de uma casa construída por todos e que agora ficaria em ruínas. "Como se as casas verdadeiras pudessem ser construídas entre bons irmãos", pensava a jovem. Esteban, abraçado ao casco do navio, continuava falando sem ser escutado. Aquele enorme corpo de madeira, cheirando a sal, a algas e vegetações marinhas, era-lhe suave, quase feminino, na branda entrega de seus flancos úmidos. Acima, um mascarão de proa com semblante de mulher, branco, gessado, olhos circundados por um grosso traço azul, tinha substituído o vulto daquela que partiria ao amanhecer, carregada de prodigiosas riquezas, devolvida ao desejar, libertada dos negrores que empanavam sua beleza e tolhiam suas alegrias. Sairia do recinto familiar para profanar seus segredos, para contá-los a outro, que talvez já a esperasse. O homem se sentia miserável, nu — de uma nudez que ela conhecera bem demais para vê-la como nudez —, ao pensar que seu impulso de ira desandara em imploração. Ali em cima estava aquela que esperava as velas crescerem e de vento se encherem. Iria ao encontro da semente estranha levando o sulco que a fendia; cálice e arca seria, como a mulher do Gênese que, ao conhecer varão, tinha por sina abandonar a casa dos pais... As pessoas começavam a olhar para ele, a apurar o ouvido para apanhar, entre risadas, farrapos que pensavam entender. Afastou-se do navio, topando, entre as cestas de peixe, com o capitão Dexter. "Ficou tudo claro?", perguntou-lhe o marinheiro. "Claríssimo", respondeu Esteban. "Boa viagem a todos."

41.

Agora permanecia numa esquina perto do cais, indeciso, envergonhado de sua derrota. Murmurava entre dentes as frases que deveria ter dito e que não lhe vieram à boca. O navio estava ali, muito perto, rodeado de tochas, com um quê de maléfico em sua noturnal figura. A sereia da proa, com sua dupla cauda pegada ao casco, emergia das sombras, por momentos, quando alguma lanterna iluminava seu rosto de máscara funerária, como que tirada de um sepulcro. Esteban sentiu-se cheio de palavras impronunciadas, que voltavam a se ordenar em discursos, reprimendas, advertências, recriminações, violências que chegavam ao insulto e no insulto se detinham, depois de certos vocábulos supremamente infamantes, para além dos quais o idioma se esgotava. Se ela suportasse essa surra verbal sem esmorecer — o que era próprio do seu caráter —, o homem ficaria tão desarmado quanto antes. Agora iam surgindo os maus propósitos. Agora eram oito da noite. O navio do capitão Dexter zarparia às cinco da manhã. Restavam nove horas, talvez tempo suficiente para fazer alguma coisa. Sobre a amargura de seu despeito, Esteban edificava a teoria de um dever: tinha a *obrigação* de impedir que Sofia chegasse a Caiena. Não devia hesitar em recorrer aos meios mais extremos para impedir um suicídio moral. Aquela aventura equivaleria a uma descida aos infernos. Sofia era maior de idade. Mas Carlos tinha o direito legal de impedir a fuga, declarando a irmã mentalmente incapaz. Contaria com um precedente ocorrido fazia poucos meses, quando uma jovem viúva de sobrenome ilustre tentara fugir para a Espanha com um cômico, daqueles que vinham cantar tonadilhas no Coliseu. Era fácil obter o apoio das autoridades quando se tratava de algo que afetava a honra das boas famílias. Os arrancos passionais eram malvistos pela sociedade colonial, sempre disposta a recorrer ao meirinho quando um caso de amantes ou de mulheres descomedidas vinha perturbar sua calma. Também a Igreja se mostrava ativa nesses casos, barrando o caminho dos culpados... Esteban, decidido a lançar mão de qualquer expediente para impedir o intolerável, chegou em casa ofegante, encharcado de suor de tanto correr, e, sem fôlego, topou com a insuspeitada ação de uns homens de feia aparência policial, metidos por toda parte, abrindo armários, revirando gavetas, vasculhando das cavalariças aos quartos. Um deles descia as escadas carregando um pacote de impressos sobre a cabeça. Os devassadores passaram as folhas de mão em mão, constatando serem textos da *Declaração dos Direitos do Homem e do Cidadão* e da *Constituição Francesa*, guardados por Sofia embaixo da cama. "Saia daqui", disse Rosaura, aproximando-se de Esteban. "O senhor Carlos fugiu pelo terraço." O jovem recuou até o saguão, pé ante pé, sem fazer barulho, para voltar à rua. Mas dois homens já estavam postados junto à porta principal. "Esteja preso", disseram-lhe, pondo-o sob custódia a um canto do salão.

Durante várias horas o mantiveram à espera, sem perguntas. Iam e vinham passando ao largo dele, como se ignorassem sua presença, vendo se descobriam alguma coisa atrás dos quadros ou embaixo do tapete. Fincaram espetos na terra fofa dos canteiros procurando a resistência de alguma caixa escondida sob a grama. Um outro tirava livros da biblioteca, examinando as encadernações e apalpando seu miolo, acabando por jogar no piso, a modo de seleção, algum escrito de Voltaire, Rousseau, Buffon e, em geral, tudo que estivesse impresso em prosa francesa — pois o verso era menos perigoso. Por fim, às três da madrugada, deu-se a revista por terminada. Havia provas mais do que suficientes para demonstrar que aquela casa era um ninho de conspiradores franco-maçons, divulgadores de escritos revolucionários, inimigos da

Coroa, que pretendiam instaurar a anarquia e a impiedade nos domínios de Além-Mar. "Onde está a patroa?", perguntavam todos agora, instruídos por confidentes de que era ela um dos conspiradores mais perigosos. Rosaura e Remigio responderam que nada sabiam. Que ela saíra cedo. Que tinha o hábito de ficar em casa, mas, desta vez, por coincidência, não estava aqui em tão altas horas. Um dos homens falou, então, da oportunidade de inspecionar todos os navios atracados no porto, para evitar uma tentativa de fuga. "Seria perda de tempo", disse Esteban, erguendo a voz do canto onde estava. "Minha prima Sofia nunca teve nada a ver com tudo isto. Os senhores foram mal informados. Eu é que pus esses papéis no quarto dela, hoje mesmo, sem o seu conhecimento." "E sua prima dorme fora de casa?" "Essa é uma questão que diz respeito a sua vida privada." Os devassadores trocaram olhares maliciosos: "O morto à cova, o vivo à folga", disse um deles, rindo com grosseria. Mas falavam novamente em revistar os navios... Então pediram a Esteban que escrevesse umas linhas num papel. Surpreendido pela exigência, o detido rabiscou uns versos de São João da Cruz que ele recordava muito bem, pois os lera nesses dias: "Oh, quem se visse lesto/ Deste amoroso amor arrebatado!"... "É a mesma letra", disse um dos interrogadores, brandindo um exemplar de *O contrato social* em cujas margens Esteban anotara, anos atrás, algumas ideias injuriosas à monarquia. E agora a atenção de todos se centrava nele. "Sabemos que o senhor voltou recentemente de uma longa viagem." "É verdade." "E onde o senhor esteve?" "Em Madri." "Mentira", disse um dos homens. "Na mesa de sua prima encontramos duas cartas, postadas em Paris, nas quais, aliás, o senhor manifestava um grande entusiasmo pela revolução." "É possível", disse Esteban. "Mas depois fui para Madri." "Deixem comigo", disse um outro, abrindo caminho, "que não sou galego nem catalão." E começou a perguntar por ruas, feiras, igrejas e lugares que Esteban não conhecia. "O senhor nunca esteve em Madri, concluiu o homem." "É possível", disse Esteban. E adiantou-se mais um. "Como o senhor se sustentou em Paris, uma vez que a Espanha entrou em guerra com a França, e seus familiares não podiam enviar-lhe dinheiro?" "Eu era pago para fazer traduções." "Traduções de quê?" "De diversas coisas." Eram quatro horas. De novo falavam da inexplicável ausência de Sofia e da necessidade de revistar os navios... "Tudo isso é uma tolice!", gritou Esteban, de repente, dando um murro na mesa. "Pensam que devassando uma casa em Havana vão acabar com a ideia de Liberdade no mundo? Já é tarde demais! Ninguém poderá impedir as transformações em curso!" E saltavam as veias de seu pescoço na repetição ruidosa do que acabara de dizer, agora com cacos de Fraternidade e Igualdade que faziam a pena do escrivão correr a toda. "Muito interessante. Muito interessante. Já estamos nos entendendo", disseram os homens do interrogatório. E o mais importante deles, apertando o ritmo de suas perguntas, começou a encurralar Esteban. "O senhor é maçom?" "Sou." "Renega Jesus Cristo e nossa Santa Religião?" "Meu Deus é o Deus dos filósofos." "Compartilha e difunde as ideias da Revolução Francesa?" "Com toda consciência." "Onde foram impressos os panfletos que encontramos no quarto?" "Não sou um delator." "Quem os traduziu para o castelhano?" "Eu." "E estas Carmanholas Americanas, também?" "Talvez." "Quando?" Nisso apareceu um agente que tinha ficado nos altos, obstinado em encontrar mais alguma coisa: "Deem uma olhada nos leques que a dona usava!", disse, abrindo um em cujo pavilhão se via uma cena da Tomada da Bastilha. "E isso não é tudo: ela tem uma coleção de caixas e alfineteiras com cores das mais suspeitas." Esteban, ao ver aquelas bugigangas tricolores, sentiu-se enternecido com os entusiasmos adolescentes capazes de levar um ser tão forte como Sofia a colecionar amostras de um grande bricabraque que, fazia anos, corria pelo mundo. "Temos que apanhar esse peixe, de qualquer jeito", disse o Importante. E, de novo, falaram em ir para o porto... Esteban, então, soltou toda a história, de enfiada e em detalhes. Remontou-se à chegada de Victor Hugues a Havana, para tornar mais lento e pormenorizado o relato que o escrivão ia passando para o papel com descompassada caligrafia. Falou de seus contatos pessoais com Brissot e Dalbarade; de seus trabalhos de propaganda, realizados no País Basco; de sua amizade com os abomináveis personagens que haviam sido os traidores Marchena e Martínez de Ballesteros. Depois, da ida a Guadalupe; da tipografia dos Lœuillet; da aventura de Caiena, durante a qual travara estreito contato com Billaud-Varennes, o encarniçado inimigo da Rainha da França. "Tome nota, escrivão, tome nota", dizia o Importante, satisfeitíssimo com tais e tantas revelações. "Como se escreve 'Biliô'?", perguntava o escrivão. "Com dois eles", dizia Esteban, destampando num curso de Gramática Francesa. "Com dois eles porque..." "Não vamos brigar por causa de um ele a mais ou a menos", gritou o Importante, agitando os braços. "Como o senhor voltou a Havana?" "Tudo é muito fácil para os franco-maçons", respondeu Esteban, prosseguindo num relato que o alçava à estatura de um importante conspirador. Mas, à medida que as agulhas do relógio se aproximavam do número cinco, suas palavras iam adquirindo traços caricaturais. Os interrogadores começavam a não entender por que o homem, em vez de se defender, se espraiava numa confissão de delitos que poderiam muito bem levá-lo à morte por garrote vil. Agora, não tendo mais o que dizer, Esteban passava a contar piadas vulgares, falando das messalinas da casa dos Bourbon, dos chifres que o Príncipe da Paz botava na cabeça de Sua Majestade e dos traques que logo estourariam no cu do Rei Carlos. "É um fanático", diziam todos. "Um fanático ou um desvairado, a América está cheia dessa espécie de Robespierre. Se não tomarmos cuidado, logo teremos por aqui uma degola geral." E Esteban continuava falando, agora assumindo crimes que não cometera, jactando-se de ter levado seus escritos revolucionários, pessoalmente, à Venezuela e a Nova Granada. "Tome nota, escrivão, tome nota. Que nada fique no tinteiro", dizia o Importante, já sem ter o que perguntar... Eram cinco e meia. Esteban então pediu que o acompanhassem até os altos, onde, dentro de um jarro antigo que enfeitava a varanda, ele deixara um objeto de uso pessoal. Foi seguido por alguns dos investigadores, ávidos do que poderia constituir uma nova prova. Dentro do jarro havia somente um ninho de vespas que atacaram a mais de um. Sem ligar importância aos insultos, Esteban olhou para o porto. O *Arrow* já zarpara, deixando vago o lugar onde estivera amarrado às abitas do cais... Voltou para o salão. "Tome nota, senhor escrivão", disse. "Declaro perante Deus, em quem creio, que tudo quanto eu disse é mentira. Nunca poderão achar a menor prova de que fiz as coisas que aqui disse, exceto que estive em Paris. Não há testemunhas nem documentos aos quais possam recorrer. Disse tudo o que disse para favorecer uma fuga. Fiz o que me importava fazer." "Talvez você se salve do garrote", disse o Importante. "Mas ninguém vai livrá-lo do presídio de Ceuta. Por muito menos que isso, já mandamos gente quebrar pedra na África." "Pouco importa, agora, o destino que me espera", disse Esteban. Parou diante do quadro da *Explosão numa catedral*, onde grandes pedaços de fustes, suspensos pela deflagração, continuavam pairando numa atmosfera de pesadelo. "Até as pedras que irei quebrar agora já estavam presentes nesta pintura." Apanhou uma cadeira e a atirou contra o quadro, abrindo um buraco na tela e derrubando-o com estrondo. "Levem-me de uma vez", disse Esteban, tão exausto, tão necessitado de sono, que só pensava em dormir, mesmo que fosse na prisão.

Sexto capítulo

42.

As ondas vinham do Sul, quietas, cadenciadas, tecendo e desmanchando o tecido de suas espumas finas, semelhantes às nervuras de um mármore escuro. Para trás ficavam os verdes das costas. Navegava-se agora em águas de um azul tão profundo que pareciam feitas de uma matéria em fusão — embora vítrea e hibernal —, movidas por um palpitar muito remoto. Não se delineavam criaturas naquele mar inteiro, cerrado sobre seus fundos de montanhas e abismos como o Primeiro Mar da Criação, anterior ao múrice e ao argonauta. Somente o Caribe, embora pululante de existências, ganhava por momentos esse aspecto de oceano desabitado. Como que urgidos por um misterioso chamado, os peixes fugiam da superfície, as medusas afundavam, os sargaços desapareciam, restando apenas, diante do homem, o que se traduzia em termos de infinito: o sempre postergado deslindar do horizonte; o espaço, e, para além do espaço, as estrelas presentes num céu cujo mero enunciado verbal recuperava a esmagadora majestade que a palavra tivera, uma vez, para aqueles que a inventaram — talvez a primeira a ser inventada depois das que mal começavam a definir a dor, o medo e a fome. Aqui, sobre um mar ermo, o céu ganhava um peso enorme, com aquelas constelações vistas desde sempre, que o ser humano fora isolando e nomeando ao longo dos séculos, projetando seus próprios mitos no inatingível, ajustando as posições das estrelas ao contorno das figuras que povoavam suas invenções de perpétuo urdidor de fábulas. Havia uma espécie de ousadia infantil nesse jogo de encher o firmamento de Ursas, Cães, Touros e Leões, pensava Sofia, debruçada na borda do *Arrow*, de cara para a noite. Mas era um modo de simplificar a eternidade, de encerrá-la em belos livros de gravuras, como aquele, de mapas celestes, que ficara na biblioteca familiar, em cujas pranchas pareciam engalfinhar-se os escorpiões com os centauros, as águias com os dragões, em terríveis combates. Pelo nome das constelações, o homem remontava à linguagem de seus primeiros mitos, guardando-lhe tal fidelidade que, quando apareceram as gentes de Cristo, não acharam lugar num céu totalmente povoado por gentes pagãs. As estrelas tinham sido entregues a Andrômeda e Perseu, a Hércules e Cassiopeia. Havia títulos de propriedade, conferidos de acordo com a ascendência, intransferíveis a simples pescadores do lago Tiberíades — pescadores que, de resto, não precisavam de astros para levar seus barcos aonde Alguém, na iminência de derramar seu sangue, forjaria uma religião ignorante dos astros... Quando as Plêiades empalideceram e a luz se fez, milhares de elmos jaspeados avançaram em direção ao navio, sombreando longos festões vermelhos que sob as águas esboçavam silhuetas de guerreiros estranhamente medievais, com sua ineludível estampa de infantes lombardos vestindo cotas de malha — pois malhas de metal pareciam os fiapos marinhos que aqueles personagens cruzados de farpas de luz, que o capitão Dexter chamava *men-of-war*, levavam atravessados do ombro à cintura, do pescoço ao joelho, da orelha às pernas. O exército submerso abria-se para dar passagem ao veleiro, cerrando fileiras atrás dele, em marcha silenciosa vinda do ignoto e que continuaria por dias e dias, até que as cabeças rebentassem sob o sol e os festões se consumissem em sua própria corrosão... Na alta manhã, entrou-se num novo país: o das Górgones, abertas como asas de aves à flor das águas branqueadas por sua migração. E logo apareceram, em pardos enxames, os dedais abertos ou fechados em famintas contrações, seguidos por um bando de caracóis viajantes, agarrados a uma balsa de espuma endurecida... Mas, num instante, um súbito aguaceiro transformou o mar, tornando-o glauco e sem transparências. Um rebelde cheiro salino subiu das águas percutidas pela chuva, cujos pingos eram absorvidos pelas madeiras do convés. A lona das velas soava a lousa sob granizo, enquanto os cabos se retesavam rangendo por todas as fibras. O trovão viajava de Oeste a Leste, passava sobre o navio retumbando longo e sumia com suas nuvens, deixando o mar, à meia-tarde, numa estranha claridade de amanhecer que o tornava tão liso, tão irisado como lagoa de altiplano. A proa do *Arrow* virava um arado, rompendo a quieta mansidão com os espumosos arabescos criados pela esteira, deixando registro, por várias horas, de que por ali passara um barco. Ao crepúsculo, as esteiras se pintavam claras sobre os fundos já repletos de noite, traçando um mapa de caminhos e encruzilhadas sobre as águas novamente desertas — tão desertas que aqueles que as contemplavam tinham a impressão de ser os únicos navegantes da época. E entrariam, até a madrugada próxima, no País das Fosforescências, com suas luzes vindas do fundo, abertas em lanços, em regatos de fulgores, desenhando formas que lembravam âncoras e cachos de uvas, anêmonas e cabeleiras — ou punhados de moedas, luminárias de altar, ou vitrais muito distantes, de catedrais submersas, varados pelos frios raios de sóis abissais... Nesta viagem, Sofia não estava perturbada como da outra vez — quando se debruçara nesta mesma amurada, quando bebera a brisa na ponta desta mesma proa —, por angústias de adolescente. Bem amadurecida por sua decisão, ia ao encontro de um destino que só poderia ser como ela o imaginava. Depois de duas jornadas durante as quais o deixado para trás ainda pesara em seu ânimo, tinha acordado, neste terceiro dia, com uma exaltadora sensação de liberdade. Rompidas estavam as amarras. Saíra do cotidiano para adentrar num presente intemporal. Logo teria início a grande tarefa, esperada durante anos, de se realizar na dimensão escolhida. Conhecia novamente o prazer de se encontrar no ponto de partida; no limiar de si mesma, como quando começara, neste navio, uma nova etapa de sua existência. Reencontrava o forte cheiro do breu, da salmoura, das farinhas e dos farelos que conhecera em outros dias, cuja presença bastava para abolir o tempo transcorrido. Fechava os olhos, à mesa do capitão Dexter, ao reencontrar o sabor das ostras defumadas, das sidras inglesas, das tortas de ruibarbo e dos sapotis de Pensacola, que a devolviam às sensações de sua primeira viagem marítima. A rota que seguiam, porém, não era a mesma. Embora Toussaint Louverture se empenhasse em estabelecer relações comerciais com os Estados Unidos, os negociantes norte-americanos desconfiavam da solvência do caudilho negro, deixando aquele mercado arriscado para quem vendia armas e munições — únicas mercadorias sempre pagas à vista, mesmo quando faltava farinha para amassar o pão de cada dia. Depois de passar ao largo da costa jamaicana, navegava-se, fazia alguns dias, no mais aberto do Mar das Antilhas — rumo ao porto de La Guaira —, onde os últimos corsários guadalupenses só apareciam muito de quando em vez, em veleiros que já se chamavam *Napoléon*, *Campoformio* ou *La Conquête de l'Egypte*. Um dia temeu-se um mau encontro, ao se avistar um barco que se aproximava do *Arrow* com rapidez suspeita. Mas a momentânea inquietação de repente se fez algazarra ao verem que se tratava da quase fabulosa "Balandra do Frade", comandada por um missionário franciscano com os colhões bem no lugar, que se dedicava, fazia anos, ao contrabando no Caribe. Afora isso, só se viam goletas de charque, em contínuo trânsito entre Havana e Nova Barcelona, que deixavam, ao passar, um forte cheiro de carnes de fumeiro. Sofia, para aplacar sua contida impaciência de *chegar*, tentava concentrar-se na leitura de alguns livros ingleses que havia na biblioteca de Dexter, junto à Acácia, às Colunas e ao Tabernáculo de seu avental maçônico, guardado na mesma vitrine de outros dias. Mas o clima de *As noites* era, nessas horas, tão estranho a seu estado de espírito quanto a atmosfera opressiva de *O castelo de Otranto*. Depois de algumas páginas, fechava o livro sem saber muito bem o que acabara de ler, entregue sem mais reflexões a tudo que entrasse por seus poros, solicitando-lhe mais os sentidos que a imaginação... Um dia, começou a entrever-se um maciço violáceo sobre os imprecisos verdores que enevoavam o horizonte. "A Sela de Caracas", disse Dexter. "Estamos a umas trinta milhas da Terra Firme." E observava-se na marinhagem a lida anunciadora da escala iminente: quem estava livre de trabalho imediato entregava-se à tarefa de lavar-se, fazer a barba, cortar o cabelo, limpar as unhas, tirar as manchas das mãos. O convés era tomado de navalhas, pentes, sabonetes, apetrechos de costura, e de fortes essências derramadas nas cabeças. Este remendava uma camisa esburacada; o outro colava um rodelo no sapato gasto; um terceiro examinava a caraça curtida num espelhinho de mulher. E todos eram tangidos por um desassossego que não se devia apenas à alegria de chegar ao fim de uma travessia feliz: ao pé daquela montanha que ia firmando o contorno contra a alta cordilheira plantada à beira-mar, estava a Mulher — a Mulher desconhecida, quase abstrata, ainda sem rosto, mas já definida pelo Porto. Para essa figura elevada acima dos telhados, oferecida em sua abra, inchavam-se as velas do navio, ao longo dos mastros eretos, como aviso da chegada dos homens. E essas velas, já visíveis da costa, provocavam nas casas portuárias um ir e vir de baldes puxados dos poços, uma faina feminina de maquiagens, perfumes, anáguas e vestidos. Sem necessidade de palavras, estava entabulado o diálogo por sobre um mar que já se povoava de botes pesqueiros. Virando em roda, o *Arrow* pôs-se a navegar paralelo às montanhas que iam das nuvens às águas, numa ladeira tão abrupta que seus flancos se mostravam desertos de cultivos. Às vezes o imenso muro se recolhia, revelando o segredo de uma praia umbrosa aberta entre dois paredões, enegrecidos por uma vegetação tão densa e escura que parecia ainda guardar farrapos de noite em seu regaço. Um fabuloso cheiro de umidades de Continente mal acordado desprendia-se desses remansos aonde iam encalhar as sementes marinhas, lançadas por um último embate da onda. Mas agora as montanhas recuavam, sem revelar o que ocultavam atrás, deixando à frente uma estreita faixa de terra onde se pintaram caminhos e casas, entre matas de coqueiros hirsutos, uvas-bravas e chapéus-de-sol. Contornou-se um penhasco que parecia entalhado num bloco de quartzo, e apareceu o porto de La Guaira, aberto sobre o oceano como um colossal anfiteatro em cujas galerias se escalonassem os telhados... Sofia queria subir até Caracas, mas o caminho até lá era longo e cansativo. A escala do *Arrow* devia de ser breve. Depois de desembarcados os marinheiros em folga, impacientes por chegar aonde se sabiam esperados, Sofia desceu a um escaler na companhia de Dexter, urgido a cumprir certas formalidades de rotina. "Não se sinta obrigado a cuidar de mim", disse a jovem ao notar que o capitão compartilhava a impaciência de seus homens. E foi caminhar pelas ruas empinadas que margeavam um riacho seco, admirando-se de achar lindas pracinhas enfeitadas com estátuas, entre casas com grades e treliças de madeira que lhe lembravam as de Santiago de Cuba. Sentada num banco de pedra, via passar as récuas rumo às veredas da montanha sombreadas por algarrobos, que se dispersavam entre as névoas dos cumes, acima de uma fortaleza coroada de atalaias, semelhante às muitas que defendiam os portos espanhóis do Novo Mundo — tão semelhantes umas às outras que pareciam obra de um mesmo arquiteto. "Ali ficaram presos, até faz pouco tempo, uns maçons trazidos de Madri. Aqueles da tal 'Revolta de São Brás', que tentaram levar a Revolução para a Espanha", informou-lhe um ambulante das Canárias, empenhado em vender-lhe fitinhas de cetim. "E a senhora não vai acreditar: eles continuaram conspirando até lá atrás das grades..." Então, o Acontecimento estava em curso. Ela não se enganara ao intuir sua iminência. Agora estava mais impaciente do que antes por chegar ao fim de sua viagem, temendo que fosse tarde demais: quando o homem da Grande Tarefa já estivesse em ação, abrindo os verdores das selvas, como os hebreus as águas do Mar Vermelho. Confirmava-se o que Esteban tantas vezes lhe dissera: que Victor, em face da reação termidoriana, estava penetrando, com suas Constituições traduzidas ao espanhol, com suas Carmanholas Americanas, nesta Terra Firme da América, trazendo até ela, como em outros momentos, as luzes que no Velho Mundo se apagavam. Para entender isso, bastava olhar a Rosa dos Ventos: de Guadalupe, o turbilhão soprara para as Guianas, passando dali para esta Venezuela, rota usual para se chegar à outra banda do Continente, onde se erguiam os palácios barrocos do Reino do Peru. Era lá, justamente, onde se levantaram as primeiras vozes na boca dos jesuítas — e Sofia conhecia os escritos de um Vizcardo Guzmán —, que reclamavam para este mundo uma independência que só seria possível com uma Revolução. Tudo ficava claro: a presença de Victor em Caiena era o primeiro movimento de algo que se manifestaria em vastas cargas de cavaleiros dos lhanos, navegações por rios fabulosos, travessias de cordilheiras enormes. Estava nascendo uma épica que haveria de cumprir nestas terras o que malograra na caduca Europa. Logo saberiam aqueles que agora a deviam estar malsinando na casa familiar que os desejos dela não se mediam pelo padrão de bordados e fraldas impostos ao comum das mulheres. Estariam falando de escândalo, sem suspeitar que o escândalo seria muito maior do que eles pensavam. Desta vez, o "jogo do massacre" teria por alvo generais, bispos, magistrados e vice-reis.

O *Arrow* zarpou dois dias depois, navegando ao largo da ilha Margarita, para passar entre as de Granada e Tobago, ao amparo de possessões inglesas, seguindo a rota para Barbados. E ao fim de uma viagem tranquila, Sofia achou-se em Bridgetown, descobrindo um mundo diferente do que até agora conhecera no Caribe. Diferente era a atmosfera que se respirava naquela cidade holandesa, de uma arquitetura diversa da espanhola, com suas largas balandras madeireiras vindas de Scarborough, de Saint George's ou de Port of Spain. Ali circulavam moedas curiosas, chamadas "Pineapple Penny" e "Neptune Penny", de cunhagem muito recente. Sentiu-se transportada a uma cidade do Velho Continente, ao ver que existia uma "rua Maçônica" e uma "rua da Sinagoga". Hospedou-se na boa pensão de uma mulata suarenta, recomendada pelo capitão Dexter. Depois de um almoço de despedida em que Sofia provou de tudo — tamanha era sua alegria —, sem desprezar as garrafas de *porter*, o madeira e os vinhos franceses que lhe ofereceram, os dois foram dar um passeio de coche pelos arredores da cidade. Durante horas rodaram pelos caminhos de uma Antilha domada, cujas terras se deslindavam em suaves ondulações — aqui nada era grande, nada opressivo, nada ameaçador —, cultivadas até a mesmíssima beira do mar. Aqui a cana-de-açúcar parecia trigo verde, as ervas tinham mansidão e urbanidade de gramados, e até as palmeiras não pareciam plantas tropicais. Havia silenciosas mansões, ocultas nas espessuras, que erguiam colunas de templo grego sob frontões cortinados de vegetação, com janelas que se abriam para o fausto de salões povoados de retratos cujo verniz reluzia na excessiva claridade; havia umas casinhas com telhados de ardósia tão pequenas que, quando uma criança aparecia a uma janela, ocultava com seu vulto o quadro de grandes famílias reunidas para jantar onde um tabuleiro de xadrez seria um estorvo enorme; havia ruínas com pelame de trepadeiras, onde as aparições — toda a ilha, segundo o cocheiro, era palco de aparições — iam gemer nas noites de ventania; e havia, sobretudo, junto ao mar, quase confundidos com as praias, uns cemitérios sempre desertos, sombreados por ciprestes, cujos túmulos de pedra cinza — tão recatados quando se pensava nos ornamentados mausoléus das necrópoles espanholas — falavam de um Eudolphus e uma Elvira, mortos num naufrágio, que só podiam ter sido heróis de um idílio romântico. Sofia recordava A *nova Heloísa*. O capitão pensava, antes, em *As noites*. E, embora o lugar ficasse longe, os cavalos estivessem cansados e a volta se anunciasse para tarde da noite, dada a necessidade de trocar a parelha de tiro, Sofia, valendo-se de melindres que o norte-americano achou quase excessivos, conseguiu esticar o passeio até o pequeno bastião rochoso de St. John, e atrás de sua igreja encontrou uma lápide cujo epitáfio se referia à morte inesperada, na ilha, de um personagem com um nome que carregava uma acachapante presença de séculos: AQUI JAZEM OS RESTOS DE — FERNANDO PALEÓLOGO — DESCENDENTE DA LINHAGEM IMPERIAL — DOS ÚLTIMOS IMPERADORES DA GRÉCIA — CAPELÃO DESTA PARÓQUIA — 1655 A 1656. Caleb Dexter, um tanto emocionado pelo vinho de uma garrafa esvaziada no caminho, descobriu a cabeça, respeitosamente. Sofia, no entardecer cujas luzes avermelhavam as ondas quebradas em espumas imensas sobre os maciços rochosos de Bathsheba, floreou o túmulo com buganvílias colhidas no jardim do presbitério. Victor Hugues, em sua primeira visita à casa de Havana, tinha falado longamente desse túmulo do ignorado neto daquele que tombara na suprema resistência de Bizâncio, preferindo a morte a permitir que o Patriarca Ecumênico fosse profanado pelos otomanos vencedores. Agora ela o encontrava, no lugar indicado. Sobre a campa cinza, assinalada com Cruz de Constantino, sua mão acompanhava agora o remoto percurso de outra mão, que também devia ter buscado o côncavo das letras com a ponta dos dedos... Para romper o inesperado cerimonial que já lhe parecia longo, Caleb Dexter observou: "E pensar que nesta ilha veio parar o último legítimo proprietário da basílica de Santa Sofia...". "Está ficando tarde", disse o cocheiro. "É verdade; vamos voltar", disse ela. Estava admirada com o fato de seu nome ter surgido, assim, de repente, na tola reflexão do outro. Era uma coincidência extraordinária demais para não ser tomada como um sinal, um aviso, uma premonição. Um destino prodigioso esperava por ela. O futuro vinha sendo gestado secretamente desde que uma Vontade estrondeara, certa noite, nas aldravas da casa. Havia palavras que não afloravam por acaso. Um misterioso poder as modelava na boca dos oráculos. *Sophia*.

43.

Avisada de que a rocha do Grande Condestável poderia ser avistada logo ao amanhecer, já de madrugada Sofia estava no convés de A *República Batava* — velho cargueiro holandês rebatizado havia pouco, que passava o ano entre o Continente das Florestas e a Barbados desmatada, levando mogno para os ebanistas de Bridgetown e tábuas de construção para embelezar as casas de Oistin, famosas pelos pisos suspensos, de madeira aparente, à moda normanda. Durante várias semanas a jovem esperara a hora de embarcar, na pensão do porto, atormentada pela impaciência, farta de andar pelas ruas da pequena cidade, recebendo com despeito a notícia do armistício firmado entre a França e os Estados Unidos, que, se tivesse chegado antes a seu conhecimento, teria simplificado o itinerário, dando-lhe a oportunidade de viajar direto de Havana num dos navios norte-americanos que já haviam restabelecido o comércio com Caiena. Mas ela agora se esquecia de tudo, ao avistar os penedos e ilhotas anunciadores da Terra Firme, alegrados na manhã pela revoada de alcatrazes e gaivotas. E já estava o navio diante da Mãe e das Filhas que Esteban lhe descrevera um dia, enquanto a costa ia definindo seus contornos em termos de vegetação e atividade humana. Tudo parecia suntuoso, fascinante, extraordinário aos olhos de Sofia, no momento da chegada. Todos os verdores do mundo pareciam integrados naquela paisagem, para acolhê-la. As autoridades militares vindas a bordo manifestaram certa estranheza ao saber que uma mulher sozinha, de uma cidade resplandecente como Havana, queria ficar em Caiena. Mas bastou Sofia mencionar o nome de Victor Hugues para a suspeita se transformar em deferência. Já era noite quando a jovem entrou na cidade de ruas adormecidas, indo parar na pousada de Hauguard, onde teve o cuidado de silenciar seu parentesco com Esteban, ciente de que a ida do primo a Paramaribo tivera caráter de fuga... Na manhã seguinte, mandou um recado anunciando sua chegada àquele que, de Agente do Diretório, passara a Agente do Consulado. Pouco depois do anoitecer, entregaram-lhe um breve bilhete rabiscado em papel timbrado: "Bem-vinda. Amanhã um carro irá apanhá-la. V.". Quando Sofia esperava um chamado impaciente, recebia aquelas palavras frias que a mergulharam numa noite de perplexidades. Um cachorro latia na vizinhança, enraivecido pela passagem de um bêbado que coçava suas sarnas ao longo da rua, bradando terríveis profecias sobre a dispersão dos justos, o castigo dos regicidas e o comparecimento de todos perante o Trono do Senhor, num Juízo Final que teria lugar — por quê? — num vale da Nova Escócia. Quando a voz se perdeu na distância e o cão de guarda voltou a seu sono, percebeu-se a atividade de insetos invisíveis em todas as madeiras da casa, brocando, raspando, roendo. Uma árvore largava sementes com peso de chumbo sobre várias bacias emborcadas. Em frente à pousada, dois índios discutiam com vozes de gente saída de uma crônica de explorações. Nada era propício ao descanso de quem se enervava em lucubradoras suposições. Por isso, quando o carro chegou, na manhã seguinte, Sofia sentiu-se entorpecida e tresnoitada. E quando pensou que seria conduzida à Casa de Governo, com suas malas e seus baús, os cavalos se encaminharam para um atracadouro onde a aguardava uma chalupa de altas bordas, guarnecida de almofadas, toldos e guarda-ventos de lona. Soube então que deveria trasladar-se para uma fazenda situada a algumas horas de navegação. Embora nada disso correspondesse a suas previsões, Sofia sentiu-se quase lisonjeada ao observar a cortesia de que era objeto por parte dos tripulantes. No comando da embarcação estava um jovem oficial chamado De Saint-Affrique, que durante a navegação enumerou as melhorias verificadas na colônia desde a chegada de Victor Hugues. A agricultura ganhara novo impulso; os armazéns estavam repletos, e por toda a parte se respirava um ar de paz e prosperidade. Quase todos os deportados haviam sido enviados de volta à França, restando em Iracubo, em memória de seus sofrimentos, um vasto cemitério cujos túmulos ostentavam o nome de revolucionários famosos... À meia-tarde, a chalupa entrou num rio de margens barrentas onde boiavam as folhas de algo semelhante a nenúfares, cujas flores roxas desabrochavam rente à superfície. Pouco depois, chegou-se a um embarcadouro, de onde se avistava um casarão de linhas alsacianas, erguido sobre um outeiro, entre limoeiros e laranjeiras. Ajudada por um enxame de negras solícitas, Sofia foi-se instalar num apartamento do primeiro andar, cujas paredes estavam decoradas com velhas estampas de delicada feitura, que evocavam fatos ocorridos durante o Antigo Regime: o Assédio de Namur, a Coroação do Busto de Voltaire, a desafortunada Família Calas, entremeadas de belas vistas marinhas de Toulon, Rochefort, da ilha de Aix e de Saint-Malo. Enquanto as criadas tagarelas guardavam suas coisas nos armários, Sofia foi até a janela que dava para os campos daquele lado: um jardim repleto de roseiras dava lugar, logo adiante, a hortas e plantações de cana-de-açúcar, circundadas por uma cerrada muralha de vegetação selvagem. Alguns mognos, de altos e prateados troncos, sombreavam caminhos em cuja beira cresciam arbustos de óleo-vermelho, noz-moscada e pimentão amarelo.

Passaram-se as horas de uma espera ansiosa até que, afinal, uma chalupa manobrada a remo encostou no embarcadouro. Nas sombras do anoitecer que já invadiam a avenida, foi-se esboçando, com brilhos de galões e paramentos, um traje de aspecto vagamente militar, aumentado na estatura por um chapéu empenachado. Sofia saiu para o átrio da casa sem perceber, em sua precipitação, que havia uma piara de porcos pretos em frente à entrada, refestelada na tarefa de arrasar os canteiros de flores, desenterrando as tulipas e espojando-se com gozosos grunhidos numa terra recém-regada. Ao ver a porta aberta, os animais entraram em tropel, passando os corpos enlameados pelas saias de quem tentava detê-los com gestos e gritos. Pegando a correr, Victor irrompeu na casa, enfurecido. "Quem foi que deixou esses bichos soltos? É o cúmulo!" E, entrando no salão, começou a distribuir panaços de sabre nos porcos que tentavam invadir os quartos e subir as escadas, enquanto os criados e alguns negros acorriam dos fundos da casa para ajudá-lo. Por fim, os bichos foram tirados um a um, arrastados pelas orelhas, pelo rabo, suspensos, escorraçados a pontapés, em meio a um terrível berreiro. Ficaram fechadas as portas que levavam às cozinhas e dependências de serviço. "Dê uma olhada no seu estado", Victor disse a Sofia, depois de aplacada a balbúrdia porcina, apontando para o vestido sujo de lama. "Vá trocar de roupa enquanto eu mando limpar isto aqui..." Ao se ver no espelho do quarto, Sofia sentiu-se tão miserável que rompeu a chorar, pensando naquilo em que, de repente, se transformara o Grande Encontro sonhado durante os dias da travessia. O vestido que ela mandara fazer para a ocasião se desprendia de seu corpo, enlameado, rasgado, fedendo a chiqueiro. Jogando os sapatos no canto mais escuro, arrancou as meias com fúria. Seu corpo inteiro cheirava a porco, a lama, a imundície. Teve que mandar subir baldes de água para se lavar, pensando em quão grotesco era todo aquele tráfego nesse momento. Havia algo de ridículo nesse banho forçoso, com o chapinhar na tina que devia ouvir-se no andar de baixo. Por fim, cobrindo-se com qualquer roupa, desceu para o salão com passo arrastado, sem cuidar da postura, com o despeito do ator que falhou na entrada em cena. Victor tomou suas mãos e a fez sentar ao lado dele. Tinha trocado seu traje reluzente pelas roupas folgadas do próspero fazendeiro: calças brancas, camisa de largo colarinho aberto e paletó de pano da Índia. "Desculpe", disse. "Mas aqui sempre ando vestido assim. Em algum momento tenho que descansar de tanta fita tricolor." Perguntou por Esteban. Sabia que o moço tinha abandonado Paramaribo: portanto, devia estar em Havana. E, como se quisesse expor o quadro de sua vida desde o final do governo de Guadalupe, pôs-se a narrar as peripécias de sua rebelião contra Desfourneaux e Pelardy, da qual saíra desarmado e preso, sendo embarcado à força. Em Paris, numa defesa enérgica, conseguira reduzir a pó as acusações de Pelardy. Por fim, fora escolhido pelo

Cônsul Bonaparte para assumir o governo de Caiena... Falava, falava enormemente, com a mesma loquacidade de outros dias, como quem se livrasse de um excesso de palavras retidas por muito tempo. Quando abordava certos pormenores de sua vida recente, anunciava a confidência com uma fórmula surrada: "Isso eu conto para você, só para você. Porque não posso confiar em ninguém". E passava a enumerar as limitações do Poder, os muitos desenganos sofridos, a impossibilidade de ter amigos quando se pretendia exercer uma autoridade verdadeira. "Devem ter dito a você que fui duro, duríssimo, em Guadalupe; e também em Rochefort. Não podia ser diferente. Uma revolução não se pensa: *se faz*." Enquanto o outro falava sem trégua, sem mais descanso que o necessário para solicitar a aprovação dela com um "não é?", "concorda?", "você não acha?", "sabia?", "não lhe contaram?", "lá estavam a par disso?", Sofia registrava as mudanças que podiam ser notadas nele. Tinha engordado bastante, embora sua forte compleição tolerasse alguma gordura, disfarçando-a em músculos. A expressão do rosto endurecera, apesar da flacidez que empastava suas feições aqui e ali. Atrás da pele um tanto terrosa, afirmavam-se a decisão e a saúde de outros tempos... Abriram-se as portas da sala de jantar: duas criadas estavam acabando de colocar candelabros sobre a mesa de um jantar frio, servido numa baixela de prata tão grossa que só podia provir de uma frota onde viajasse algum vice-rei do México ou do Peru. "Até amanhã", disse Victor às serviçais. E imprimindo certa intimidade no tom de voz: "Agora me fale de você". Mas nenhuma imagem válida, nenhum fato interessante acudia à mente de Sofia quando se referia a sua própria vida. Perto do estrépito e das fúrias que tinham atravessado a existência do outro, travado em ação com personagens cujos nomes faziam a época, as coisas dela eram de uma entristecedora pobreza. Tinha um irmão comerciante e um primo sem o dom da valentia, cujas abjurações pareciam tão vãs a seus olhos, agora que via tanta grandeza, que só merecia sua piedade. A própria história de seu casamento era lamentável. Representara o papel de dona de casa, sem sequer encontrar um Deus entre as panelas, como as professas de Ávila. Tinha esperado. E mais nada. Os anos se passaram sem marcas, sem abalos, entre Epifanias sem Reis e Natais sem sentido para quem não podia deitar o Grande Arquiteto num presépio. "E então?", dizia o outro, para animá-la a começar. "E então?" Mas um emperro estranho, invencível, sustentava seu silêncio. Ela tentava sorrir; fitava a chama das velas; rascava a toalha com as unhas; estendia a mão para uma taça, sem chegar a erguê-la. De repente, Victor foi até ela. As luzes mudaram de lugar; houve sombras onde se sentiu apanhada, cingida, preenchida por uma avidez que a devolveu a seus ímpetos adolescentes... Voltaram à mesa, banhados de suor, desgrenhados, atropelando-se, rindo de si mesmos. Voltavam a falar naquele idioma de outros dias: o que haviam descoberto no porto de Santiago, descuidados da baixa curiosidade dos marinheiros, quando contavam com o apoio do calor e dos fedores do porão para se encontrarem no exíguo camarote da coberta, entre madeiras que, como as daqui, cheiravam a verniz fresco. A brisa da costa enchia a casa de hálitos marítimos. Ouvia-se o correr das águas num açude próximo. Navio era a casa batida pela onda de árvores que roçavam as janelas em quebrados embates.

44.

Sofia descobria, maravilhada, o mundo de sua própria sensualidade. De repente, seus braços, seus ombros, seus seios, seus flancos, suas dobras começavam a falar. Magnificado pela entrega, o corpo todo adquiria uma nova consciência de si mesmo, obedecendo a impulsos de generosidade e avidez que em nada solicitavam o consentimento do espírito. Regozijava-se a cintura ao se sentir tomada; contraía a pele seu estremecido contorno à simples iminência de uma aproximação. Os cabelos, soltos nas noites de júbilo, agora eram algo que também podia ser *dado* a quem os tomava às mãos-cheias. Havia uma suprema munificência nesse dom da pessoa inteira; nesse "que posso eu dar que ainda não tenha dado?", que nas horas de abraços e metamorfoses levava o ser humano à suprema pobreza de sentir-se *nada* em face da suntuosa presença do recebido; de ver-se tão cumulado de ternura, de força e entusiasmo, que a mente ficava como que fundida ao medo de não ter com que corresponder a tão altos presentes. Voltada a suas raízes, a linguagem dos amantes retornava à palavra nua, ao balbucio de uma palavra anterior a toda poesia — palavra de ação de graças ao sol que ardia, ao rio que transbordava sobre a terra arada, à semente recebida pelo sulco, à espiga ereta como fuso de fiandeira. O verbo nascia do tato, elementar e puro, como a atividade que o gerava. Casavam-se de tal maneira os ritmos físicos aos ritmos da Criação, que bastava uma chuva repentina, um desabrochar de plantas na noite, uma mudança nos rumos da brisa, para que o desejo brotasse no amanhecer ou no crepúsculo, para que os corpos tivessem a impressão de se encontrar num clima novo, em que o abraço remoçava as iluminações do primeiro encontro. Tudo era igual, presentes estavam as formas e tudo era sempre diferente. Esta noite — esta, que começava agora, ainda indecisa e morosa — teria seus próprios fastos e exultações — noite que não era a de ontem, nem seria a de amanhã. Situados fora do tempo, encurtando ou dilatando as horas, os jacentes percebiam em termos de permanência, de eternidade, um *agora* exteriormente manifesto naquilo que seus sentidos conseguiam captar de modo remoto e casual, entregues como estavam à vasta atividade de um entendimento total de si mesmos; era o peso de um vendaval, o persistente grasnar de uma ave, cheiros da floresta, subitamente trazidos pelo terral da madrugada. Talvez não passassem de uma breve lufada, de um rumor fugaz, de um hálito; mas sua presença entre a ascensão ao clímax e a descida ao semissono — sossego gozoso — do estado de graça parecia ter durado a noite inteira. Guardavam os amantes a lembrança de um abraço de horas ao ritmo de uma tempestade que apertara o abraço, e descobriam, ao despertar, que o vento só podia ter soprado durante alguns minutos — e isso pela agitação das árvores próximas à janela... Devolvida à luz do cotidiano, Sofia sentia-se suprema senhora de si. Gostaria que todos participassem de sua grande felicidade interior, de seu contentamento, de sua soberana calma. Satisfeita a carne, voltava-se para as pessoas, os livros, as coisas, com a mente calma, admirada da grande *inteligência* do amor físico. Ouvira dizer que certas seitas orientais consideravam o prazer da carne como um passo necessário à elevação no caminho da Transcendência, e chegava a acreditar nisso ao observar que nela ia-se firmando uma insuspeitada capacidade de Entendimento. Depois de tantos anos de confinamento voluntário entre paredes, objetos e seres que lhe eram demasiado habituais, seu espírito se voltava para fora, em tudo achando um motivo de reflexão. Relendo certos textos clássicos, que até agora só lhe falaram pela voz de suas fábulas, descobria a essência original dos mitos. Preterindo os escritos demasiado retóricos da época, os romances lacrimosos tão apreciados por seus contemporâneos, remontava aos textos que haviam fixado, em traços duradouros ou de um simbolismo válido, os modos de convivência profunda do Homem com a Mulher, num universo crispado de contingências hostis. Apreendia os arcanos da Lança e do Cálice que, até agora, vira como obscuros símbolos. Sentia que seu ser se tornara *útil*; que sua vida, afinal, tinha um rumo e um sentido. De fato ela deixava transcorrer os dias, as semanas em função do presente, inteiramente feliz, sem pensar no amanhã. Mas nem por isso deixava de sonhar em realizar, um dia, grandes coisas junto ao homem ao qual se ligara. Um ser com tal força — pensava ela — não passaria muito tempo sem se lançar a alguma empresa magnífica. Mas seus atos dependiam, em muito, do que pudesse ocorrer na Europa. E, por ora, as notícias vindas de Paris não ofereciam um chão seguro. Lá os acontecimentos se sucediam com tal rapidez que, quando os jornais chegavam a Caiena, traziam informações atrasadíssimas — talvez totalmente defasadas do que estava acontecendo no momento em que eram lidas. Não parecia, de resto, que Bonaparte estivesse muito preocupado em dar sequência a uma ação revolucionária na América; sua atenção se concentrava em problemas mais imediatos. Por isso, Victor Hugues consagrava o melhor de seu tempo a tarefas de ordem administrativa, ordenando obras de irrigação, abrindo estradas, ativando as relações comerciais com o Suriname, desenvolvendo a agricultura na colônia. Seu governo era qualificado de paternal e sensato. Os antigos fazendeiros estavam satisfeitos. Sopravam ventos de prosperidade. Como fazia tempo que em Caiena não se observava o sistema dos decêndios, tendo-se voltado às velhas práticas do calendário gregoriano, o Mandatário ia para a cidade às segundas-feiras e voltava para a fazenda às quintas ou sextas. Nesse ínterim, Sofia dedicava algumas horas da manhã ao governo da casa; dava ordens, encomendava alguma obra de marcenaria, cuidava do embelezamento dos jardins, pedindo, por intermédio de um suíço, Sieger, ativo agente de negócios, bulbos de tulipas conseguidos em Paramaribo. Passava o resto do tempo na biblioteca, onde não faltavam obras excelentes, em meio a uma maçante variedade de Tratados de Fortificações, Artes de Navegar e textos de Física e Astronomia. Assim transcorreram vários meses, sem que Victor, ao voltar a cada semana, trouxesse notícias que em algo pudessem perturbar a vida aprazível e florescente da colônia.

* * *

Um dia de setembro, Sofia, rompendo excepcionalmente seu discreto retiro campestre, foi até Caiena fazer compras. Alguma coisa estranha estava acontecendo na cidade. Desde o amanhecer, não paravam de repicar as agudas sinetas da capela das religiosas de Saint-Paul-de-Chartres. E a esses sinos se juntavam as vozes de outros sinos, ignorados, talvez ocultos até agora em desvãos e despensas, tocados com martelos, com tições, com ferraduras — por ainda não estarem pendurados — em diversos pontos da cidade. De um navio recém-chegado desembarcavam frades e freiras. O mais insólito exército da Fé parecia verter-se sobre a povoação, com esses hábitos, com esses capelos, com esses panos pretos, marrons, cinza, que desfilavam pelo meio das ruas, aplaudidos pelos transeuntes, portando o esquecido adorno de rosários, medalhas pias, escapulários e missais. Alguns religiosos, ao passar, distribuíam bênçãos aos curiosos às janelas. Outros tentavam dominar o barulho com as estrofes de um cântico, cujas vozes não acabavam de se harmonizar. Assombrada por aquele espetáculo, Sofia foi até a Casa de Governo, onde devia se encontrar com Victor Hugues. Mas na sala dele deparou com Sieger, afundado numa poltrona, com uma garrafa de tafiá ao alcance da mão. O agente de negócios recebeu-a com risonhos espaventos, abotoando a casaca: "Que bela beataria, hem, minha senhora?! Padres para todas as paróquias! Freiras para todos os hospitais! Voltaram os tempos das procissões! Temos Concordata! Paris e Roma se abraçam! Os franceses voltam a ser católicos. Teremos grande missa de ação de graças na capela das Irmãs da Caridade. Lá a senhora poderá ver todos os grandes do governo nos seus melhores trajes, baixando a cabeça para a latinada eclesiástica: *Preces nostras, quæsumus, Domine, propitiatus intende*. E pensar que mais de um milhão de homens morreram para destruir o que hoje nos restituem!...". Sofia voltou para a rua. Do Navio dos Frades ainda desciam viajantes, abrindo grandes guarda-chuvas vermelhos e verdes, enquanto os carregadores negros empilhavam trouxas e malas sobre a cabeça. Em frente à pousada de Hauguard, alguns padres reuniam suas bagagens dispersas, enxugando o suor com grandes lenços xadrez. De repente aconteceu algo estranho: dois sulpicianos, que tinham desembarcado por último, foram recebidos pelos colegas com um vozerio enfurecido: "Juramentados!", gritavam os outros. "Judas! Judas!" E sobre os recém-chegados começaram a cair cascas de abacaxi tiradas da sarjeta, pedras e imundícies. "Fora daqui! Vão dormir na selva! Juramentados! Juramentados!" E como os sulpicianos, nada covardes, tentavam abrir caminho para a pousada aos sopapos e pontapés, formou-se em volta deles um ameaçador turbilhão de hábitos negros. Agora os sacerdotes que tinham prestado juramento à Constituição Revolucionária estavam encostados numa parede, respondendo confusamente às acusações gritadas contra eles pelos "insubmissos", pelos "padres verdadeiros", aos quais a Concordata de repente conferira um prestígio de Soldados de Cristo, resistentes em meio às perseguições, celebrantes de ofícios clandestinos, dignos herdeiros dos Diáconos das Catacumbas. Chegaram guardas dispersando os clérigos a golpes de culatra. A ordem parecia restabelecida, quando um padre jovem, saído de um açougue vizinho, jogou um balde de sangue fresco — de rês acabada de degolar — nos dois sulpicianos, aureolados agora por uma grande mancha vermelha que, depois de rebentar contra seus corpos, tingiu a branca fachada da hospedaria com respingos e coágulos hediondos. Tornou a soar um vasto repique de sinos. Depois de ouvir a missa em ação de graças, Victor Hugues, seguido de todos os funcionários de seu governo, saiu, em grande uniforme, da capela das Irmãs da Caridade. "Você ficou sabendo?", perguntou para Sofia, ao encontrá-la na Casa de Governo. "Tudo isso é bem grotesco", respondeu a mulher, narrando o acontecido com os sulpicianos. "Vou mandar que os embarquem de volta: aqui vão infernizar a vida deles." "Acho que seu dever seria protegê-los", disse Sofia. "Imagino que você os preze mais do que os outros." Victor encolheu os ombros: "Nem na própria França querem saber dos padres juramentados". "Você está fedendo a incenso", disse ela... Voltaram para a fazenda, sem falar muito durante a viagem. Ao chegar em casa, encontraram "os Billaud" — como os chamavam — instalados ali desde o meio-dia, com seu fiel cão *Patience*. Tinham por hábito visitá-los sem aviso, ficando durante vários dias. "Mais uma vez, Philémon e Baucis vêm abusar da vossa hospitalidade", disse o Terrível de outrora, recorrendo a uma imagem que gostava de usar, desde que vivia maritalmente com sua criada Brigitte. Sofia pudera observar, nos últimos meses, que a autoridade de Baucis era cada vez maior no lar de Philémon. Muito esperta, a negra cercava Billaud-Varennes de uma solicitude que se traduzia em aparatosas exclamações de admiração e assombro ante suas palavras e feitos. Odiado pelos vizinhos de sua granja em Orvilliers, situada perto da costa, o ex-presidente da Convenção Nacional era acometido, fazia algum tempo, de súbitas crises de depressão moral. Muitos na colônia lhe mandavam anonimamente os jornais de Paris, onde, de vez em quando, seu nome ainda era citado com horror. Quando isso acontecia, Billaud-Varennes entrava em desespero, bradando que era vítima de terríveis calúnias; que ninguém entendia o papel histórico que ele desempenhara; que ninguém se compadecia de seus sofrimentos. Brigitte, ao vê-lo desamparado e choroso, tinha sempre uma frase pronta, poderosa como nenhuma outra para reconfortá-lo: "Como, meu senhor, depois de ter vencido tantos perigos, agora se deixa impressionar assim pelas coisas que esses vermes escrevem?". Um sorriso voltava então ao rosto de Billaud. E, em troca desse sorriso, Brigitte mandava e desmandava na granja de Orvilliers, arrogante com a criadagem, autoritária com os trabalhadores, vigilante e ativa, cuidando de tudo, alçada a Senhora de um feudo cujos rendimentos administrava com surpreendente habilidade... Sofia encontrou-a na cozinha, mandando como na própria casa, às voltas com os preparativos do jantar. Usava um vestido do melhor que se podia conseguir em Caiena, exibindo pulseiras de ouro e brincos de filigrana. "Oh, querida!", exclamou a negra, largando a grande colher de pau com que acabava de provar um molho. "Você está feita um sol de beleza! Ele só pode mesmo estar cada dia mais apaixonado por você!" Sofia respondeu com um gesto evasivo. Não gostava de certas confianças de Brigitte, que a colocavam por demais na posição de amante de um homem poderoso. "O que temos para comer?", perguntou, sem poder evitar, por mais que apreciasse "la petite Billaud", um tom de dona de casa que se dirige à cozinheira... No salão, Billaud-Varennes acabava de saber da Concordata e de tudo que acontecera naquela manhã em Caiena. "Só nos faltava essa", gritava, descarregando os punhos ao ritmo das palavras sobre uma mesa de marchetaria inglesa. "Estamos afundando na merda."

45.

Como um grande e tremendo trovão de calor, anunciador dos furacões que enegrecem o céu e arrasam cidades, a bárbara notícia ecoou em todo o Caribe, levantando clamores e acendendo fachos: estava promulgada a Lei de 30 Floreal do Ano X, pela qual se reinstituía a escravidão nas colônias francesas da América, ficando sem efeito o Decreto de 16 Pluvioso do Ano II. Houve um imenso regozijo de proprietários, senhores, fazendeiros, rapidamente informados daquilo que lhes interessava — tão rapidamente que as notícias tinham voado por sobre os navios —, sabendo-se, ainda, que se retornaria ao sistema colonial anterior a 1789, o que acabava de vez com as elucubrações humanitárias dessa Revolução de merda. Em Guadalupe, Dominica, Marie-Galante, a notícia foi dada com salvas e iluminações, enquanto milhares de "*ci-devant* cidadãos livres" eram reconduzidos a seus antigos barracões, tangidos por uma tempestade de pauladas e chicotadas. Os Grandes Brancos de outrora se lançaram aos campos, seguidos de matilhas de capitães do mato, no encalço de seus antigos escravos, que eram devolvidos aos capatazes com ferros no pescoço. Tão grande foi o medo de possíveis confusões nessa caçada ensandecida, que muitos negros forros do tempo da monarquia, donos de comércios e pequenas terras, reuniram seus pertences no intuito de fugir para Paris. Mas seu intento foi abortado a tempo por um novo decreto, de 5 Messidor, que proibia a entrada na França de todo homem de cor. Bonaparte achava que já havia negros de sobra na Metrópole, temendo que seu grande número transmitisse ao sangue europeu "a tonalidade que se espalhara pela Espanha desde a invasão dos mouros"... Victor Hugues recebeu a notícia uma manhã, em sua sala na Casa de Governo, na companhia de Sieger. "Teremos um grande levante", disse o agente de negócios. "Não vamos dar tempo a eles", replicou Victor. E na mesma hora enviou recados urgentes aos fazendeiros da redondeza e aos chefes das milícias, convocando para uma reunião secreta que se realizaria no dia seguinte. Tratava-se de agir primeiro, publicando a Lei de Floreal só depois que a escravidão fosse restabelecida de fato... Traçado o plano de ação, em meio a uma alegria que por pouco não se extravasou em excessos imediatos, esperou-se a hora do crepúsculo. Os portões da cidade foram fechados; as fazendas próximas ocupadas pela tropa e, ao sinal de um canhão disparado às oito da noite, todos os negros libertos pelo Decreto de 16 Pluvioso viram-se cercados por senhores e soldados, que os levaram, presos, até uma pequena planície situada às margens do Mahury. À meia-noite já se apinhavam ali várias centenas de negros trêmulos, atônitos, incapazes de entender o objetivo daquela concentração forçada. Quem tentava separar-se da massa humana suarenta e amedrontada era empurrado a pontapés e golpes de culatra. Por fim apareceu Victor Hugues. Subindo num barril, à luz de tochas, para ser visto por todos, desenrolou lentamente o papel em que vinha transcrito o texto da Lei e passou a lê-lo em tom solene e pausado. Logo traduzidas por aqueles que melhor as escutaram, as palavras correram de boca em boca, até os confins do campo. Em seguida comunicou-se aos presentes que quem não se submetesse a sua antiga servidão seria castigado com o mais extremo rigor. No dia seguinte, seus proprietários viriam reapossar-se deles, conduzindo-os a suas respectivas fazendas e moradias. Os que não fossem reclamados seriam vendidos em leilão público. Um vasto choro, convulsivo, exasperado — pranto coletivo, semelhante a um vasto ulular de feras acuadas —, brotou da negraria, enquanto as Autoridades se retiravam, escoltadas por um ensurdecedor rufar de tambores... Mas já, por toda a parte, muitas sombras mergulhavam na noite, buscando o refúgio das matas e florestas. Os que não tinham caído na primeira leva, fugiam para o mato, roubavam canoas e botes para subir os rios, quase nus, sem armas, decididos a regressar à vida de seus antepassados, onde os brancos não pudessem alcançá-los. Ao passar pelas fazendas distantes, davam a notícia aos seus, e eram mais dez, mais vinte homens que abandonavam suas tarefas, desertavam as lavouras de anileira e de cravo-da-índia, para engrossar os grupos rebeldes. E eram cem, duzentos, seguidos por suas mulheres carregadas de crianças, os que se internavam nas selvas e brenhas, à procura de um lugar onde pudessem formar quilombos. Na fuga, lançavam sementes de verbasco nos córregos e riachos, para que os peixes, envenenados, infectassem as águas com os miasmas de sua putrefação. Para além daquela corredeira, daquela montanha vestida de cascatas, começaria novamente a África; voltariam às línguas esquecidas, aos ritos de circuncisão, à adoração dos Deuses Primeiros, anteriores aos Deuses recentes do Cristianismo. Cerrava-se a mata sobre homens que subiam o curso da História, para remontar aos tempos em que a Criação era regida pela Vênus Fecunda, de grandes tetas e largo ventre, adorada em cavernas profundas onde a Mão balbuciara, em traços, sua primeira figuração das atividades de caça e das festas oferecidas aos astros... Em Caiena, em Sinnamary, em Kourou, nas ribeiras do Oiapoque e do Maroni, vivia-se no horror. Os negros insubmissos ou violentos eram açoitados até a morte, esquartejados, decapitados, submetidos a torturas atrozes. Muitos foram pendurados pelas costelas nos ganchos dos matadouros públicos. Uma vasta caçada ao homem se desencadeava por toda parte, para alegria dos bons atiradores, em meio ao incêndio de choças e matagais. No mar de cruzes que assinalavam os túmulos deixados pela Deportação, contra poentes avermelhados pelas chamas que passavam das casas para os campos, agora se desenhavam as formas sinistras das forcas ou — o que era ainda pior — das árvores frondosas, de cujos galhos pendiam pencas de cadáveres com os ombros cobertos de abutres. Caiena, mais uma vez, confirmava seu destino de terra abominável.

Sofia, informada numa sexta-feira do que se perpetrara na terça anterior, recebeu a notícia com horror. Tudo o que esperava encontrar ali, naquele avançado reduto de ideias novas, traduzia-se em decepções intoleráveis. Sonhara em ser útil entre homens ousados, justos e retos, esquecidos dos deuses porque já não necessitavam de Alianças para se saber capazes de reger o mundo que lhes pertencia; acreditara acompanhar um trabalho de titãs, sem temer o sangue que podia ser derramado numa grande empreitada, e agora só assistia à restituição gradual de tudo aquilo que parecia abolido — de tudo aquilo que os livros máximos da época lhe ensinaram que devia ser abolido. Depois da Reconstrução dos Templos reinstaurava-se o Cativeiro dos Acorrentados. E os que tinham o poder de impedi-lo, num continente onde ainda se podia salvar o que do outro lado do oceano se perdia, nada faziam para ser coerentes com sua própria história. O homem que vencera a Inglaterra em Guadalupe; o Mandatário que não recuara ante o risco de desencadear uma guerra entre a França e os Estados Unidos, detinha-se ante o infame Decreto de 30 Floreal. Mostrara uma energia tenaz, quase sobre-humana, para abolir a escravidão oito anos antes, e agora mostrava a mesma energia para restaurá-la. A mulher espantava-se ante as diferentes integridades de um homem capaz de fazer o Bem ou o Mal com a mesma frieza. Tanto podia ser Ormasde como Arimã; reinar sobre as trevas como reinar sobre a luz. Conforme soprassem os tempos, podia virar, de repente, o avesso de si mesmo. "Você fala como se eu fosse o autor do Decreto", disse Victor ao escutar pela primeira vez, da boca de Sofia, uma saraivada de duras recriminações, recordando ao mesmo tempo, com certo remorso, que muito do seu endeusamento se devia à nobre Lei de Pluvioso do Ano II. "Parece que todos vocês desistiram de continuar a Revolução", dizia Sofia. "Mas houve um tempo em que pretendiam trazê-la para estas terras americanas." "Talvez eu ainda estivesse influenciado pelas ideias de Brissot, que queria levar a Revolução para toda parte. Mas se ele, com os meios de que dispunha, não conseguiu convencer sequer os espanhóis, quem sou eu para agora pretender levar a Revolução a Lima ou a Nova Granada? Como já disse aquele que hoje tem o direito de falar por todos (e apontava para um retrato de Bonaparte colocado recentemente em sua sala): 'Terminamos o romance da Revolução; agora devemos começar sua História, considerando apenas o que é real e possível na aplicação de seus princípios'." "É muito triste começar essa história com o restabelecimento da escravidão", disse Sofia. "Sinto muito. Mas sou um político. E se restabelecer a escravidão é uma necessidade política, devo me dobrar a essa necessidade." E continuava a disputa, sempre voltando às mesmas ideias, irritações, impaciências, desilusões da mulher diante de claudicações que rebaixavam estaturas, até que no domingo apareceu Sieger, interrompendo uma envenenada discussão. "Inacreditável, mas é verdade", gritou da porta, com alardes de jornaleiro. E foi tirando um velho capote de inverno, de peliça muito suada, com gola de pele roída pelas traças, que ele usava nos dias de chuva — e chovia, de fato, às rajadas descidas das Terras Altas, talvez das lonjuras ignotas onde nasciam os Grandes Rios, lá onde havia monolitos rochosos, perdidos entre nuvens, jamais escalados pelo homem. "Inacreditável, mas é verdade", repetiu, fechando um enorme guarda-chuva verde que parecia feito de folhas de alface. "Billaud-Varennes está comprando escravos. Já é senhor de Caton, Tranche-Montagne, Hippolyte, Nicolas, Joseph, Lindore, além de três fêmeas, destinadas às tarefas domésticas. Grandes progressos, senhores, grandes progressos. Claro que para tudo há boas razões, quando se foi Presidente da Convenção: 'Pude muitas vezes constatar (e imitava o tom empolado do homem) que os negros, nascidos com muitos vícios, carecem a um só tempo de razão e de sentimento, sem entenderem norma alguma além das que lhe são impostas pelo medo'." E o suíço ria, convencido de que imitara com graça o jeito de falar do Terrível de outrora. "Esqueçamos esse assunto", disse Victor de mau humor, pedindo umas plantas que Sieger trazia numa pasta de pele de porco... E pouco depois, talvez seguindo essas mesmas plantas, começaram os Grandes Trabalhos. Centenas de negros trazidos à fazenda, fustigados pela chibata, puseram-se a arar, cavar, revolver, aplainar as terras roubadas à floresta em dilatadas extensões. Nas fronteiras de húmus, cada vez mais recuadas, tombavam troncos centenários, copas fartamente habitadas por pássaros, macacos, insetos e répteis, como as árvores simbólicas da Alquimia. Fumegavam os gigantes derrubados, ardidos por fogos que lhes chegavam às entranhas sem romper de todo a casca. Os bois iam dos campos pululantes à serraria recém-instalada, arrastando longos corpos de madeira, ainda repletos de seivas, de sumos, de rebentos crescidos sobre suas feridas; rolando raízes enormes, abraçadas à terra, que se desmembravam sob o machado, lançando braços que ainda tentavam agarrar-se a alguma coisa. Assistia-se a uma confusão de chamas, de embates, de cantos de trabalho, de imprecações em torno das juntas de puxação, cujos cavalos, findo o enorme esforço requerido no abatimento de uma baraúna, saíam do tropel encharcados de suor, brilhantes de espuma, com as coelheiras tortas e as ventas rentes aos torrões em que seus cascos topavam. E quando se reuniu madeira suficiente, ergueu-se a andaimaria: sobre as toras desbastadas a golpes de facão, armaram-se andares e passarelas, anunciando construções que não acabavam de se definir. Um dia nascia aquela estranha galeria circular, ainda em esqueleto, que esboçava uma futura rotunda. Erguia-se a torre destinada a uma função desconhecida, mal definida num contorno de vigas entrecruzadas. Lá, metidos entre os nenúfares do rio, os negros trabalhavam em empedrar as bases de um embarcadouro, urrando de dor quando em sua carne se cravava o ferrão de uma arraia, ou eram lançados pelos ares pela descarga de um peixe-elétrico, ou sentiam na virilha a dentada do peixe-cobra travando-se como um cadeado. Aqui eram terraços, escadarias, aquedutos, arcadas nascidas de um leito de pedras entalhadas a duras penas, por cinzéis que voltavam continuamente para as forjas, embotados depois de dez malhadas entre as mãos ensanguentadas dos trabalhadores. Assistia-se, por toda parte, a uma proliferação de tirantes e vigas, de escoras e barrotes, de levantamentos e cravações. Vivia-se entre poeira, gesso, serragem, areia e cascalho, sem que Sofia conseguisse entender o que Victor pretendia com tantas obras, que ele vivia alterando, rompendo com o traçado das plantas cujos rolos saíam por todos os bolsos de sua roupa. "Vou vencer a natureza desta terra", dizia. "Erguerei estátuas e colunatas, traçarei caminhos, farei lagos de trutas até onde a vista alcança." Sofia lamentava que Victor desperdiçasse tanta energia no vão esforço de criar, nesta selva maciça, ininterrupta até as nascentes do Amazonas — talvez até as costas do Pacífico —, um ambicioso arremedo de parque real, cujas estátuas e pavilhões seriam tragados pelo mato ao primeiro descuido, servindo de apoio, de pasto, às incontáveis vegetações entregues à perpétua tarefa de desajustar as pedras, dividir as muralhas, fraturar mausoléus e aniquilar o construído. O Homem pretendia manifestar sua ínfima presença numa extensão de verdes que era, de um oceano ao outro, como uma imagem da eternidade. "Dez canteiros de rabanetes me fariam mais feliz", dizia Sofia, provocando o Edificador. "Parece que estou ouvindo *O adivinho da aldeia*", respondia ele, afundando a cara em suas plantas.

46.

Os trabalhos prosseguiam entre o pó e o lodo. Cansada de ouvir picaretas e serras, poleames e malhos até os confins da fazenda, Sofia fechou-se em casa, atrás de uma profusão de cortinas recém-colocadas, de xales abertos sobre as janelas, de biombos e tabiques usados a modo de muralhas, de defesas, naquela propriedade invadida por guardas e sentinelas desde que estava entregue à confusão de dialetos das negrarias. Sentada no topo de uma escada de mão, deitada num tapete, debruçada no mogno fresco de uma mesa, tinha lido toda a literatura encontrada na biblioteca, descartando tratados que nada lhe diziam pela voz de suas álgebras, geometrias e gravuras por demais carregadas de alusões científicas, cujos personagens, levando nas costas um "A" ou um "B", integravam figuras de teorema que talvez os ligassem à trajetória dos astros ou aos portentosos fenômenos da eletricidade. Por isso agradecia que o jovem oficial De Saint-Affrique fizesse frequentes pedidos a Buisson, livreiro de Paris, para receber novidades interessantes. Mas nada de muito notável vinha da França naqueles dias, afora algum relato de viagem a Kamchatka, às Filipinas, aos fiordes, a Meca — narrações de descobrimentos e naufrágios, cujo sucesso talvez refletisse um fastio geral de tantos textos polêmicos, moralizadores, admonitórios; de tantas autodefesas, memórias, panegíricos, verídicas histórias disso ou daquilo, que se tinham publicado nos últimos anos. Nada atraída pelas colunas truncadas, pelas pontes arqueadas sobre riachos artificiais, pelos templetes à maneira de Ledoux que começavam a se perfilar nas terras circundantes, sem se ajustar a uma vegetação demasiado hostil e rebelde para casar com estilos arquitetônicos submetidos a proporções e contornos, Sofia desligava-se da realidade para viajar, imaginariamente, a bordo dos navios do capitão Cook, de La Perouse, quando não seguia Lord Macartney em suas andanças pelos desertos da Tartária. Passou a estação das chuvas, propícia à reclusão entre livros, e voltou a época dos magníficos crepúsculos abertos sobre o mistério de selvas remotas. Mas agora os crepúsculos doíam demais. Com suas últimas luzes, marcavam o fim de dias sem rumo nem propósito. De Saint-Affrique dizia que para além destas terras árduas se erguiam montanhas maravilhosas, cobertas de águas. Ela sabia, porém, que não havia caminhos que levassem até lá e que a floresta estava cheia de gente hostil, regressada a seu estado primeiro, que flechava com mão certeira. Seus passos, movidos por um desejo de ação, de vida útil e plena, haviam rumado para essa reclusão entre árvores, no mais vão e ignorado lugar do planeta. Ela só ouvia falar de negócios. A Época chegara triunfalmente, estrepitosamente, cruelmente àquela América ainda semelhante, ontem, a sua velha estampa de vice-reinados e capitanias, lançando-a para a frente, e agora aqueles mesmos que haviam trazido a Época nos ombros, dando-a, impondo-a, sem recuar diante da Cota de Sangue necessária para sua afirmação, escondiam-se em livros de contabilidade para esquecer seu advento. Entre insígnias perdidas e dignidades manchadas, corria o jogo, conduzido por homens que pareciam esquecidos de seu tormentoso e forte passado. De excessos, diziam alguns, tinha sido esse passado. Mas era por tais excessos que haveriam de ser lembrados certos personagens cujos sobrenomes ilustres já começavam a destoar de sua figura mesquinha. Quando se dizia que a colônia poderia ser atacada, a qualquer momento, pela Holanda ou pela Inglaterra, Sofia chegava a desejar que isso ocorresse logo, para que um acontecimento, por mais duro que fosse, arrancasse os adormecidos, os fartamente fartos, de seus tratos, colheitas e lucros. Em outras partes, a vida continuava, mudava, magoava ou enaltecia, alterando os estilos, os gostos, os costumes, os ritmos da existência. Mas aqui se voltara ao modo de vida de meio século atrás. Parecia que nada tinha acontecido no mundo. Até as roupas usadas pelos colonos ricos eram, pelo pano e pelo corte, as mesmas usadas cem anos atrás. Sofia vivia no detestável tempo parado — que tão bem conhecera em outra ocasião — do hoje igual a ontem, igual a amanhã.

O verão ia passando, arrastado, moroso, alongando seus calores rumo a um outono que seria igual a qualquer outro outono, quando, numa terça-feira, o toque do sino chamando a negraria para o trabalho foi respondido por um silêncio tão prolongado, que os guardas se dirigiram aos barracões já brandindo os chicotes. Mas os encontraram desertos. Os cachorros — mastins e sabujos — jaziam envenenados, entre as espumas dos últimos vômitos. Tiradas dos estábulos, as vacas tombavam depois de um breve andar de bestas ébrias. Metendo as cabeças embaixo dos cochos, os cavalos, de ventres inchados, botavam sangue pelas ventas. Logo chegou gente das fazendas vizinhas; em toda parte acontecera a mesma coisa. Usando túneis cavados à noite; despregando madeiras com tais manhas que ninguém ouvira ruído algum; distraindo a atenção dos guardas com pequenos incêndios provocados aqui e ali, os escravos tinham fugido para a floresta. Sofia se lembrou, então, que na noite anterior tinham-se ouvido muitos tambores no fundo da mata. Mas ninguém prestara atenção no que podia ser coisa de índios entregues a algum ritual bárbaro. Como Victor Hugues estava em Caiena, mandaram-lhe um mensageiro a toda pressa. E os colonos já estranhavam, em seu crescente medo às sombras cada vez mais carregadas de angústias e ameaças, que se tivesse passado uma semana sem que o Agente voltasse, quando, uma tarde, surgiu no rio uma nunca vista esquadra de chalupas, embarcações de pouco calado e gabarras ligeiras carregadas de tropas, munição e armas. Indo direto à casa, Victor Hugues reuniu todos os que pudessem narrar-lhe os fatos recentes, tomando notas e consultando os poucos mapas disponíveis. Em seguida, rodeado de oficiais em conferência de Estado-Maior, estabeleceu as ordenanças e disciplinas de uma implacável expedição punitiva contra os quilombos que já se estavam multiplicando demais na selva. Por uma porta, Sofia observava o homem que recuperava a autoridade de outrora, preciso em suas explanações, certeiro em seus propósitos, que voltava a ser o Chefe Militar de outros dias. Mas esse Chefe Militar estava pondo sua vontade, seu remoçado ímpeto, a serviço de uma empresa vergonhosa e cruel. Num gesto de despeito, a mulher saiu para os jardins, onde os soldados, negando-se a ficar nos barracões por cheirarem demais a negro, estavam montando suas tendas e bivaques ao ar livre. Aqueles soldados eram bem diferentes dos mansos e bovinos alsacianos que Sofia vira até agora. Queimados de sol, fanfarrões, ostentando cicatrizes no rosto, falando alto, fitando a mulher com olhos que a deixavam nua em pelo, pareciam corresponder a um novo estilo militar, que, apesar de sua insolência, ela achou interessante por se afirmar em termos de virilidade e desembaraço. Através do jovem oficial De Saint-Affrique, que, alarmado de vê-la em meio àquela gente, viera escoltá-la, soube que estava na presença dos sobreviventes da peste de Jafa, enviados para as colônias depois da Campanha do Egito, por se entender que, embora ainda um tanto combalidos, eles eram particularmente adaptáveis ao clima da Guiana, onde os alsacianos sucumbiam em número excessivo. Agora ela contemplava com assombro aqueles soldados saídos do legendário, que tinham dormido em sepulcros cobertos de hieróglifos, fornicado com prostitutas coptas e maronitas, que se jactavam de conhecer o Corão e de ter rido dos deuses com cara de chacal e cara de pássaro, cujas estátuas ainda se erguiam em templos de enormes colunas. Uma aura de Grande Aventura vinha com eles, por sobre o Mediterrâneo, soprando de Abu Tig, do monte Tabor, de Saint-Jean-d'Acre. Sofia não se cansava de perguntar a um e outro sobre as coisas que viram, que pensaram, durante a insólita empresa que levara um exército francês até o pé das Pirâmides. Tinha vontade de sentar junto ao fogo, de compartilhar a sopa que agora era vertida nas escudelas com grandes conchas, de jogar dados sobre o tambor, onde soavam como granizo; de beber a aguardente que todos levavam em cantis marcados com caracteres árabicos. "A senhora não devia permanecer aqui", disse De Saint-Affrique, que, já havia algum tempo, vinha cercando Sofia de zelosas atenções de amigo. "É gente escandalosa e vulgar." Mas a mulher continuava pendente de alguma história, de alguma heroica fanfarronada, secretamente satisfeita — e não se envergonhava disto — por se sentir desejada, despida, apalpada na vontade daqueles homens resgatados do mal bíblico, que, ao florear suas próprias façanhas, tentavam fazer com que a mulher guardasse na memória suas fortes caraças. "Agora você se meteu a vivandeira?", perguntou Victor, ríspido, quando a viu voltar. "Pelo menos as vivandeiras fazem alguma coisa", respondeu ela. "Fazer! Fazer! Sempre a mesma ladainha. Como se o homem pudesse fazer algo além do que pode fazer!..." Victor ia, vinha, distribuía ordens, fixava objetivos, dava instruções referentes ao apetrechamento das tropas por via fluvial. Já quase admirada de sua energia, Sofia se lembrou do que se estava organizando ali: uma vasta matança de negros. Trancou-se no quarto para ocultar um repentino acesso de cólera, logo rompido em choro. Fora, os soldados da Campanha do Egito punham fogo em pequenas pirâmides de cascas de coco, para espantar os mosquitos. E depois de uma noite prenhe de barulhos, risadas, movimentações, soou o toque de alvorada. A esquadra de chalupas, barcas e gabarras zarpou rio acima, esquivando redemoinhos e correntezas.

Passaram-se seis semanas. Até que uma noite, sob o pesado rumor de uma chuva que caía havia três dias, apareceram várias embarcações. Delas desciam homens exaustos, febris, com os braços em tipoias, enlameados, malcheirosos, enroscados em faixas cor de lodo. Muitos deles, flechados pelos índios, golpeados pelos facões dos negros, vinham carregados em macas. Victor chegou por último, trêmulo, arrastando os pés, apoiando os braços nos ombros de dois oficiais. Desabou numa poltrona, pedindo mantas e mais mantas para se cobrir. Mas mesmo coberto, envolto, soterrado por cobertores de lã, por ponchos de vicunha, continuava tremendo. Sofia observou que tinha os olhos vermelhos e purulentos. Engolia a saliva com dificuldade, como se tivesse a garganta inflamada. "Isto não é guerra", disse por fim, com voz rouca. "Pode-se lutar contra os homens. Não se pode lutar contra as árvores." De Saint-Affrique, cuja barba por fazer azulava seu rosto de um verde doente, falou a sós com Sofia, depois de virar uma garrafa de vinho a goles sôfregos. "Foi um desastre. Os quilombos estavam desertos. Mas, a cada hora, caíamos numa emboscada de poucos homens que desapareciam depois de matar vários de nossos soldados. Quando voltávamos para o rio, éramos flechados das margens. Tivemos que andar em pântanos com a água pelo peito. E depois, como arremate, o Mal Egípcio." E explicou que os soldados sobreviventes da peste de Jafa traziam consigo um mal misterioso, com o qual já haviam contaminado metade da França, onde a epidemia fazia estragos. Era uma espécie de febre maligna, com dores articulares, que subia pelo corpo e rebentava pelos olhos. As pupilas inflamavam; as pálpebras se enchiam de humores. Amanhã chegariam mais doentes, mais feridos; mais homens vencidos pelas árvores da selva e por armas que, com seu feitio pré-histórico, seus dardos de osso de macaco, suas setas de bambu, seus chuços e facões camponeses, tinham desafiado a artilharia moderna: "Dispara-se o canhão na selva, e tudo que se consegue é provocar uma avalanche de folhas podres". Após deliberação de inválidos e mutilados, ficou decidido que Victor seria levado a Caiena no dia seguinte, junto com os feridos mais graves. Sofia, feliz com o fracasso da expedição, recolheu suas roupas e as guardou em canastras de vime, cheirosas a vetiver, com a ajuda do jovem oficial De Saint-Affrique. Tinha o pressentimento de que não voltaria àquela casa.

47.

O Mal Egípcio tomou conta de Caiena. O hospital de Saint-Paul-de-Chartres já não dava conta de tantos doentes. Rezavam-se orações públicas a São Roque, a São Prudente, a São Carlos Borromeu, sempre lembrados em tempos de peste. O povo amaldiçoava os soldados que tinham trazido aquela praga nova, tirada sabia Deus de que subterrâneo de múmias; sabia Deus de que mundo de esfinges e embalsamadores. A Morte estava na cidade. Saltava de casa em casa, em aparições desconcertantes de tão bruscas, multiplicando uma pavorosa proliferação de rumores e lendas. Dizia-se que os soldados da Campanha do Egito, furiosos por terem sido enxotados da França, resolveram exterminar a população da colônia, para apossar-se dela; que preparavam unguentos, líquidos, gorduras maceradas com matérias imundas, com as quais marcavam as fachadas das casas que queriam contaminar. Todas as manchas se tornaram suspeitas. Quem, de dia, encostasse a mão numa parede, deixando nela um borrão de suor, era apedrejado pelos transeuntes. Por estar com os dedos escuros de sujeira, um índio foi morto a pauladas, numa madrugada, pelos assistentes de um velório. Por mais que os médicos repetissem que o mal não era comparável à peste, todos começaram a chamá-lo de "o flagelo de Jafa". E à espera dele — cedo ou tarde chegaria — a luxúria se fez una com o medo. As alcovas se ofereciam a quem as desejasse. Os corpos se buscavam na iminência da agonia. Celebravam-se bailes e festins em meio à praga. Havia quem gastava, numa noite, o acumulado durante anos de prevaricações. Quem, tendo ocultado luíses de ouro fazendo-se passar por jacobino, agora os deixava na mesa de carteado. Hauguard oferecia seus vinhos às damas da colônia que esperavam amantes nos quartos da pousada. Enquanto os sinos da cidade dobravam por mortos, orquestras de bailes e festins soavam até o amanhecer, afastando-se os bancos e as mesas postos nas ruas para deixar passar caixões que, em carretas, em carroças, em carros velhos, apareciam com a luz do dia, suando o breu que lambuzava suas tábuas. Duas freiras, possuídas pelo Demônio, prostituíram-se no cais do porto, enquanto o velho acadiano, mais convertido em Isaías e Jeremias quanto mais descarnada sua carcaça, bradava, nas ruas, nas esquinas, que já era chegado o tempo de comparecer perante o Tribunal de Deus.

Victor Hugues, com os olhos cobertos por grossas vendas embebidas em água de malva, vagava como um cego por seu quarto na Casa de Governo, apoiando-se no encosto das cadeiras, tropeçando, gemendo, procurando os objetos pelo tato. Sofia olhava para ele e o achava fraco, choroso, assustado pelos ruídos da cidade. Apesar da febre que o abrasava, negava-se a permanecer na cama, temendo afundar para sempre em sombras que espessariam as das vendas úmidas. Tocava, tateava, apalpava tudo que suas mãos achavam, para se sentir vivo. O Mal Egípcio se instalara em seu organismo potente com uma força combatida apenas pela do ser que resistia. "Nem melhor, nem pior", dizia o médico todas as manhãs, depois de tentar o efeito de um novo medicamento. A Casa de Governo estava cercada por um cordão de tropas que impedia o acesso de estranhos. Nem os serviçais, nem os guardas, nem os funcionários podiam entrar. E Sofia permanecia a sós com o Mandatário — queixoso de que seus ossos entrevavam, de que era muita a dor, insuportável a ardência dos olhos —, no prédio de paredes cobertas de éditos e proclamações, assistindo, das janelas, à passagem dos funerais. ("*Ils ne mouraient pas tous, mais tous étaient frappés*", recitava para si, evocando um La Fontaine que Victor Hugues costumava ler-lhe na casa de Havana, para que praticasse a pronúncia francesa.) Sabia que sua presença ali era uma inútil temeridade. Mas enfrentava o perigo para oferecer, a si mesma, o espetáculo de uma lealdade da qual já não tinha muita certeza. Perante o medo do outro, sua pessoa crescia. Passada uma semana, deu como certo que o mal não entraria em sua carne. Sentiu-se orgulhosa, predestinada, ao pensar que a Morte, dona e senhora do país, concedia a ela um tratamento de favor. Agora a cidade invocava São Sebastião, para acrescentar mais um intercessor à trilogia de Roque, Prudente e Carlos. *Dies Iræ, Dies Illæ*. Um medieval sentimento de culpa tomava a mente dos que bem recordavam sua indiferença diante dos horrores de Iracubo, Conamama e Sinnamary — e por recordá-lo demais, o velho acadiano era escorraçado a pauladas, de rua em rua. Victor, cada vez mais afundado em sua poltrona, procurando objetos na noite da cegueira, já começava a falar a linguagem dos moribundos: "Quero ser enterrado", dizia, "com meu traje de Comissário da Convenção". E o tirava do armário, às apalpadelas, para mostrá-lo a Sofia, antes de jogar a casaca nos ombros e colocar o chapéu empenachado sobre as vendas da testa: "Em menos de dez anos, pensando ser senhor do meu destino, fui conduzido pelos outros, por *esses* que sempre mandam e desmandam na nossa vida mas que nem sequer conhecemos, mostrando-me em tantos palcos que já não sei em qual deles me cabe atuar. Vesti tantos trajes que já não sei qual é o meu". Fazendo um esforço, estufava o peito atravessado de chiados: "Mas um deles é o meu preferido. Este aqui. Eu o recebi do único homem que já pus acima de mim. Quando o derrubaram, deixei de me entender. Desde então, não tento explicar nada. Sou semelhante aos autômatos que jogam xadrez, caminham, tocam pífano e tambor quando lhes dão corda. Só me faltava representar um papel: o de cego. Nele estou agora". E acrescentava a meia-voz, contando nos dedos: "Padeiro, negociante, maçom, antimaçom, jacobino, herói militar, rebelde, preso, absolvido pelos que mataram aquele que me fez Agente do Diretório, Agente do Consulado...". E sua enumeração, que excedia a soma dos dedos, se apagava num murmúrio ininteligível. Apesar da doença e das vendas, Victor, meio vestido de Comissário da Convenção, recuperava um pouco da juventude, da força, da dureza de quem, certa noite, estremecera uma casa havanesa com um estrépito de aldravas. Tornava-se um homem anterior ao homem atual — ao governador rapinante e cético que agora, destemperado pelo cheiro do sepulcro, renegava de suas riquezas inúteis, da vaidade das honrarias, usando expressões de pregador em ofício de defuntos. "Era um belo traje", dizia Sofia, alisando as plumas do chapéu. "Já está fora de moda", respondia Victor. "Só serve para mortalha." Um dia, o médico usou um remédio novo que, em Paris, fizera milagres na cura dos olhos afligidos pelo Mal do Egito: a aplicação de lascas de carne de vitela, fresca e sangrenta. "Você está parecendo um parricida de tragédia grega", disse Sofia, vendo aquele novo personagem que, saído do quarto onde acabara de receber o curativo, logo a fez pensar em Édipo. Terminava, para ela, o tempo da piedade.

E Victor amanheceu sem febre, pedindo um cálice de cordial. Caíram suas vendas de carne sangrenta, deixando-o com o rosto desanuviado e limpo. Estava atônito, como que ofuscado diante da beleza do mundo. Caminhava, corria, saltava por toda a Casa de Governo, depois de sua descida à noite da cegueira. Olhava as árvores, as trepadeiras, os gatos, as coisas, como se acabassem de ser criadas e, como Adão, tivesse que nomeá-las. O Mal Egípcio fazia suas últimas vítimas, carregadas às pressas para o cemitério, sem sinos nem funerais, em enterros cômicos de tão rápidos. Foram rezadas vistosas missas em ação de graças a Roque, Prudente, Carlos e Sebastião, embora alguns ímpios, esquecidos de suas preces e súplicas, começassem a insinuar que mais valera levar uma réstia de alhos pendurada no pescoço que rezar para os santos. Dois navios entraram no porto, saudados pelas salvas da bateria. "Você foi sublime", Victor disse a Sofia, dando ordem de preparar a viagem de regresso à fazenda. Mas a mulher, desviando os olhos, apanhou um livro de viagens à Arábia que estava lendo nos últimos dias e lhe mostrou um parágrafo extraído de um texto corânico: "A peste causava estragos em Devardã, cidade da Judeia. A maior parte dos habitantes pôs-se em fuga. Deus lhes disse: 'Morrei'. E morreram. Anos mais tarde, ressuscitou-os a pedido de Ezequiel. *Mas todos conservaram no rosto as marcas da morte*". Fez uma pausa: "Estou cansada de viver entre mortos. Pouco importa que a peste tenha deixado a cidade. Antes vocês já traziam as marcas da morte no rosto". E falava, falava longamente, de costas para ele — enquadrando a silhueta escura no retângulo luminoso de uma janela —, de sua vontade de partir. "Você quer voltar para sua casa?", perguntou-lhe Victor, atônito. "Nunca voltarei a uma casa que deixei à procura de outra melhor." "E onde está a casa melhor que você procura agora?" "Não sei. Onde os homens vivam de outro jeito. Aqui tudo fede a cadáver. Quero voltar ao mundo dos vivos, dos que acreditam em alguma coisa. Nada espero dos que nada esperam." A Casa de Governo era invadida por serviçais, guardas, funcionários, que voltavam a suas tarefas de arrumar, limpar, servir. A luz, entrando novamente pelas vidraças livres de cortinas, levantava minúsculos cosmos de poeira, que ascendiam para as janelas em colunas inclinadas. "Agora", dizia ela, "você vai comandar outra expedição militar contra a floresta. E não poderia ser diferente. Seu cargo assim o exige. É seu dever de autoridade. Mas não vou assistir a semelhante espetáculo." "A Revolução transtornou muita gente", disse Victor. "Pois talvez seja isso mesmo o que a Revolução fez de mais magnífico: transtornar muita gente", disse Sofia, começando a recolher suas roupas. "Agora sei o que se deve repudiar e o que se deve aceitar." Mais um navio — o terceiro da manhã — era agora saudado pelas baterias. "Nem que eu os tivesse mandado chamar", disse Sofia. Victor deu um murro na parede: "Acabe de recolher suas porcarias e suma daqui, para onde quiser!", gritou. "Obrigada", disse Sofia, "prefiro ver você assim." Agarrando-a pelos braços, o homem a sacudiu pelo quarto, machucando-a, empurrando-a, até jogá-la na cama de um tranco. Caindo sobre ela, abraçou-a fortemente sem encontrar resistência: o que se oferecia era um corpo frio, inerte, distante, que se prestava a tudo, contanto que tudo acabasse logo. Olhou-a como a olhava nessas horas, tão de perto que os olhos confundiam suas luzes. Ela virou o rosto. "Sim. É melhor você ir embora", disse Victor, jogando o corpo a um lado, ainda ofegante, insatisfeito, invadido por uma tristeza enorme. "Não se esqueça do salvo-conduto", disse Sofia placidamente, esgueirando-se pelo outro lado da cama até a mesa onde ele guardava os formulários: "Espere, o tinteiro está seco". Acabando de alisar as meias e ajeitando as roupas, pegou um frasco, molhou a pena e a estendeu para Victor. E continuou a recolher coisas, atentando a que o outro, com mão raivosa, terminasse de preencher o papel. "Isso é tudo?", perguntou o homem, ainda. "Não nos resta mais nada?" "Resta, sim. Algumas imagens", respondeu Sofia. O Mandatário caminhou até a porta. Mostrou um horrível sorriso conciliador: "Você não vem?". E diante do silêncio dela: "Boa viagem!". Seus passos ecoaram nas escadas. Embaixo, um coche o esperava para levá-lo até o embarcadouro… Sofia ficou só, diante de seus vestidos espalhados. Atrás das rendas e das sedas, num canto, estava o traje de Comissário da Convenção que Victor lhe mostrara nos dias de cegueira. Colocado como estava, sobre uma poltrona de estofamento puído, com as bragas no lugar, a casaca atravessada da faixa tricolor, o chapéu apoiado sobre coxas ausentes, parecia uma relíquia de família, das que falam, por suas formas vazias de ossamenta e carne, da figura de um homem desaparecido que, num tempo remoto, desempenhou um grande papel. Era assim que se exibiam, em cidades da Europa, as roupas dos ilustres personagens do passado. Agora que o mundo estava tão mudado que o "era uma vez" dos velhos narradores fora substituído pelos termos de "antes da Revolução" e "depois da Revolução", os museus eram muitíssimo apreciados. Naquela noite, para ir-se acostumando novamente à solidão, Sofia entregou-se ao jovem oficial De Saint-Affrique, que a amava com wertheriano recato, desde que ela chegara à colônia. Voltava a ser dona de seu próprio corpo, fechando, com um gesto emanado de sua própria vontade, o ciclo de um longo alheamento: ser estreitada por novos braços antes de embarcar no navio que, na próxima quarta-feira, zarparia rumo a Bordéus.

Sétimo capítulo

48.

> *Eis que um grande vento sobreveio de além*
> *do deserto e deu nos quatro cantos da casa,*
> *a qual caiu sobre os jovens, que morreram;*
> *e só eu escapei, para te trazer a nova.*
>
> Jó, 1-19

Um sapateio ruidoso batia rijo, ao compasso das guitarras, no piso do andar principal, quando o viajante, tirando um braço tolhido de frio dentre as mantas que o envolviam, ergueu o pesado martelo do aldravão com figura de Deus das Águas que enfeitava o portão que dava para a rua de Fuencarral. Embora o toque retumbasse dentro como um tiro de trabuco, a algazarra no alto só fez aumentar, com a entrada de uma segunda e tresnoitada voz que tentava, em vão, pegar o tom do *Polo del contrabandista*. Mas a mão, ardendo ao toque do bronze queimante de tão gelado, continuava a bater, ao mesmo tempo que um pé calçado de pesadas botas chutava a madeira do portão, derrubando uma granizada de orvalho na pedra da soleira. Por fim, uma das folhas rangeu, empurrada por um empregado com bafo de vinho, que ergueu um candeeiro junto ao rosto do viajante. Ao ver que o rosto lembrava o do retrato que presidia um salão da casa, o serviçal, estremecido pelo susto, abriu para o temível estraga-festas, desfazendo-se em desculpas e explicações. Ele não esperava o cavalheiro tão cedo; se soubesse que ia chegar, teria ido esperá-lo na Casa de Correios. É que hoje, por ser Primeiro de Ano, dia dos Manuéis — e ele se chamava Manuel —, uns conhecidos, boa gente, apesar de um pouco bagunceira, tinham aparecido de surpresa, quando ele já estava deitado, depois de ter rogado a Deus que o cavalheiro fizesse boa viagem, e, sem ouvir seus protestos, entraram a cantar e a beber, "daquilo que traziam" — só "daquilo que traziam". Que o cavalheiro esperasse uns minutos; ele faria toda essa canalha sair pela escada de serviço... Empurrando o empregado a um lado, o viajante subiu a grande escadaria que levava ao salão. Ali, entre móveis afastados, sobre um piso cujos tapetes estavam encostados contra uma parede, a farra continuava num desbragado baileco de mulherzinhas alegres e tipos da pior laia, que despejavam grandes copos de vinho na gorja, cuspindo a torto e a direito. Pela quantidade de garrafas vazias amontoadas nos cantos, via-se que a festa devia estar no auge. Uma voz apregoava castanhas quentes que ninguém via em parte alguma; encabritada num divã, uma *maja* se esgoelava cantando a toada do marabu; mais adiante, um sujeito apalpava uma mulher; uma roda de bêbados se apinhava em torno de um cego que rasgava a garganta perfilando melismas de copla flamenca. Um "fora daqui!", bradado com voz de trovão pelo criado, debandou os presentes, que se lançaram escada abaixo levando quantas garrafas cheias podiam apanhar na correria, ao ver que do amontoado de mantas emergia a cabeça de alguém que devia ser pessoa de condição. Agora, alinhavando lamentos inoperantes, o empregado tratava de recolocar os móveis no lugar, estendendo o tapete e recolhendo as garrafas vazias com a maior diligência. Pôs mais lenha no fogo que ardia na lareira desde cedo e, munindo-se de vassouras, espanadores e panos, tentou apagar as marcas que a festa havia deixado nas cadeiras, nos assoalhos e até no tampo do pianoforte, manchado por um líquido que cheirava a aguardente. "Gente boa", gemia o criado, "gente incapaz de levar coisa alguma. Mas gente de pouca educação. Aqui não é como em outros países, onde se ensina a respeitar..." Por fim, despojando-se de sua última manta, o viajante se aproximou da lareira e pediu uma garrafa de vinho. Quando a trouxeram, reparou que era do mesmo que os farristas tinham bebido. Mas não se deu por achado: seus olhos acabavam de topar com um quadro que ele conhecia muito bem. Era o que representava certa *Explosão numa catedral*, mal curado do grande ferimento que recebera um dia, com remendos que enrugavam a tela em volta dos rasgos. Seguido do empregado, que erguia um grande candelabro com velas novas, entrou na sala contígua, onde ficava a biblioteca. Entre as estantes de livros, havia uma panóplia arrematada por elmos e morriões de feitio italiano, à qual faltavam algumas armas que pareciam ter sido arrancadas com grande violência, a julgar pela retorcedura das escápulas. Duas poltronas estavam em posição de conversa, a ambos os lados de uma pequena mesa de centro, sobre a qual se via um livro aberto e uma taça de vinho bebida pela metade, cujo Málaga, ao secar, deixara no cristal a marca de sua cor. "Como tive a honra de lhe escrever, ninguém mexeu em nada desde então", disse o empregado, abrindo outra porta. Agora o viajante estava num quarto de mulher recém-saída do sono, onde nada fora arrumado. Ainda estavam revoltos os lençóis do espreguiçamento matinal, e se adivinhava a pressa de um rápido vestir-se na camisola jogada no chão e naquela desordem de roupas tiradas do armário, dentre as quais deviam ter sido escolhidas as que agora faltavam. "Era um vestido marrom, como de tabaco, com uns babados", disse o empregado. Os dois homens saíram para uma grande galeria, cujas janelas exteriores estavam branqueadas pela geada. "Este era o quarto dele", disse o criado, procurando uma chave. O que o forasteiro pôde contemplar foi um aposento muito pequeno, mobiliado com sobriedade quase austera, sem outro adorno além de uma tapeçaria pendurada na parede oposta à da cama, que representava um curioso concerto de macacos, tocadores de cravo, viola de gamba, flautas e trompetes. Sobre o criado-mudo viam-se vários frascos de remédios, ao lado de uma jarra de água e uma colher. "A água teve que ser jogada fora, porque estava cheirando mal", disse o criado. Tudo estava ordenado e limpo como numa cela de militar. "Ele sempre fazia a cama e arrumava suas coisas. Não gostava que o pessoal de serviço entrasse aqui, mesmo quando estava doente." O viajante voltou para o salão: "Conte-me o que aconteceu naquele dia", disse. Mas o relato do outro, apesar de todo seu esforço por informar, tentando enterrar a lembrança da farra e do vinho com um excesso de palavras entremeadas de desmedidos elogios à bondade, à generosidade, à distinção dos patrões, era muito pouco interessante. Tudo já constava da carta que o empregado lhe mandara, valendo-se da letra de um escrevente público que, sem conhecer o caso, acrescentara comentários de sua própria lavra, muito mais esclarecedores em suas hipóteses do que as escassas verdades lembradas pelo serviçal, que, em suma, não sabia quase nada. Naquela manhã, arrastada pelo entusiasmo que tomava as ruas, a criadagem abandonara as cozinhas, lavanderias, despensas e cocheiras. Depois, alguns voltaram; outros não... O viajante pediu papel e pena, tomando nota do nome de todas as pessoas que, por um motivo ou outro, tiveram algum contato com os donos da casa; médicos, entregadores, cabeleireiras, costureiras, livreiros, tapeceiros, boticários, perfumistas, comerciantes e artesãos, sem desprezar o dado de que uma vendedora de leques vinha com frequência oferecer seus artigos, nem de que um barbeiro, cujo salão ficava ali perto, sabia tudo de todos os que, nos últimos vinte anos, haviam morado na rua de Fuencarral.

Assim aconteceu.
Goya

Com o que se soube em lojas e oficinas, com o ouvido numa taberna próxima, onde muitas memórias se refrescavam ao calor da aguardente; com o narrado por pessoas das mais diversas classes e condições, uma história começou a se constituir aos retalhos, com muitas lacunas e parágrafos truncados, à maneira de uma crônica antiga que renascesse parcialmente da junção de fragmentos dispersos... A casa da Condessa dos Arcos — segundo um notário que, sem saber, fazia as vezes de introdutor do centão — ficara desabitada durante muito tempo, desde que nela ocorreram estranhos e famosos casos de fantasmas e aparições. O tempo passava, e a bela mansão permanecia no abandono, isolada por sua própria lenda, para saudade dos comerciantes do bairro, que recordavam a época em que as festas e veladas oferecidas por seus donos davam lugar a grandes compras de enfeites, luzes, finos manjares e vinhos delicados. Por isso, a tarde em que as janelas se mostraram outra vez iluminadas foi saudada como um acontecimento. Vizinhos e curiosos se aproximaram para observar o movimento dos criados, das cocheiras ao desvão, subindo baús, carregando pacotes, pendurando lustres novos. No dia seguinte, apareceram pintores e gesseiros, trazendo escadas e andaimes. Um ar fresco correu pelos aposentos, dissipando feitiços e sortilégios. Claras cortinas alegraram os salões, enquanto dois soberbos alazães, trazidos por um cavalariço de libré, foram instalados nas estrebarias, que voltavam a cheirar a feno, aveia e chícharo. Então se soube que a mansão tinha sido alugada por uma dama americana, pouco temerosa de duendes e assombrações... Aqui a crônica passava à boca de uma rendeira da rua Mayor: logo a senhora da Casa dos Arcos passou a ser conhecida como "La Cubana". Era uma linda mulher, de grandes olhos escuros, que morava sozinha, não recebia visitas nem procurava travar relações com gente da Vila ou da Corte. Uma constante preocupação sombreava seu olhar e, no entanto, ela não buscava o consolo da religião, notando-se que nunca ia à missa. Era rica, a julgar pela quantidade de empregados que tinha e pelo luxo de seu trem de vida. Mas gostava de se vestir com sobriedade, embora, quando comprava uma renda ou escolhia um tecido, exigisse sempre do melhor, sem se importar com o preço... Da rendeira não se podia extrair mais, passando-se aos mexericos de Paco, o barbeiro guitarrista, cujo salão se incluía entre os melhores mentideiros da cidade. A Cubana viera a Madri para resolver uma delicada gestão: solicitar o indulto de um primo, encarcerado, fazia anos, no presídio de Ceuta. Dizia-se que aquele "primo" havia sido conspirador e franco-maçom em terras americanas. Que era afrancesado, partidário das ideias da Revolução, impressor de escritos e canções subversivas destinadas a solapar a autoridade real nos Reinos de Além-Mar. A Cubana também devia ter lá seu quê de conspiradora e de ateia, com aquele retraimento em que vivia, com aquele seu descaso pelas procissões, que podiam passar em frente à Casa dos Arcos levando o mesmíssimo Santíssimo, sem que ela se dignasse a assomar a uma janela da mansão. Chegaram a dizer que dentro da Casa dos Arcos tinham sido erguidas as colunas ímpias de uma Loja, e até que se celebravam missas negras. Mas a polícia, posta de sobreaviso pelo diz que diz, tivera de reportar, depois de algumas semanas de vigia, que a mansão não podia ser local de reunião de conspiradores, ímpios nem franco-maçons, pois ali ninguém se reunia. A Casa dos Arcos, antes casa do mistério por causa de trasgos e visões, continuava a ser uma Casa do Mistério, agora que nela morava uma bela mulher muito requestada pelos homens quando ia a pé até uma loja próxima ou saía, às vésperas do Natal, para comprar marzipãs de Toledo nos arredores da praça Mayor... Agora a palavra passava a um velho médico que, durante algum tempo, visitara com frequência a Casa dos Arcos. Fora chamado para atender um homem de constituição sadia, mas cuja saúde estava muito abalada por sua permanência no presídio de Ceuta, de onde acabava de sair graças a um indulto real. Ainda tinha nas pernas a marca dos grilhões. Sofria de febres intermitentes e de uma asma de infância que às vezes o atormentava, embora conseguisse aplacar suas crises fumando cigarros de pétalas de saia-branca, que um boticário do bairro do Tribulete mandava trazer de Cuba. Submetido a um tratamento revigorante, aos poucos recuperara a saúde. O médico nunca mais foi chamado à Casa dos Arcos... Agora era a vez de um livreiro falar: Esteban não queria saber de filosofia, de ensaios de economistas nem de escritos que tratassem da história recente da Europa. Lia livros de viagens, as poesias de Ossian, o romance das aflições do jovem Werther, novas traduções de Shakespeare; recordava que se entusiasmara com *O gênio do cristianismo*, obra que qualificava de "absolutamente extraordinária", tanto que a mandara encadernar com capas de veludo, dessas que têm um pequeno fecho de ouro, a fim de guardar em segredo as anotações pessoais feitas à margem do texto. Carlos, que lera o livro de Chateaubriand, não conseguia entender como Esteban, homem descrente, pudera interessar-se por um texto sem unidade, muitas vezes confuso, pouco convincente para quem carecesse de verdadeira fé. Procurando o livro por toda parte, acabou encontrando um de seus cinco volumes no quarto de Sofia. Folheando-o, percebeu com surpresa que essa edição incluía, na segunda parte, uma espécie de relato novelesco, intitulado *René*, que não constava na edição, mais recente, que ele comprara em Havana. E enquanto as demais páginas do volume estavam virgens de marcas e anotações, uma série de frases e parágrafos desse trecho apareciam sublinhados com tinta vermelha: "Esta vida, que de início tanto me agradara, não demorou em tornar-se insuportável. Cansei das mesmas cenas e das mesmas ideias. Comecei a sondar meu coração e a me perguntar o que realmente eu desejava..."; "Sem pais, sem amigos e, por assim dizer, sem ter amado ainda sobre a terra, estava enfastiado por uma superabundância de vida... Desci ao vale e subi à montanha, chamando com todas as forças do meu desejo pelo objeto ideal de uma futura chama..."; "É necessário imaginar que ela era a única pessoa no mundo que eu amara e que todos os meus sentimentos vinham a se confundir nela com a dor das minhas lembranças de infância..."; "Um impulso de piedade a atraíra a mim...". Uma suspeita abria caminho na mente de Carlos. E agora ele interrogava uma camareira que servira Sofia durante algum tempo, lançando perguntas indiretas que, sem revelar maior interesse pela questão, poderiam levar a criada a escapulir alguma confidência reveladora. Não cabia dúvida de que Sofia e Esteban tinham muito carinho um pelo outro, vivendo numa serena e afetuosa intimidade. No auge do inverno, quando as fontes do Retiro congelavam, os dois faziam suas refeições no quarto dela, com as cadeiras achegadas a um braseiro. No verão, davam longos passeios de coche, parando para beber orchata nas vendas do caminho. Também tinham sido vistos na Feira de San Isidro, muito divertidos com a festa popular. Às vezes andavam de mãos dadas, como podem andar dois irmãos. Ninguém se lembrava de tê-los visto brigar nem discutir acaloradamente. Isso nunca. Ele a chamava só pelo nome; e ela o chamava de Esteban, sem mais. Jamais se ouviram as más-línguas — que sempre há alguma, nas cozinhas, nas despensas — dizerem que a intimidade entre eles pudesse ser excessiva. Não. Em todo caso, ninguém nunca viu nada. No tempo em que ele vivia derrubado pela doença, ela, mais de uma vez, varara a noite a seu lado. De resto, pareciam dois irmãos. As pessoas só estranhavam que uma mulher tão bonita continuasse solteira, pois, se quisesse casar, não lhe faltariam pretendentes de boa família e condição... "É impossível esclarecer certas verdades", pensava Carlos, enquanto relia as frases sublinhadas no livro encadernado em veludo vermelho, que podiam ter tantas interpretações diferentes. "Um árabe diria que estou perdendo meu tempo, como quem procura o rastro de um pássaro no ar ou de um peixe na água."

Faltava ainda reconstituir o Dia sem Fim; aquele em que duas existências pareciam ter-se dissolvido num Todo tumultuoso e sangrento. Restava apenas uma testemunha da cena inicial do drama: uma luveira que, sem suspeitar do que estava para acontecer, fora logo cedo à Casa dos Arcos para entregar alguns pares de luvas encomendados por Sofia. Estranhou ao reparar que só havia um criado velho na mansão. Sofia e Esteban estavam na biblioteca, debruçados na janela aberta, escutando com atenção tudo o que chegava a seus ouvidos. Um confuso rumor tomava a cidade. Embora aparentemente não estivesse acontecendo nada de anormal na rua de Fuencarral, podia-se perceber que, de uma hora para outra, certas lojas e tabernas começavam a fechar as portas. Dentro das casas, nas ruas vizinhas, parecia que uma densa multidão se estivesse congregando. De repente, rompeu o tumulto. Grupos de homens do povo, seguidos de mulheres, de crianças, surgiram nas esquinas, dando morras aos franceses. Das casas saíam pessoas armadas de facas de cozinha, de tições, de ferramentas de carpintaria: qualquer coisa que pudesse cortar, ferir, machucar. Já soavam disparos por toda parte, enquanto a massa humana, movida por um impulso de fundo, enchia a praça Mayor e a Puerta del Sol. Um padre vociferante, que ia à frente de um grupo de populares com a navalha nua, a trechos se voltava para sua gente, gritando: "Morram os franceses! Morra Napoleão!". Todo o povo de Madri se lançara às ruas num levante repentino, inesperado e devastador, sem que ninguém se tivesse valido de conclamações impressas nem de artifícios de oratória para incitá-lo. A eloquência, aqui, estava nos gestos; no ímpeto gritante das fêmeas; no irrefreável impulso dessa marcha coletiva; na universalidade do furor. De súbito, a maré humana pareceu estancar, como que confundida por seus próprios redemoinhos. Por toda parte aumentava a fuzilaria, enquanto soava pela primeira vez, bronca e retumbante, a voz de um canhão. "Os franceses mandaram a cavalaria", gritavam alguns, que já voltavam feridos dos primeiros confrontos, com sabraços no rosto, nos ombros, no peito. Mas esse sangue, longe de intimidar os que avançavam, apressou seu passo, dirigindo-os para onde o estrondo da metralha e da artilharia revelava a dureza do embate... Foi nesse momento que Sofia se afastou da janela: "Vamos lá!", gritou, arrancando sabres e punhais da panóplia. Esteban tentou detê-la: "Não seja idiota: estão metralhando. Você não vai conseguir nada com esses ferros velhos". "Fique, se quiser! Eu vou!" "E vai lutar por quem?" "Pelos que foram para a rua!", gritou Sofia. "Temos que fazer alguma coisa!" "Fazer o quê?" "Alguma coisa!" E Esteban viu a prima deixar a casa, impetuosa, ardente, com um ombro nu e um aço erguido, jamais vista em tal força e tal entrega. "Espere", gritou ele. E, armando-se de um fuzil de caça, desceu as escadas correndo...

Até aqui, o que se conseguiu saber. Depois foi o furor e o estrondo, o tumulto e o caos das convulsões coletivas. Investiam os mamelucos, investiam os couraceiros, investiam os guardas poloneses contra uma multidão que respondia à arma branca, com aquelas mulheres, aqueles homens que avançavam sobre os cavalos para cortar suas ilhargas a navalhadas. Gente cercada por pelotões que desembocavam por quatro ruas ao mesmo tempo, gente que se metia nas casas ou fugia, pulando muros e telhados. Das janelas choviam tições, pedras, tijolos; despejavam-se panelas, caldeirões de óleo fervente sobre os atacantes. Um após o outro iam caindo os artilheiros de um canhão, sem que a peça deixasse de disparar — com a mecha acesa por mulheres enfurecidas, quando já não restavam homens para fazê-lo. Reinava, em toda Madri, a atmosfera dos grandes cataclismos, das revulsões telúricas — quando o fogo, o ferro, o aço, o que corta e o que explode, tudo se rebela contra os donos — num imenso clamor de *Dies Iræ*... Depois veio a noite. Noite lúgubre de matança, de execuções em massa, de extermínio, no Manzanares e na Moncloa. As descargas de fuzil agora soavam cerradas, menos dispersas, concertadas no atroz ritmo dos que apontam e disparam, respondendo a uma ordem, contra a sinistra cenografia exutória dos paredões vermelhos de sangue. Aquela noite de um começo de maio inchava suas horas num transcurso dilatado de sangue e de pavor. As ruas estavam cheias de cadáveres e de feridos gementes, mutilados demais para se levantar, que eram eliminados por patrulhas de macabros mirmídones, cujos dólmãs rotos, galões dilacerados, capacetes quebrados, contavam os estragos da guerra à luz de alguma tímida lanterna, levada solitariamente por toda a cidade, na impossível tarefa de encontrar o rosto de algum morto perdido entre tantos e tantos mortos... Nem Sofia nem Esteban jamais voltaram à Casa dos Arcos. Ninguém soube mais nada de seus rastros nem do paradeiro de sua carne.

Dois dias depois de saber do pouco que havia de saber, Carlos mandou lacrar as caixas onde guardara alguns objetos, alguns livros, algumas roupas, que ainda falavam — pelas formas, pelos cheiros, pelas rugas — da existência dos desaparecidos. Três carros o esperavam na cocheira para levá-lo, com sua bagagem, até a estação de mala-posta. Devolvida a seus donos, a Casa dos Arcos voltaria a ficar desabitada. As portas foram trancadas à chave, uma após outra. E a noite se instalou na mansão — era aquele um inverno de antecipados crepúsculos — enquanto seus fogos eram apagados, apartando-se a lenha ainda por queimar antes de derramar sobre ela a água de um garrafão de grosso e trabalhado cristal vermelho. Quando a última porta foi trancada, o quadro da *Explosão numa catedral*, esquecido em seu lugar — talvez voluntariamente esquecido em seu lugar —, deixou de ter motivo, apagando-se, virando uma mera sombra sobre o encarnado escuro do brocado que forrava as paredes do salão, e parecia sangrar onde a umidade manchara o tecido.

Guadalupe, Barbados, Caracas, 1956-1958

Sobre a historicidade de Victor Hugues

Como Victor Hugues foi ignorado pela história da Revolução Francesa — muito ocupada em descrever os fatos ocorridos na Europa, desde os dias da Convenção até o 18 Brumário, para desviar os olhos até o remoto Caribe —, o autor deste livro entendeu ser útil fazer alguns esclarecimentos sobre a historicidade do personagem.

Sabe-se que Victor Hugues era marselhês, filho de um padeiro — e há motivos para crer que tinha até uma remota ascendência negra, embora isso não seja fácil de comprovar. Atraído por um mar que é — em Marselha, justamente — um eterno convite à aventura, desde os tempos de Piteas e dos patrões fenícios, ele embarcou para a América, na qualidade de grumete, realizando várias viagens ao Mar do Caribe. Promovido a piloto de navios mercantes, andou pelas Antilhas, observando, estudando, aprendendo, até abandonar as navegações para abrir, em Port-au-Prince, um grande armazém — *comptoir* — de mercadorias variadas, adquiridas, reunidas, negociadas por meio de compra, venda, escambo, contrabando, trocas de café por seda, de baunilha por pérolas, como muitos que existem ainda hoje nos portos desse mundo cintilante e multicor. Sua verdadeira entrada na História data da noite em que aquele estabelecimento foi incendiado pelos revolucionários haitianos. A partir desse momento, podemos acompanhar sua trajetória passo a passo, tal como se narra neste livro. Os capítulos consagrados à reconquista de Guadalupe seguem um esquema cronológico preciso. Quando se fala da guerra contra os Estados Unidos — que os ianques de então chamaram de "Guerra dos Salteadores" —, assim como da ação dos corsários, com seus nomes e os nomes de seus navios, tem-se por base os documentos que o autor reuniu em Guadalupe e nas bibliotecas de Barbados, bem como em algumas referências, breves porém instrutivas, achadas em obras de autores latino-americanos que mencionaram Victor Hugues muito de passagem.

No que toca à ação de Victor Hugues na Guiana Francesa, há farto material informativo nas "memórias" da deportação. Depois do momento em que termina a ação deste romance, Victor Hugues foi submetido, em Paris, a um conselho de guerra, por ter entregado a colônia à Holanda, depois de uma capitulação, a bem da verdade, inevitável. Absolvido com honras, Victor Hugues voltou à política. Sabemos que esteve ligado a Fouché. Sabemos também que ainda estava em Paris quando da queda do império napoleônico.

Mas aqui seu rastro se perde. Alguns historiadores — entre os pouquíssimos que se ocuparam dele acidentalmente, à exceção de Pierre Vitoux, que lhe dedicou, há mais de vinte anos, um estudo ainda inédito — dizem que ele morreu em 1820, perto de Bordéus, onde "possuía umas terras" (?). A *Bibliografia Universal* de Didot data essa morte em 1822. Mas em Guadalupe, onde a lembrança de Victor Hugues é muito viva, afirma-se que, depois da queda do Império, ele voltou à Guiana e retomou a posse de suas propriedades. Parece — segundo os pesquisadores de Guadalupe — que morreu lentamente, dolorosamente, de uma doença que podia ser lepra, mas que, por melhores indícios, é mais provável que fosse uma afecção cancerosa.*

Qual foi, na realidade, o fim de Victor Hugues? Isso é algo que ainda ignoramos, assim como sabemos muito pouco acerca de seu nascimento. Mas é indiscutível que sua ação hipostática — firme, sincera, heroica, na primeira fase; desiludida, contraditória, oportunista e até cínica, na segunda — oferece-nos a imagem de um personagem extraordinário que estabelece, em seu próprio comportamento, uma dramática dicotomia. Por isso o autor julgou interessante revelar a existência desse ignorado personagem histórico num romance que, ao mesmo tempo, abarcasse todo o âmbito do Caribe.

A. C.

* Estas páginas já haviam sido publicadas, na primeira edição mexicana do livro, quando, estando em Paris, tive a oportunidade de conhecer um descendente direto de Victor Hugues, possuidor de importantes documentos familiares referentes ao personagem. Por intermédio dele, soube que o túmulo de Victor Hugues encontra-se num local não muito longe de Caiena. Mas, além disso, num dos documentos examinados encontrei uma assombrosa revelação: Victor Hughes foi amado fielmente, durante anos, por uma linda cubana que, por mais assombroso que possa parecer, chamava-se Sofia. (N. A.)